Was wäre, wenn das Aussprechen eines Namens ihn zugleich mit Leben füllen würde? Dies ist die Schule, von der Omer Romeo träumt. Fünfundvierzig Jahre alt, wird er als Vertretungslehrer für Naturwissenschaften in eine Klasse in Rom berufen, die vor den Abiturprüfungen steht und in der die hoffnungslosen Fälle der Schule vereint sind. Eine Herausforderung für Omer, der erblindet ist und nicht weiß, ob er zukünftig weiter als Lehrer gebraucht wird. Da er nicht in der Lage ist, die Gesichter der Schüler*innen zu sehen, erfindet er eine neue Art des morgendlichen Aufrufens und lässt die Jugendlichen ihre Geschichten erzählen. Langsam öffnen sie sich ihm: das Mädchen, das eine unaussprechliche Wunde verbirgt, der Rapper, der in einem Kinderheim lebt, der Streber, der nur hinter einem Bildschirm mit anderen in Kontakt tritt, die verlassene Tochter oder der aufstrebende Boxer, der davon träumt, wie Rocky zu sein ... Dem blinden Lehrer gelingt schließlich, die Kinder seiner Klasse von einer bloßen Ansammlung isolierter Stimmen in einen harmonischen Chor zu verwandeln.

ALESSANDRO D'AVENIA, geboren 1977, stammt aus Palermo. Eine Zeit lang unterrichtete er am Gymnasium Italienisch und Latein, bevor er sich ganz dem Schreiben widmete. Sein erster Roman *Weiß wie Milch, rot wie Blut* stand in Italien jahrelang auf der Bestsellerliste und wurde in zwanzig Länder verkauft. Mittlerweile hat er mehrere von Presse und Leser*innen hochgelobte Romane veröffentlicht und zählt zu den erfolgreichsten italienischen Autoren.

Alessandro D'Avenia

Der blinde Lehrer

Roman

Aus dem Italienischen
von Verena von Koskull

btb

Die italienische Originalausgabe erschien 2020 unter dem Titel
»L'Appello« bei Mondadori, Mailand

Dieses Buch wurde übersetzt dank einer Übersetzungsförderung
des italienischen Ministeriums für auswärtige Angelegenheiten
und internationale Kooperation.

Questo libro è stato tradotto grazie ad un contributo alla
traduzione assegnato dal Ministero degli Affari Esteri e
della Cooperazione Internazionale italiano.

Penguin Random House Verlagsgruppe FSC® N001967

Für Giulio und Beatrice

*Für alle Schüler, die mir in diesen Jahren
die Augen für Facetten der Welt geöffnet haben,
die ich nicht zu sehen vermochte*

*Für alle Kinder
und alle Jungen und Mädchen
ohne Namen*

Sage, mit welchem Namen benennen dich Vater und Mutter,
Und die Bürger der Stadt, und welche rings dich umwohnen?
Denn ganz namenlos bleibt doch unter den Sterblichen
niemand,
Vornehm oder gering, wer einmal von Menschen gezeugt ward;
Sondern man nennet jeden, sobald ihn die Mutter geboren.

HOMER, *Odyssee*, 8. Gesang

Sie erkannte, dass sie hier war, um sich in der fast unfassbaren
Schönheit und Herrlichkeit der Erde zurechtzufinden und
um allen Dingen einen Namen zu geben. Wenn dies jedoch
ihre Kraft überstieg, so wollte sie, aus Liebe zum Leben,
Nachkommen gebären, die an ihre Stelle treten würden.

B. PASTERNAK, *Doktor Schiwago*

Insofern enthält in der heutigen Naturwissenschaft jeder
physikalische Sachverhalt objektive und subjektive Züge.
Die objektive Welt der Naturwissenschaft des vorigen Jahrhunderts war, wie wir jetzt wissen, ein idealer Grenzbegriff,
aber nicht die Wirklichkeit. Es wird zwar bei jeder Auseinan-
dersetzung mit der Wirklichkeit auch in Zukunft notwendig
sein, die objektive und die subjektive Seite zu unterscheiden,
einen Schnitt zwischen beiden Seiten zu machen. Aber
die Lage des Schnittes kann von der Betrachtungsweise
abhängen, sie kann bis zu einem gewissen Grad willkürlich
gewählt werden.

W. HEISENBERG, *Der Teil und das Ganze*

Die Buchstaben des eigenen Namens haben eine furchtbare
Magie, als sei die Welt aus ihnen zusammengesetzt.

E. CANETTI, *Die Provinz des Menschen*

PROLOG

Das Leben reicht vom Augenblick deiner Namensgebung bis
zu dem Moment, in dem dieser Name nur noch ein Kratzer
auf einem Grabstein ist. In beiden Fällen hast du keinen Anteil daran, diese Buchstaben sind alles, was du hast, um ans
Licht der Welt zu kommen und nach Möglichkeit dort zu
bleiben. Vielleicht sagten die alten Römer deshalb, im Namen
liege das Schicksal: Wenn man dich aufruft, musst du antworten, ob du willst oder nicht. In meinem Fall bedeutet das: Ich
heiße Omero, auf Griechisch »der, der nicht sieht«, und bin
vor fünf Jahren blind geworden. Omero Romeo, um genau
zu sein, fünfundvierzig Jahre alt, mit den Erbanlagen eines
Hochschullehrers für Astrophysik, der klassische Musik und
seine Frau vergöttert, sich mit dem Geheimnis des Lebens
auskennt und nun in das der Altersdemenz gestürzt ist, und
einer Lehrerin für Griechisch und Latein, die eine Schwäche
für Homer (sie hat meinen Namen ausgesucht, mein Vater
hatte ein schlichteres Alberto vorgeschlagen, als Hommage
an Einstein) und Knobeleien hat (mein Vorname ist zugleich
das Anagramm meines Nachnamens). Ich habe versucht, dieses gepfefferte väterlich-mütterliche Erbgut so gut wie möglich zu mischen, das Ergebnis ist noch offen. Ich besitze einen

Hochschulabschluss in Chemie, einen festen Glauben ins Periodensystem der Elemente und ins Mysterium, eine Leidenschaft für den Kosmos und für Gott, lasse mich jeden Tag von meiner Frau bezaubern und von unseren beiden Kindern lebendig halten, bin ein imaginärer Freund Einsteins und der neue Lehrer für Naturwissenschaften in einer Klasse, die meine Vorgängerin wegen jähen Ablebens am 2. September abgeben musste. Auf der Treppe ihres Hauses hat die Schwerkraft sie infolge einer durch ihren einzigen verbliebenen Seelentröster, eine zugelaufene Katze, auf ihr Fußgelenk ausgeübten Reibung gewaltsam abberufen; Ironie des Schicksals oder des Todes und Beweis für das, was ich stets vermutet habe: Abgesehen davon, dass sie sechzehn Stunden am Tag schlafen, sind Katzen gewissenlose Tiere. Die einzige Katze, die ich je geliebt habe, ist die in Schrödingers Paradoxon, tot und lebendig zugleich. Und so bin ich plötzlich zum Dirigenten eines Orchesters geworden, das Chaos und Wahrscheinlichkeit mit planvoller Ironie zusammengewürfelt haben.

Wenn es aber stimmt, dass alle glücklichen Klassen einander ähnlich sind, dann stimmt umso mehr, dass jede unglückliche Klasse auf ihre Weise unglücklich ist. Die dreizehnte Klasse, die ich ausgerechnet in dem Jahr geerbt habe, in dem ich beschlossen hatte, nach meiner völligen Erblindung wieder als Lehrer zu arbeiten, singt ein polyphones Unglück aus unverwechselbaren Einzelstimmen. Es ist ein Leidenschoral, in dem jeder Schmerz sich mit einem anderen verbindet, ihn im Gleichklang vertieft oder kontrapunktisch und unerwartet harmonisch hervorhebt. Für sich genommen mag eine einzelne Instrumentenstimme aus der Partitur einer Symphonie schief klingen, doch für das musikalische Miteinander ist sie unerlässlich. Von den Unbilden der Schule und vor allem des

Lebens buchstäblich dezimiert – sie sind nur noch zu zehnt –, hat man sie nicht auf andere Klassen verteilt, um die übrigen Schüler nicht mit ihrer Pest anzustecken: Lieber hält man sie in Isolation und wartet ab, bis das Unglück sich selbst zerstört. Nun, nachdem ich mich nach fünf Jahren wieder als Lehrer zur Verfügung gestellt habe, um herauszufinden, ob ich noch am Leben bin, sind diese Schüler ausgerechnet mir zugefallen. Einstein hat gesagt, Gott würfelt nicht, aber der blinde Vertretungslehrer erscheint mir dennoch ein echt mieser Wurf: Ein seelisch und körperlich Wackeliger soll körperlichen und seelischen Wackelkandidaten zeigen, wo's langgeht. Das ist entweder eine Komödie oder eine Tragödie, ein Mittelding gibt es nicht. Oder es ist die erste Folge von *Lost*.

Jedenfalls ist mein Leben, seit ich erblindet bin, episch geworden wie das eines antiken Helden: ein Vollzeitjob ohne Pausen. Ich muss ständig da sein, immer präsent. Ich kann mich nicht verstecken, kann mich nur ausliefern und Risiken eingehen. Ich habe keinen Schutzschild, und das Leben bläst mir mit voller Wucht ins Gesicht: Ein schöner Tag ist nicht mehr in Licht getaucht, sondern ist Wind auf der Haut, in den Ohren und in der Nase, und der Wind erzählt, trägt Staub, Geräusche und Gerüche heran, all das, was er auf seiner Reise aufgesammelt hat. Dinge und Menschen existieren nicht, sie ereignen sich. Das bestätigt die Physik des zwanzigsten Jahrhunderts: Die Wirklichkeit ist ein Gespinst aus sich ereignenden Geschichten, und zu leben heißt zuhören zu lernen, weil sich Dinge und Menschen nur offenbaren, wenn man ihnen Zeit lässt, von sich zu erzählen; die Zeit, die es braucht, um sich zu enthüllen, ohne sich zu schämen. *Wo bist du?* Das war die erste Frage, die Gott Adam stellte, nachdem dieser von der Frucht gegessen hatte, die ihn übermenschlich machen sollte. Doch er, der nicht zum Gott geworden war, hatte sich als beschämend sterblich erwiesen: *Ich war nackt, darum versteckte ich mich.* Den Großteil unserer Zeit und Energie vergeuden wir damit, uns zu verstecken, obwohl wir eigentlich ans Licht kommen wollen. Wir sind gemacht, um geboren zu werden, und nicht, um zu sterben. Und ein wohlgesprochener Name ist eine Geburt, er bringt jeden Winkel der Seele und des Körpers ans Licht, auch wenn wir das, wofür wir geliebt werden wollen, zu verbergen suchen. Darin liegt die Macht des Eigennamens: Er vermag das unermüdliche Rad der Zeit anzuhalten und eine Geschichte, in der nichts mehr überrascht, von Neuem beginnen zu lassen. Das ist das Wunder eines Rufs beim eigenen Namen, eines richtigen Appells.

SEPTEMBER

»Ich wusste nicht, dass Sie blind sind. Sind Sie sicher, dass Sie die Jahresvertretung annehmen wollen?«

Das fragte mich der Schulleiter am ersten Tag des neuen Schuljahres, als ich ihm gegenüber Platz nahm und meine Sonnenbrille absetzte. Die entgeisterte Betroffenheit auf seinem Gesicht konnte ich mir nur vorstellen.

Zwar ist es noch zu früh für eine verlässliche Massewahrnehmung, aber seine ist auf jeden Fall dicht, eingehüllt in den von Schimmel und Bleichmittel gesättigten Muff des Zimmers, während er selbst nach Rasierwasser und Mottenkugeln riecht. Seine Stimme ist trocken, ohne Nachklang, er würgt die Endvokale ab, als wäre er aus Gewohnheit kurz angebunden. Ich spüre, welchen Raum die Gegenstände in seinem Zimmer einnehmen, ihre Gerüche und ihre Beschaffenheit, ihre Angst und mitunter ihren Hunger. Gegenstände senden genau die Menge Leben aus, die ihre Besitzer auf sie übertragen, und verraten, ob der Mensch noch am Leben ist.

»Es sind dunkle Zeiten für uns Lehrer ...«

Stille. Er hat den Witz nicht verstanden, wie es oft geschieht, wenn ich visuelle Metaphern gebrauche, um meinen Zustand, der mir noch immer Angst macht, zu entdramatisieren.

»Ich würde nicht wieder anfangen zu unterrichten, wenn ich mir nicht sicher wäre«, füge ich an.

»Wieder anfangen?«

»Ich hatte aufgehört …«

»Ah … nun, für einen Neustart sind Sie an eine recht glücklose Klasse geraten.«

»Glücklos bin ich auch. Auf einen mehr oder weniger kommt es nicht an.«

»Die Klasse bestand nur noch aus neun Schülern, dann ist ein Mädchen dazugekommen, das das Jahr wiederholt. Uns war es lieber, sie nicht auseinanderzureißen und auf andere Klassen zu verteilen.«

»Richtig so! Isolation: wie bei einem Virus.«

»Wie bei einer Problemgruppe. Es ist ein Wunder, dass sie es bis zur Hochschulreife geschafft haben.«

»Reif sein ist alles, sagte der König!«

»Wer?«

»Lear, Shakespeare: ›Dulden muss der Mensch / sein Scheiden aus der Welt / wie seine Ankunft: / Reif sein ist alles!‹

Ripeness is all. Das pflegte meine Englischlehrerin an der Oberschule gern zu sagen, und sie erklärte uns, *ripeness* könne sowohl ›Reife‹ als auch ›bereit sein‹ bedeuten.«

»Aber wie wollen Sie es schaffen zu unterrichten?«

»Sehkraft wird überschätzt.«

»Ich kann Ihnen nicht folgen.«

»Seit den alten Griechen galt uns das Sehen stets als der nobelste Sinn.«

»Ist er das denn nicht?«

»Was denken Sie?«

»Nun, unsere Wahrnehmung beginnt stets mit den Augen.«

»Nachdem wir den Mutterleib verlassen haben. Aber während der neun Monate im Dunkeln hatten wir andere Prioritäten.«

»Die da wären?«

»Der Geruchssinn, das Gehör und vor allem der Tastsinn. Er ist am wichtigsten. Als wir noch nicht sehen konnten, waren wir mit allem in Berührung. Das Schicksal des Menschen liegt in seinen Händen.«

»Natürlich ist es an uns, zu entscheiden, was wir aus unserem Leben machen, aber was hat das mit den Händen zu tun?«

»Nehmen Sie mich wörtlich: Das Schicksal liegt in unseren Händen, in diesen Händen. Unsere Hände formen die Welt, in der wir leben möchten. Mit dem Gebrauch der Hände gestalten wir das Leben: Als unsere Hände anfingen, Häuser und Gräber zu bauen, trafen wir die Entscheidung, aus der Welt entweder ein Haus oder einen Friedhof zu machen.«

»Wie auch immer, auf der Liste der zu kontaktierenden Lehrer waren Sie jedenfalls der Letzte. Nehmen Sie die Vertretungsstelle an?«

»Sonst hätte ich wohl nicht auf der verdammten Liste gestanden.«

»Vielleicht haben Sie es sich inzwischen anders überlegt. Sie wissen ja, wie das ist: Sobald die Befristeten erfahren, welche Situation sie erwartet, machen sie häufig einen Rückzieher.«

»Ich nicht, unter zwei Bedingungen …«

»Neueinsteiger können nicht allzu viele Ansprüche stellen, aber in Ihrem Fall …«

»Ich danke Ihnen für Ihr Mitgefühl, aber ich bin kein Kind. Mir wäre lediglich daran gelegen, dass ich die ersten Unterrichtsstunden bekomme, und ich bräuchte jemanden, der mich in die Klasse begleitet.«

»Ich werde sehen, was sich tun lässt. Am Stundenplan einer Schule zu rühren, ist, als würde man auf eine Giftschlange treten. Aber wie machen Sie es mit mündlichen Tests und Leistungsprüfungen?«

»Man muss nur zuhören.«

»Ich meine die schriftlichen Prüfungen.«

»So wie sonst auch: Ich stelle die Fragen, und sie schreiben die Antworten.«

»Und wie korrigieren Sie die Arbeiten? Wie stellen Sie fest, ob sie abschreiben? Oder ob sie bei den mündlichen Tests ablesen?«

»Nur wirklich Verzweifelte klauen einem Blinden das Kleingeld, und dann sollte man sie nicht daran hindern. Ich werde mir die Antworten von ihnen vorlesen lassen. Keine Sorge. Es wird keine Probleme geben.«

»Das hoffe ich, in dieser Klasse hatten wir davon schon genug. Im letzten Jahr ist eine junge Vertretungslehrerin nach einem Monat in Tränen zu mir gekommen und hat gesagt, sie hätte den falschen Beruf ergriffen. Das Einzige, was zählt, ist, diese Klasse zum Abitur zu bringen.«

»Ein sehr gutes Ziel, finden Sie nicht?«

»Das sagte ich ja gerade.«

»Ums Altwerden kümmert sich die Natur, ums Reifwerden müssen wir uns selbst kümmern. Ach, und darf ich Sie um noch etwas bitten?«

»Was denn noch?«

»Darf ich Ihr Gesicht berühren?«

»Wie bitte?«

»Ich würde mir gern ein genaueres Bild von Ihnen machen. Sie sind mein neuer Vorgesetzter, es ist mir wichtig, dass ich Sie kennenlerne.«

»Wir haben uns bereits kennengelernt …«

»Ich verstehe Ihr Unbehagen, aber ich sehe mit den Fingern.«

»Muss das sein?«

»Ja.«

Nach wenigen Sekunden nehme ich eine Bewegung seines Körpers wahr, befangen beugt er sich zu mir herüber. Weil der Schreibtisch zwischen uns ist, stehe ich auf, strecke behutsam die Hände aus und ertaste seine Schultern. Dann lasse ich sie über seinen breiten Hals hinaufwandern und lege sie ganz leicht auf sein Gesicht. Ich spüre die Anspannung der Kiefermuskeln, die schlaffe Haut der sorgfältig rasierten Wangen. Seine Ohren sind klein, mit angewachsenen Ohrläppchen. Die Nase ist weich, ein dichter Schnurrbart rahmt die zusammengepressten Lippen. Die Augenhöhlen sind tief, die gerunzelte Stirn grenzenlos. Er ist glatzköpfig, und auf der linken Schädelseite ist eine Unebenheit, eine Art Beule. Gesichter sind Landkarten, sie zeigen die Geografie der Seele, es sind Orte, die nach einem Namen und einer Geschichte verlangen. Schmerz, Mühsal, Ängste, Böses, Gutes, Ohrfeigen, Zärtlichkeiten, Regen, Wind, Tränen, Schlaf, Glück: Tag für Tag, Geste für Geste wird unsere Physiognomie davon geprägt. Der Blick hat es eilig, sofort ein Fazit zu ziehen, und kann Unvollkommenheiten und Details nicht genau erfassen. Ich aber analysiere sämtliche Einzelheiten wie ein Geograf und versuche erst hinterher, sie zusammenzusetzen. Ich bin zu dem Schluss gekommen, dass der Tastsinn ehrlicher ist als das Sehen, er ist frei von den Vorurteilen unseres Blicks. Es klingt paradox, aber das, was wir vor Augen haben, sehen wir nicht, denn statt wirklich zu sehen, wollen wir lediglich bestätigt haben, was wir bereits zu wissen glauben, und uns damit die Blindheit für das bewahren, was wir lieber nicht sehen wollen.

Schweiß tritt auf seine Haut, und meine Finger halten inne, ruhen reglos auf seinen Wangen wie die einer Mutter bei ihrem Kind: Ein Gesicht entblößt sich erst, wenn man es lang genug berührt. Nichts erschreckt uns mehr, als vom Unbekannten berührt zu werden.

Es klopft an der Tür, und der Schulleiter zieht sich hastig zurück. »Herein!«, ruft er.

»Ich bringe Ihnen Kaffee.«

»Danke«, erwidert er knapp und zugeknöpft.

Ich spüre die Bewegung eines nicht sehr wendigen Körpers, bei der sich der Geruch von frisch gemachtem Kaffee und ein Herrenparfum mit maritimen Aromen in der Kopfnote und Geranie und Zitrone in der Basisnote mischen. Seit meiner Erblindung bin ich auch zu einer unfehlbaren Supernase geworden.

»Darf ich Ihnen Signor Romeo vorstellen, den Neuen für Naturwissenschaften.«

Ich strecke die Hand ungefähr dorthin, wo ich die Frau vermute. Sie weiß nicht, dass ich blind bin, denn ich habe meine Sonnenbrille wieder aufgesetzt.

»Guten Tag, Professore, ich bin Patrizia, Hefe und Salz dieser Schule. Man sieht es mir vielleicht nicht an, aber ohne mich bleibt hier alles fade und flach. Meinen Kaffee kennt man auf sämtlichen Etagen, er vertreibt den hartnäckigsten Schlaf und wappnet für die schweren Schlachten gegen Langeweile und Ignoranz; wann immer Sie einen wollen, sollen Sie ihn bekommen.« Sie drückt mir die Hand. Ihre ist weich, trotz der bei immer gleichen Handbewegungen typischen Hornhaut an manchen Stellen.

»Freut mich, Romeo. *Der Neue.*«

»Werden Sie meine Lieblinge übernehmen? Die arme Lehrerin … was für eine Tragödie.«

»Ihre Lieblinge?«

»Ja, diese Kinder sind ein so unglücklich zusammengewürfelter Haufen, dass man sie einfach gernhaben muss. Ich habe sie adoptiert. Anfangs braucht es ein bisschen Geduld, aber wenn man sie zu nehmen weiß ...«

»Könnten Sie mir erklären, welches der ... Oder vielleicht könnten Sie mich morgens in die Klasse bringen.« Ich nehme die Sonnenbrille ab, um die Situation klarzustellen.

»Oh mein Gott! Ich meine, entschuldigen Sie, Professor Romero.«

»Romeo. Wie der von Julia oder wie die Katze der *Aristocats*, das können Sie sich aussuchen.«

»Ich wusste nicht ...«

»Keine Sorge, es ist nicht ansteckend. Würden Sie so gütig sein, mich zu führen?«

»Aber natürlich! Mir entgeht nichts! Ich werde Ihre Spionin sein. Aber trotzdem, was für ein Jammer, Sie sind ein so hübscher Junge ...«

»Signor Romeo ist fünfundvierzig Jahre alt, die ›Jungen‹ sitzen in der Klasse. Danke für den Kaffee, Patrizia, aber jetzt müssen wir das Gespräch beenden«, setzt der Schulleiter der Idylle ein brüskes Ende.

»Könnte ich auch einen Kaffee bekommen, ich habe heute Morgen noch keinen gehabt?«, frage ich, ehe Patrizia geht.

»Aber natürlich! Mit oder ohne Zucker?«

»Ohne, sonst ist es kein Kaffee.«

»Professore Romero, Sie gefallen mir.«

»Romeo. O-me-ro Ro-me-o«, skandiert der Schulleiter.

»Und was hab ich gesagt?«, raunzt Patrizia.

Ich nehme ihre leichten Schritte wahr, die das Zimmer verlassen. Die Tür schließt sich.

»Verzeihen Sie, sie ist etwas überschwänglich.«

»Sie gefällt mir.« Vertraulich beuge ich mich zu ihm hinüber. »Wenn man abends zu viel trinkt und auf dem Bauch schläft, werden die Augenhöhlen tiefer.«

»Wie bitte?«

»Es geht mich nichts an, aber Ihre sind sehr ausgeprägt ... War nur ein Tipp. Als Naturwissenschaftler will ich Phänomene immer einordnen, das ist eine schlechte Angewohnheit von mir.«

»Ich habe keine leichten Nächte, aber Sie haben recht: Es geht Sie nichts an. Und nun wünsche ich Ihnen einen guten Tag.«

Er beendet das Gespräch abrupt, wie wir es mitunter tun, wenn wir an unsere Schmerzgrenze stoßen, und obwohl wir diesen Schmerz gern loswerden und von ihm erzählen würden, lassen wir ihn allenfalls in unseren Gesten und unserer Stimme aufblitzen, ehe die Scham ihn hemmt, als wäre er eine Schuld und nicht das Leben, das sich endlich entschlossen hat zu gesunden.

»Dann überlasse ich Sie ihrer Arbeit.«

»Meinem Chaos!«

»Ich liebe das Chaos! Neben der Relativität und den Quanten ist es die drittwichtigste Entdeckung der Physik des zwanzigsten Jahrhunderts. Die Folgen der Relativität und der Quanten nehmen wir nicht wahr, aber dafür versinken wir im Chaos: Es ist der Stoff, aus dem der Alltag gemacht ist, das Flechtwerk unseres Lebens. Das Chaos hat uns vom Kontrollwahn befreit und uns – in diesem Fall kann ich das sagen – die Augen für die Realität geöffnet: kein Determinismus, keine Verkettungen von Ursache und Wirkung. Das Leben des Kosmos ist ein unvorhersehbares, aber keinesfalls absurdes Spiel, wie alle wirklich lustigen Spiele. Das Chaos hat die Freiheit gerettet, und die Freiheit ist das Einzige, was das

Leben erneuert. Ein Spiel mit klaren Regeln und unendlicher Freiheit für die Spieler. Viel Spaß also mit Ihrem Chaos, man weiß nie, was man darin findet.«

»Einen Haufen Nervensägen, Jammerer und Sauertöpfe. Sie machen es sich einfach, Romeo. Theorie ist die eine Sache, das Leben eine andere.«

»Ich nehme es, wie es kommt, weder theoretisch noch praktisch.«

»Auch ich glaubte einmal an das, was ich studiert habe.«

»Nämlich?«

»Philosophie.«

»Und was hat Sie Ihren Glauben verlieren lassen?«

»Die nackte Realität. Ich begleite Sie ein Stück, ich habe noch eine Menge zu tun. Der erste Schultag ist eine Schlacht, die man unmöglich gewinnen kann. Man kann froh sein, wenn man mit heiler Haut nach Hause kommt.«

Er nimmt meinen Arm, bleibt jedoch auf Abstand, ohne Körperkontakt, als könnte seine Seele die Gelegenheit ergreifen und ihre Grenzen überschreiten, um sich ein wenig mit meiner zu mischen. Am Ende eines langen Flures bleibt er vor einem kleinen Zimmer stehen, dessen Wände das Geräusch und den Geruch einer brodelnden Espressokanne zurückwerfen. Signora Patrizias zwitschernde Stimme empfängt uns: »Hören Sie dieses Konzert, Professore? Was für ein Duft! Das ist Vollkommenheit, von wegen Kaffeeautomat. Seit achtunddreißig Jahren mache ich diese Arbeit, davon können Sie die Sonntage abziehen und das Ganze mit durchschnittlich fünf Espressokannen am Tag multiplizieren. Diese Espressokanne hat mehr Herzen getröstet als die Madonna von Lourdes, und die Tässchen haben mehr Tränen gesehen als ein Bahnhof. Das ist der Kaffee, den die Engel im Himmel trinken.«

»Bestimmt schmeckt er genau wie der, den meine Mutter immer machte.«

»Machte?«

»Vielleicht macht sie auch im Himmel damit weiter.«

Der Schulleiter wendet sich zum Gehen, doch einen Moment lang halte ich seine Hand fest und drücke sie.

»Die Sehkraft wird überschätzt: Irgendwann nehmen die Augen das, was sie immer sehen, nicht mehr wahr: Je mehr sie sehen, desto weniger schauen sie hin.«

Ich stelle mir sein verdattertes Gesicht vor. Oder nein, ich kann es sehen.

»Ich möchte Sie daran erinnern, dass Sie übermorgen mit dem Unterricht beginnen. Ich hoffe, ich kann Sie auf die erste Stunde verlegen.«

»Ich werde da sein.«

»Das hoffe ich.«

Er geht davon, und in der Ecke des kleinen Zimmers, dessen Gerüche vom Aroma des frisch gekochten Kaffees und von dem überlagert sind, was seine jahrelange Zubereitung auf den Oberflächen hinterlassen hat, nehme ich eine Bewegung wahr. Es klingt, als hätte sich jemand hinter etwas verschanzt.

»Er ist weg ...«

»Um ein Haar, Tante Patri. Hätte der mich hier am ersten Tag beim Kaffeetrinken erwischt, wäre ich geflogen.« Es ist eine schnodderige Jungenstimme.

»Jetzt geh zurück in deine Klasse, wir haben hier zu tun.«

»Ein Glück, dass es dich gibt, Tante Patri. Was hast du denn mit den ganzen Büchern vor?«

»Lesen, Dummkopf.«

»Was'n Scheiß!«

»Spar dir die Kraftausdrücke, die sind hier drin verboten. Ab mit dir!«

Ich höre den Jungen verschwinden, aber vorher sagt er noch: »Ich liebe dich, Tante Patri. Eines Tages werde ich dich heiraten.«

»Das ist mein Liebling. Er heißt Oscar. Er ist ohne Vater aufgewachsen und macht einen auf dicken Max, aber eigentlich ist er aus Glas: ganz zerbrechlich und durchsichtig … Und er wird Ihr Schüler sein!«

»*Tante* Patri?«

»Ja, hier drin bin ich für alle die Tante.«

Sie hält mir das Tässchen hin, das ich wie einen kleinen, kostbaren Schatz entgegennehme: Es gibt Menschen, die die Welt durch die verlässliche Wiederholung freundlicher Gesten am Laufen halten. Und so lerne ich den Kaffee von Signora Patrizia kennen: Er ist eine solche Freude für Gaumen und Nase, dass ich ihr fast über die Wange streicheln möchte.

»Was lesen Sie, Signora Patrizia?«

»Romane. Hin und wieder kommt ein Junge oder ein Mädchen auf einen Kaffee vorbei, und währenddessen lese ich ihnen vor.«

»Und was lesen Sie zurzeit?«

»Ich habe gerade mit *Doktor Schiwago* begonnen und bin in dieser für russische Romane typischen Anfangsphase, in der man ständig zurückblättern muss, um die Namen der Figuren nachzuschlagen und festzustellen, dass man es mit einer der fünfzehn Versionen desselben Namens zu tun hat, je nachdem, welcher Verwandte gerade spricht. Einen russischen Roman erkennt man sofort.«

»Woran?«

»Am Personenregister. Es ist unverzichtbar, weil man sich auf Seite zehn nicht mehr erinnert, wer derjenige war, dem man auf Seite vier begegnet ist. Außerdem verändert sich der

Charakter der Figur je nach Beziehungsstatus und Situation ständig, genau wie ihre fünfzehn Namen.«

»Das klingt für mich wie die perfekte Zusammenfassung. Und sie erinnert an die Quantenphysik. Ich habe *Doktor Schiwago* nie gelesen, ein echter Ziegelstein, aber Sie haben mir Lust darauf gemacht.«

»Aus Ziegelsteinen baut man wunderschöne Häuser! Wenn Sie wollen, Professore, lese ich Ihnen daraus vor, wenn Sie hier sind. Und Sie könnten mir diese Quanten erklären, von denen ich keine Ahnung habe.«

»Vielleicht ist *Doktor Schiwago* ein Quantenroman.«

»Das weiß ich nicht. Jedenfalls taucht auf jeder Seite ein anderer Name für dieselbe Person auf.«

»Genau wie bei den Quanten. Licht und Materie sind wie zwei Seiten derselben Medaille, mal sieht man die eine, mal die andere.«

»Wenn Sie es sagen … Wie ich sehe, sind Sie vor den Altar getreten!«

»Woran haben Sie erkannt, dass ich an Gott glaube?«

»Nein, nein, ich meine den Ehering.«

Zweifellos gehört Patrizia zu den Frauen, die einen schärferen Blick haben als Wissenschaftler: Sie verstehen es, die Dinge und ihre Geheimnisse zu hinterfragen, um universelle Gesetzmäßigkeiten über die Kunst des Lebens sowie endlose Plaudereien daraus abzuleiten.

»Ja, ich bin mit Maddalena verheiratet und habe zwei wunderbare Kinder: Pietro ist neun, und Penelope ist drei.«

»Sind Sie schon immer blind gewesen?«

»Nein, ich bin es nach einer Krankheit geworden, die mein Sehvermögen vor zehn Jahren rapide verschlechterte. Seit fünf Jahren sehe ich nichts mehr.«

»Und es ist nicht heilbar?«

»Doch, es gibt gute Chancen. Ich nehme an einem Versuchsprogramm teil. Zwei Eingriffe zur Wiederherstellung des Sehnervs hatte ich bereits, und die Resultate waren positiv. Jetzt warte ich auf die entscheidende Operation, die mir das Sehvermögen wiedergeben soll.«

»Entschuldigen Sie, ich wollte Ihnen nicht zu nahe treten ...«

»Das sind Sie überhaupt nicht.«

»Und warum weinen Sie dann?«

»Ah, Verzeihung. Leider ist das eine Begleiterscheinung meiner Krankheit: Der Tränenfluss lässt sich nicht mehr kontrollieren. Ich weine häufig, deshalb trage ich die dunkle Brille.«

»Steht Ihnen aber gut, sie gibt Ihnen diesen geheimnisvollen Touch ...«

»... des Blinden!«

»Nein, des Mannes, von dem man nicht weiß, wohin er gerade sieht.«

»Zu sehen, ohne gesehen zu werden, habe ich immer als eine Art Macht empfunden. Heute kann ich nur noch gesehen werden. Ich bin dem Leben praktisch schutzlos ausgeliefert.«

»Dann hoffen wir mal, dass diese Behandlung Erfolg hat. Ein hübscher Junge wie Sie! Eine Schande.«

»Wissen Sie, was eine Schande ist, Patrizia?«

»Was denn?«

»Dass ich noch nie Penelopes Augenfarbe gesehen habe. Deshalb will ich gesund werden.«

Patrizia scheint es die Sprache verschlagen zu haben. Ich helfe ihr aus der unerwarteten und unbehaglichen Vertraulichkeit, die durch das Geständnis eines Schmerzes entstanden ist.

»Und was ist nun das Geheimnis, um diese Klasse zu erobern?«

»Man muss sie mehr mögen, als sie sich selbst zu mögen imstande sind«, beeilt sich Patrizia zu antworten.

»Also das, was wir alle nötig haben.«

»Professore, warum haben Sie beschlossen, wieder zu arbeiten?«

»Ich brauche das Geld.«

»Dass es nur darum geht, nehme ich Ihnen nicht ab.«

»Einstein arbeitete als Vertretungslehrer an Oberschulen und revolutionierte währenddessen das Konzept von Raum und Zeit. Vielleicht entdecke ich ja etwas Großartiges ... Oder finde einfach nur das Vertrauen in mich selbst wieder. Als ich vollkommen erblindet bin, habe ich beschlossen, mit dem Unterrichten aufzuhören.«

»Und dann?«

»Und dann ist die Geschichte so lang wie ein russischer Roman. Um es kurz zu machen: Ich kann auf das Unterrichten nicht verzichten. Aber ich weiß nicht, ob ich es schaffe.«

»Auch Beethoven hat noch großartige Werke komponiert, als er schon taub war.«

»Sie kennen Beethoven?«

»Ihren snobistischen, chauvinistischen Streberton können Sie sich sparen, Professore. Sie haben wohl noch immer nicht begriffen, mit wem Sie es zu tun haben. Wenn Sie ein bisschen plaudern und dabei gute Musik hören wollen, tun wir auch das.«

»Mein Vater liebt klassische Musik. Von ihm habe ich gelernt, sie zu hören. Er mag vor allem Chopin, Liszt, Schubert und Rachmaninow.«

Patrizia wieselt durch das Zimmer. Ich nehme wahr, wie sie etwas aus einem Schrank zieht. Dann das unverwechselbare

Geräusch einer Nadel auf Vinyl. Und schon erfüllen die Noten der ersten von Chopins vierundzwanzig Etüden das Zimmer, das ich nun dank der Musik, die sich mit unterschiedlichem Klang auf die Gegenstände legt, vollständig zu erfassen vermag. Ich denke an die Abende, die ich zusammen mit Papa Musik hörte. Und noch ehe ich mich dafür schämen kann, weine ich vor Signora Patrizia wie ein Kind.

Ein paar Sekunden lang ruht eine Hand auf meiner Wange. »Noch einen Kaffee?«

Seit ich vollkommen erblindet bin, leide ich an Panikattacken, die mit Herzrasen und Schwindel einhergehen und sich nur auf zwei Arten bändigen lassen: 1. Indem ich einen kleinen Gegenstand zwischen die Finger nehme und all meine Aufmerksamkeit auf meine Fingerkuppen lenke. 2. Indem ich unmögliche Ranglisten erstelle: die zehn schönsten Lieder, die zehn langweiligsten Bücher, die zehn giftigsten Schlangen, die zehn schönsten Liebesszenen ... Nach und nach beruhigt sich mein Herzschlag, der Atem geht wieder regelmäßig, und die Welt lässt mich nicht mehr schwindeln.

In neuen und unvorhergesehenen Situationen versuche ich, die Überraschungen auf ein Minimum zu reduzieren, und heute Morgen, am ersten Unterrichtstag in meiner neuen Klasse, war ich, von banger Unruhe gepackt, bereits um 4:00 Uhr wach. Also sitze ich schon seit einer halben Stunde am Pult meines neuen Klassenzimmers und gehe noch einmal die Liste der zehn Roboter meiner Kindheit durch, in der Rangfolge ihrer Fähigkeiten: Daitarn, Steel Jeeg, Mazinger Z, Daltanious, Goldorak ... Derweil kann ich mir den Raum akustisch erschließen, um die Dinge und Personen später genau lokalisieren zu können, ohne die Orientierung zu verlieren.

Während der Stadtlärm auf den Straßen versucht, sich Gehör zu verschaffen, ist auf den Fluren noch kein Geräusch zu hören. Vergeblich mühen sich die Verkehrsstaus, das von Erzählungen gesättigte Stimmengewirr der Schüler zu übertönen, die sich mit den Geschichten eines ganzen Sommers begegnen, ehe die Langeweile sie verschluckt. Farbgeruch hängt schwer im Raum: Die Klassenzimmer frisch zu streichen, ist ein glückverheißendes Ritual, als begänne mit dem Übertünchen der respektlosen Spuren des Vorjahres ein neues Leben. Uns Menschen ist Enttäuschung nun einmal lieber als Langeweile. Nachdem sie mir ihren Wunderkaffee verabreicht hatte, hat Patrizia mich untergehakt und begleitet, und ihre schlichte, duftende Wärme gab mir Sicherheit. Jetzt sitze ich schweigend da und warte auf das erste Klingeln dieses Schuljahres. Die Aula ist noch leer: Mit dem anfänglichen Zwielaut *au* ist das Wort die Lautmalerei des Schmerzes der hier eingeschlossenen Leben, ein Jaulen. Dabei ist *Aula* eigentlich die perfekte akustische Beschreibung eines leeren, luftigen, weiten Raumes, in dem man Atem holen kann, um einen Klang zu erzeugen. Ich habe eine Schwäche für Etymologie, denn Worte brauchen Wurzeln, um stark und üppig zu wachsen. Die alten Griechen nannten die Flöte *aulos*, und die Aula ist der Resonanzkörper, in dem das Leben die Geschichten junger Menschen zum Klingen bringt, die wir selbst niemals ausgewählt hätten. Darum liebe ich das leere, auf Seelen und Körper wartende Klassenzimmer. Hier »praktizieren« wir Lehrer die Gebote unseres Credos: das Aufrufen der Namen zur Überprüfung der Anwesenheit.

Vorsichtshalber halte ich einen dieser zehnflächigen Würfel zwischen den Fingern, wie ich sie als Kind sammelte, als ich ganz verrückt nach Rollenspielen war. Mit den Fingerkuppen fahre ich an seinen Kanten entlang und versuche, der

Panik der ersten Stunde mit neuen Schülern zuvorzukommen. Während das Klassenzimmer sich füllt und ich mich hinter der Dunkelheit meiner Sonnenbrille verstecke, denke ich an 2006QV89. Das ist kein unschlagbares alphanumerisches Passwort, sondern der Name eines dreißig Meter großen Asteroiden, der um die Erde kreist. Wenn er uns träfe, wäre das eine waschechte Apokalypse. Die Wahrscheinlichkeit liegt bei 1 zu 10000, was ungefähr so ist, als hätte ich einen Würfel mit 10000 Seiten, und die Katastrophe käme beim ersten Wurf heraus. Um das Chaos dieses Neubeginns zu bändigen, stelle ich mir vor, mein erster Wurf wäre ein Treffer und nur wir in diesem Klassenraum blieben am Leben: Das einzige Vermächtnis, das wir hinterlassen könnten, wären unsere Namen. Von diesem Moment an liegt die ganze Welt in einem Namensappell. Und es ist an mir, die Namen der gewesenen, seienden und kommenden Welt einen nach dem anderen aufzurufen, wie Elemente eines neuen Periodensystems des menschlichen Abenteuers.

Die Schulglocke lässt Roboterlisten, Asteroiden und apokalyptische Szenarien verpuffen. Das erste Klingeln meines Schuljahres ruft die nach der Sommerpause umso existenziellere Entropie zur Ordnung. Ich sitze über dem Klassenbuch, trage meine Sonnenbrille, halte einen Würfel in der Hand, der mich daran erinnert, dass es zu jeder seiner Flächen ein Gesicht in dieser Klasse gibt, und das Leben erscheint mir wie ein schwindelerregendes Glücksspiel. Während ich höre, wie sich die Schüler ihre Plätze suchen und Bänke und Stühle zurechtrücken, halte ich den Kopf gesenkt und stelle mir ihre Befangenheit und Neugier angesichts meiner scheinbar gewissenhaften Inspektion des Klassenbuches vor. Niemand hat mich gegrüßt: Wenn ein Lehrer stirbt, kommt der nächste.

Für die Schüler sind wir Lehrer Rollen statt Personen, ein zu verbüßendes Schicksal. Bestimmt fragen sie sich, ob ihnen der Wechsel etwas bringen wird, ob ich garstiger bin als meine Vorgängerin, was mit ihrem Abitur ist, ob ich verheiratet oder ein Loser oder stinknormal bin. Die geflüsterten Kommentare hallen von den Wänden wider und helfen mir zu erfassen, wie sich die Schüler im Klassenraum verteilen. Ihre Gerüche mischen sich mit denen von Desinfektionsmittel und Farbe, und nach und nach gewinnt ein Gemisch aus Parfum, Schweiß, Erwartung, Verführung, Verlassenheit und Bitterkeit die Oberhand, sämtliche Gerüche dieser wie Septembertrauben gärenden Körper. Ich streiche mit den Fingerspitzen über das geöffnete Klassenbuch, bis ich in der linken Spalte die handgeschriebenen Namen spüre, als könnte ich sie fühlend auswendig lernen. Als der lange zweite Klingelton verhallt, senkt sich abwartende Stille über die Klasse, was in der Schule eine große Seltenheit ist. Jetzt nehme ich ihren Atem noch stärker wahr, die Reibung ihrer Körper, die aus heimlichem Schmerz, dem Leben jäh entrissenen Freuden, zäher Langeweile und gut versteckten, salzigen Tränen besteht, aus Fleisch, Muskeln, Haaren und so vielen Zähnen. Alle unsichtbaren Bestandteile von Materie und Energie sind hier versammelt, aus denen, vom Sandkorn bis zur Supernova, der ganze Kosmos besteht. Jedes Detail scheint plötzlich übergroß zu werden, ähnlich wie kurz vor dem Einschlafen, damals, als ich noch sehen konnte, wenn das Gehirn bereits im Halbschlaf ist und die Augen noch wach, und ich fürchte eine Panikattacke. Ich muss etwas tun. Ich spüre, wie die Schüler fragende Blicke tauschen, und nehme die mehr oder weniger ratlosen oder ironischen Gesten wahr, mit denen sie ihre Ängste zu kaschieren pflegen. Ich lasse den Würfel über das Pult rollen, berühre die obere Fläche: 7. Eine

Zahl, die für Fülle steht. Ich räuspere mich und hebe den Kopf.

»Ich heiße Omero Romeo und bin euer neuer Lehrer für Naturwissenschaften.«

Kaum habe ich meinen Satz beendet, nehme ich die Sonnenbrille ab und zeige meine milchigen, verlorenen Augen.

»Und ich bin blind.« Eine Präsentation, die Täuschungen und Maskeraden unmöglich macht. Ich bin sofort aus der Deckung gekommen. Es ist gut, der Sache von vornherein Rechnung zu tragen.

Wie immer, wenn die nackte Wahrheit auf den Tisch kommt, lähmt eine ausgedehnte Stille die Luft und die bis dahin unruhigen Körper.

»Ich war nicht immer blind.« Meine Stimme ist klar, und die Worte kommen mir mit unerwarteter Präzision über die Lippen, denn so verlangt es die Wissenschaft, wenn man Definitionen gibt und einem dabei die Luft wegzubleiben droht.

»Ich bin aufgrund eines genetischen Schalters erblindet, der sich kurz nach meinem fünfunddreißigsten Geburtstag umgelegt hat und mir mit fortschreitender, unaufhaltsamer Verdunkelung das Augenlicht nahm. Fünf Jahre später konnte ich nichts mehr sehen. Seitdem sind weitere fünf Jahre vergangen, und jetzt sehe ich durch Geräusche, Berührungen und Gerüche. In den ersten fünf Jahren, als ich hell und dunkel noch unterscheiden konnte, hatte der Tastsinn die Oberhand: Wie ein Schiffbrüchiger musste ich mich an Dinge klammern, um nicht zu ertrinken. Als in den folgenden fünf Jahren auch das letzte Fünkchen Licht verschwand, traten Gehör und Geruchssinn auf den Plan. Heute habe ich ein Supergehör, eine Supernase, einen Supertastsinn. Superkräfte, allerdings ohne den Anspruch, die Welt retten zu wollen. Ich habe schon Schwierigkeiten, nicht unter einem Auto zu landen oder beim Pinkeln die Kloschüssel zu treffen. Ich bin Lehrer geworden, weil die beiden Faktoren, die das Schicksal eines Menschen bestimmen, seine DNA und seine Umwelt, mir keine Wahl ließen: Mein Vater war Hochschullehrer für Astrophysik und meine Mutter Lehrerin für Griechisch und Latein. Eltern schenken einem das Leben, Lehrereltern erklären es einem, und so glaubt man, man könne es nur leben, wenn man sich selbst und anderen die Dinge erklärt. Dass ich mich für Chemie entschieden habe, ist meinem Lehrer in der Oberstufe zu verdanken. Ein Mann, der zu jeder Jahreszeit eine Weste unter dem Jackett trug, das er sich immer zu einem bestimmten Zeitpunkt während des Unterrichts auszog, aufs Pult legte und der sich, sobald die Dinge vertrackt und interessant wurden, die Hemdsärmel hochkrempelte, als müsste er mit der Wirklichkeit handgreiflich werden. Stets begann er mit seinen wunderbaren *Warums*, ohne je ein Buch aufzuschlagen, und nahm erst Platz, wenn die Stunde fast vorüber war, gerade so, als wollte er es den gefundenen Antworten erlauben, sich in einer endgültigen und unbestreitbaren Formel zu setzen: in einer Gesetzmäßigkeit. Alles, was ich in meinem Fachgebiet weiß oder noch nicht weiß, beginnt mit dieser Frage, die die Menschheit auf unterschiedlichsten Wegen zur Erkenntnis geführt hat, ob in der Dichtung, der Chemie oder sämtlichen anderen Wissensbereichen: *Warum?* Für meinen Weste tragenden Lehrer war Erklären und Hinterfragen ein und dasselbe, und wenn es darum ging, ein Phänomen zu erforschen, war der einzige Unterschied der zwischen Gemeinschafts- und Einzelarbeit. Seine Fragen ergaben sich aus der uns umgebenden Realität: von den Jahreszeiten bis zur Fußballberichterstattung. Er goss heißes Wasser aus der Thermoskanne in ein Glas, zog einen Teebeutel aus seiner Westentasche, in der auch die Taschenuhr steckte, und tauchte ihn ins Wasser, das sich allmählich goldbraun färbte. *Warum verfärbt sich das Wasser?* Oder er nahm einen Tennisball aus der Balldose eines Klassenkameraden, der nach der Schule zum Training ging, warf ihn in die Luft und beobachtete seine Bewegung. *Warum springt der Ball bei jedem Aufprall weniger hoch?* Wir Schüler sollten aufgrund unserer bereits vorhandenen Kenntnisse antworten, uns vom Unbekannten zum Bekannten vortasten, bis wir eine Gesetzmäßigkeit ableiten konnten. Durch Beobachtung und Experimente ließ er uns die gesamte Geschichte der Wissenschaft durchlaufen. Die Vielfalt der Phänomene sollte zur Wahrheit der ihnen zugrunde liegenden Formel führen, denn *die Wahrheit besitzt eine Ordnung, und es ist an uns, sie herauszufinden.* Für ihn barg das *Wie* der Dinge keine Geheimnisse, man musste lediglich den Verstand benutzen, um die Vielfalt wieder zur Einheit zu führen. *Wer ein bisschen Ordnung ins Chaos bringt*, pflegte er zu sagen, *rettet die Welt.*«

Ich spüre, wie sich ein Körper im Klassenraum rührt und eine Schwingung verursacht, die bei den anderen Schülern Verunsicherung auslöst, ob sie meinen Worten oder seinen Gesten folgen sollen. Die Fähigkeit eines Blinden, den physischen Druck der Dinge zu spüren heißt Echoortung. Sie trifft einen mitten ins Gesicht, weshalb manche sie »Gesichtssehen« nennen. Meine Echoortung verrät mir, dass einer der Schüler gerade mit den Armen rudert, vielleicht, um sich über mich lustig zu machen. Und sie trifft mich mitten ins Gesicht, weshalb ich sie nicht ignorieren kann.

»Ich höre.« Ich wende mich der Bewegung zu und unterbreche meine Rede. Die Klasse erstarrt. Niemand antwortet, Beklommenheit erfüllt die Stille.

»Wie gesagt: Ich habe das Gehör eines Superhelden.« Ich spüre, wie die Körper sich wieder entspannen und mir zuwenden.

»Die Klugheit und Verlässlichkeit, die den Dingen innewohnt, zwingt uns, ebenso klug und verlässlich zu sein. Nur darum geht es bei der Suche nach der Wahrheit. Und nichts macht glücklicher, als sie zu finden, das gilt für die Wissenschaft ebenso wie für das Leben. *Die Wahrheit ist der Eros der Klugheit, ihre Lust,* pflegte uns besagter Lehrer gern zu sagen. Ich war sechzehn, als ich beschloss, so leben zu wollen: Ich wollte auf die Warums, die vom täglichen Leben, vom Chaos der Phänomene, von der herrschenden Ordnung der Dinge aufgeworfen wurden, Antworten finden. Ich wollte ein bisschen Ordnung in dieses Chaos bringen, nicht, um die Welt, sondern um mich selbst zu retten. Ich entschied mich für die Naturwissenschaft, weil ich ein linkischer, ängstlicher Teenager war. ›Warum bildet der Staub unter euren Sofas Flocken? Warum wird der Stuhl unter eurem Hintern warm?‹, fragte unser Lehrer. Und ich dachte bei mir: Warum habe ich noch keine Freundin? Und hoffte, die Wissenschaft könnte mir Antwort geben.«

Hier und da ist ein Kichern zu hören, weil das soeben Gesagte wie gemacht ist für die schlichte Derbheit der Teenager, die glauben, alles über Sex zu wissen und alles gesehen zu haben, in Wirklichkeit aber von seinem Geheimnis keine Ahnung haben.

»Warum bleibt die Kreide an der Tafel haften? Warum kommen Tränen aus den Augen? Die Lektionen des Lebens beginnen nicht mit der Festlegung eines Gesetzes oder einer Regel, sondern immer mit einer Tatsache oder einem Ereignis, mit dem Chaos, das unsere Neugier bannt oder uns zur Verteidigung zwingt.«

»Warum sind Sie blind geworden?«, fragt mich wie aus heiterem Himmel eine Mädchenstimme, die aus der rechten Ecke des Klassenraums kommt, von der Fensterseite. Es gibt immer einen »Fensterschüler«, der sich zu Recht nicht damit abfinden kann, fünf oder sechs Stunden eingepfercht in einem Quader zu hocken, und sich einen Platz am schmalen Grat der Fantasie sucht, die weder drinnen noch draußen ganz zu Hause ist.

»Ich habe es vorhin erklärt, eine Krankheit …«

»Das meine ich nicht. Warum ausgerechnet Sie?«

Die Klasse zuckt zusammen, die Stühle scharren, als alle sich zu der Stimme umdrehen.

Ich schweige.

»Das ist auch ein Warum«, schiebt das Mädchen nach.

»Das stimmt, aber es gibt ›Warums‹, die einem ›Wie‹ entsprechen: Das sind die Fragen der Wissenschaft. Um von der Wirkung auf die Ursache zu schließen, beschreiben wir das Wie, auch wenn wir es als Warum formulieren. Und es gibt Warums, die nicht gleichbedeutend mit dem Wie sind und nichts mit der Kausalkette, sondern mit dem Geheimnis zu tun haben. Auf diese Warums versuchen wir zu antworten, um den Geschehnissen, die wir nicht mit wissenschaftlicher Sicherheit lösen können, einen Sinn zu geben. Ich kann erklären, wie ich blind geworden bin, aber auf das Warum habe ich tatsächlich keine Antwort. Es ist passiert.«

Tränen rinnen mir aus den Augen, und ich wische sie mit dem Handrücken fort.

Stumm und reglos sitzen die Schüler da.

»Ihr werdet mich häufig weinen sehen: Eine Folge meiner Krankheit ist ein unkontrollierter Tränenfluss. Aber das muss euch nicht irritieren. Jeder hat mit seiner eigenen Reifeprüfung zu kämpfen: Ich hoffe, durch eine Operation, auf die ich seit Langem warte, mein Sehvermögen wiederzuerlangen. Sie ist Teil eines neuen Versuchsprogramms gegen dieses Leiden, für das es noch keine Heilungsmethode gibt.«

»Warum gibt es den Schmerz?«, fragt dasselbe Mädchen in einem Ton, der eher verzweifelt als herzlos klingt, weil sie die Frage nicht mir, sondern sich selbst stellt. Die Gegenwart eines Menschen liegt für mich im Klang seiner Stimme, und es ist unglaublich, wie sehr die Stimme das Unsichtbare zu zeigen vermag. Ein Gesicht kann sich angewöhnen zu lügen und seine Mimik verstellen, eine Stimme nicht. Und Teenager sind wie Bluthunde: Kaum nehmen sie die Fährte der Wahrheit auf, lassen sie nicht mehr locker und beißen so lange zu, bis sie wenigstens ein Stückchen davon ergattern.

»Um ihn zu erzählen. Schmerz hat die Fähigkeit, alle unnötigen Fragen von uns abfallen zu lassen und uns zum Wesentlichen zu bringen, wie ein Katalysator zieht er die unsichtbaren Bestandteile des Lebens an. Wir bilden uns ein, wir könnten vom Schmerz eine Formel ableiten, als wäre er ein beschreibbarer Zustand. Aber Schmerz ist ein Prozess, man kann nur seine Geschichte erzählen, die noch im Werden ist: Sie betrifft nicht die Vergangenheit, also einen beschreibbaren Zustand, sondern die Zukunft. Schmerz ist gemacht, um erzählt zu werden. Andernfalls versteinert er uns: Wir bringen unsere Zeit damit zu, den Schmerz in der Vergangenheit einzusperren, und suchen mit wissenschaftlicher Akribie nach seinen Ursachen, doch das kann uns nicht heilen. Wir können nur genesen, wenn wir im Schmerz bleiben und abwarten, wohin er uns trägt, eben weil wir die Kontrolle über die Dinge verloren haben. Was hätte ich gesehen, wenn ich nicht erblindet wäre? Das, was alle sehen. Stattdessen sehe ich etwas anderes. Meine Mutter erzählte mir gern von der homerischen Frage, das war für sie der spannendste Krimi überhaupt: Niemand weiß, ob es Homer wirklich gegeben hat, aber es heißt, er sei blind gewesen, weil nur ein Blinder die Dinge auf diese Weise hätte erzählen können.«

»Verstehe ich nicht. Wäre das Gegenteil nicht viel logischer?«, unterbricht mich eine weitere unruhige Stimme. Die Stunde hat bereits den unaufhaltsamen und unvorhersehbaren Lauf einer Erkundung genommen. Unterrichtsstunden sind keine U-Bahnfahrten mit festgelegter Streckenführung, sondern Bergwanderungen, auf denen man nach Belieben Rast machen kann, um zu verschnaufen, den Ausblick zu genießen, eine Pflanze zu begutachten, einen Vogel zu beobachten.

»Ehrlich gesagt: nein. Und zwar aus dem gerade genannten Grund. Die Blindheit erlaubte es ihm, das innerste Geheimnis der menschlichen Leben zu erspüren, von denen er erzählte. Aber diese Dinge müsst ihr eure Italienischlehrerin fragen.«

Ich spüre Enttäuschung, wie so oft, wenn der Lehrplan das ersten Fünkchen Erkenntnis erstickt, die den Sinn des Lebens berührt. Der ist im Lehrplan nicht vorgesehen.

»Ab der nächsten Stunde fangen wir an, uns mit den Warums zu beschäftigen. Bringt einen Stift und ein Heft mit: Chemie, Physik, Biologie und Astronomie sind nicht nur dazu da, eine Prüfung zu bestehen, sondern haben mit dem täglichen Leben zu tun. Und bringt eure Namen mit.«

»Wie meinen Sie das?«

»Da ich euch nicht sehen kann, hängt euer Leben an euren Namen wie die Position der Elemente an ihrer Ordnungszahl im Periodensystem. Deshalb werden wir die Anwesenheitskontrolle so durchführen, wie ich es euch jetzt erkläre.«

Das leichte Scharren von Stühlen und Bänken verrät die abwartende Haltung der Schüler, ihre leicht nach vorn geneigten Oberkörper beschreiben die Zielbahn ihrer Erwartung.

»Jeder von euch wird aufstehen und laut und deutlich seinen Namen sagen, damit ich ihn mit der Stimme und eurem Platz im Klassenzimmer verknüpfen kann. Deshalb bitte ich euch, in meinen Stunden auch immer dieselben Plätze einzunehmen, bis ich gelernt habe, euch an der Stimme zu erkennen. Ihr Klang, ihre Position und Entfernung verraten mir, wer und wo ihr seid. Nachdem ihr euren Namen gesagt habt, werdet ihr mir seine besonderen Eigenschaften nennen, als würdet ihr ein Mineral beschreiben: seine physikalische Beschaffenheit, seine kristalline Struktur, sein Vorkommen, seine Eigenschaften …«

»Jedes Mal?«, fragt eine Mädchenstimme bang.

»In jeder meiner Stunden. Genau wie bei komplexen Phänomenen, denen man nach und nach auf den Grund geht, wird das, was ihr zu erzählen habt, jedes Mal anders sein und immer verborgenere Bereiche eures Namens betreffen. Jeden Tag werden wir der wissenschaftlichen Forschung etwas Neues hinzufügen.«

»Echt jetzt? Was soll an einem Namen denn schon dran sein …«, ertönt eine spöttische Jungenstimme aus den hinteren Reihen.

»Es geht darum, einen Namen zu retten. Deshalb unterrichte ich, und ich will nicht damit aufhören, auch wenn ich blind geworden bin. Das hat nichts Rührseliges, es ist reine Wissenschaft: Ein Phänomen existiert erst, wenn man es identifiziert und ihm einen Namen gibt. Ihr seid Phänomene, und meine Aufgabe ist es, ihre exakten Namen festzustellen. Damit ist die Anwesenheitsüberprüfung die vollkommene Formel zur Rettung der Welt. Ihr könnt entscheiden, ob ihr einzigartige Phänomene oder Schießbudenfiguren sein wollt: ununterscheidbar und nur dazu da, die Leute zum Lachen zu bringen. Diktaturen trachten danach, Unterschiede zu eliminieren, sie stecken die Menschen in Uniformen und lassen die Namen verschwinden.«

»Kann man auch gar nichts sagen?«, meldet sich der Junge wieder und klingt diesmal ernster.

»Auch das Schweigen ist eine Art, auf den Namensappell zu reagieren. Dann wissen wir, dass dieser Name an diesem Tag die Stille vorzieht, ähnlich der Leerstelle in einem Gedicht, in der ein Name aufscheint. Aber das ist noch nicht alles.«

Es herrscht wachsames Schweigen.

»Wenn ihr fertig erzählt habt, kommt ihr jeweils nach vorn, und ich werde meine Hände auf euer Gesicht legen. Da ich euch nicht in die Augen sehen kann, bin ich gezwungen, euch zu berühren.«

»Sie fassen mich nicht an«, protestiert eine andere Stimme, eine weibliche.

»Ich fasse niemanden an. Ich setze die Beobachtung auf experimentelle Weise fort. Konturen, Beschaffenheit, Unvollkommenheiten, Lidschlag … Im Gesicht lässt sich die ganze Geschichte eines Menschen ablesen, ich kann euch nicht nur durch eure Worte kennenlernen, ich muss ihnen nachgehen.«

»Bei mir werden Sie sich mit den Worten begnügen müssen.«

»Wie heißt du?«

»Elena.«

»Morgen beginnen wir den Appell mit dir. An welcher Stelle der Namensliste stehst du?«

»Keine Ahnung, ich bin neu in der Klasse.«

»Lies vor.« Ich schiebe ihr das Klassenbuch hin.

Sie tritt näher und liest: »Nummer sieben.«

Es gibt keinen Zufall, ich würde gern noch ein paar Gedanken zu dieser Fügung loswerden, aber die Schulglocke verkündet, dass es an diesem Tag bereits genug Fragen zu bewältigen gilt.

»Wer hilft mir beim Hinausgehen?«

»Ich«, antwortet eine kräftige Stimme, an der ich den Jungen wiedererkenne, der sich am ersten Schultag bei Signora Patrizia versteckt hat. Ich lasse mich zum Ausgang führen, seine Hand ist groß und stark, auch wenn sie mich mit ungelenker Zurückhaltung kaum berührt. Meine Verletzlichkeit lässt Menschen behutsam werden, und dieser Junge zeigt eine Einfühlsamkeit, wie sie sich zuweilen selbst nach fünf Jahren des Zusammenseins nicht einstellt. Beziehungen sind wie Puzzlespiele, nur wenn sich die Teile ineinanderfügen, entstehen echte Verbindungen.

»Hier entlang, Professore.«

»Das brauchst du mir nicht zu sagen, ich weiß sowieso nicht, wo ›hier entlang‹ ist. Du musst mich unterhaken und führen.«

Sein Griff wird entschlossener, er lotst mich um das Pult herum zur Tür.

»Ab hier übernehme ich, Oscar.« Das ist Patrizia, die mich wie verabredet vor der Tür erwartet.

»Zu Befehl, Tante Patri.«

Die anderen um uns herum lachen.

Ich bedanke mich bei dem Jungen und begebe mich in Patrizias Hände.

»Möchten Sie einen Kaffee, Professore?«

»Noch einen?«

»Von meinem kann man nie genug bekommen …«

Untergehakt erreichen wir ihr nach Lavendel und Kaffee duftendes Refugium.

»Wie ist es gelaufen?«

»Sehr gut.«

»Haben Sie gesehen, was für Schätze sie sind …«

»Ich habe gar nichts gesehen, Patrizia.«

»Entschuldigen Sie, Professore, ich kann's mir einfach nicht merken.«

»Das sehe ich.«

Sie schweigt verdattert, dann begreift sie, dass ich einen meiner blöden Witze gerissen habe, bei denen man zunächst nicht weiß, wie man reagieren soll. Doch die Leute gewöhnen sich ziemlich schnell daran. Wir fangen an zu lachen.

Der Morgen ruft alle ans Licht, und die Stadt mischt die Leben ihrer Bewohner zu einem Spiel mit meist unbekannten Regeln. Aus diesem Grund hat sich das wegen seiner Quantenkatze allseits bekannte Physikgenie Erwin Schrödinger eines schönen Tages gefragt: »Was ist das Leben?« Und obwohl er kein Biologe war, ahnte er bereits zehn Jahre vor der Entdeckung der DNA, was es mit ihrer Struktur auf sich hat: unendliche Kombinationsmöglichkeiten einer festgefügten Sequenz von Atomen auf winzigstem Raum. Das Leben als verschlüsselte Botschaft. Ist ein Eigenname nicht genau das? Eine einzigartige, aus dem grenzenlosen Alphabet des Lebens ausgewählte Abfolge von Buchstaben, um etwas in der Geschichte nie Dagewesenes und Einzigartiges zu benennen. Doch ebenso wie die DNA nicht genügt, um zu einem Schicksal zu werden, muss dieser Name von jemandem ausgesprochen werden. Auch das Genom ist nur einmalig durch das Epigenom, nämlich die Art, auf die uns das Leben täglich berührt und bis in die tiefsten Schichten verändert. Auf unseren Namen antworten wir: ANWESEND!, wie ein Lichtschalter lässt er unser gesamtes Schicksal aufleuchten. Wir sind ein einmaliges physisches und metaphysisches Phänomen, das jedes Mal verschwindet, sobald wir einfach »ich« sagen, weil nur der magische Klang der Buchstaben unseres Namens die Mischung aus Freude und Schmerz, Liebe und Lieblosigkeit, Angst und Abenteuer, aus der wir bestehen, zur Wirkung zu bringen vermag. Man kann nicht aus Gewohnheit auf seinen Namen reagieren, weil nicht Gewohnheit, sondern Ruhelosigkeit uns am Leben hält. Für mich glichen Worte immer chemischen Verbindungen und Reaktionen, mein etymologischer Tick tat das Übrige. Fügt man dem lateinischen Verb *pellere* mit der Bedeutung »stoßen« die Präposition *ad* hinzu, erhält man das Kompositum AD-PELLERE, »hinausstoßen«, und genau das tut eine Frau, wenn sie ein Kind gebiert. APPELL bedeutet:

- jemanden aufrufen, um sicherzugehen, dass er anwesend ist
- Anrufung, Hilferuf

In beiden Fällen ist eine Stimme präsent, die die Bedingungen für die Möglichkeit menschlichen Leben festlegt: Was müssen wir tun, um dort zu bleiben, nachdem wir das Licht der Welt erblickt haben? Wir alle kämpfen tagein, tagaus dafür, dass unser Name richtig ausgesprochen wird. Wir suchen ihn überall, am Arbeitsplatz, in einer Beziehung, in einer Nachricht, in einem Kleidungsstück, in einer Bestleistung, in einer Leidenschaft, in einer Perversion, in Gewalt, im Ehrgeiz, in Abhängigkeit und Zerstörung, in Herrschaft und Genuss, in einem Grab und in der Wahl von etwas oder jemandem, zu dem wir gehören. Denn das heißt es, einen Namen zu tragen: etwas oder jemanden zu haben, der ihn sicher verwahrt. Der Name lässt uns weniger sterblich sein, denn das ist der eigentliche Überlebenskampf, mehr noch als der unserer Spezies. Allzu häufig verkümmern unsere Eigennamen zu Gattungsnamen: Teller, Bett, Tisch … Wenn aber ein Eigenname zum

Gattungsnamen wird, hört er auf zu leben: Ist nicht die Dichtung dazu da, den Gattungsnamen die Würde des Eigennamens zurückzugeben? Deshalb sind die besten Dichter und Wissenschaftler jene, die Zärtlichkeit und Strenge miteinander vereinen. Einen Eigennamen zu geben und jemanden ans Licht zu bringen, ist ein und dasselbe. Seit ich blind bin, habe ich begriffen, dass Licht sich nicht nur in den Dingen spiegelt, sondern von ihnen ausgeht, sobald man sie beim Namen nennt. Der Tag, an dem die Ärzte mir sagten, dass ich binnen weniger Jahre vollständig erblinden würde, war der Tag meines Appells: Das Leben rief mich beim Namen und fragte, ob ich anwesend sei, ob ich es überhaupt je gewesen war oder ob ich mir mit all den Masken, die ich im Laufe der Jahre getragen hatte, nur eingeredet hatte, es zu sein.

Um unterrichten zu können, muss ich mich auf die Präsenz meiner Schüler konzentrieren und nicht auf meine Erwartungen, ich muss zulassen, dass sie ans Licht kommen, statt sie erleuchten zu wollen. Zumindest muss ich es versuchen. Ebenso wie ich lernen musste, meinen Sohn heranwachsen zu sehen, indem ich sein Gesicht berührte, seinen Worten und seinem Schweigen lauschte. Trotzdem möchte ich ihn wiedersehen. Und meine Tochter, die ich noch nie gesehen habe? Es gelingt mir nicht, mich mit meinem Tastsinn und ihrer Stimme abzufinden, nicht zuletzt, weil ich es ihr zu verdanken habe, dass ich noch hier bin, um diese Geschichte zu erzählen.

Während ich solchen Gedanken nachhänge, ertönt die Schulglocke. Für einen Sehenden sind manche Geräusche nur Teil der Umgebung und werden vom Gehirn automatisch in den Hintergrund geschoben, für einen Blinden aber springen sie in den Vordergrund und verdrängen alles andere. Die Schulglocke ist eines davon. Es ist Zeit, zu beginnen.

»Wir werden uns nicht an die alphabetische, sondern an die räumliche Reihenfolge halten, so kann ich eure Stimme eurem Platz zuordnen. Wir fangen am Fenster an und bewegen uns dann Richtung Tür.«

Hektisches Getuschel ist zu hören: eine Mischung aus Aufgedrehtheit, Angst, Übermut. Beim Namensappell treffen sämtliche haltlosen Gefühle der Jugend aufeinander.

»Später werden wir uns dann von den Notwendigkeiten des Lebens oder von der Willkür meines zehnflächigen Würfels leiten lassen. Auch wenn wir schon heute mit einer Ausnahme beginnen, genau wie die Natur in Momenten der Evolution: Elena?«

ELENA

Anwesend. Mein Körper ist anwesend, vielleicht nicht einmal der. Wie kann man bei etwas anwesend sein, das sich »verpflichtend« nennt? Wie kann man aus Pflicht anwesend sein? Aber ich will nicht gleich losmeckern, sonst bin ich schon in der ersten Schulwoche für alle die frustrierte Zicke. Ich heiße Elena, und daran ist mein Vater schuld, der einen Sagenfimmel hat, seine Mutter hat ihm die Mythen immer erzählt, als er klein war. Ich weiß nicht, warum man Kindern Sagen erzählt, sie strotzen vor Blut und Gewalt, und dann regt ihr euch über unseren Geschmack auf, als ob Götter, die ihre Kinder aufessen oder sich in Tiergestalt mit wehrlosen Frauen paaren, besser wären, nur weil sie antik sind ... Aber auf dem naturwissenschaftlichen Gymnasium können uns diese Dinge schnuppe sein, für uns gibt es nur Wurzeln und Integrale: Wahrheiten ohne Abweichungen. Doch ich weiche ab.

Ich heiße Elena, weil Helena die Schönste war, und noch ehe er seine Erstgeborene zu Gesicht bekommen hatte, beschloss mein Vater, dass sie so heißen sollte. Er war so stolz auf mich, ich konnte nur die Schönste sein, als hätte es bis dahin nie eine andere gegeben. Ich glaube, so geht es Eltern immer mit ihren Erstgeborenen, deshalb ersticken sie sie mit ihren Erwartungen. Allerdings hat er nicht an den Teil der Sage gedacht, in der Helena zur Bitch wird und ihren Mann Menelaos betrügt, um mit Paris nach Troja zu fliehen. Damit hat sie den ersten Weltkrieg der Geschichte ausgelöst. Mein Vater bekam Oma Biancas Geschichten in der zensierten Version zu hören, in der Helena von Paris geraubt wird und die Griechen nur losziehen, um sich wiederzuholen, was ihnen durch eine List genommen wurde. Und mit einer List haben sie sich dann auch gerächt. Daran dachte mein Vater, als ich geboren wurde, und meine Mutter war einverstanden. Meine Mutter war eine wunderschöne Frau, von ihr habe ich die Augen, die schmale Nase und die welligen Haare. Inzwischen ist sie verwelkt, denn das Leben ist nicht mitfühlend, weder mit achtzehn noch mit achtundvierzig. Ich glaube, das ist es nie, aber bei meiner Mutter hat es sich mit Brustkrebs ausgetobt: Die linke Brust wurde entfernt. Seit dem Tag ist etwas in ihr erloschen, der Tumor hatte nicht nur ihre linke Brust, sondern auch das Herz dahinter erobert. Sie ist schwermütig geworden. Der Krebs hat den Körper verlassen, aber in der Seele wuchert er weiter. Da ist nicht mehr viel Licht, auch wenn mein Vater versucht, ihr ein wenig Helligkeit zu schenken. Mein Vater liebt sie noch immer, ob sie ihn auch noch liebt, weiß ich nicht; es ist, als würde meine Mutter inzwischen gar nichts mehr lieben.

Als ich aufs Gymnasium kam, war ich glücklich. Das Neue machte mir keine allzu große Angst, weil ich wusste, dass ich mit allem fertigwerden würde. Ich hatte mich fürs naturwissenschaftliche entschieden, gegen den Wunsch meiner Eltern: Sie bestanden darauf, dass ich wie sie das humanistische besuche, aber die Aufrichtigkeit der Zahlen war mir lieber als der Albtraum der Sagen. Dann kam der Krebs, und das Leben machte mir Angst. Mathematik interessierte mich nicht mehr, sie würde meine Mutter bestimmt nicht retten. Die Mythen mit ihrem Grauen hatten leider recht: Das Leben ist eine furchtbare Tragödie.

Für heute reicht es mit Bitterkeit. Jetzt ist der nächste Verurteilte dran.

CESARE

Rost ist mein Künstlername, ich gehe immer aufs Ganze, egal, welche Karten ich habe, so war's schon als Kind, wenn andere glücklich sind, sie lernen lesen und mit dem Fahrrad pesen. Aber das Leben ist verquast, alle suchen Glück oder wenigstens Spaß, in Wahrheit ist es nur Betrug, ohne Flügel, ohne Höhenflug. Rost sagt immer die Wahrheit, wie Dante war er auf Höllenfahrt, kam wieder raus ohne Haut, aber mit riesigem Heart. Von Elena hatte ich bis jetzt keinen Plan, der Appell eines blinden Lehrers hat's getan. Wie's bei mir lief, weiß auch kein Schwein, man sieht nur die Maske, den äußeren Schein. Aber ich mag dieses Spiel, es ist ein Battle Beat, man erzählt sich selbst, ohne Feat, ohne Cit, alles explizit. Cesare ist mein Name, frag mich nicht, warum das so ist, als ich ihn bekam, hat meine Mom sich verpisst. Einen Vater hatte ich nie, nur Sperma in der Fotze, schlimmer als Rotze. Mein Leben hatte 'nen Start ohne Kick, bin die gebenedeite Frucht von 'nem schnellen Fick. Ich rede nie über mich, das schmerzt zu sehr, wie zu viel Salz im Meer, das in allen Wunden brennt, keine Gnade kennt, nicht bei der kleinsten oder geheimsten.

Ich habe 'ne schöne Erinnerung, verloren in der Vergangenheit, denn ein Bastard ist die Zeit, sie schenkt dir was, und du bist nicht bereit. Ich hatte nur eine Freundin im Leben, sie hatte mich gern und hieß Margherita, wir spielten zusammen in der Kita. Meine Erzieherin fand mich seltsam, meinte, für mein Alter trag ich zu viel Wut herum, also hielt ich's Maul, blieb stumm, aber ich wollte alles demolieren, massakrieren, Fressen polieren. Ich lebe in so einer Wohngruppe, Mama oder Papa sind da komplett schnuppe, ich rede nicht gekonnt, rede prompt, wie's mir kommt, ich schreibe Lieder mit hämmerndem Takt, manche schön, andere verkackt, versteck darin all meinen Schmerz, mach daraus einen Schrei und Liebe fürs Herz. Musik ist ein Rettungsring, sie hält mich über Wasser, wenn ich ertrinke, wenn der Sturm alles killt, meinen Körper und deinen, wenn nichts in mir chillt, es brodelt in mir wie ein Vulkan, Tränen in den Augen, Lava in der Blutbahn. In einem Lied hab ich Margherita versprochen, es wird alles gut, das hält mein Leben am Pochen, schützt mich ein bisschen vor Salz und Blut. Sie haben mich Cesare genannt, als wäre ich ein Kommandant, ein Herrschername voller Blut, ohne Liebesglut.

Aber der Name, den ich mir gab, ist Rost, weil ich rote Haare hab, von Mutter oder Vater, ich hab keinen blassen, mehr haben sie mir eh nicht hinterlassen, und wie Rost zerfresse und zerstöre ich alles, auch Eisen, und wer mir blöd kommt, dem werd ich's beweisen. Und Stopp.

ACHILLE

Ich hatte nicht mal auf dem Schirm, dass du Cesare heißt, ich habe dich immer nur Rost genannt, genau wie alle anderen. Achilles Namen trage ich seit der Geburt, aber das ist auch das Einzige, was ich von ihm habe, mir fehlen seine Stärke und der Mut, der Zorn und das Aussehen, also eigentlich alles, aber dafür kenne ich mich mit Computern aus. Meine Schlachten finden im dunklen Raum zwischen Codes und Passwörtern statt. Mir gefällt Achilles Plan, unsterblich zu werden und allen mit einer großartigen Tat im Gedächtnis zu bleiben. Bisher bringe ich es auf zwei erinnerungswürdige Dinge: meine Fähigkeit, jemandes Passwort in weniger als zehn Minuten zu knacken, und meine Asthmaanfälle, vor allem auf dem Klassenausflug im ersten Jahr, als wir im Tropengewächshaus waren und ich einen so heftigen Anfall bekam, dass sie vor lauter Schreck den Krankenwagen gerufen haben und die ganze Schule mich ausgelacht hat, weil ich grün wurde wie die Blätter der Pflanze, die ich angefasst hatte. Seitdem nennen mich alle Ventolin wie das Asthmamittel, von wegen der schnellfüßige Achilles …

Ich habe eine normale Familie, Vater, Mutter zwei Geschwister. Sie ist sogar stinknormal, man langweilt sich richtig, weil nie was passiert. Zum Glück habe ich meinen Computer und kann das Leben damit in ein Abenteuer verwandeln. Ich habe mir ein bisschen höhere Mathematik und Wahrscheinlichkeitsrechnung beigebracht, um beim Online-Poker zu gewinnen. Ich schaffe es, an drei oder vier Tischen gleichzeitig zu spielen und nebenbei Hausaufgaben zu machen. Es ist alles eine Frage der Logik, mit Glück hat das nichts zu tun. Gestern habe ich 135 Euro an einem Nachmittag gewonnen, manch einer malocht den ganzen Tag für die Hälfte.

Professor Romeo, wenn Sie bei der digitalen Unterstützung des Unterrichts oder bei sonst was Hilfe brauchen, das mit dem Internet oder dem PC zu tun hat, steht Ihnen Ventolin zur Verfügung ... also Achille, wollte ich sagen. Ich kann Ihnen auch nützliche Materialien für wenig Geld besorgen, man muss nur wissen, wo ... alles legal.

STELLA

Ich heiße Stella. Wenn ich an den Ursprung meines Namens denke, kommen mir jedes Mal die Tränen, aber das, was Elena, Achille und Cesare gesagt haben, hat mir Mut gemacht, also versuche ich es.

Stellina – Sternchen. So nannte er mich; abends beim Einschlafen kann ich ihn noch immer hören. Er fehlt mir, aber ich vermisse auch das, was aus mir hätte werden können, wenn er noch da wäre. Vielleicht wäre ich weniger schüchtern und größer und nicht so nah am Wasser gebaut. Ich war zehn, als er gestorben ist: Der Bauchspeicheldrüsenkrebs hat ihn in kürzester Zeit dahingerafft, und er konnte nicht einmal mehr zu den Waffen greifen, obwohl er ein Krieger war. Ich war dafür nicht bereit. Ich glaube, für den Tod des eigenen Vaters ist man nie bereit. Bei unserer letzten Begegnung versuchte er, mich zu umarmen, aber ihm fehlte die Kraft, und statt mich zu drücken, lagen seine Arme hilfesuchend auf mir. Jedes Mal, wenn ich an diese verhinderte Umarmung denke, muss ich heulen, einfach so, auch wenn ich gerade in der U-Bahn sitze oder ein Lied höre. Manchmal meine ich ihn zwischen den Menschen zu sehen und laufe ihm nach, bis ich plötzlich mit einem stechenden Schmerz in der Brust und tränennassen Augen wieder zu mir komme. Jeden Tag kämpfe ich um meine Erinnerungen, damit sie nicht verloren gehen. Es ist, als würde ich einen Schulstoff pauken, den man sich einfach nicht merken kann. Das Erste, was mir verloren ging, war seine Stimme, ich kann mich einfach nicht mehr an sie erinnern. Klar, es gibt Videos, aber ohne diese Aufnahmen gelingt es mir nicht mehr, mir seine Stimme vorzustellen.

Auf meinem Schreibtisch steht ein Foto, darauf sind wir am Meer, und er hält meine Hand und bringt mir das Schwimmen bei. Auf diesem Bild sind Raum und Zeit unversehrt, doch es ist unmöglich, dorthin zurückzukehren. Wenn ich mich in die Vergangenheit flüchte, kann ich nicht in der Gegenwart sein, und wenn ich versuche, in der Gegenwart zu sein, kann ich mich nicht mehr erinnern. Ich weiß nicht mehr, wohin mit mir: in die Erinnerungen oder in die Gegenwart? Vielleicht habe ich deshalb Panikattacken. Kaum steige ich in den Bus, muss ich sofort wieder raus und will vor lauter Angst nur noch nach Hause. Ich glaube, es gibt eine richtige Version des Lebens, in der die Dinge laufen, wie sie laufen sollen. Wie wenn der Vater einem Schwimmen beibringt. Mein Vater hat Kinderbücher geschrieben, das letzte ist unvollendet geblieben. *Für Stella*, lautet die Widmung. Er hatte es *So sollte es laufen* genannt, denn er behauptete, es gebe immer eine bessere Version des Lebens, die uns jedoch nie zufalle. Das muss man seinen Kindern sagen, und zwar rechtzeitig.

OSCAR

Es ist alles die Schuld meiner Mutter. Mein Name ist preisver-
dächtig: Oscar, weil *du Großes vollbringen wirst*. Seit ich auf
der Welt bin, sagt meine Mutter das zu mir, und vielleicht
schon vorher, sie ist total besessen davon. Ich habe vor nichts
Angst, und wenn ich mit zwanzig hier sitze, dann nicht, weil
ich nichts draufhabe, sondern weil die anderen glauben, ich
hätte nichts drauf, und mich zweimal haben durchrasseln lassen. Die möchte ich mal im Ring sehen, denen würde ich den
Arsch aufreißen. Wenn ich mit meinen Boxhandschuhen in
dieses Quadrat steige, weiß ich, dass ich treffen muss, denn so
ist das Leben: Um es auf die Bretter zu schicken, kommt man
entweder aus seiner Ecke und geht aufs Ganze, oder man kassiert einen Schlag nach dem anderen, bis man nicht mehr
schnaufen kann und die Orientierung verliert, denn das Leben schlägt dich nicht sofort k. o., sondern macht dich mit
unermüdlichen Seitenhieben fertig, und ehe du dich's ver-
siehst, landest du auf dem Arsch. Ich trainiere jeden Tag: Laufen, Liegestütze, Klimmzüge, Sit-ups, Seilspringen, Bizeps,
Trizeps, Beine … und dann Schwinger, haufenweise Schwinger. Ich muss diesen blöden Wisch kriegen, weil er meiner
Mutter wichtig ist. Wenn ich dauernd von meiner Mutter
rede, dann nicht, weil ich immer noch an ihrer Titte hänge
wie die meisten hier drinnen, sondern weil sie mich alleine
großgezogen hat. Meinen Vater sehe ich nie, weil ich ihn sonst
umbringe. Letztes Mal hat er meiner Mutter eine verpasst,
und ich habe ihm mit einem Haken die Nase gebrochen, ich
glaube also nicht, dass dieser Hurensohn zurückkommt, bei
allem Respekt für meine Großmutter, die ich nie kennengelernt habe und die vielleicht besser drauf ist als er. Deshalb
habe ich beschlossen, Boxer zu werden, um meine Mutter zu

schützen, und weil ich zu schwach war, musste ich mir Muskeln antrainieren. Ich weiß nicht, warum ich euch das alles erzähle, aber schließlich ist das hier die Naturwissenschaftsstunde, da labert man nicht rum wie im Italienisch- oder Philosophieunterricht, sondern sagt, wie die Dinge laufen. Und die Dinge laufen scheiße. In der Physik scheint zwar alles in bester Ordnung zu sein, und auch in der Chemie scheint alles in bester Ordnung zu sein. Im Leben geht alles vor die Hunde.

Jeder Tag ist für meine Mutter und mich eine Herausforderung, weil dieser Mistkerl uns keinen Euro gibt. Nicht mal die Stromrechnung können wir zahlen. Aber so läuft's: Erst sorgt einer dafür, dass man das Licht der Welt erblickt, und dann nimmt er es einem weg. Deshalb schließe ich auf meine Kämpfe Wetten ab, genau wie Rocky. Ich habe vierhundert Euro mit nach Hause gebracht und zu meiner Mutter gesagt: *Kauf dir was Schönes. Woher kommt das Geld*, hat sie mich gefragt, und ich habe ihr die Wahrheit gesagt. Sie meinte noch: *Aber tu dir nicht weh.* Und ich meinte: *Wenn überhaupt, dann tue ich jemandem weh.* Ich werde Großes vollbringen. Tue ich bereits. In diesem Versagerverein hier macht niemand vierhundert Euro am Tag.

Also, mal ehrlich: Diese Sache mit den Händen im Gesicht ist echt schwul, aber wenn Sie glauben, es muss sein, geht das in Ordnung. Wenn's nicht zu lange dauert. Ich will nämlich nicht, dass das die Runde macht, denn wenn sie beim Training erfahren, dass ein Kerl mich streichelt, machen die mich fertig. Männer verteilen Schläge, keine Streicheleinheiten.

CATERINA

Jeder erzählt sein Ding und glaubt, er sagt die Wahrheit, aber wer weiß, was sich hinter unseren Namen verbirgt. Morgens, wenn der Wecker klingelt, bräuchte jeder einen Lügendetektor. Dann dürfte der Mensch, der einem gerade am nächsten steht, aus heiterem Himmel eine Frage stellen, die man beantworten müsste. *Liebst du mich? Bist du glücklich? Gehst du fremd?* Stattdessen machen wir gute Miene zu unseren Lügen, die wir uns selbst und den anderen auftischen. Jeden Tag tragen wir eine neue Schicht Schminke auf, bis wir nicht mehr wissen, wie unser Gesicht aussieht, wir finden es unter all den Lügenschichten nicht wieder. Ich weiß nicht, ob Ihr Experiment funktioniert, Professore, denn mit der Zeit verliert man sein Gesicht: Die Masken kleben so fest auf der Haut, dass man sich das echte Gesicht mit herunterreißt, wenn man sie abnimmt. Ich schweife ab, aber nach all euren Geschichten, in denen immer jemand schuld ist, kam mir das in den Sinn. Wir haben immer eine Ausrede, um uns dem Leben nicht zu stellen.

Ich heiße Caterina. Mein Name stammt von der heiligen Katharina, weil ich schon im Bauch meiner Mutter nie Ruhe gab, und sie erzählte mir, Katharina hätte vor niemandem klein beigegeben und sich auf keine halben Sachen eingelassen: »Mein Wesen ist Feuer«, pflegte die heilige Katharina zu sagen. Ich weiß, dass ich mir mit dem, was ich sage, keine Sympathiepunkte hole, aber ich habe beschlossen, auch bei der Wahrheit keine halben Sachen zu machen, davon hatte ich in den letzten Jahren mehr als genug. Erwachsene, die das eine behaupten und das andere tun, morgens eine Streicheleinheit für die Ehefrau, abends ein Fick mit der Geliebten, oder abends ein Lächeln für den Verlobten und nachts Nacktfotos für den Lover, oder erst ein Aperitif mit der besten Freundin, um danach auf dem Klo mit deren Freund rumzumachen. Allesamt mit ihren geschminkten Gesichtern und den Schaufensterpuppenvisagen.

Gestern habe ich den Menschen in einem Behindertenwohnheim Gesellschaft geleistet. Das mache ich zweimal die Woche, und dort gibt es keine Masken. Dort tut niemand so, als ob, sie wissen gar nicht, wie das geht. Dort ist jeder er selbst, und sie umarmen einen und lachen und weinen, wie's gerade kommt und egal, wie alt sie sind. Dort habe ich gelernt, dass ich zwei Arme, zwei Beine, zwei Augen, zwei Ohren habe und dass an mir alles funktioniert. Bis dahin hielt ich das für ganz selbstverständlich, aber sobald man etwas für selbstverständlich hält, hat man es verloren. Gestern bat mich Anna, die schon vierzig ist und sich benimmt wie ein Kind, ihr ein Lied vorzusingen, und als ich es tat, fing sie an zu weinen. Als ich sie fragte, warum, sagte sie, das Lied habe ihre Mutter ihr immer vorgesungen. Sie umarmte mich stumm und hielt mich eine kleine Ewigkeit fest, zuerst war mir das unangenehm, aber dann zwang ihre Umarmung mich, meinen Widerstand aufzugeben und mich zu entspannen. Ich spürte echte, unverfälschte Liebe und war neidisch auf diese Wahrhaftigkeit, die ich in den Armen eines Jungen nie gefunden habe. Wir alle brauchen echte, unverfälschte Liebe, aber man findet sie so gut wie nie. Deshalb gefällt mir das, was Sie tun, Professore, es ist das erste Mal, dass ich in der Schule von Wahrheit sprechen höre, und zwar nicht theoretisch, sondern praktisch. Hier ist mein Gesicht, ich hoffe, es ist ehrlicher als meine Worte, denn meistens sind Worte auch nur Maskerade.

ETTORE

Ich heiße Ettore, ein perfekter Name für jemanden, der sterben muss. Gestern war ich auf der Beerdigung von meinem Opa Giulio. Ich habe bei ihm gewohnt. Mein Opa hätte nicht sterben dürfen. Alle heulten, weil er nicht mehr da war, aber ich habe nicht eine Träne vergossen, weil ich stinksauer auf ihn bin, er hat mich verraten. Er hat mich großgezogen, weil meine Eltern zu sehr damit beschäftigt waren, sich anzubrüllen und einander ihren Frust an den Kopf zu werfen. Jetzt bleibt mir wohl nichts anderes übrig, als wieder abwechselnd bei ihnen zu wohnen, gerade so, als könnte man sein Kind abwechselnd lieben. Aber sie haben mich nicht abwechselnd in die Welt gesetzt, sondern zusammen. Ich will nicht zu denen zurück, auf gar keinen Fall, und wenn ich allein in der Wohnung meines Opas bleibe oder unter einer Brücke schlafen muss. Mehr habe ich nicht zu sagen. Betasten Sie ruhig mein Gesicht, wenn's denn sein muss, und ihr könnt euch eure mitleidigen Blicke sparen, denn hier drin glänzt mein Scheißleben im Vergleich zu eurem wie ein funkelnder Diamant.

ELISA

Ich heiße Virginia wie meine Lieblingsschriftstellerin. Ich liebe es, zu reisen und mich in den Wäldern zu verlieren, denn dort findet man die wesentlichen Dinge des Lebens, und ich will wissen, was es braucht, um sagen zu können: Ich habe gelebt. Die Hektik der Stadt macht mich müde, ich liebe die Stille, in der das Leben gedeiht, ohne dass man darüber reden muss. Im Wald fühle ich mich zu Hause, weil er ist wie ich: ein verworrenes, lebendiges, still vor sich hinwachsendes

Ganzes. Unter Bäumen fühle ich mich geborgen, sie sind aus Himmel und Erde gemacht wie ich, und ihre Wurzeln erfrieren selbst im Winter nicht. Diesen Sommer war ich in den Wäldern Ostkanadas auf Trekkingtour, in Québec. Noch nie habe ich Laub in solchen Farben gesehen, und ich habe mich auf Pfaden verlaufen, auf denen Unentdecktes und Prähistorisches, Uraltes und Neues nebeneinander lebendig ist. Unheimliche Geräusche erfüllten die Nächte, und die Milchstraße vervielfachte sich im Wasser des Sees, an dem ich mein Lager aufgeschlagen hatte. Meine Seele schweifte schwerelos durch die makellose Nacht. Bei Sonnenaufgang trank ich heißen Kaffee und sah zu, wie das Wasser von Minute zu Minute die Farbe veränderte. Schwärme unbekannter Vögel zogen vorüber, deren Vollkommenheit keiner Zuschauer bedurfte. Es duftete nach Harz, und der Wind wehte frei. Ich ersticke in diesen engen Mauern und frage mich, warum wir jeden Tag hier drin vor Langeweile sterben müssen. Warum wollt ihr das Leben in die XXS-Größe der Gewohnheit zwängen? Ich hoffe, Sie können uns etwas ganz Neues erzählen. Andernfalls muss meine Seele auch während Ihres Unterrichtes verschwinden, weil sie sonst keine Luft kriegt. In den Worten unserer Naturwissenschaftslehrerin schwang nie ein Staunen mit.

Ich bin dafür gemacht, frei umherzuschweifen. Vielleicht ist *Orlando* von Virginia Woolf deshalb mein Lieblingsbuch, denn seine Hauptfigur reist durch Raum und Zeit: Nach einem langen, eigentümlichen Schlaf wechselt der Held seine Identität und das Zeitalter. Als Kind nehmen ihm seine Eltern die Kerzen weg, damit er nicht bis in die Nacht liest, also sammelt er Glühwürmchen im Garten und versteckt sie in einer Schachtel, um seinem Ritual treu zu bleiben und so viele Leben wie möglich zu leben.

So geht es mir auch, Professore, ich fliehe vor Orten der Langeweile und stürze mich in den langen Schlaf der Veränderung. Ich reise mit der Seele und verwandle mich in das, was mich mit Staunen erfüllt. Wenn ich es nicht täte, würde ich an der Wirklichkeit sterben.

MATTIA

Professore, seit zwölf Jahren gehe ich zur Schule, und niemand hat mich je gebeten, meine Geschichte zu erzählen. Man muss erst blind werden, um die anderen zu fragen, wer sie sind, und man muss jung sein, um die Flamme des Lebens in sich zu tragen. Wie Arthur Rimbaud, der mit siebzehn schon alles gesehen hatte und dessen überdrüssig war. Deshalb versuchte er, seinen Blick und sein Leben durch die Dichtung zu verändern. Ich heiße Mattia, und mein Name ist unstet und haltlos wie meine Lieblingsdichter: Er klingt weiblich und erinnert an die matten Flügel von Baudelaires *Albatros*. Mit den Schwingen dieses majestätischen Vogels erhebe ich mich über das Leben, und meiner Brust entfährt ein himmelblauer, gleißender Schrei. Aber sobald ich erzähle, was ich auf meinem Flug gesehen habe, halten mich alle für einen unreifen Spinner, denn für mich sind Metaphern Funken wahren Lebens und keine Augenwischerei, um uns die Welt schönzureden. Ein Schriftsteller sagte einmal, man fühlt sich unfertig, aber man ist nur jung, dabei ist es genau umgekehrt: Man fühlt sich jung und ist nur unfertig. Das rettet uns. Ihr regt euch auf, weil wir Drogen nehmen oder uns ins Koma saufen, dabei tun wir das nur, um nicht zu sehen, was ihr angerichtet habt: eine Wirklichkeit ohne Metaphern, in der alles unter Kontrolle und ohne Geheimnis ist. Entschuldigen Sie, Professore, aber nach zwölf Jahren Gleichgültigkeit bricht alles aus mir raus wie ein unterirdischer Fluss, der endlich an die Oberfläche kommt. Mit Drogen und Alkohol verstärken wir den wunderbaren Rausch, der in den Adern des Lebens fließt. Ihr Erwachsenen seid sauer auf uns, weil wir eine Droge besitzen, die ihr verloren habt und Jugend nennt, als wäre sie eine Krankheit oder ein Wahn, denn man benennt nicht nur Dinge, die man entdeckt, sondern auch solche, die man verloren hat. Das habe ich von den Dichtern gelernt: Namen sind das erste Wimmern und das letzte Röcheln der Dinge, der Versuch, sie vor ihrem sicheren Tod zu retten. Unser Blut ist voll von diesem wunderbaren Rausch: Flamme, Eros, Licht, ohne eure Wenns und Abers. Solange wir bereit sind, den Preis für diese reine Unschuld, für diese Offenheit zu zahlen, kann das Leben allein uns alles geben. Ihr bietet uns Sicherheit, dabei wollen wir Rettung. Ich will meine Reinheit nicht durch Karriere, Konsum und Klischees verlieren. Jung sein bedeutet, sein ganzes Leben für etwas hinzugeben, Professore, und nicht, es wie Tiefkühlware zu konservieren.

AURORA

Ich bin die Letzte. *Dulcis in fundo*, sagten die Römer, das Süße zum Schluss. Nach Mattias Bitterkeit und Schwere klänge sowieso alles süß und leicht. Wieso nehmen sich alle bloß so furchtbar ernst? Reden wir doch mal Klartext: Ich heiße Aurora und versuche, immer die Sonnenseite des Lebens zu sehen. Nicht, weil ich naiv bin, sondern weil ich dem Schatten nicht einen Zentimeter mehr als nötig überlassen will. Die Morgenröte weiß besser als jede andere Tageszeit, wie viel Nacht sie erhellen muss. Sie hat rosige Finger, aber steht mit beiden Beinen in der Finsternis. Ich bin eine Überlebende meines Körpers und meiner Selbstwahrnehmung, diesen Sommer musste ich darum kämpfen, ihn wieder lieben zu lernen, und am liebsten will ich ihn gar nicht mehr sehen, um mit ihm meinen Frieden zu machen.

Wenn sich jemand allzu ernst nimmt, stelle ich mir unweigerlich vor, wie er auf dem Klo hockt und mit Durchfall oder einer Verstopfung kämpft. Das funktioniert auch bei Lehrern, dann habe ich keinen Schiss mehr vor ihnen. Inzwischen esse ich ein Eis, wenn ich traurig bin, oder mache einen Spaziergang. Ich würde gern über mich selbst lachen können wie ein Clown. Ich weiß noch, wie ich mit meinen Eltern im Zirkus war und die Clowns auftraten. Sie versuchten sich an den gleichen Kunststücken wie die Artisten, die vor ihnen alles perfekt gemacht hatten – über ein Seil balancieren, wilde Tiere dressieren, Pirouetten drehen, Saltos schlagen –, und landeten immer auf dem Hintern. Sie waren das Gegenteil von Perfektion. Ich bin genauso, ich strample mich ab, um alles richtig zu machen, und bin trotzdem unfähig und erbärmlich und normal. Mir reicht ein Foto von einem dünnen Mädchen, und ich fühle mich schlecht. Die Perfektion erstickt mich und lässt mich glauben, für mich sei kein Platz, ich sei nicht gut genug. Wenn wir mit einer roten Clownsnase geboren wären, wäre alles viel einfacher. Mehr brauchte es nicht, um die Welt zu einem besseren Ort zu machen. Wir würden über uns und die anderen lachen, ohne uns wehzutun. Hier ist mein Gesicht, Professore, ich überlasse es Ihnen. Gehen Sie sorgsamer damit um, als ich es tue.

»Ich danke euch für das, was eure Stimmen und Gesichter mir erzählt haben. In einer knappen halben Stunde habe ich Dinge über euch gelernt, die ich sonst wer weiß wann

erfahren hätte. Womöglich nie. Die Angst, die ihr dabei empfunden habt, ist die Mauer, mit der wir uns selbst daran hindern, geliebt zu werden, dabei ist das genauso wichtig wie zu
lieben: Um etwas geben zu können, muss man es erst einmal
zu nehmen wissen.

Dieses Jahr werden wir uns immer in den ersten Unterrichtsstunden sehen. *Matutinus* und *Maturitas* haben dieselbe
Wurzel, pflegte meine Mutter zu sagen, wenn ich für die
Schule zu spät dran war und über meinem Frühstück hockte,
als könnte mir der Boden der Kaffeetasse ein süßeres Schicksal verheißen. Ich will klarstellen, dass das Fach, das ich unterrichte, nicht die Wissenschaften selbst sind. Im Unterricht
geht es immer und ausschließlich um das Leben, und die Naturwissenschaften sind ein Weg, um etwas von seiner geheimnisvollen Substanz zu verstehen. Die wissenschaftliche Methode ist eine Handreichung für das Leben, damit wir ihm
aufmerksam begegnen, darüber staunen, davon erzählen. Um
etwas zu sehen, müssen wir es mit gebührender Aufmerksamkeit betrachten, diese Aufmerksamkeit ist Präsenz in der
Gegenwart, die uns ohne sie ständig entgleiten würde. Dann
wäre das Leben fade, langweilig und monoton. Wenn wir ihm
aber all unsere Aufmerksamkeit schenken, öffnet es sich, um
auf die Liebe unseres Blickes, unseres Gehörs und unserer Berührungen zu antworten. Je mehr Sinne wir einsetzen, desto
besser. Solche Nähe ruft unweigerlich Staunen hervor, ganz
gleich, ob wir es mit etwas Schönem und Vollkommenem
oder mit etwas Seltsamem, Hässlichem, Versehrtem oder Un-
fertigem zu tun haben. Unser Staunen ist die Antwort auf das,
was uns die Dinge dank unserer Aufmerksamkeit verraten,
und führt zu Verständnisfragen. Sobald man etwas verstanden hat, kann man seine Erkenntnisse weitererzählen, damit
auch andere sehen, verstehen und leben können.

Deshalb werden wir in unseren Stunden stets bei etwas ansetzen, das ich beim Zuhören an euch bemerkt habe und das mich erstaunt hat. So werdet ihr persönlich miteinbezogen und erkennt, wie viel Leben in jedem Augenblick steckt. Ein Beispiel: Heute Morgen ist mir aufgefallen, wie einer von euch den Klassenraum verließ. Es war nur ein leichter, duftiger Hauch, wie Schmetterlingsflügel oder schwerelose Seide, nicht wie ein Mensch, der zu einem weiteren Schultag gezwungen ist. Wenn ich es richtig gedeutet habe, warst du das, Aurora.«

Ich wende mich in ihre Richtung, während die Klasse schweigt, neugierig ob meiner logischen Verknüpfung zwischen Materie und Existenz.

»Ja, das war ich, Professore.«

»Und wo wolltest du so eilig hin?«

Aurora antwortet nicht, und ich spüre, dass alle sie ansehen.

»Wohin streben alle Dinge oder wovor fliehen sie?«, frage ich, um dem Mädchen aus der Verlegenheit zu helfen.

»Aufs Klo!«, antwortet eine Stimme, Oscars vielleicht, und erntet Gelächter.

»Aber warum tun sie das? Oscar, wenn ich mich nicht irre.«

»Weil sie mal müssen!«

»Der Impuls eines Objektes wird also durch ein Bedürfnis bestimmt, sonst würde er sich nicht bewegen.«

»Und wäre tot wie ein Stein«, wirft eine Mädchenstimme ein, die nach Virginia klingt.

Ich überlege einen Moment und sage: »Ist die Erde nicht ein Stein in Bewegung?«

»Den Steinen fehlt offenbar auch was«, sinniert eine andere Mädchenstimme.

»Was setzt sie in Bewegung?«

»Die Schwerkraft«, antwortet die Klasse im Chor.

»Sonst nichts? Wie lauten die anderen Kräfte, die die Dinge in Bewegung setzen? Denkt nach: Beobachtung – These – Überprüfung. Das sind die drei Zauberworte der wissenschaftlichen Methode. Wiederholen wir sie zusammen.«

»Beobachtung! These! Überprüfung! Beobachtung! These! Überprüfung! Beobachtung! These! Überprüfung!«

»Und?«

Stille erfüllt den Raum, die ich sogleich durchbreche, als mir aufgeht, dass sie diejenigen sind, die nichts sehen.

»Stellt euch vor, ein Gewitter bricht los. Was seht ihr?«

»Fallende Wassertropfen«, antwortet Caterina oder Elena.

»Warum?«

»Wasserdampf, der kondensiert und wegen der Schwerkraft herunterfällt.« Das ist Caterina.

»Gut. Außerdem?«

»Blitze.«

»Was ist ein Blitz?«

»Eine elektrische Entladung.«

»Und wo entlädt er sich?«

»Im Boden.«

»Wegen der Schwerkraft?«

»Ich glaub nicht.«

»Warum dann?«

»Wegen des Ladungsunterschieds zwischen Himmel und Erde.«

»Wie nennen wir diese Kraft?«

»Elektromagnetisch«, antwortet eine andere Stimme, ich glaube, es ist Mattia.

»Also haben wir zwei Kräfte: die Schwerkraft und das elektromagnetische Feld. Eine fehlt noch. Woraus besteht das Licht, das in diesem Moment durch das Fenster fällt?«

»Photonen«, tippt Achille in seinem unverwechselbaren nasalen Ton.

»Und was sind Photonen?«

»Wellen und Lichtteilchen«, fährt er fort.

»Wie sind sie von der Sonne hierhergekommen?«

»Energie.«

»Freigesetzt durch was?«

»Explosionen?«

»Wie nennt man diese Kraft?«

»Nuklear?«

»Warum?«

»Weil sie aus dem Sonnenkern kommt.«

»Nicht nur! Sie kommt aus dem Kern eines jeden von enormer Energie gespaltenen Atoms, in diesem Fall ist es die Energie der Sonnenfusion, die riesige Mengen Energie freisetzt. Es gibt zwei Arten von Kernkraft, die schwache und die starke, aber fürs Erste tun wir so, als wären sie eins. Fassen wir noch einmal zusammen: Wie nennt man die Kräfte, die die Bewegung bestimmen?«

»Schwerkraft, elektromagnetische Wechselwirkung, Kernkraft«, antwortet Cesare im bereits vertrauten Singsang.

»Welche davon treibt einen Schüler aufs Klo?«

Gelächter erfüllt das Klassenzimmer.

»Die Schwerkraft. Gäbe es keine Schwerkraft, würden wir das Bedürfnis nicht spüren und unsere Blase würde platzen. Um Infektionen zu verhindern, sind Astronauten deshalb gezwungen, sich regelmäßig zu erleichtern. Und was drängt euch, nach der Schule rauszulaufen? Wo rennt ihr hin?«

»Nach Hause!«

»Angetrieben von welcher Kraft? Denkt nach. Stellt Vermutungen an. Überprüft.«

»Von der magnetischen Anziehungskraft des Mittagessens! Der Schwerkraft des Bettes! Der atomaren Anziehung meiner Freundin!«, antwortet Oscar wie aus der Pistole geschossen und erntet schallendes Gelächter. Offenbar ist er der Klassenclown, den es in jeder Klasse gibt.

»In einer guten Unterrichtsstunde lacht man mindestens alle zehn Minuten, und zwar aus dem einfachen Grund, weil Erheiterung Wärme produziert. Wärme bringt träge Masse in Bewegung, kalte Langeweile lässt sie gefrieren«, sage ich bierernst, lache nach einer kurzen Pause ebenfalls und rufe dann: »Zweiundsiebzig Kilometer pro Sekunde je Megaparsec!«

»Je Megawas …?«

Wieder Gelächter. Die neuronale Bewegung ist auf dem Gipfel, jetzt gilt es, zum Erinnerungsschlag auszuholen, der in der dritten oder vierten Minute einer Erläuterung erfolgen muss, ehe die Aufmerksamkeit eines heutigen Teenagers unwiederbringlich verpufft.

»Zweiundsiebzig Kilometer pro Sekunde je Megaparsec ist die geschätzte derzeitige Geschwindigkeit der Galaxien auf ihrem Weg nach wer weiß wohin. Den Entdeckungen des Hubble-Teleskops zufolge nimmt diese Geschwindigkeit zu, je weiter sich die Galaxien aufgrund der durch einen Energieausbruch ausgelösten Expansion des Universums entfernen. Statt langsamer zu werden wie ein Fußball, werden sie mit zunehmender Ausdehnung schneller, angezogen von einem Ziel, das ihnen unbekannt ist, da sie selbst die Grenze sind. Wohin sind sie unterwegs? Wieso werden sie schneller? Warum dehnen sie sich aus?«

Wieder lasse ich die Frage im Raum stehen, um ihre Fantasie anzuregen. Dann fahre ich fort.

»Wir haben festgestellt, dass die Expansion vor vierzehn Milliarden Jahren begann, doch statt langsamer zu werden, beschleunigt sie sich. Offenbar ist diese Beschleunigung also nicht dem ersten Anstoß, sondern einer Anziehung geschuldet: Irgendetwas dort draußen zieht alles an sich, die Bewegung folgt weniger einer Explosion denn einem Sog oder einer geheimnisvollen, von den Dingen selbst freigesetzten Energie, als würde ein schmachtender Jüngling zu seiner Liebsten eilen.«

»Was heißt ›schmachtend‹?«, fragt Stella, die die leiseste Stimme von allen hat.

»Habt ihr ein Wörterbuch hier?«

»Nein.«

»Dann nimm dein Handy, gib ›schmachten Treccani‹ ein und lies vor. Wenn du schreiben willst wie dein Vater, dann ist das große italienische Wörterbuch dein wichtigster Verbündeter.«

»Handys sind im Unterricht verboten, Professore«, blafft Cesare.

»Als hättet ihr die nicht trotzdem unter der Bank … ich kann sie sowieso nicht sehen.«

»Prof, Sie sehen besser als alle anderen Lehrer«, witzelt Oscar.

Stella beginnt zu lesen: »1. Unter Entbehrungen leiden, besonders hungern, dürsten; in der Hitze schmachten, im Kerker schmachten. 2. Sich sehr stark, leidend, nach etwas, jemandem sehnen: nach der Heimkehr schmachten; die Soldaten schmachteten danach, ihre Familie wiederzusehen; nach jemandem schmachten, verliebt sein.«

»Na bitte! Die Galaxien schmachten, ob vor Schmerz oder vor Liebe, wissen wir nicht. Doch sie entfernen sich, weil ihnen etwas fehlt, das nicht das Nichts ist, denn das Nichts besitzt keine Anziehung. Nur eine Kraft kann Anziehung ausüben, ein Eros, der seine kosmischen Arme nach den Dingen ausstreckt. Als ich jung war, also im letzten Jahrtausend, gab es ein Spiel namens *15-Puzzle*: ein Quadrat, dessen Seiten jeweils vier flache Spielsteine lang sind. Weil es eine Lücke gab, ließen sich die Spielsteine in alle vier Richtungen verschieben, und das Ziel bestand darin, mit den richtigen Zügen die Zahlenordnung von 1 bis 15 herzustellen. Ohne diese Lücke hätte man das Spiel nicht spielen können. Genauso ist es im Leben, es gibt immer eine scheinbare Leerstelle, die die Dinge in Bewegung bringt, sonst blieben sie statisch und selbstgenügsam auf ihrem Platz. Aber dem ist nicht so. Alles in diesem Universum ist in Schwingung, auf der Suche nach etwas Fehlendem, das keine negative Leere ist, sondern der Drang nach einer Offenbarung oder Vollendung, die es zu erreichen oder auf ewig unvollendet zu lassen gilt. Die Ausdehnung des Universums ist keine Zufallsentdeckung, denn die Galaxien und Sterne neigen im Lichtspektrum dazu, sich rot zu färben, was ihre zunehmende Geschwindigkeit und wachsende Entfernung anzeigt. Diese Tendenz nennt man *redshift*. Es liegt Eros in dieser Bewegung, sie ist kein Verlöschen im kalten blauen Nichts des Todes.«

Die Schüler schweigen, ich stelle mir ihre zwischen Wirklichkeit und Vorstellung gebannten Gesichter bei dem Gedanken vor, dass ihre täglichen Bewegungen von einer solchen Kraft und Leerstelle bestimmt sind, die sie zum ersten Mal nicht als Strafe empfinden, sondern als etwas Positives, das sie sogar mit den Sternen verbrüdert. Ich kenne das Schweigen von Menschen, die in ihrer eigenen Wahrheit graben.

»Diese Bewegung ist der Grund, weshalb ich heute Morgen aufgestanden und zur Schule gekommen bin, denn sie wirkt nicht nur auf die Galaxien des Universums, sondern auf alle, die in ihm leben. Raus aus dem Bett, raus aus dem Mutterbauch, raus aus der Langeweile – der Sprung ist derselbe. Homer und das Meer, Einstein und die Schmetterlinge, ihr und ich, wir alle bewegen uns auf etwas zu, das irgendwo dort draußen ist. Alle Dinge sind von Eros beseelt, der laut Platon der Sohn des Reichtums ist, weil er unerschöpflich ist, und der Armut, weil ihm immer etwas fehlt. Ein bisschen wie ihr. Dass dieses Etwas nicht wahrnehmbar ist, heißt nicht, dass es nicht existiert, es ist lediglich geheimnisvoll, deshalb war Eros unsichtbar, auf halbem Weg zwischen Himmel und Erde. Und was ist mit uns? Aus welchem Material besteht das, zu dem alles hinstrebt? Ist es Energie? Ist es Materie? Oder etwas anderes? Ist es der Tod? Oder das Leben?«

»Das Leben! Sonst würde es uns nicht in Bewegung setzen. Wir haben doch gesagt, es ist etwas, das uns fehlt«, ruft Aurora aufgeregt.

»Du hast recht. Wir bewegen uns, weil wir das Leben brauchen. Uns fehlt das Leben. Wir wollen, dass es aus uns herausbricht und nicht im Tod haltmacht. Habt ihr *2001: Odyssee im Weltraum* gesehen?«

Im allgemeinen Schweigen bricht sich ein einsames, schüchternes »Ich« Bahn, das Achilles Stimme hat.

»Erinnerst du dich, dass im letzten Teil des Films, *Wiedergeburt*, der Protagonist in seiner Raumkapsel bei der Verfolgung des geheimnisvollen Monolithen von einer unerklärlichen Kraft verschluckt wird? Er stürzt in einen vielfarbigen Abgrund und findet sich in einer in Zeit und Raum schwebenden Wohnung wieder, in der er seinem zukünftigen Ich begegnet, das altert, und schließlich dem Monolithen gegenübersteht, dem Geheimnis selbst, in Gestalt eines schwarzen, glatten Quaders. Am Ende verwandelt er sich in ein Kind, das sich aus dem Weltraum auf die Erde zubewegt, um wiedergeboren dorthin zurückzukehren. Die Odyssee an den Grenzen der Raumzeit, die sich, wie Einstein herausfand, krümmt, wird zu einer Rückkehr, zur nackten Begegnung mit uns selbst, den einzigen Wesen auf der Erde, die wissen, dass sie am Leben sind, die das Gefühl haben, am Leben zu sein, und deshalb wissen, dass ihnen immer etwas fehlt. Ob es für die Galaxien am Ende des Rennens genauso ist? Ob es für uns so ist, nach dem Tod? Wollen wir deshalb schneller sein als das Licht? Um uns jenseits des Todes selbst zu begegnen, endlich von Angesicht zu Angesicht mit der Ewigkeit? Ich wäre gern auf dem äußersten Grat der Galaxien, um die Beschaffenheit und das Wesen dessen zu berühren, das uns fehlt, um von Angesicht zu Angesicht vor uns und dem Leben zu stehen, in einem einzigen, vollkommenen Augenblick, in dem uns nichts mehr fehlt.«

Ich spüre, wie Tränen mir über die Wangen rinnen, und lasse sie laufen.

Die Klasse schweigt, ich kann den stockenden Atem in den halb geöffneten Mündern spüren, wie wenn uns etwas erschreckt oder verblüfft. Der Körper wird wacher, aufmerksamer, offener. Von einem Mädchen, das aus dem Klassenraum huscht, ob aufs Klo oder in die Arme eines Jungen, sind wir bei Gott gelandet.

»Wohin rast alles immer schneller?«

»Die Dinge fliehen vor der Angst, nicht zu existieren«, sagt plötzlich Mattia mit schwermütiger, gedehnter Stimme. »Je mehr sie spüren, dass das Ende naht, desto schneller werden sie, weil es ihnen nicht gelingt, das, wonach sie suchen, in sich selbst zu finden.«

Ich bin immer wieder erstaunt, wie schnell Schüler ohne langes Herumlavieren und mit unfehlbarem Instinkt die Wahrheit erfassen. Für sie ist das Leben leichte Beute.

»Ich glaube, es gibt zwei Arten von Menschen: die, die vor etwas weglaufen, und die, die nach etwas suchen. Oder vielleicht müsste man sagen, es gibt Menschen, die aufhören, vor etwas wegzulaufen, und anfangen zu suchen, und Menschen, die nie mit dem Suchen anfangen, weil sie zu sehr mit Weglaufen beschäftigt sind. Erwachsen zu werden bedeutet, nicht mehr wegzulaufen, sich auf die Suche zu begeben und schließlich anzukommen, bei sich selbst präsent zu sein, ohne vor der Wirklichkeit zu fliehen. Leben ist Widerstand, und das erscheint mir die beste Lektion, die ihr in diesem Abiturjahr lernen könnt. Um es noch einmal zusammenzufassen: Was haben wir gerade herausgefunden?«

»Dass alle Dinge aus Angst, nicht zu existieren, irgendwohin rasen.« Der letzte Beitrag der heutigen Stunde stammt von Ettore. Die Glocke ertönt, und den Geheimnissen der universellen Bewegung von Dingen und Menschen gibt es nichts weiter hinzuzufügen.

Auf der Suche nach der vergeudeten Zeit
Tagebuch eines blinden Lehrers

Ich würde gern etwas über dich schreiben, Elena, aber dein Gesicht entzieht sich meinen Händen. Vielleicht trägt dieses Gesicht Spuren, die unentdeckt bleiben wollen. Wenn Körper zu sterben fürchten, verstecken sie sich. Heranwachsende wollen von ihren Eltern plötzlich nicht mehr angefasst werden, vielleicht aus dem Bedürfnis heraus, sich von der unterschwelligen Inbesitznahme derer zu befreien, die einem das Leben schenkten: Leben heißt aber nicht besitzen, sondern einander freiwillig gehören. Ich will dir nichts nehmen, Elena, und ich frage mich, warum du fürchtest, meine Hände könnten dir etwas entreißen. Wovor läufst du weg, Elena? Was versuchst du zu verbergen? Wofür schämst du dich?

Nach der Angst war es die Scham, die mir das Leben nahm. Wir alle schämen uns, gesehen zu werden, und wollen fremde Blicke befriedigen, damit sie uns erlauben, mit uns zufrieden zu sein und uns unserer selbst nicht mehr zu schämen. Wir sind bereit, uns den Augen der anderen zum Fraß vorzuwerfen und von ihnen verschlingen zu lassen, und fühlen wir uns den Ansprüchen gewachsen, bringen wir uns mit anbiedernden Posen als Opfer dar. Als ich blind wurde, hatte ich keine Kontrolle mehr über diesen Blick und schämte mich meiner umso mehr. Ich schämte mich meiner Blindheit, obwohl ich keine Schuld daran trug. Die Scham, auf der Welt zu sein, ist genau das: sich schuldig für etwas zu fühlen, für das man nichts kann. Deshalb verkroch ich mich zu Hause und wollte nicht mehr vor die Tür, nicht mehr in die Schule. Ich, der ewige Abenteurer, stets bereit, das Leben samt seinen Geheimnissen und seiner Komik zu erkunden.

Meine Frau und ich konnten über alles lachen; einmal zogen wir uns in einer eisigkalten Berghütte, in der die Heizung ausgefallen war, Wollsocken über die Hände und lasen einander nordische Märchen vor. Wir hatten uns an der Uni während einer sterbenslangweiligen Statistikstunde kennengelernt: Ihre elegante Art, sich zu langweilen, beeindruckte mich zutiefst. Statt auf dem Stuhl zu fläzen, wegzupennen oder vor sich hin zu kritzeln, kniff sie leicht versonnen und mit einem leisen Lächeln die Lider zusammen, als amüsierte sie sich über die Welt und ihre unfreiwillige Komik. Ich wusste, dass es mit ihr nie peinlich sein würde, zu träumen, herumzuspinnen, zu reisen, mich in Details zu verlieren, das Nichts zu erhellen, der Leere einen Sinn abzuringen. Vor ihr wäre es mir nicht peinlich, mich auszuziehen, obwohl mein Körper mir nie schön und stark genug erscheint und mich immer ein wenig beklommen macht. Aus ihren Händen nahm ich mich entgegen. Es war auch damals September, als wir auf das Dach unseres Wohnhauses stiegen. Das hatten wir früher regelmäßig getan, um den Himmel durch das Teleskop zu betrachten, das mein Vater mir geschenkt hatte und an dem ich hing wie an meinem Leben. Später wollte ich nichts mehr davon wissen. Sie nahm meine Hand und erzählte mir, was ich nicht mehr sehen konnte.

»Wir sind so winzig inmitten all dieser Sterne«, sagte ich zu ihr.

»Und doch sind all diese Sterne nur dazu da, damit wir beide jetzt über sie reden können. Nichts ist größer als ein Mann und eine Frau, die sich lieben und es wissen.«

»Wir lieben einander?«

»Sehr.«

»Woher weißt du das?«

»Weil uns nichts peinlich ist.«

»Wie meinst du das? Ein bisschen wissenschaftlicher, wenn ich bitten darf.«

»Ich bin oberwissenschaftlich: Wir verzeihen einander sogar das, was wir uns selbst nicht eingestehen.«

»Was genau habe ich dir denn verziehen?«

»Meine Haare, meine Nase, meinen Ordnungsfimmel, meine Angst, auf der Autobahn zu fahren, mein schwieriges Verhältnis zu meiner Mutter, den Horror vor meinem Geburtstag, meine Koffer, mein Schweigen.«

»Und wann soll ich das getan haben?«

»Als du mich nach und nach davon hast erzählen lassen.«

»Habe ich gar nicht gemerkt.«

»Und was habe ich dir verziehen?«

»Sogar meine Art zu kauen. Und wenn unsere Wohnung in Flammen aufginge, würdest du genau wissen, welche von meinen Sachen du retten solltest.«

»Bist du sicher?«

»Versuch's.«

»Dieses Teleskop. Die Odyssee mit den Anmerkungen deiner Mutter. Und die Laubsammlung aus deiner Kindheit. Und du? Was würdest du retten?«

»Von deinen Sachen?«

»Ja.«

»Wie soll ich schon was retten, ich bin blind!«

»Dann rette dich selbst. Das reicht mir.«

Ich glaube, darin besteht die Liebe: jemandem die eigenen Schwächen zu zeigen und festzustellen, dass er sie nicht nutzen wird, um seine eigene Kraft zu füttern, sondern um sich ebenfalls schwach zu zeigen. Vereint man seine Schwächen, wird man stark. Genau so ist Penelope geboren.

Als ich völlig erblindet war, beschloss ich, keine Kinder mehr zu bekommen: Ich konnte die Vorstellung nicht ertragen, sie nicht zu sehen. Doch nach und nach brachte meine Frau mir bei, durch sie mich selbst zu lieben, und ausgerechnet in dem Moment, als ich glaubte, es nicht mehr zu können, neues Leben zu schenken. Sie hat mich von meiner Scham geheilt, von dem Schuldgefühl, das jede Krankheit mit sich bringt, auch wenn wir unschuldig sind. Der Körper meiner Frau ist der Ort, an dem ich neben allem anderem mich selbst wiedergefunden habe, denn dem weiblichen Körper wohnt alles Existierende inne, Leben und Tod. Deshalb erinnern uns seine Bewegungen an die elegantesten und grausamsten Tiere, deshalb setzen wir die Haut, das Haar, die Augen, die Knochen mit den kostbarsten Stoffen, mit Mineralien oder Pflanzen gleich: Sie alle sind ihm zu eigen. In jener Nacht öffnete sie meinen Körper wieder der Welt und gab mich ihr zurück. Dank Maddalena bin ich nicht mehr schuldig, denn ich habe den perfekten Komplizen gefunden: den, der dir hilft, den Tod zu bestehlen.

Der September vergeht, und der Wind, in dem bereits ein leiser Herbsthauch liegt, hat den herben Duft entlaubter Weinberge. Es ist ein scheinbar sanfter und doch grausamer Monat, der nimmt, während er gibt: Im September fordert die Nacht den Tag heraus, pflegten meine Großeltern zu sagen. Auf der Schwelle zwischen Sommer und Herbst schwankt die Sehnsucht zwischen Besitz und Verlust, September hält beides in der Schwebe, lässt es verschmelzen und verwirrt uns, weil er die unbequemste aller

Wahrheiten verschweigt: Wir können nur das besitzen, was wir zu verlieren lernen. Das Laub ist am schönsten, wenn es vergeht, und es gibt keinen triftigen Grund dafür: Die festlichen Farben der Blätter sind der Höhepunkt ihrer Lebensbahn. Als Kind sammelte ich sie, und ich glaube, in jener Zeit wurde meine Liebe zur Wissenschaft geweckt. Sie ist gleichsam die Fortsetzung jener Sammelphase, die alle Kinder erfasst: Sie sammeln Briefmarken, Kronkorken, Schmetterlinge, Steine und Blätter und sortieren sie in säuberlich beschriftete Fächer ein, um dem beängstigenden Chaos der Welt eine beruhigende Ordnung zu geben. Mit penibler Sorgfalt versuchte ich, sämtliche Fächer nach Farben zu füllen: von Grün nach Braun über Rot, Orange und Goldgelb. Ich ordnete das Laub auf großen Papierbögen an und befestigte jedes Blatt mit einem Tropfen Kleber. Jedes war einzigartig und verdiente eine Beschriftung und einen eigenen Platz.

September ist der schwierigste aller Monate, weil er das Ende vieler Geschichten enthält, die im Frühjahr begannen, und den Anfang ebenso vieler Geschichten, die weitere drei Jahreszeiten brauchen, um zu reifen. Mal streift ein herbstlicher Windhauch, mal sommerliche Wärme meine Haut, Erntegeruch steigt mir in die Nase, vermischt mit dem sanfteren Duft der zur Ruhe gekommenen Dinge, meine Ohren hören das vereinzelte Zetern morgendlicher Vögel und die lebendige Stille des Vogelzugs. Schönheit überstrahlt die Stadt, der es nur mühsam gelingt, ihre absurden Privilegien von Verkehrslärm und Abgasgestank zu verteidigen.

Ich glaube, es ist kein Zufall, dass die Schule im September beginnt. Nichts wäre ein besseres Inbild für die Berührung von Anfang und Ende. Ausgerechnet im September vor einigen Jahren habe ich mein Ende und meinen Anfang berührt, und vielleicht ist er deshalb für mich der süßeste und grausamste Monat, ähnlich wie die Niederkunft für eine Frau.

OKTOBER

Ehe die Klingel zur ersten Stunde ertönt, trinke ich meinen
üblichen Kaffee bei Patrizia und lausche den Noten einer
Sonate von ich weiß nicht wem. Dann lasse ich mich in die
Klasse begleiten, wo mir der Geruch nach Alkohol in die
Nase steigt, mit dem die Bänke nach den heftigen Schlachten des Vortages desinfiziert wurden, und genieße die köst-
lichste Frucht der Einsamkeit: die Stille, die heute so rar geworden ist und die uns, wie wahre Musik, wahre Kunst,
wahre Wissenschaft, der Stadt und allem, was wir bereits
vom Leben wissen, zu entrücken vermag. Wie alle unent-
schlossenen Monate kommt der Oktober, ohne etwas zu fordern, zu den Fenstern herein. Die Stadt schluckt fast sämtliche natürlichen Gerüche und Geräusche: Wir haben es
geschafft, alles verschwinden zu lassen, was sich ohne uns
vollzieht, vielleicht aus Angst, täglich aufs Neue feststellen
zu müssen, dass es Dinge gibt, die sich unserer Kontrolle
entziehen. Vereinzelte Windböen aus den Wäldern im Nor-
den kämpfen sich durch, und zuweilen mischt sich ein vager
Duft nach Herbstblumen mit dem Abgas. Die Hupen übertönen die Stimmen der Vögel, die uns als Einzige noch daran erinnern, dass sich dort, wo heute Kabel und Drähte

verlaufen, einst Zweige und Blätter reckten und dass es die Aufgabe aller Dinge ist, zu singen.

Ich sitze da, breite die Arme auf dem Pult aus, als wäre es das Ruder meines Schiffs, und analysiere den Klassenraum, den ich in viele kleine Leerkästchen unterteile: Wir sind nicht anders als die chemischen Elemente. Wenn ich niedergeschlagen war und Chaos und Schmerz überhandnahmen, hatte das Periodensystem für mich stets etwas Beruhigendes, zumal heute, da die Welt von früher mich bedrängt wie ein herrenloser Hund. Es versichert mir, dass alles, was wir kennen, aus einer bestimmten Anzahl säuberlich angeordneter Elemente besteht, die sich unter den einmaligen Bedingungen unseres Sonnensystems auf der Erde konsolidiert haben und die Welt gestalten. Jedes hat seinen Platz, seine Eigenschaften, seinen Aggregatzustand – gasförmig, flüssig, fest –, seine Austauschelektronen, seine Festigkeit oder Flüchtigkeit, seine Dichte und Masse. Jedes nimmt seinen Platz ein und ist nicht durch ein anderes ersetzbar, und die Beziehungen der Elemente untereinander und zu uns sind nichts anderes als der notwendige Austausch ihres Lebens mit dem der anderen und umgekehrt. Jede Schulklasse besteht aus sämtlichen Elementen, die es braucht, um ein Universum zu erschaffen, und jede Schulbank tränkt sich mit dem heimlichen Leben dessen, der an ihr sitzt, sie verwahrt es und erzählt es durch Kratzer, Kaugummis und Abfall. Vor allem aber durch ihren Platz in einem gleichsam existenziellen Periodensystem.

Zum Beispiel gibt es in jeder Klasse das Element *Panorama*. Dieser Schüler sitzt immer am Fenster, von dem sein Blick magisch angezogen wird. Häufig verliert er sich darin, nicht nur, wenn die Stunde langweilig ist oder persönliche Schwierigkeiten die Oberhand gewinnen, sondern immer dann, wenn ihm das Leben nicht genügt, also ziemlich oft. *Pano-*

rama weiß und spürt das und bezahlt dafür mit Schwermut. Er hat eine künstlerische Ader und einen vergleichsweise hohen Prozentsatz Chaos in der Seele.

Dann gibt es das Element *Unsichtbar*. Seine Position ist nicht zwangsläufig in der hintersten Bank, aber doch in einem Randgebiet der Klasse, ähnlich einem Stadtviertel, in das sich niemand verläuft, es sei denn, er lebt oder stirbt dort. *Unsichtbar* hofft, nie etwas sagen zu müssen oder aufgerufen zu werden, weil er sich schämt, auf der Welt zu sein, und je weniger seine Nichtigkeit auffällt, desto besser für ihn und die anderen. Nur, wenn er befragt wird, erinnern sich die anderen an seine Existenz und genießen mit selbstgefälliger Häme seine Nacktheit, die er mit allen Mitteln zu verstecken sucht und sie mit seiner Unbeholfenheit nur noch sichtbarer macht.

Schwer in der Klasse einzuordnen ist das Element *Streuner*: Es ist ruhelos, mit häufig wechselnden Beziehungen, weil es unstet ist wie die Elemente, die mit wechselnder Wertigkeit ihre Eigenschaft verändern. Der *Streuner* findet jedes Mal einen anderen Gefährten oder eine andere Gefährtin, mit denen sich das Exil der Schule eine Zeit lang ertragen lässt, bis der Moment kommt, sich zu verändern und weiterzuziehen. Er ist anfällig für jähe Verliebtheiten, die wie Strohfeuer verglühen.

Natürlich darf der *Witzbold* nicht fehlen, ohne dieses Element wäre die Klasse eine Trauergemeinde, er ist ruhelos wie der *Streuner*, aber nicht, weil er Verbindungen eingeht und wieder löst, sondern weil er seinen Standpunkt dauernd ändern muss. Um sich über Dinge und Menschen lustig zu machen, muss man sie relativieren. Er weiß nicht genau, wer er ist, und versteckt sich hinter den Leben der anderen: indem er sie nachäfft, verspottet, alles verlacht, was von Lehrern oder Mitschülern allzu ernst genommen wird. Der *Witzbold* meidet jeden schulischen Eifer, und wie bei allen Relativisten kann man sich nicht auf ihn verlassen, weil er sich selbst nicht traut.

Der *Verurteilte* entkommt der vordersten Bank nicht, seine Opfernatur zwingt ihn, sich freiwillig aufs Schafott zu begeben. Er wird vom Pech verfolgt, was letztlich nichts anderes ist als der Hang, sich vom Schicksal ständig eins überbraten zu lassen, weil man glaubt, man hätte es verdient.

Der *Pförtner* sitzt stets an der Tür, zum einen, weil er der Erste ist, der nach der Stunde das Weite sucht, zum anderen, weil er immer auf eine Abwechslung, einen Gast, eine Mitteilung, einen Feueralarm hofft, auf irgendetwas, das den Lauf der Dinge unterbricht. Für ihn liegt das Leben jenseits der Türschwelle, und ganz gleich, wer oder was sie überschreitet, rettet ihn vor den verheerenden Auswirkungen der Langeweile.

Inkontinenz ist nicht weit vom *Pförtner* entfernt, weil auch sie die Schwelle häufig übertreten muss, hier allerdings zählt die Bewegung von drinnen nach draußen, nicht von draußen nach drinnen. Sie geht häufig aufs Klo, und das nicht, weil sie vorgibt, es sei nötig, auch wenn ihr Harndrang zweifellos von der Notwendigkeit beeinflusst ist, den Raum zu verlassen und sich am Ort all ihrer Gewissheiten wiederzufinden: auf dem Klo. Das Klo ist ihr Orakel, mit seinen Kritzeleien, die sie auswendig kennt, und seinen unerwarteten Begegnungen.

Erstereihe braucht keine weiteren Erklärungen, sie sitzt dort, weil sie lieber mit Erwachsenen zu tun hat als mit den Klassenkameraden, die sie verlässlich abhängt: Sie meldet sich, antwortet, unterhält sich mit den Lehrern, hat die Daten der Klassenarbeiten und der angesetzten mündlichen Tests perfekt im Kopf. Sie ist nicht unbedingt eine Streberin, aber zweifellos jemand, der Angst vor Kontrollverlust hat, und die vorderste Bank bietet dem Chaos weniger Angriffsfläche. Zu jeder *Erstereihe* gibt es eine *Letztereihe*, Expertin für Schmuggel, Meuterei und Aufruhr, die sie mit einer gewissen Herablassung anzettelt, weil sie nicht Teil des Systems ist und es nie sein wird. Dennoch ist sie nicht die Gefährlichste für die öffentliche Ordnung, denn sie spielt eine allgemein anerkannte Rolle.

Der Gefährlichste ist *Sumpf*. Er sitzt im Zwischenbereich, in den mittleren Bänken, die lautlose und giftige Sabotage begünstigen, ohne dass eine moralisch anerkannte Instanz es wahrnehmen oder publik machen könnte. *Sumpf* hat keine Moral, er ist Opportunist und weiß immer, welchen Platz er besetzen muss, um ungestört seinem zynischen Geschäft nachzugehen.

Auf den vordersten Plätzen findet sich häufig auch der *Anwalt*, dem nicht der kleinste Widerspruch im Verhalten der Lehrer entgeht und der bei Ungerechtigkeiten oder vermeintlichen Schikanen längst vergessenen Schnee von gestern aus dem Hut zaubert.

Neben ihm sitzt der *Champion*, stets vorbereitet und entschlossen zu zeigen, dass es im Gegensatz zu den Faulen, die sich einfach nicht durchringen können, jemanden gibt, der die Probleme anpackt. Er meldet sich freiwillig, trägt sich als Erster in die Liste der mündlichen Tests ein, schreibt mit.

Eine ähnliche Funktion hat der *Märtyrer*, aber im Unterschied zum *Champion* ist er von Masochismus getrieben. Wenn es zu leiden gilt und niemand sich dazu bereiterklärt, bietet er sich als Erster an: Das sind seine Augenblicke bitterer Beliebtheit. Er lebt in verstiegener Resignation, die ihm die Rolle des Retters garantiert, und ist den anderen nützlich, die nicht im Traum daran denken, ihn zu erlösen, sondern ihn schnöde ausnutzen.

In den hintersten Reihen findet sich auch der *Veteran*, häufig ein Sitzenbleiber, der sich schon zu den Erwachsenen zählt und sich den Lehrern gegenüber wie ein Gleichaltriger benimmt. Er verachtet seine Klassenkameraden, wenn auch ohne Bosheit: Er weiß, dass es nicht ihre Schuld ist, wenn das Leben sie noch nicht entjungfert hat.

Wie in den Heldensagen des Altertums ist jedes Element universell, mit seinem Namen und seiner unauflöslichen Eigenschaft verkörpert es bestimmte Werte: die Kraft des Achilles, die List des Odysseus, die Weisheit Nestors … Jedes hat seinen Platz. Aus lauter Angst vor dem Unbekannten waren die Griechen besessen davon, das Chaos zu ordnen, genau wie ich. Deshalb muss ich allem eine Ordnung geben, doch es ist nie genug.

In der Zwischenzeit haben die Schüler die Kästchen gefüllt, jeder hat, wie alle Menschen auf der Welt, seine Rolle eingenommen, um es mit den Unwägbarkeiten des Lebens aufzunehmen; wir haben ein verzweifeltes Bedürfnis nach Rollen, die uns erkennbar machen. Aus diesem Grund will ich heute anfangen, das Pappmaché von einigen Gesichtern zu lösen und das Antlitz darunter freizulegen. Die Glocke klingelt und verkündet den Beginn der Schlacht.

»Vor Kurzem ist es dank eines komplizierten Systems weltweit vernetzter Radioteleskope zum ersten Mal gelungen, ein schwarzes Loch zu fotografieren. Zumindest bisher ist es mir noch nicht vergönnt, das Phänomen zu sehen, dessen Existenz Einstein aufgrund der einfachen Schlussfolgerung aus seiner Relativitätstheorie vermutete. Ich möchte, dass dies der Ausgangspunkt unserer heutigen Stunde ist. Ich habe mir einen Ausdruck des Bildes besorgt, und ihr werdet es jetzt herumgehen lassen. Könnt ihr beschreiben, was ihr seht?«

»Einen dunklen Ring zwischen den Sternen, so finster, dass die Sterne dahinter nicht zu sehen sind, aber die drum herum schon.«

»Die Ränder senden unterschiedlich große Flammen aus. Es sieht aus wie ein Auge mit einer feurigen Iris, wie bei Sauron im Film *Der Herr der Ringe*.«

»Es ist wie der Mund eines Monsters, der das Licht verschluckt, und die Lippen sind aus Feuer.«

Seinen Erfahrungen gemäß beschreibt jeder das, was er sieht. Wir glauben alle, dasselbe zu sehen, aber jeder erkennt darin ganz eigene Hinweise, die er unter Millionen Möglichkeiten auswählt und daraus seine Geschichte macht. Deshalb höre ich den Beschreibungen anderer so gern zu: Mehr noch als den beschriebenen Gegenstand lerne ich die Geheimnisse seiner Betrachter kennen, sprechen doch die Dinge nur zu denen, die sie bereits in sich tragen. Blind zu sein, zwingt dazu, die Welt durch den Blick der anderen zu erfahren, und ich muss sagen, dass das die gegenseitige Verständigung enorm erleichtert. Wenn meine Frau mir einen Sonnenuntergang, ein Problem, einen Menschen beschreibt, sehe ich weniger diesen Sonnenuntergang, dieses Problem oder diesen Menschen als vielmehr das Verhältnis, das meine Frau zu diesen Dingen hat, was sie jedoch nicht weniger wahrhaftig macht. Das hat zur Folge, dass ich die Dinge mit den Augen eines anderen sehe. Und vielleicht ist das die beste Definition von Liebe.

»Was ist denn jetzt mit diesem schwarzen Loch, Prof?«

»Geduld, dazu komme ich gleich. Wenn jemand geboren wird, sagen wir, er erblickt das Licht der Welt. Kein Ausdruck beschreibt die menschliche Natur treffender. Aus dem Dunkel kommen wir ans Licht. Geboren zu werden heißt, ans Licht zu kommen. Wachsen bedeutet, ans Licht zu kommen. Lieben bedeutet, ans Licht zu kommen. Glücklich zu sein bedeutet, ans Licht zu kommen. Vielleicht lieben wir deshalb Sonnenuntergänge und Tagesanbrüche so sehr, weil sie uns daran erinnern, dass wir ein Einschub aus Licht in der Dunkelheit sind. Aber was passiert mit denen, die im Dunkel bleiben und von dem, was jedes Ding gegenwärtig macht und in Erscheinung treten lässt, nicht erreicht werden? Deine Frage hat schon Dutzende von Wissenschaftlern in Verlegenheit gebracht, weil sich dieses Loch nicht anders definieren lässt denn als Abwesenheit. Dieser dunkle Kreis wird als Ereignishorizont bezeichnet: Er lässt sich nicht beschreiben, ihn zu betrachten, macht blind, auch wenn man ganz hervorragend sieht, weil die Schwerkraft in ihm so stark ist, dass sie sogar das Licht verschluckt. Eines dieser schwarzen Löcher befindet sich im Zentrum unserer Galaxie. Es handelt sich dabei nicht um eine Leere, sondern um eine so hohe Dichte von Materie und Energie, dass sie zu unermesslicher Schwerkraft wird. Sie ist totale Anziehung, so gewaltig, dass sie unsere Vorstellungskraft übersteigt. Dort, wo nichts als Licht sein sollte, weil sich Materie und Energie ballen, wird sogar das Licht verschluckt. Doch kurz vorher sendet es ein letztes, gleißendes Leuchten aus und lässt uns erkennen, dass das Innere dieses schwarzen Kreises nicht leer, sondern voll ist. Diese Flammen, die ihr seht, sind ein Schrei, den Materie und Energie über Millionen und Abermillionen von Kilometern ins All senden, ehe sie verschluckt werden.«

»Warum hat man ihn Ereignishorizont genannt?«, fragt Achille.

»Ein *Ereignis* ist ein physikalisches Phänomen, das sich in Raum und Zeit beobachten lässt, der Ereignishorizont ist ein Bereich der Raumzeit, in dem die Beobachtung dieses Phänomens unmöglich wird. Im Zentrum dieser dunklen Kugel befindet sich die sogenannte Singularität, ein Abgrund, in dem die Schwerkraft so gewaltig ist, dass ihr nicht einmal die Geschwindigkeit des Lichts entkommt.«

Die Klasse schweigt, als würde sie sich über diesen bodenlosen Brunnen beugen, der die Albträume zahlloser Kinder bevölkert: der ewige Fall.

»Auch im Zentrum unseres Seins gibt es eine mit Schwerkraft aufgeladene Dunkelheit, um die das Leben flackert. Der Tod holt die Dinge ins Leben, denn sobald wir unsere Sterblichkeit berühren, beginnt jede Zelle, um ihre Unsterblichkeit zu kämpfen; deshalb ist es gut, wenn wir uns mit unserem schwarzen Loch beschäftigen, denn von unserem Umgang damit hängt unser gesamtes Dasein ab, sein gesamtes Licht. Darum werdet ihr mir beim heutigen Anwesenheitsappell von eurem Ereignishorizont erzählen, von dem, was euer Licht verschluckt und wovon ihr euch am liebsten fernhalten würdet, dessen Schwerkraft aber so stark ist, dass man sich ihr unmöglich entziehen kann. Fangen wir an?«

Ich weiß, ich pokere hoch, aber wenn es uns zum ersten Mal gelungen ist, ein schwarzes Loch zu fotografieren, kann ich mir die Gelegenheit nicht entgehen lassen, dahinterzukommen, warum dieses Foto unser tägliches Leben betrifft; denn es ist eines der Bilder, mit denen Gott dem Menschen den Menschen offenbart. Die Wirklichkeit ist ein Spiegel, der uns die Möglichkeit gibt, uns selbst zu erkennen, mit allen Risiken, die Spiegel mit sich bringen. Wenn es dieses schwarze Loch gibt, dann ist es auch in uns, wie die Wälder, die Gipfel der Berge, die Meere und jedes Ding, das mit unserer inneren Geografie stofflich in Verbindung steht. Das Fleisch des Universums ist unser Fleisch. Und wenn dieses Foto sogar

Achtzehnjährige in den Bann schlägt, die für das Himmelszelt normalerweise nicht viel übrighaben, muss es wohl ein fabelhafter Spiegel sein.

ELENA

Das ist Fake. Dass da drin was sein soll, ist pure Illusion. Wir kennen uns jetzt seit einem Monat, und ich habe so einiges gelernt: Ich staune, dass mir die Geheimnisse des Mars und des Atoms inzwischen wichtig sind, aber ich weiß trotzdem nicht, was für einen Sinn Schmerz, Angst und das Leben haben sollen. Darum sind all diese Recherchen und Entdeckungen, von denen wir glauben, sie würden uns zum Kern der Dinge führen, vielleicht nichts weiter als Ausflüchte, um dem Wesentlichen zu entkommen, weil wir uns nicht trauen, uns ihm zu stellen. Sie haben es selbst gesagt: Es ist ein schwarzes Loch.

Als Kind hatte ich eine Heidenangst vor einem Dachboden in unserem Haus auf dem Land. Niemand ging dort je hinauf, und mein Vater sagte, es wimmele dort vor Mäusen, und alles sei voller Schimmel. Weil ich mich allein nie hingetraut hätte, bat ich eines Tages meinen Bruder, mich zu begleiten. Er ist zwei Jahre jünger als ich, und ich überredete ihn, diesen geheimnisvollen Ort mit mir zu erkunden, obwohl ich insgeheim wusste, dass ich beim erstbesten Schreck Hals über Kopf wegrennen würde. Mein Bruder war mir egal, nur meine Angst zählte. Und als ich ein Rascheln hörte, lief ich weg und ließ ihn allein bei den Mäusen zurück.

Ich wurde erwachsen, oder zumindest glaubte ich das. Doch genauso, wie ich mich nicht allein auf diesen Dachboden gewagt hatte, suchte ich Beistand in den Armen eines

Jungen, der meine Leere füllte und meinen Ereignishorizont weniger dunkel erscheinen ließ. Es war, als könnte er an meiner Stelle in das schwarze Loch blicken und mir sagen, was er darin sah, um meine Angst zu vertreiben, wie wenn einem als Kind die väterliche Beschwichtigung genügt, dass im Dunkeln nichts Böses lauert. Also überließ ich mich seinem Mut und seiner Liebe. Aber vielleicht ist die Liebe nur ein Fluchtweg, den wir ausgeheckt haben, um uns dem Wesentlichen nicht allein stellen zu müssen, obwohl es nicht anders geht? Vielleicht ist die Liebe nur die wirksamste Ablenkung, die uns blind für die Wahrheit des Lebens macht?

Das jedenfalls habe ich in meinem Freund gesucht: jemanden, der mir hilft, den Dachboden meines Schmerzes und meiner Ängste zu betreten, und den ich vorschicken kann, um die Schläge zu kassieren. Ich überließ mich seiner Liebe, in der Hoffnung, darin zu verschwinden oder alles darin verschwinden zu lassen. Er aber wollte nur ein richtiger Mann sein, und dann ist ein Kind dabei rausgekommen. Ich war total geschockt. Er war der Erste, mit dem ich darüber redete, und der Erste, der sich aus dem Staub machte. Ich blieb mit meiner Angst und meiner Scham allein. Ein Leben wuchs in mir heran, aber statt Licht zu bringen, brachte es Dunkelheit, die sich Millimeter für Millimeter immer weiter ausbreitete. Mit jeder Stunde, die verging, verschluckte sie mich, verschlang jede Hoffnung und jeden Traum. Weil ich mich nicht mehr so fühlen wollte, bin ich mit meinen achtzehn Jahren bitterer Volljährigkeit allein ins Krankenhaus. Ich hatte eine Abtreibung. Ich erzählte niemandem davon, und keine der Krankenschwestern fragte nach. Ich füllte Formulare aus. Eine Frau sprach mich an und fragte, ob ich Hilfe bräuchte, aber ich sagte, ich würde nur eine Freundin begleiten. Deshalb habe ich ein Schuljahr verloren: weil ich verschwinden wollte. Und so sitze ich jetzt in dieser Klasse, diesem Ghetto des Scheiterns, und wiederhole das verdammte letzte Oberstufenjahr.

Das ist mein Ereignishorizont. Ich bin es leid, diese Last zu schleppen. Ich sage euch das alles, weil ihr jetzt meine schräge Familie seid. Professore, wir jagen Geheimnissen nach, die Millionen Lichtjahre entfernt liegen, und wissen nicht einmal, ob es Fluch oder Segen ist, wenn ein Kind das Licht der Welt erblickt. Wenn schwanger werden sich anfühlt wie ein Tumor, dann ist das Leben zum Kotzen, dann ist geboren zu werden wie sterben. Ich habe mit dem Unglücklichsein zu früh angefangen.

CESARE

Was Elena sagt, hat voll gesessen, sie hat zu viel Wirklichkeit gefressen. Professore, ich bin zwar hier, aber den Ereignishorizont hab ich nicht kapiert. Es geht um Sachen, über die keiner spricht, sie sind Gift, hauen dich um, vernebeln die Sicht. Wie ein Boxer mit blutiger Braue, er sieht den Schlag nicht kommen, steckt ihn trotzdem weg, tut so, als wär nix, aber landet im Dreck. Dass einer standhält, kommt selten vor, denn niemand ist wie Rocky Balboa. Wir kassieren den Schlag an der verletzlichsten Stelle, ein harter Schwinger direkt in die Seele.

Gut gemacht, Elena. Kinder verlässt man nicht. Lieber gar kein Leben als dieser Betrug, ohne Flügel, ohne Höhenflug. Ich weiß, dein Kram geht mich eigentlich nichts an, aber ich hab's selbst erlebt, schluck noch immer dran. Ständig versucht man, das Loch zu füllen, doch nichts hilft, keine Gang, keine Frau, keine bunten Pillen. Vor diesem schwarzen Loch bleibt nichts unversehrt, alles Schöne wird verschluckt wie der Strand vom Meer. Also wirft man alles rein in den schwarzen Schlot, denn das Glück ist Gift und bringt nur Tod, weil man weiß, dass es nicht bleibt. Hoffnung ist eh was für Deppen, dann lieber keine, dann lieber rappen. Ich hab keinen Vater, keine Mutter, weder noch, anstelle der Liebe nur ein großes Loch. Das ist mein Herzenshorizont, in dem ich immer auf die Bretter gehe, weil ich auf dem Auge der Liebe nichts mehr sehe.

Nur bei Luce, der Erzieherin, fühl ich mich gut, sie weiß von der Leere, ist deshalb auf der Hut, aber nicht, um sie auszublenden oder zuzuschmeißen, sondern um ihr ein Lächeln oder einen Schrei zu entreißen. Alle anderen werfen was rein, aber sie lässt das sein, lässt an der Schnur einen Eimer hinab, wartet ab, was an die Oberfläche steigt, kann was Schönes sein, ein Stern vielleicht, oder nur ein Stein. Und sie staunt über alles, was da ist, weil's meins ist. Sie hat ein paar Songs von mir gehört und gemeint, *du bist gut, und dein Künstlername ist geil.* Wer weiß, Professore, um diese schwarzen Löcher zu verstehen, müssen wir ihnen was entreißen, eine Rose vielleicht, blitzschnell danach greifen.

Neulich war ich mit der Gang an den Gleisen. Unser Gleis ist beim Bahnhof, wo die Züge verwaisen. In unseren Battles ratteln wir da unsere Raps. Das ist ein Geheimnis, Professore, weil's unser Heim ist. Disagio und ich waren da und haben ein Dissing über die Liebe gemacht. Er meinte, sie ist wie Gras, erst mal geil, macht sofort high, aber nach einer Viertelstunde ist es vorbei, alles wird schwer, du brauchst noch mehr, und die Taschen sind leer. Ich hab gesagt, vergiss es, Alter, ich kenne die Liebe, und zwar nicht nur flüchtig, sie heißt Margherita und macht nicht süchtig, häng dich rein, dann fühlst du dich frei, sie macht nicht breit, sondern bleibt.

Natürlich hab ich verloren, und alle haben mich verarscht, aber ich weiß, was ich sage, ist wahr. Rost sagt immer die Wahrheit, weil er weiß, die Wahrheit ist eine Wunde, die dir die Sicht raubt, man schlägt zu, weil man vertraut, weil man dran glaubt. Demnächst stell ich Margheritas Lied ins Netz, dann werdet ihr sehen, wer am besten lacht, lacht zuletzt. Wer die Wahrheit sagt und wer ein Trottel ist. Luce, die Erzieherin, hat mein Lied angehört, sie fand's schön, auch wenn der düstere Beat verstört. Sie meinte, ich hätte Talent, dem müsste ich folgen, das gebe mir Halt. Ich glaub, ich hab mich in sie verknallt. Und Stopp.

ACHILLE

Ich sage zwar »anwesend«, aber in Wirklichkeit würde ich gern jemand anders sein. Nicht woanders, das reicht nicht, sondern ein anderer. Ich mag die Schule, aber mich mag ich nicht. Ich habe mir mein Aussehen, meinen Körper, meine Kurzsichtigkeit und mein Asthma nicht ausgesucht. Jedes Mal, wenn ich in den Socials unterwegs bin, vergleiche ich mich mit den anderen, und je mehr ich sehe, desto mehr geht mir auf, dass ich ein hoffnungsloser Fall bin. Also bleibt mir nichts anderes übrig, als mir vorzustellen, wie ich gerne wäre, was ich gerne hätte, wie ich gerne rüberkäme. Im Netz geht das. Wisst ihr, was mich am meisten tröstet? Dass es alle machen. Offenbar will keiner in seiner Haut stecken. Was ich euch jetzt sage, werdet ihr nicht gerne hören. Wenn ich will, kann ich eure Profile knacken, ohne dass ihr es mitkriegt, ich kann eure Mails lesen, herausfinden, was ihr wirklich über die anderen denkt, welche Fotos ihr privat verschickt und an wen, ich kann euch sagen, ob eure Eltern einander betrügen.

Manchmal verbringe ich ganze Nachmittage damit, die Verlogenheit der Leute aufzudecken, das ist wie eine Droge. Dann fühle ich mich besser: Wenn alle anderen ständig vor sich selbst weglaufen, dann bin ich auch in Ordnung. Am Ende bin ich total erschöpft und endlos traurig. Also nehme ich die Daten von irgendwem und schicke sie an den, der darüber Bescheid wissen sollte, um ihm klarzumachen, was für eine Kloake das Glück ist.

Ich glaube, das ist mein Ereignishorizont, die einzige Methode, meine Schwäche und Angst in Stärke zu verwandeln. Ich bin es leid, die Blicke der Leute zu ertragen, die mich für eine arme Wurst halten und mir durch die Blume zu verstehen geben, dass ich Pech gehabt habe. Das ist der Moment, in dem ich beschließe, mich zu rächen und denen zu zeigen, dass sie sich nur so aufführen, weil sie mit ihrem Leben auch nicht zufrieden sind. Ich verschicke ein Video, eine Nachricht, eine Mail, in der ich etwas oder jemanden auffliegen lasse, und lasse die Wahrheit tun, was sie am besten kann: ans Licht kommen.

Am liebsten würde ich das alles wegwerfen, aber ich schaffe es nicht. Ohne das bleibt mir nichts. Wie soll ich anwesend sein, Professore, wenn ich es nicht sein will? Entschuldigt, wenn ich so viel rede, aber heute habe ich Angst und kriege nur schwer Luft.

STELLA

Ihr kennt meinen Ereignishorizont: die Erinnerung an meinen Vater. Ich lande darin wie in einem bittersüßen Strudel. Als Kind konnte ich nur einschlafen, wenn er mir eine seiner Geschichten erzählte. Er erfand sie aus dem Stegreif, und die schönsten erzählte er mehrmals. Meine Lieblingsgeschichte war die von der Prinzessin eines unsterblichen Volkes, die im Wald tanzt und dabei von einem Mann beobachtet wird, der sich in sie verliebt und sie um jeden Preis erobern will, aber er ist nur ein Mensch. Ihr Vater verachtet diesen Sterblichen, und um ihn loszuwerden, verlangt er von ihm ein unmögliches Pfand. Aus Liebe zu ihr riskiert er sein Leben und wird schwer verletzt, und um ihn gesund zu machen, verzichtet sie auf die Unsterblichkeit und verlangt dafür eine rettende Medizin. Mein Vater sagte, zu lieben bedeute, für jemanden sein Leben zu riskieren. Aber um mir dieses Leid zu ersparen, verzichte ich lieber darauf. Das Leben ist ein grausames Spiel. Ich will das, was ich liebe, nicht verlieren. Leopardi hatte recht: warum den Lebensfunken entfachen, wenn wir getröstet werden müssen, dass wir leben? Und was, wenn der, der einen trösten kann, nicht mehr da ist?

OSCAR

Heute ist nicht mein Tag, Professore, gestern haben sie mir die Nase gebrochen, und vom K. o. brummt mir der Schädel, mein Hirn ist Brei. Ich bin auf die Bretter gegangen und kam nicht mehr hoch. Ich ertrage es nicht, zu verlieren, es fühlt sich an wie damals, als mein Vater meine Mutter schlug und ich nichts dagegen tun konnte. Ich glaube, das ist das Dunkle, von dem Sie sprachen. Jedes Mal, wenn ich die Deckung sinken lasse, schießt mir die Erinnerung durch den Kopf, wie er sie verprügelt und mir nichts anderes übrigbleibt, als mir die Ohren zuzuhalten, um seine Schläge und Mamas Schreie nicht zu hören, und ich muss mir die Augen zuhalten, um nicht zu sehen, wie er sie im Suff packt und gegen die Wand schleudert.

Nur wenn ich zuschlage, löst sich der Knoten in meinem Herzen, sonst packt mich die Wut, und gegen die kommt keiner an. Ich will meiner Mutter nicht noch mehr Kummer bereiten, ich muss es irgendwie schaffen, sie zu einer Königin zu machen, die es nicht mehr nötig hat, bei den Reichen zu putzen und sich kaputtzumachen.

Heute tut mir die Nase weh. Stundenlang hatte ich Watte reingestopft, sonst hätte es nicht aufgehört zu bluten. Meine Mutter hat mich so nicht gesehen, sonst würde sie sich auch mies fühlen und läge mir mit ihrem Spruch in den Ohren, sie hätte mich gewarnt. Aber sie wird es sowieso merken, weil ich zwei Veilchen kriege. Obendrein habe ich gestern Geld verloren, dabei brauchen wir Geld, sonst muss meine Mutter noch mehr arbeiten, und das könnte ich mir nicht verzeihen, denn wenn sie nach Hause kommt, tut ihr der Rücken weh, und ihre Hände sind kaputt. Ich muss dieses Leben ändern. Aber dass einer sterben muss, wenn er jemand anderen liebt, das stimmt, Stella. Ich muss für meine Mutter auch meine Haut riskieren. Dein Vater hatte recht: Wenn man nicht für etwas oder jemanden sterben würde, ist man einen Scheißdreck wert. Bei allem Respekt, Professore, aber manchmal geht's nicht anders. Jetzt halte ich die Klappe, weil es sich anfühlt, als würde meine Nase gleich explodieren und als hätte ich einen Presslufthammer im Kopf. Und dazu schwirren noch tausend Gedanken herum, zu so einer Sache, die ich machen muss, um an Geld zu kommen.

CATERINA

Manchmal frage ich mich, warum das Leben zwischen zehn und zwanzig so kompliziert ist und es ausgerechnet in dieser Phase so viel Schmerz und Freude geben muss. Daran solltet ihr Erwachsenen denken, wenn ihr ein Kind macht, Professore. Ihr fangt da etwas an, von dem keiner genau weiß, wie es geht, und später sind wir dann sauer auf euch.

Mein Ereignishorizont heißt Gott. Er zieht mich an und stößt mich ab wie nichts sonst auf der Welt, er ist anwesend und abwesend zugleich. Ich liebe und ich hasse ihn: Er erschafft mich ohne meine Erlaubnis und kann mich ohne meine Erlaubnis nicht retten. Viele sagen, er sei nur eine Projektion meiner Wünsche, aber Gott ist alles, nur nicht das, was ich mir wünsche: Er löst meine Probleme nicht, er erschafft sie, er antwortet nicht, wenn ich ihn anrufe, obwohl ich weiß, dass er da ist, eben weil ich ihn anrufe, er zwingt mich nicht, an ihn zu glauben, und ich kann nicht leben, ohne an ihn zu glauben. Ich habe tausend Fragen an ihn und lasse ihm keine Ruhe, und er mir ebenso wenig. Ich habe versucht, ihn zu ignorieren, so zu tun, als wäre nichts, aber dann habe ich mir gesagt: »Das ist alles? Ist das Leben tatsächlich nur das?« Wenn Gott nicht da ist, ist das Leben sterbenslangweilig, weil wir nichts weiter sind als ein Stück Natur, das nur darauf wartet, wieder zu Staub zu werden. Aber ich weiß, dass ich nicht nur Staub bin, weil ich lieben kann.

Eines Tages habe ich die Liebe Gottes verspürt, und seit dem Tag hat mir der Ereignishorizont keine Ruhe mehr gelassen. Ich war im Krankenhaus und bin in die Kinderabteilung gegangen: Krankheiten aller Art. Da war ein verwachsenes Kind, dessen Anblick einem Angst machte, gerade weil es ein Kind war. Gott kann nicht existieren, wenn es so etwas gibt,

dachte ich. Ich habe aufbegehrt und ihn innerlich ange-
schrien: »Warum hast du nichts gemacht?« Wie zu erwarten,
bekam ich keine Antwort. Aber plötzlich kam eine Frau den
Flur entlang, eine Nonne, die aussah wie Mutter Teresa. Sie
erkannte das Kind, blieb stehen, nahm es in den Arm und
sagte zu ihm: *Wie schön du bist! Wie schön du heute bist!* Sie
bedeckte sein Gesicht mit Küssen, und das Kind lachte, weil
es kitzelte. Es war das Lachen Gottes.

Ich weiß nicht, was ich in dem Moment sah, da waren eine
ganz gewöhnliche Frau und eine ganz außergewöhnliche
Liebe. Wenn es Gott gibt, dann ähnelt er dieser Begebenheit,
die das Unmögliche möglich und sichtbar gemacht hat. In mir
verschaffte sich eine Stimme Gehör und antwortete auf meine
Frage: »Ich habe etwas gemacht, ich habe diese Frau gemacht … und ich habe dich gemacht.« Seit dem Tag finde ich
keine Ruhe mehr.

Warum redet ihr Erwachsenen nie über Gott? Glaubt ihr
wirklich, das Thema sei überholt? Wenn ihr nicht in der Lage
seid, uns das zu geben, was uns vor der Keule der Zeit schützt,
warum setzt ihr uns dann in die Welt? Hofft ihr, wir könnten
dieser Keule standhalten, nur weil wir euer Leben verlängern?
Und wenn ihr uns in der Schule beibringt, was man alles wissen und im Kopf behalten muss, damit es im Lauf der Zeit
nicht verschwindet, warum erzählt ihr uns nie von Gott? Warum lasst ihr zu, dass die Keule der Zeit uns mit voller Wucht
trifft? Uns die Knochen und das Herz bricht?

Ich will nicht warten, ich will jetzt leben. Meinem Leben
jetzt einen Sinn geben, ohne darauf zu hoffen, Sinn in dem zu
finden, was wir an Gottes Stelle gesetzt haben: Karriere, Geld,
Erfolg, Besitz … All das ist mir nicht genug, um hier zu bleiben und zu kämpfen. Ich will wissen, wofür es sich zu leben
und zu sterben lohnt.

ETTORE

Mein Ereignishorizont ist bisher nichts anderes als ein U-Bahn-Tunnel mit Haltestellen, die zwischen meiner Mutter und meinem Vater liegen. Wenn ich mit der Tasche in den Waggon steige, um zur einen oder zum anderen zu fahren, wünschte ich, die Fahrt würde ewig dauern, wie in einer Erzählung, die wir mal gelesen haben, in der die Hauptfigur in einem endlosen Tunnel unterwegs ist, aber im Gegensatz zu dem Typen in der Geschichte würde ich keine Panik schieben, sondern die Fahrt genießen, die mich vor der Endstation des Schmerzes bewahrt. An welche der beiden Endstationen gehöre ich? Ich weiß es nicht. Ich weiß nur, dass meine Mutter alles an mir zu beseitigen versucht, das daran erinnern könnte, wo ich gerade herkomme, vom Geruch in den Kleidern bis zur Schwermut im Blick. Und natürlich gibt sie meinem Vater die Schuld. Das Erste, was sie mich fragt, ist, ob ich etwas zu waschen habe, als käme ich aus einem Seuchengebiet zurück, als würde eine Waschmaschine genügen, um das Leben von seinem radioaktiven Abfall zu befreien. Dann fängt sie an, mich mit Fragen zu löchern, um herauszufinden, wie gründlich die Säuberung von Körper und Seele ausfallen muss. Weil ich nur einsilbig antworte, hat sie gelernt, gezielte Fragen zu stellen, auf die man mit Ja und Nein antworten kann: *Hast du Junkfood gegessen? Hast du Hochprozentiges getrunken? Hat er dir Geld gegeben?* Alle Fragen betreffen indirekt den Feind, sie stellt mir keine einzige Frage, in der es um mich geht. Wenn die U-Bahn mich dann auf die andere Seite der Grenze zurückbringt, erwartet mich eine in schmutziges, schweißiges Halbdunkel getauchte Wohnung. Papa geht nicht arbeiten, und meine Mutter weiß das nicht, die Depression frisst ihn Stück für Stück auf: Mir ist klar geworden, dass Kaputtsein keine Metapher ist. Er hielt dem Druck nicht mehr stand und musste kündigen. Er zieht sich fast nie was Frisches an, und wenn ich nach Hause komme, muss ich das verkrustete Geschirr abwaschen, weil er die Spülmaschine nicht benutzt, um zu sparen, und ihn überreden, mal zu duschen und vor die Tür zu gehen. Ich weiß nicht, woher all diese lähmende Traurigkeit kommt, aber ich weiß, dass sie ihm entweicht und sich wie Staub auf alles legt. Sie lähmt die Dinge, macht sie stumm, bremst sie aus: Alles wird kalt und folgt dem unerbittlichen Gesetz, von dem Sie uns erzählt haben, Professore. Fast so, als würden die Dinge gefrieren, wenn man sich nicht wehrt. Irgendwie haben meine beiden Eltern sie eingefroren: meine Mutter, indem sie alles kontrollieren und jede Spur von ihm auslöschen will, mein Vater, indem er sich dem Lauf der Dinge fügt, dem Leben widerstandslos die Kontrolle überlässt und auf das Ende wartet. Er will den Tod, aber das Leben rückt ihn nicht raus, also umgibt er sich mit ihm, und es ist nicht die Aufgabe seines Sohnes, ihn aus seinem Bunker herauszuholen. Jetzt wisst ihr, warum ich bei meinem Opa gewohnt habe. Zweimal pro Woche das Leben zu wechseln und Eltern für meine Eltern zu spielen, ist unmöglich.

Ich habe angefangen zu arbeiten, um meinem Vater da rauszuhelfen. Deshalb penne ich im Unterricht manchmal ein, auch wenn Sie es nicht mitkriegen, Professore. Mit dem Fahrrad Essen auszuliefern, macht einen fertig. Es ist der einzige Job, den ich gefunden habe, denn wer nimmt schon einen Achtzehnjährigen ohne Berufserfahrung? Aber wenn man freundlich ist, kriegt man hin und wieder ein hübsches Trinkgeld.

Der Hass meines Vaters und meiner Mutter hat sich alles einverleibt. Keine Schlange würde sich selbst vergiften, aber wir bringen das fertig. Wir produzieren Gift, das uns vergiftet.

Warum gibt es diesen Zerstörungstrieb in den Menschen, Professore? Vor allem zwischen denen, die sich lieben? Ich sehe die alten Bilder in der Fotoschachtel: dieses offene, strahlende Lachen am Hochzeitstag, diese Großaufnahmen mit Hintergründen, die aussehen, als wäre die Welt nur dazu da, um als Kulisse für das Glück zu dienen. Warum verschwindet das alles wie ein Traum? Warum entsteht das Gift ausgerechnet dort, wo wir nach Honig suchen?

Entschuldigt, dass ich so viel rede, aber ich bin es leid, ich spreche mit niemandem darüber, heute fahre ich zu keinem der beiden und schlafe draußen auf einer Parkbank, nachdem ich mich mit dem Bier zugeknallt habe, das ich eigentlich an Leute ausliefern sollte, die keine Lust haben zu kochen. Mir tut alles weh, und es hört nicht auf.

ELISA

Deshalb verschwinde ich immer, Ettore. Und zwar in einer meiner liebsten Erinnerungen. Ich laufe einen alten Pfad am Meer entlang. Der Wind streicht flüsternd durchs Schilf. Eidechsen fliehen vor meinen Schritten, und der Geruch nach sonnenheißen Pinien, unreifen Trauben und trockener Erde mischt sich mit dem Duft des Meeres. Erschöpft, aber belebt von der Brise komme ich an den Strand. Weinend gehe ich ins Wasser und kann zwischen Tränen und Wasser nicht mehr unterscheiden. Ich bin es leid, durchzuhalten. Ich will in diesem flüssigen Sarg ertrinken, meinen Körper und all meine Gedanken verlieren. Ich will mich für immer befreien. Wovon? Wenn ich es sagte, würde es nichts nützen. Ich will schlafen wie Orlando und in einer anderen Zeit aufwachen, in einem anderen Körper. Nur mit schönen Erinnerungen an frühere Leben. Das wahre Leben ist immer woanders. Ich komme von dort und muss dorthin zurück, sooft es geht, sooft ich will.

MATTIA

»Mattia?«

Meine Stimme hallt von den Wänden wider und kehrt zu mir zurück.

»Der ist nicht da, Professore. Er fehlt schon seit zwei Tagen.«

»Warum?«

»Wissen wir nicht.«

»Wollt ihr den Grund nicht wissen?«

»Doch, aber wird schon nix sein.«

»Ihr würdet ihn also nur anrufen, wenn er im Sterben läge? Ständig redet ihr von Liebe, die man geben, suchen, bekommen muss, und dann seid ihr nicht einmal in der Lage, euren Klassenkameraden anzurufen, um ihn zu fragen, wie es ihm geht. Der einzige Weg, den eigenen Schmerz zu lindern, ist, sich des Schmerzes der anderen anzunehmen. Die Liebe ist der einfachste Gedanke von allen, er spricht eine sehr schlichte Sprache: Es genügt eine Geste, ein Wort, ein Blick, ein Anruf … Aber ausgerechnet diese Dinge tun wir nicht, wir schieben sie ständig auf, weil es immer etwas Wichtigeres gibt. Wenn ihr das Abitur machen wollt, fangt jetzt an. Fangen wir jetzt an: Ruft ihn an.«

»Jetzt?«

»Ja, stellt auf Lautsprecher. Dann ist er anwesend. In der Klasse ist er abwesend, aber irgendwo wird er schon sein. Nehmt mein Handy.«

Das Klingeln des Telefons ist deutlich zu hören, alle spitzen die Ohren und halten den Atem an.

»Hallo … wer ist da?«

»Mattia, hier ist Omero Romeo. Wir sind gerade beim Anwesenheitsappell und hätten gern, dass du per Lautsprecher daran teilnimmst, ohne dich ist der Appell nicht vollständig. Du müsstest uns erzählen, welches dein Ereignishorizont ist, das schwarze Loch, das sogar das Licht verschluckt, will sagen, welche Sache ständig an dir zerrt und dir das Licht ausknipst. Ich weiß, das klingt vielleicht übertrieben, aber inzwischen sind wir ein Orchester, ein ziemlich abgerissenes zwar, obendrein mit einem blinden Dirigenten, aber wir haben …«

»Sie spinnen, Professore. Ich habe nichts zu sagen. Ich komme nicht mehr in die Schule, das hat eh keinen Sinn.«

»Ich habe dich nicht gefragt, warum du nicht hier bist, sondern dich gebeten, uns deine heutige Geschichte zu erzählen.«

»Meine Geschichte, Professore? Meine Geschichte lautet, dass ich total zugedröhnt bin und eine ganze Woche brauche, um wieder runterzukommen. Tschüss.«

»Danke, Mattia. Es war schön, deine Stimme zu hören.«

Die Klasse schweigt.

»Jetzt könnt ihr entscheiden, ob ihr das, was gerade passiert ist, ignorieren oder Stellung beziehen wollt. Und hört bitte auf, euch selbst leidzutun und herumzujammern, wenn ihr nicht in der Lage seid, bei eurem Nebenmann richtig hinzusehen. Ich bin gezwungen zuzuhören, um richtig hinsehen zu können. Wenn ihr nicht anfangt, erwachsen zu werden, lasse ich euch durchs Abi rasseln.«

Niemand antwortet. Ich liebe diese gewaltsame Stille, in der die Wahrheit zuerst zum Leiden und dann, wenn wir sie nicht vertreiben, zu Liebe wird. Zu entscheiden, wer man sein will, und es zu werden, ist in solchen Momenten der Stille ein und dasselbe.

AURORA

Ich habe keinen Ereignishorizont, Professore. Ich habe Glück. Und ich sage Ihnen noch etwas, heute ist mein Geburtstag, und ich habe einen Kuchen gebacken, denn wenn ich glücklich bin, will ich, dass es die anderen auch sind. Ich bin frühmorgens zur Welt gekommen, und das Erste, was meine Mutter nach meiner Geburt sah, war das Licht der Morgendämmerung, dadurch ist sie auf meinen Namen gekommen. Eigentlich sollte ich Livia heißen, wie meine Großmutter, aber der Augenblick hat anders entschieden. Ich habe einen Schokokuchen gebacken, weil Schokolade glücklich macht, und ich glaube, das können wir gut brauchen. Aber es gibt tatsächlich etwas zu feiern, nämlich dass ich heute hier bin, weil meine Eltern sich sehr geliebt haben und es noch immer tun. Entschuldigen Sie, wenn ich Ihnen einen Teil Ihrer Stunde klaue, Professore, aber mein Ereignishorizont ist voller Licht.

Deshalb dürft ihr mir jetzt *Happy Birthday* singen und aufhören, Trübsal zu blasen, denn heute wird meine Geburt gefeiert, die sich, ob's euch gefällt oder nicht, niemals wiederholen wird. Und das allein ist schon eine großartige Nachricht.

Das Gelächter ist einstimmig und befreiend. Wer weiß, wie viele dieser Leben wir retten könnten, wenn wir uns die Zeit nähmen, ihnen zuzuhören. Denn geht es nicht darum, sie jeden Tag aufs Neue das Licht der Welt erblicken zu lassen? Was sollten wir Lehrer sonst tun? Und wir Menschen überhaupt?

Auroras Kuchen hat den im Klassenzimmer angestauten Schmerz vertrieben. Ein weiteres Quäntchen Schmerz, und die Wände hätten Risse bekommen, die Fenster wären geborsten. All das gibt mir ein Gefühl der Hilflosigkeit, aber meine Aufgabe lautet nicht, das Dunkel in ihren Leben aufzulösen, sondern ihnen zu zeigen, dass sie in diesem Dunkel nicht allein sind, weil dieses Dunkel uns alle eint. Das erlebe ich jeden Tag, wenn jemand – meine Frau, meine Kinder, ein Freund, Signora Patrizia – meine Hand nimmt, um mich zu führen, an Hindernissen vorbeizulotsen oder einfach nur seine Gegenwart spüren zu lassen. Ich bin immer im Dunkeln, und nichts kann mich mehr beruhigen als eine Hand oder eine Stimme.

»Was ist Ihr Ereignishorizont, Professore?«, fragt Elena, als würde sie meine Gedanken lesen.

Ich habe mich vorbereitet. Ich stelle ihnen keine Frage, auf die ich nicht vorher selbst zu antworten versucht habe.

»Meine Kinder: Pietro und Penelope. Nichts erfüllt mich mit mehr Energie und Licht, und nichts lässt mich mehr ins Dunkel stürzen.«

»Und warum?«, fragt sie.

»Weil ich sie nicht aufwachsen sehe und niemand mir je zurückgeben kann, was ich gerade verpasse. Ich werde sie großwerden spüren, aber sie nicht sehen. Von Pietro wird mir das Bild bleiben, als er knapp vier Jahre alt war, von Penelope werde ich kein Bild haben. Gestern habe ich mit ihr gespielt, und plötzlich sagte sie zu mir, sie bräuchte zum Spielen Licht: Wir hatten von Anfang an im Dunkeln gesessen, und sie hatte nichts gesagt, aber nach der Abenddämmerung konnte sie offenbar nichts mehr sehen. Ich forderte sie auf, das Licht anzumachen, und sie sagte, sie wolle auch so toll im Dunkeln spielen können wie ich, ich solle es ihr beibringen.«

Ich verstumme, weil ich wohl genug gesagt habe, und vor allem, weil mir die Tränen übers Gesicht laufen. Blitzschnell erobert sich die Stille den Klassenraum zurück, und jetzt hängt neben allem, was die Schüler während unseres Appells preisgegeben haben, ein weiterer unauflöslicher Schmerz in der Luft. Einer nach dem anderen haben wir uns entblößt und schämen uns nun unserer Nacktheit. Am liebsten würde man diese Blöße sofort kaschieren, das Thema wechseln, den Schmerz kleinreden. Aber dafür sind wir nun einmal hier: um zu lernen, nackt vor der Wahrheit zu stehen, und zwar gemeinsam.

»Hier ist gerade eine Atombombe explodiert. Die Schule von heute kann man in die Tonne schmeißen. Sie ist ein Saftladen, in dem das Leben eines Menschen das Letzte ist, was zählt: Alle tun so, als könnte man Leuten, deren Seele ein Scherbenhaufen ist, die *Consecutio Temporum*, die Integralrechnung und die *Kritik der praktischen Vernunft* beibringen. Als könnte man die Hypothetische Periode, x gegen unendlich und Kant in eine zerbrochene Seele füllen. Diese Sache mit dem Appell sollten alle wissen, wir sollten ein Manifest in sämtlichen Zeitungen veröffentlichen, wir sollten etwas unternehmen, damit dieses alberne Theater ein Ende hat. Diese Schule ist Fake. Wir sollten aufhören, uns zu stillschweigenden Mitwissern machen zu lassen, um davon einen Vorteil zu haben. Ich frage mich, wieso Sie das tun, Professore, die ganze Zeit hören Sie uns zu, als hätten wir seit den Anfängen des *Homo sapiens* etwas Neues zu sagen: Liebt uns, Scheiße noch mal, liebt uns! Wir alle wussten über Mattia Bescheid, aber wir haben uns nie zusammengetan, um ihm zu helfen, stattdessen haben wir es ignoriert, als wäre es etwas Peinliches, über das man lästern kann, wenn einem langweilig ist. Wir haben uns immer eingeredet, wir könnten eh nichts tun und es gehe uns nichts an. Wir haben den Mund gehalten und von etwas anderem geredet, dabei wussten wir genau Bescheid.« Das war Auroras unbändige Energie, die da gesprochen hat, und Achille springt ihr unerwartet bei: »Wir sollten was für Mattia tun. Ihn heute Nachmittag anrufen, ihm eine Nachricht schicken, ihm erklären, was heute in Naturwissenschaften und in den anderen Fächern gelaufen ist.«

»Klingt gut. Wisst ihr, wie lange das schon so geht?«, frage ich.

Niemand antwortet. Ein schuldbewusstes, lähmendes Schweigen macht sich breit, das zweierlei hervorbringen kann: Verantwortungsbewusstsein oder in betäubende Gleichgültigkeit mündenden Defätismus.

»Wissen Sie was, Professore? Wenn man unseren Geschichten zuhört, ist es, als würden Brücken zwischen scheinbar einsamen, durch ein Meer aus Schmerz getrennten Inseln entstehen, dabei sind wir ein durch ein Meer aus Schmerz vereinter Archipel.« Das war Caterina mit ihren eindrücklichen, starken Bildern.

»Dieser ganze Scheiß ist nicht mein Problem«, blafft Oscar. »Ich komme schon mit meinen eigenen Baustellen nicht klar, wie soll ich mich da noch um eure kümmern. Wenn Mattia sich mit Drogen vollpumpen will, hat er's am Ende nicht anders gewollt. Lusche bleibt Lusche.«

Das Schweigen ist jetzt zum Zerreißen gespannt, Wut, Groll, Frust ballen sich darin zusammen, und völlig unabhängig vom gerade Gesagten sind alle kurz davor, aufeinander loszugehen und jede Möglichkeit der Entblößung zunichtezumachen. In diesem Schweigen versucht man, das abzuschütteln, was allzu schwer auf der Seele lastet.

»Du bist der übliche Penner«, befindet Elena erwartungsgemäß.

»Du bist auch eine Lusche, über die Abtreibung hast du nicht lange nachgedacht. War ja auch bequemer. Ihr alle redet euch euren Mist schön«, lädt Oscar nach, der es genießt, die Zahl der zu besiegenden Feinde zu erhöhen.

»Was weißt du denn schon? Was zum Scheißdreck weißt du denn schon davon? Du bist die größte Lusche von allen, versteckst dich hinter deinen Muskeln. Und deine Seele? Die hat keine Muskeln. Sieht man ja. Du bist echter Durchschnitt, oder eher unterdurchschnittlich.«

»Blablabla, du kommst dieses Jahr hier an und hältst dich für wer weiß wen. Komm mal wieder runter, Hübsche!«

»Wir verspielen hier eine Chance«, gehe ich dazwischen.

»Chancen verplempert man nun mal, Professore. Was das angeht, kommen wir alle hier nicht besonders gut weg.« Das ist Ettore. »Ich würde gern mehr für die anderen tun, aber mir fehlt die Energie, die reicht ja schon kaum für mich selbst.«

»Wir sollten uns etwas einfallen lassen, statt uns wie Kleinkinder aufzuführen, die einfach nur recht haben wollen, ohne zu wissen, worum es eigentlich geht.«

»Ich schlage vor, wir teilen uns die Nachmittage auf. Jeden Tag verbringt einer von uns ein bisschen Zeit mit Mattia, um gemeinsam zu lernen oder was anderes zu machen.« Aus diesen Worten spricht Caterinas Optimismus.

»Einverstanden. So macht jeder ein bisschen was, und es wird einfacher.«

»Ich gehe zu niemandem«, beschließt Oscar.

»Du könntest Mattia womöglich am meisten helfen, eben weil du ihn nicht verstehst oder das zumindest glaubst. Damit wärst du gezwungen, ihm zuzuhören. Was ihn angeht, bist du genauso blind wie ich. Du hast keine Lösungen und kannst nur zuhören. Bei ihm sein. Und weil du der Letzte bist, der das täte, würde Mattia spüren, dass er jede Bemühung wert ist.«

»Pff, ist doch alles Gelaber. Wer auf Drogen ist, kommt davon nicht mehr runter.«

»Wer auf Drogen ist, kommt nicht allein davon runter, Oscar.«

»Ich bringe ihm jedenfalls heute ein Stück Kuchen vorbei, um mich feiern zu lassen«, befindet Aurora.

Es folgt allgemeines Gelächter. Zum Glück gibt es in jeder Klasse jemanden wie sie. Die einzige Methode, das Leben ernst zu nehmen, ist, es zu entdramatisieren.

»Dann machst du den Anfang. Danach geht es in der Namensreihenfolge reihum.«

Alle sind einverstanden, selbst Oscar scheint weich geworden zu sein.

»Jetzt kommen wir zu den Kepler'schen Gesetzen über die Bewegung der Planeten, und ich versichere euch, sie sind sehr viel einfacher als das, worüber wir gerade geredet haben.«

Mich rühren die Eltern, die in meine Sprechstunden kommen. Angetrieben von einer Mischung aus Stolz und schlechtem Gewissen würden sie gern eine Bilanz ihres eigenen Lebens ziehen, indem sie sich das Urteil über ihren Nachwuchs anhören, das leider oder glücklicherweise nie ihren Erwartungen entspricht: Sich fortzupflanzen bedeutet nicht, Individuen in die Welt zu setzen, die genauso sind wie wir, sondern jemanden hervorzubringen, der unsere Erwartungen über den Haufen wirft und uns zwingt, das Bild, das wir von uns haben oder gern hätten, infrage zu stellen. Also begegnen die Eltern den neuen Lehrern ihrer Kinder mit einem Wechsel von Hass und Liebe, Distanz und Wachsamkeit: Sie wollen, dass man ihnen ihre Fehler verzeiht, ohne dass sie diese zugeben wollen, wollen eine vollständige, umfassende Absolution ohne vorherige Beichte.

Ich erinnere mich noch an meine erste Elternversammlung mit Elternsprecherwahl, als ich noch sehen konnte. Sie war die Bestätigung, dass der Satz »die Kinder tragen die Schuld der Väter« nur die vorwissenschaftliche Definition von Genom und Epigenom, DNA und Umwelt ist. Die Entdeckung von Nukleinbasen und Neuronenverbindungen hat diese Schuld sichtbar, aber nicht weniger schmerzhaft gemacht: Die Wissenschaft beschreibt den Schmerz, aber sie löst ihn nicht. Es machte mir Spaß, die Eltern nicht nur anhand physiognomischer Ähnlichkeiten, sondern auch durch ihre Körpersprache zuzuordnen: die Art, den Blick niederzuschlagen, den Kopf zurückzulegen, sich die Hände zu kneten, die Schultern hängen zu lassen, den Kiefer anzuspannen, um in ihnen, linkisch in die Bänke ihrer Kinder gequetscht, zwei gleichermaßen abgründige Varianten des menschlichen Lebens zu erkennen. Morgens die Kinder, die darum kämpfen, sich aus dem monotonen Kreis des Lebens und dem unfehlbaren Lauf der Chromosomen zu befreien und auf ihrer Reise vom Ursprung zur Erfüllung einen neuen, unbekannten Kurs einzuschlagen. Abends die Eltern, die sie in diesem Kreis zu halten versuchen, um sie nicht großwerden und folglich leiden zu sehen. Aber sie ans Licht der Welt zu bringen bedeutet, festzustellen, dass das eigene Fleisch und Blut einem Licht rauben wird, um selbst etwas davon abzubekommen.

Inzwischen haben sich die Dinge geändert, ich kann die Zeichen und Verletzungen einer Familiengeschichte nicht mehr deuten. Jetzt, da ich nichts mehr sehe und nur Fragen stellen kann, ist mir etwas Wesentliches klar geworden: Kinder ähneln nicht den Äußerlichkeiten des einen oder des anderen Elternteils, mit diesem mehr oder weniger verlässlichen

Prozentsatz weiß ich nichts mehr anzufangen, und unterm Strich verwirrte er mich nur. Kinder ähneln der Beziehung der beiden, also ihrer Liebesgeschichte: Für mich existieren die Dinge nur als Geschichten, und jedes Kind ist Frucht dieser ganz bestimmten Geschichte. Während die Augen Physiognomien und Fotos betrachten, lauschen die Ohren Geschichten und Beziehungen. Diese Wirklichkeitsebene bleibt oft unerreicht, weil wir zu sehr damit beschäftigt sind, der sichtbaren Hinweise habhaft zu werden. Das mangelnde Sehvermögen zwingt dazu, das Unsichtbare, in seinen Auswirkungen jedoch nicht weniger Wirkliche in Betracht zu ziehen: Die Art der elterlichen Beziehung spiegelt sich im Seelenleben eines Kindes. Ständig versuchen wir, die Liebe oder den Hass zwischen unseren Eltern, die Hoffnung oder den Zynismus, die ihrer Liebe entsprangen, die Pläne, Versprechungen, Stürze und Trümmer, die ihre Beziehung im Laufe der Jahre hervorgebracht hat, auf die Wirklichkeit zu projizieren. Wir sehen die Kinder erst, wenn wir die Beziehung derer sehen, die sie geboren haben. Selbst das Wasser, H_2O, ist eine Beziehung zwischen Molekülen, die wir für völlig selbstverständlich nehmen.

In der Luft lagen die Neugier und die Befangenheit angesichts des »blinden Lehrers«, eine Variable, mit der die Eltern im ohnehin bereits chaotischen Leben ihrer Kinder nicht gerechnet hatten.

Ich habe Hände gedrückt und die typischen mitfühlenden Zusprüche zu hören bekommen, als wäre das die einzige Art, sich der Verletzlichkeit nähern zu können. Während ich in Gedanken die Rangliste der zehn besten Tennisspieler aller Zeiten wiederhole – Federer, Agassi, McEnroe ... –, um meine Unruhe im Zaum zu halten, wird plötzlich die Stimme des Gewerkschaftler-Vaters laut, der dem Klassenrat eine klare Botschaft vermitteln will. Ich weiß nicht, wessen Vater es ist, aber er ist eines der seltenen Exemplare, die bei solchen Versammlungen nur auftauchen, um endlich ihren ruhmreichen Moment zu erleben und sich einreden zu können, für ihre Kinder genug getan zu haben, obwohl sie es nur für sich selbst tun.

»Bei allem Respekt für Ihre Lage würde ich gerne wissen, ob Sie als neuer Lehrer für Naturwissenschaften ausreichend qualifiziert sind, um unsere Kinder verlässlich auf das kommende Abitur vorzubereiten.«

Es folgt eine Stille, in der sich die Verlegenheit einiger mit der hämischen Genugtuung anderer mischt, die einen bemitleiden und es dennoch genießen, dabei zu sein und mitzuerleben, wie man sich schlägt. Während die einen am liebsten ganz woanders wären, wollen die anderen Blut sehen. Es ist ein Basisreflex: Schadenfreude befreit uns von unserem eigenen Unglück. Inzwischen kann ich die verschiedenen Arten von Stille gut auseinanderhalten. Für einen Sehenden ist Stille vorübergehend, für einen Blinden ist sie der exakte Spiegel der Situation. In der Stille verbirgt sich stets die allzu lang verdrängte Antwort, die etwas mit dem Sinn des Lebens zu tun hat: *Wenn du Antwort geben kannst, lerne ich bestimmt dazu.*

»Bei Borg bin ich unschlüssig.«

»Wie bitte?«

Ich brauche ein paar Sekunden, ehe mir klar wird, was ich gesagt habe, und wie immer in solchen Fällen, lege ich alle Karten offen auf den Tisch.

»Entschuldigen Sie, ich war in Gedanken. Ich habe versucht, die besten Tennisspieler aller Zeiten in eine Rangfolge zu bringen.«

In der von meinen Worten hervorgerufenen Stille liegt die Reaktion, auf die ich es abgesehen habe: Sie lassen die

Deckung sinken. Ich kratze die nötige Ironie zusammen, um mich zu verteidigen und zum Gegenangriff überzugehen.

»Um auf Ihre Frage zu antworten. Ich sehe nicht – entschuldigen Sie das Paradox – wie meine Blindheit die Vorbereitung Ihrer Kinder beeinträchtigen sollte, die davon abhängt, ob sie imstande sind, zuzuhören, nachzuarbeiten und eigenständig zu lernen.« Ich habe einen wohlmeinenden und zugleich sachlichen Ton angeschlagen, der ihnen ein gutes Gefühl geben und sie beschwichtigen soll, aber als hätten wir gerade ein Tennismatch begonnen, folgt der Gegenschlag auf den Fuß. Sobald die Ratio gefragt ist, entspanne ich mich und fange an, Spaß zu haben, es sind die Unwägbarkeiten, die mich aus dem Tritt bringen.

»Das bezweifeln wir nicht, aber vielleicht gibt es Probleme mit der Disziplin, mit den Tests, den Klassenarbeiten.«

Weil ich die Körpersprache meines Gegenübers nicht sehen und deuten kann, lasse ich ein paar Sekunden verstreichen, um sicherzugehen, dass er ausgeredet hat.

»Ich verstehe Ihre Bedenken, aber Disziplin ist nichts, für das ich sorgen muss, sondern eine Gewohnheit, die Ihre Kinder in ihren rund achtzehn Lebensjahren zu Hause gelernt haben sollten. Ich habe damit so gut wie nichts zu tun: Wenn sie gelernt haben, nicht zu schummeln, nicht zu tricksen und sich an Regeln zu halten, wird es keinerlei Probleme geben.« Ich weiß, das war nicht sonderlich diplomatisch, aber meine Gelassenheit und meine Behinderung verleihen mir eine Art moralische Überlegenheit, die auszunutzen mir diebische Freude macht.

»Hoffentlich haben Sie recht, Signor Romeo. Diese Kinder hatten zig Probleme, und wir wollen nicht, dass sie noch mehr kriegen.«

»Ich kann Ihre Besorgnis bestens verstehen, bitte Sie aber, sie nicht zur Besorgnis Ihrer Kinder werden zu lassen. Jeder Mensch hat Probleme, sie gänzlich zu beseitigen, ist unmöglich, aber man kann sie gemeinsam angehen, Hauptsache, man macht die Menschen selbst nicht zu Problemen. Ich weiß, dass Sie mir helfen werden. Wenn es Schwierigkeiten oder Hindernisse gibt, werden wir offen darüber sprechen und den Kurs korrigieren.«

Die nachfolgende Stille bestätigt mir, dass ich die erste Runde gewonnen habe, doch sofort macht eine Frauenstimme meinen Sieg zunichte.

»Könnten Sie wohl die Art der Anwesenheitsüberprüfung genauer erklären? Dass Sie die Gesichter der Kinder anfassen, erscheint mir ein bisschen übertrieben. Muss das wirklich jeden Tag sein?«

Ich frage mich, welche Angst sich hinter diesen Worten versteckt, als würde eine Berührung zwangsläufig Gewalt bedeuten. Vielleicht befürchten sie, jemand könnte auf ihr Grundstück kommen und die Risse und Löcher im Mauerwerk entdecken, oder vielleicht ist es Neid oder Enttäuschung, weil jemand eine größere Nähe zu ihren Kindern hat als sie selbst. Ich beschließe, weit auszuholen und eine Geschichte zu erzählen.

»Eines der ersten Meisterwerke der Geschichte ist ein Appell: Die Höhle der Hände in der Schlucht des Rio Pinturas, in einem Wüstengebiet Patagoniens. Als ich sie als Kind auf der ersten Seite meines Geschichtsbuches sah, war ich wie vom Donner gerührt. Die mindestens zehntausend Jahre vor Christus entstandenen Malereien zeigen den ältesten Appell der ältesten Klasse in der Geschichte der Menschheit. Zu diesen freudig gen Himmel gereckten Händen hört man die Rufe in einer unwiederbringlich verlorenen Sprache. Jede dieser hocherhobenen, offenen Hände ist eine urzeitliche Unterschrift des Daseins, die in ihrer eigenen Farbe sagt: ›Ich bin auch hier, ich bin anwesend.‹ Es sind die Hände Heranwachsender, gemalt während des rituellen Übertritts von der Kindheit ins Erwachsenenalter, vom unbewussten, aus den Erzählungen anderer abgeleiteten Dasein zum Dasein in erster Person und mit eigenem Namen. Diese Hände rufen, dass jedes Leben ein Zeichen und einen Namen braucht. Diese Hände schreien, wie die Blätter im Herbst, dass wir nicht auf der Welt sind, um zu überleben, sondern um das Leben zu feiern. Diese Hände wollen das letzte Wort haben, vorausgesetzt, man lässt es ihnen und hört ihnen zu. Die Hand ist ein Werkzeug, das die Natur uns gegeben hat, um zu allem zu werden: Klaue, Schere, Horn, und damit zu Lanze, Schwert und zu jeder anderen Waffe. Aber sie kann auch zu etwas werden, das keinem Tier je gegeben sein wird: zu einem Stift, einem Skalpell, einem Pinsel, einem Mikroskop, einem Teleskop.«

»Danke für diese interessante Lektion, aber ich verstehe nicht, was das alles mit unseren Kindern zu tun haben soll, die hier was lernen sollen.«

»Es geht mir darum, sie spüren zu lassen, dass sich mein Unterricht nicht nur um ihren Verstand, sondern um ihr ganzes Leben dreht. Das eigene Gesicht den Händen eines anderen zu überlassen, ist ein Akt des Vertrauens, der eine Beziehung möglich macht. Wenn ich könnte, würde ich das Gleiche mit Ihnen tun, aber ich weiß, das ist zu viel verlangt. Kinder sind sehr viel aufgeschlossener als wir Erwachsene. Da ich nichts sehen kann, muss ich alles, was nicht mein ist, wie ein Geschenk entgegennehmen, wie einen kostbaren, zerbrechlichen Gegenstand. Das Gesicht Ihrer Kinder unter meinen Fingern zu spüren, zwingt mich, es sorgsam zu behandeln.«

»Na, dann hoffe ich mal, dass dem so ist und sie dabei auch den Stoff lernen.«

»Ich glaube, Borg ist die Nummer fünf«, sagt mein Kollege, der Sportlehrer, um die Situation aufzulockern.

»Seine Art zu spielen war zwar perfekt, mathematisch, absolut, aber auch ziemlich langweilig, der fünfte Platz ist zu nett ... Ich fand McEnroe viel toller«, antworte ich.

»Von Naturwissenschaften magst du ja was verstehen, Kollege, aber bei Tennis ist es bei dir offenbar nicht sonderlich weit her.«

Im Klassenraum ringt sich verhaltenes Gelächter durch. Sämtliche Elemente des Menschlichen machen dem Menschen Angst: Sich menschlich zu zeigen bedeutet, schwach zu sein. Das ist eine der zahllosen Regeln der verkehrten Welt, die ich bewohnte, ehe ich blind wurde. Wären wir alle für ein Jahr blind, wären wir gezwungen, unsere Prioritäten vor allem in puncto Beziehungen zu überdenken. Das Problem ist, dass wir nur das sehen, was wir sehen wollen oder was die anderen uns zu sehen zwingen. Niemand der Anwesenden hat mich gefragt, ob es für mich eine Chance auf Heilung gibt, wie ich krank geworden bin, ob ich schon immer blind war, für sie bin ich nur ein weiteres Problem, das es zu lösen gilt, ein Hindernis auf dem Weg des Erfolges ihrer Kinder und ihrer eigenen Erwartungen. Niemand hat mich gefragt, wie ich heiße und wie viel Schmerz es mich gekostet hat, nicht in Verzweiflung zu versinken. Jedenfalls verdient einer wie Borg keinen besseren Platz als den achten, so wie jeder, der einen mit seinem Können in Tiefschlaf versetzt.

Auf der Suche nach der vergeudeten Zeit
Tagebuch eines blinden Lehrers

Transurane. Dieses Wort hat mich schon immer fasziniert. Im Periodensystem sind sie die instabilsten Elemente, die blitzschnell zerfallen. Du bist wie sie, Mattia. Deine Seele will nicht kristallisieren, weil dir Beständigkeit nicht reicht, du willst leben und das Leben nehmen, wie es ist. Für dich gibt es keinen festen Platz in der Klasse oder in der Welt. Obwohl du die Eigenschaften von Panorama hast, bist du Transuran, einer, der sich im Leben stets unwohl fühlt. Deine Existenz besitzt weder Ausdauer noch Stabilität. Du bist der physische Beweis, dass das Leben nie genügt und ständig neu erschaffen werden muss. Das habe ich auf deinem nervösen, hageren Gesicht gespürt. Da waren Augenhöhlen, in denen sich schlaflose Nächte sammelten, und von Rastlosigkeit gegerbte Haut. Die langen, ungepflegten Haare fallen dir wie eine Freiheitsflagge über Nacken und Ohren. Ich stelle sie mir schwarz und zottelig vor, wie das Banner eines Menschen, der sich der einzigen Lebensregel unterwirft, die er kennt: dem Chaos. Deine Nase ist schmal, und deinem Mund entweicht gammeliger Atem, wie ein Geist, der verwest, wenn man ihn nicht gewaltsam befreit. Die Stirn ist von ungelösten oder unlösbaren Spannungen gefurcht. Deine eingesunkenen Augen sind nur die Gipfel deines Herzens, das gezwungen ist, mehr zu spüren, als man gemeinhin erträgt. Unter deiner Haut habe ich den Schädelknochen berührt: über scharfe Kanten gespannte Haut, die nach Unerreichbarem giert, gestrafft von einer Wut gegen den Wütenden selbst. Ich wollte dich beschwichtigen, Mattia, deine Rastlosigkeit bremsen, und habe meine Finger länger als nötig auf deinem Gesicht verharren lassen, um dir zu sagen, dass du die Last deiner Einsamkeit schultern kannst. Du kannst sie in Energie umwandeln, um das, was du siehst und fühlst, herauszuschreien und damit auch uns das Gefühl zu geben, weniger einsam zu sein. Ich wollte dir zu verstehen geben, dass es kein Fluch ist, das Herz eines Dichters zu haben, sondern eine Aufgabe, und du vergeudest deine Energie, wenn du diesen Hunger nach Glück nicht dazu nutzt, um jene zu besänftigen, die ihn insgeheim ebenso empfinden. Du bist prophetisch, und wie alles mit dieser Eigenschaft bist du gezwungen, allzu schnell zu vergehen. Du redest dir ein, das seien nur Hirngespinste, aber in Wahrheit sind sie der Schrei einer verlorenen oder noch zu erschaffenden Welt, der Anfang aller Träume, Pläne, Aufstände und wahrhaften Schöpfungen, die das Brandzeichen der Wahrheit und der finsteren Nacht tragen, der sie entstammen.

Ich erinnere mich noch an den Moment, als ich beschloss, Lehrer zu werden, und meinen Freunden davon erzählte. Glücklich sah ich einer sinnvollen Zukunft entgegen: Ich würde studieren, was ich liebte, und diese Liebe an andere weitergeben. Was könnte großartiger sein? Stattdessen bekam ich von allen Seiten Dinge zu hören, die aus meinem Traum ein Hirngespinst machten: Du wirst als Hungerleider enden, Schülern ist eh alles schnuppe, du wiederholst ständig das Gleiche und hast spätestens mit vierzig dein Pulver verschossen. Mir aber erschien mein Traum viel realistischer als das Gerede, das sich nur um

Geld und Karriere drehte. Obendrein konnte ich mir ein Beispiel an meinen Eltern nehmen: Sie waren glücklich und erfüllt davon, zu lehren, was sie liebten. Also sprach ich mit ihnen. Meine Mutter sagte, die Vermutung, als Hungerleider zu enden, sei alles andere als abwegig, aber mit »Leid« hätte das nichts zu tun, denn ich würde vom Hunger »leben«. Als sie mich ratlos sah, erklärte sie mir, dass sie sich, seit sie angefangen hatte zu studieren und Griechisch und Latein zu unterrichten, nie gelangweilt, sondern stets wie auf einer unerschöpflichen Suche gefühlt habe. Dieser Hunger hielt sie am Leben, und dieses Leben gebe sie an andere weiter. Das ist ein großer Traum: nicht zu überleben, sondern am Leben zu sein. Wer Angst vor dem Tod hat, versucht, ihm zu widerstehen und sich bereits bestehende Energien zunutze zu machen. Wer Hunger nach dem Leben hat, wird unwillkürlich zum Revolutionär, weil er neue, nie da gewesene Energien freisetzt und sie auf seine Mitmenschen überträgt, um ihnen Lebenskraft und Wärme zu geben.

»Leben bedeutet anzufangen, Omero. Wer mit dem Anfangen aufhört, stürzt in anonyme Gewohnheit, jeder könnte seinen Platz einnehmen: Und damit stirbt er. Wer aber ein Feuer in sich trägt, das ihn immer wieder von Neuem entfacht, wird unersetzlich und bleibt lebendig.« Nach diesen Worten, die ich auswendig kenne, griff meine Mutter nach ihrer mit Anmerkungen und Kommentaren gespickten Odyssee und las mir die Stelle vor, an der Odysseus mit Kalypso spricht, die ihn auf ihrer paradiesischen Insel halten will und ihm sagt, sie, die viel schöner sei als Penelope, werde ihn unsterblich machen. Odysseus antwortet: »Zürne mir darum nicht, ehrwürdige Göttin! Ich weiß es selber zu gut, wie sehr der klugen Penelopeia Reiz vor deiner Gestalt und erhabenen Größe verschwindet; denn sie ist nur sterblich, und dich schmückt ewige Jugend. Aber ich wünsche dennoch und sehne mich täglich von Herzen, wieder nach

Hause zu gehen, und zu schaun den Tag der Zurückkunft. Und verfolgt mich ein Gott im dunkeln Meere, so will ich's dulden, mein Herz im Busen ist längst zum Leiden gehärtet! Denn ich habe schon vieles erlebt, schon vieles erduldet, Schrecken des Meers und des Kriegs: So mag auch dieses geschehen!«

Am Leben zu sein bedeutete für meine Mutter genau das: sich für das Leben mit all seinen Widrigkeiten zu entscheiden und so sehr zu lieben, dass die sterblichen Dinge unendlich werden. Nicht umgekehrt.

Mein Vater, der eher Dinge denn Worte sprechen lässt, ging am selben Abend mit mir in die städtische Sternwarte. Wir betrachteten die Sterne mit bloßem Auge, und er fragte mich, was ich sähe. Ich beschrieb ihm einige Sterne, ein oder zwei Planeten. Es war eine mondlose Nacht. Dann betrachteten wir denselben Himmel durch das Teleskop. Mein Vater wiederholte seine Frage. Ich wusste nicht, wo ich anfangen sollte, so zahlreich waren die plötzlich sichtbaren Nebel, Sterne und Galaxien.

»Um eine Revolution anzufangen, muss man an die Wirklichkeit glauben, mein Junge. Es gibt Menschen, die sich einreden, nur mit ihren Ideen und ihrer Einbildungskraft könnten sie Revolution machen. Sie setzen sich etwas in den Kopf, und damit ihre Rechnung aufgeht, versuchen sie, es der Wirklichkeit gewaltsam überzustülpen. Aber die Wirklichkeit lässt sich nicht zurechtbiegen. Deshalb sind diese Menschen enttäuscht und frustriert, weil es nicht so gelaufen ist, wie sie es sich vorgestellt haben. Wer aber die sich nach und nach offenbarende Wirklichkeit tatsächlich sieht, kann nicht anders, als sie zu lieben. Der einzige Weg, sich von der Wirklichkeit überraschen zu lassen, ist, seinen Träumen zu folgen, denn sie sind wie dieses Teleskop: Es war alles bereits da, du hast es nur nicht gesehen. Die Linse der Liebe hat die Dinge für dich sichtbar gemacht. Unser Teleskop sitzt im Herzen, nicht im Kopf. Revolutionen beginnen mit dem Herzen, das sich dem Leben öffnet, und nicht mit dem Verstand, der es beherrschen will.«

Ich erinnere mich an diese beiden Unterhaltungen, als hätten sie gestern stattgefunden. Und ich wünsche mir, dass auch du, Mattia, keine Angst hast, dein Herz in die Welt zu tragen, das dich dazu verdammt, die Dinge auf eine Weise zu sehen, die scheinbar niemanden interessiert, weil sich jeder seine eigene Wirklichkeit zusammenreimt. Niemand glaubt dir, wenn du erzählst, was dein Teleskop dir offenbart; das ist das Schicksal des Propheten, der mit Einsamkeit bezahlt. Trotzdem musst du diese Revolution beginnen, die lautlose und beharrliche Revolution all jener, die erzählen, was sie sehen und lieben, und es mit ihrem Schmerz verteidigen. Neue Erkenntnis und Liebe kann es nur geben, wenn man bereit ist, dafür zu leiden: Wahre Revolutionen sind schöpferisch, nicht zerstörerisch. Die meisten Revoluzzer wollen nicht die Welt verändern. Sie brauchen den Rausch der Bewegung, um sich nicht mit sich selbst zu befassen. Lieber bekämpfen sie selbst erschaffene Feinde, als etwas Geliebtes zu verteidigen, denn sie lieben nichts, nicht einmal sich selbst. Sie verlieren sich in ewigen Vorbereitungen, sich überschlagenden Neuigkeiten und blindem Fortschrittsglauben. Der Mensch wird geboren, um zu leben, nicht, um sich auf das Leben vorzubereiten. Solche Revolutionen haben nie etwas revolutioniert, das menschliche Herz ist dasselbe geblieben und hat sich keinen Millimeter vom Fleck gerührt. Wahre Revolutionen sind lang und lautlos, sie lassen den Teig der Welt aufgehen wie Hefe.

Seit ich blind bin, träume ich nachts oft, durch einen ewigen Tunnel zu wandern, in dem das Licht nicht vor mir, sondern hinter mir liegt, aber ich kann nur vorwärtsgehen, weil sich hinter mir nach wenigen Schritten ein Abgrund auftut. Plötzlich macht der Tunnel eine jähe Kurve, die ins endgültige Dunkel führt. Ich kann mich nicht überwinden, um die Ecke zu biegen und das Licht gänzlich zu verlieren. Aus dem Dunkel dringt ein gruseliges und zugleich verlockendes Geräusch, irgendetwas muss also in dieser Finsternis sein, vielleicht ein Schatz. Zu jedem Schatz gibt es einen Drachen, der ihn bewacht, und vielleicht ist dieses Geräusch das Schnarchen der schlafenden Bestie. Ich muss weitergehen und das Licht hinter mir lassen. Dieser Traum ist das Versprechen, dass hinter der Kurve der Blindheit nicht vollkommene Dunkelheit liegt, sondern etwas, an dem man sich weiterhin festhalten kann. Tatsächlich halte ich an diesem Traum fest wie ein Wissenschaftler an der dunklen Gewissheit seiner Forschung, wie ein Dichter an der leuchtenden Finsternis seiner Intuition. Das haben wir beide gemeinsam, Mattia, und deshalb werde ich dich jetzt, da du an dieser Wegbiegung stehst, nicht alleinlassen. Menschen wie du erinnern mich daran, dass es ein Geschenk sein kann, kein normales Leben zu haben. Meine Blindheit zwingt mich, mehr zu sehen. Das Gleiche gilt für ruhelose Seelen wie dich, Mattia. Ihnen wird der Frieden genommen, um die Welt zu verändern, weil sie so, wie sie ist, nicht genügt. Sie sehnen sich nach einer Welt, die es noch zu erschaffen gilt. Ihre Träume appellieren an die Wirklichkeit, sich zu zeigen, und ihr Schmerz ist das Heimweh des Odysseus: die unendliche Liebe für das endliche Leben. Ihnen wird das Leiden des Wartens, des Zweifels und der Sehnsucht abverlangt. Ihre Tränen sind Heldentränen. Ihr Leid ist die Beglaubigung, die uns alle daran erinnert, dass das ganze Leben eine Heimfahrt ist.

NOVEMBER

Der November ist ein überraschender Monat. Früher hasste ich ihn, weil er vor Regen und Wind triefte und schlotterte, aber aus demselben Grund liebe ich ihn heute. Jeder Regentag schenkt mir eine Rundumerfahrung der Wirklichkeit, einen Dolby-Surround-Eindruck. Der Regen verwandelt die Welt in einen Resonanzkörper: Die Tropfen prasseln auf die unterschiedlichen Oberflächen, und alles wird lebendig und plaudert seine Seele aus. Vor dem geöffneten Fenster von Patrizias Zimmerchen liegt ein Novembermorgen, der heiße Kaffee mischt seinen Duft mit dem der nassen Stadt, die der Regen in eine gewaltige Orgel verwandelt, und Patrizia liest mir aus ihrem – unserem – Roman vor:

>>Inzwischen war alles anders geworden. In den zwölf Jahren der mittleren und höheren Schule hatte sich Jura mit dem Altertum und mit der Religion, mit Sagen und Dichtern, mit der Wissenschaft, der Geschichte und der Natur beschäftigt, so, wie man die Familienchronik des väterlichen Hauses und seinen Stammbaum studiert. Jetzt fürchtete er sich vor nichts mehr, weder vor dem Leben noch vor dem Tode. Alle Dinge dieser Welt waren zu Vokabeln in seinem Wörterbuch geworden.<<

Unser von Pasternaks Roman begleiteter Kaffee ist zu einem festen morgendlichen Ritual geworden. Die Schule ist noch in Stille und Alkoholdunst getaucht. In dieser halben Stunde zwischen 7:15 und 7:45 wähnt man sich im Garten Eden, der kaum schöner sein könnte als ein guter Kaffee mit einer Freundin, begleitet von alterslosen Worten, die jede Zeit mit Jugend füllen.

»Warum, glauben Sie, sagt er das hier?«, frage ich Patrizia.

»Was denn?«

»Dass alle Dinge dieser Welt zu Vokabeln in seinem Wörterbuch geworden sind.«

»Weil man sich immer zu Hause fühlt, wenn man die Welt mit dem richtigen Blick betrachtet. Und genau dazu sollte die Schule da sein: Sie sollte die gesamte Geschichte und Natur in ein Familienalbum verwandeln.«

»Stattdessen ist sie zu einem Ort geworden, an dem die Dinge uns fremder werden.«

»Weil wir ihnen fremd geworden sind.«

»Patrizia, Sie sollten ein paar Unterrichtsstunden geben.«

»Mir reicht dieses Zimmerchen, Professore. Hier ist alles, was es braucht. Meine Stunden funktionieren nur als Einzelunterricht. Sie sind personalisiert. Außerdem wird hier drinnen nichts erklärt, sondern einfach zugelassen, dass schöne Dinge geschehen.«

»Sie sind der große Beweis der Quantenphysik.«

»Das bedeutet was?«

»Es gibt keine unveränderliche Materie und Energie, sondern nur Möglichkeiten für Beziehungen zwischen Dingen, die sie zu dem machen, was sie sind. Und Sie sorgen dafür, dass viele davon wahr werden.«

»Wie das?«

»Wie Sie eben sagten: indem Sie die Bedingungen für

solche Begegnungen schaffen. Durch uns erschafft Gott die Welt laufend neu: Er vertraut auf unsere Hingabe an die Schönheit. Die Quanten sind nichts anderes als die Physik, die der Freiheit am nächsten kommt.«

»Ich glaube nicht, dass ich das verstanden habe. Bei Ihnen muss immer alles eine Erklärung haben, Professore. Aber Hauptsache, es ist etwas Gutes.«

Die Glocke für das nicht lehrende Personal setzt unserem Paradies ein Ende. Die Angestellten müssen sich darauf vorbereiten, die Schüler in Empfang zu nehmen. In wenigen Momenten wird der für das Erdgeschoss zuständige Mitarbeiter das Schultor öffnen. Auf allen Stockwerken wird eine gut organisierte Armee eine Horde Barbaren willkommen heißen.

Ich schiebe meine Hand unter Patrizias Arm und schlendere mit ihr durch die noch stillen Flure. Auf dem Weg erzählt sie mir Geschichten von Lehrern und Schülern, die ihr Kummer oder Freude bereiten. Sie fragt mich um Rat oder lässt mich an dem, was sie sieht und weiß, mit einfühlsamen Kommentaren Anteil haben. Niemand empfindet Patrizias Vertraulichkeiten als übergriffigen Tratsch, weil sie niemanden schlechtmacht. Von allen kennt sie die Stärken und Schwächen, hebt die einen hervor und relativiert die anderen. Patrizia hat das Herz, das uns Lehrern meist fehlt, alle sollten es haben. Vor ihr hält niemand mit seiner Müdigkeit, seinem Frust, seinen Kämpfen und Krisen hinter dem Berg. Sobald es eine Freude zu teilen gibt, macht Patrizia sogleich ein Ereignis von nationaler Tragweite daraus, aber diesen Überschwang verzeiht man ihr gern.

»Wie geht es Ihrer Frau, Professor Romeo?«

»Sie macht sich Sorgen.«

»Weshalb?«

»Weil sie glaubt, ich hätte eine Geliebte.«

»Und stimmt das?«

»Nein, nein. Sie ist eifersüchtig auf Sie.«

»Auf mich?«

»Ja, sie sagt, ich würde ständig von Patrizia reden.«

Patrizia prustet los.

»Ihre Frau kann ganz beruhigt sein. Auch wenn ich im Zenit meiner Schönheit stehe und eine äußerst gefragte Partie bin, weiß ich mich zu beherrschen. Außerdem ist Ihre Frau hinreißend, Professore. Diese langen, blonden Haare und diese Figur ... als wäre sie einer Shampoowerbung entstiegen!«

»Es fehlt mir.«

»Was denn?«

»Sie nicht sehen zu können. Ich erinnere mich an sie, wie sie vor fünf Jahren aussah, und leider beginnen manche Einzelheiten zu verschwinden. Das ist mit das Schmerzhafteste. Sicher, für mich wird sie immer jung bleiben, aber es fehlt mir schrecklich, ihr nicht in die Augen schauen zu können, mich in ihrem Blick nicht ausruhen zu können, sie nicht mit dem Blick lieben zu können.«

»Hören Sie auf, Professore, sonst heule ich auch gleich los. Sie wissen doch, ich bin fast so nah am Wasser gebaut wie Sie.«

»Ohne Maddalena hätte ich mich umgebracht.«

»Was denn, Professore, jagen Sie mir bloß keinen Schreck ein!«

»Ihre Liebe ist nicht um einen Zentimeter gewichen, im Gegenteil, sie ist noch tiefer geworden. Ständig bemüht sie sich, zu verstehen, was ich denke, wie ich fühle und die Dinge empfinde. Und vor allem kümmert sie sich unglaublich um die Kinder: Als Penelope geboren wurde, hat sie zwei Jahre lang aufgehört zu arbeiten, um für die beiden und für mich, das dritte Kind, da zu sein. Trotz der Krisen, der Erschöpfung, der Missverständnisse, den dunklen Momente. Sie hat nie etwas infrage gestellt. Wenn ich mich bei ihr für alles zu entschuldigen versuche, sagt sie nur: *in guten wie in schlechten Zeiten.*«

»In guten wie in schlechten Zeiten. Sie haben Glück, Professore.«

»Ich weiß.«

»Und Ihre Frau nicht minder.«

»Finden Sie?«

»Ja, ich kenne Hunderte Männer, die nicht blind sind und die Frau an ihrer Seite nicht sehen. Noch nie habe ich jemanden von seiner Frau sprechen hören, wie Sie von Maddalena sprechen.«

»Ach ja? Wie spreche ich denn von ihr?«

»Sie sind in Ihre Frau verliebt, Professore. Sie nehmen sie nicht für selbstverständlich, wie viele andere es tun. Sie mussten sie ganz neu kennenlernen.«

»Ich glaube, das ist eines der Geschenke der Blindheit: Man kann das, was man nicht sieht, nicht für selbstverständlich nehmen. Alles wird zu einem Geheimnis, das man Schritt für Schritt ergründen muss. Meine Frau ist für mich unerschöpflich geworden, ich weiß nicht, wie ich es sagen soll: Sie passiert mir immer aufs Neue.«

»Sie Glücklicher.«

»Warum sind Sie nicht verheiratet, Patrizia?«

»Woher wissen Sie das?«

»Ich habe an Ihren Fingern keinen Ring gefühlt.«

»Es ist Zeit, in die Klasse zu gehen, Professore, wenn Sie von den Wilden nicht über den Haufen gerannt werden wollen. Und ich muss wieder auf meinen Posten und auf der Hut sein wie eine Wache.«

Sie legt meine Hand auf das Pult und verabschiedet sich mit dem inzwischen gewohnten Tippen auf den Handrücken.

Ich setze mich, warte auf die Schüler und denke an meine Frau. Daran, wie glücklich ich bin, mit ihr zu schlafen, wie meine Finger zu meinen Augen geworden sind und ich jeden Zentimeter ihres Körpers spüre, als wären es die Tasten einer riesigen Klaviatur von Tönen und Halbtönen. Seit ich blind bin, habe ich gelernt, mit nie gekannter Einfühlung zu lieben, und nehme mir dazu alle Zeit, die es braucht, nämlich die ihre. Der Augenblick dehnt sich, unsere Körper treten in einen perfekten Dialog, ohne Hast, ohne Inbesitznahme, ohne Anspruch, und durch uns geschehen alle Schönheiten der Welt.

Die Glocke lässt mich aus meinen Gedanken an Maddalenas Körper aufschrecken. Ich, der keine Fenster zur Außenwelt hat, kann mich ihr vollkommen öffnen und durch das Spiel unserer Körper und Seelen aus den Mauern der Blindheit befreien.

»Guten Tag, Professore, wie geht's?«, zwitschert Caterina.

»Hervorragend. Und dir?«

»Total mies.«

»Wieso das?«

»Ich bin achtzehn. Wie soll's mir schon gehen?«

»Du hast recht. Entschuldige. Hin und wieder vergesse ich, dass Jugend und Sich-mies-Fühlen Synonyme sind.«

»Und außerdem hören die Typen nicht auf, mir das Herz zu brechen.«

»Na ja, wenigstens hast du ein Herz.«

»Schöner Trost!«

Wir lachen. Nach und nach füllt sich die Klasse, die Kästchen des Periodensystems sind vollständig, wir können mit den chemischen Reaktionen des Lebens beginnen.

»Ihr glaubt, Dichtung hat mit Wissenschaft nichts zu tun, dabei sind sie eng miteinander verbunden. Vorhin sagte jemand zu mir, er habe ein gebrochenes Herz. Das ist ein poetisches Bild, eine Metapher. Aber sind wir uns da sicher? Oder kann das Herz tatsächlich brechen? Es kann. Wenn wir große Angst empfinden, zwingt uns das Nervensystem, eine beträchtliche Menge Cortisol freizusetzen, die das Herz schädigt. Seit ich blind bin und die Dinge anhand ihrer Frequenzen und Töne einordnen muss, habe ich festgestellt, dass der Herzschlag uns mehr als jedes andere Geräusch begleitet. Das Grundrauschen des Lebens hat einen Rhythmus von viertausendachthundert Schlägen pro Stunde, das sind vierzig Millionen im Jahr für einen rund 13 x 9 Zentimeter großen Hohlmuskel, der einem unwillkürlichen regelmäßigen elektrischen Impuls gehorcht. Diese Regelmäßigkeit wird von der Welt da draußen bedroht, von Angst, Begeisterung, Mut, Traurigkeit ... Das Herz pumpt Blut in ein Netz aus Adern und Blutgefäßen, die, würden wir sie aneinanderlegen, zweimal um die Erde reichten. Sein Klang, den wir nur in Krisensituationen wahrnehmen, ist das von uns meistgehörte Geräusch, ein Ticken, das uns tagtäglich begleitet.

Einstein brachte sein ganzes Leben damit zu, nach der Lösung für die sogenannte Einheitliche Feldtheorie zu suchen, mit der sich sämtliche Kräfte der Natur zusammenfassen ließen, eine allumfassende Theorie, die Galaxien und Ameisen, den Elektromagnetismus und die Schwerkraft, den Blitz und den Apfel, die schwarzen Löcher und das Atom erklärt. Einsteins Ringen entsprang nicht dem Wunsch, ein vertracktes Problem durch die Zusammenführung von Daten und Fakten zu lösen. Was er sehen wollte, war die Schlichtheit und Schönheit der unserer Wirklichkeit zugrunde liegenden Gesetzmäßigkeiten. Einstein scheiterte mit seinem Unterfangen, er tat ein paar Schritte und überließ die Aufgabe uns. Manche glauben, die Lösung liege in der sogenannten Stringtheorie, benannt nach dem englischen *string*, ›Band‹, die weniger mit Schuhbändern als sehr viel mehr mit Musik zu tun hat. Das ganze Leben hat mit Musik zu tun, denn sie kommt der höchsten Begegnung mit dem Leben am nächsten. Das Atom besteht aus Elektronen und Quarks, die Protonen und Neutronen bilden. Die Strings wiederum liegen vermutlich darunter, wie eine Art Ring oder Band, das unterhalb der Bestandteile des Atoms schwingt und vibriert. Zwischen allen Dingen besteht eine hauchfeine Verknüpfung, die die Quantenphysik und die allgemeine Relativität, das Infinitesimale und das Unendliche in Einklang bringt. Die Elementarteilchen sind nicht die unteilbaren, isolierten Punkte, als die wir sie uns vorstellen, sondern hauchzarte Bänder, in Dauerschwingung befindliche Verknüpfungen. Die Teilchen ordnen sich entsprechend ihrer Schwingung an und werden für uns wahrnehmbar, ähnlich den von vibrierenden Klaviersaiten erzeugten Tönen: Materie und Energie sind demnach nichts anderes als die Töne der Strings, das Elektron vibriert auf eine Weise, das Quark auf eine andere, aber alle sind miteinander verbunden, weil sie miteinander in Resonanz treten. Die Wirklichkeit besteht nicht aus Atomen, sondern aus Geschichten.

Es kann also kein Zufall sein, dass die ›Synchronisation‹ eine allgegenwärtige Kraft im Universum ist, gerade so, als versuchten die Dinge instinktiv, die Entropie auszugleichen. Nur so lassen sich die synchronen Bewegungen der Vogel- und Fischschwärme, der Rhythmus der Wellen und der Gezeiten erklären. Wenn in der Physik zwei nebeneinanderliegende Körper in Schwingung geraten, bringen sie ihre Bewegungen nach und nach in Übereinstimmung. Das stellte

1655 der holländische Physiker Christiaan Huygens fest, der von der Tatsache fasziniert war, dass die Pendel zweier nebeneinanderstehender Uhren ihre zunächst entgegengesetzte Schwingung allmählich angleichen.

Das Gleiche geschieht bei den Menschen: Es ist bewiesen, dass sich der Herzschlag zweier Personen bei der gemeinsamen Erfüllung einer Aufgabe, die gegenseitiges Vertrauen erfordert, allmählich aufeinander abstimmt. So ist es bei Chören und Orchestern und auch bei Liebespaaren: Selbst wenn sie nicht zusammen sind, pocht ihr Herz im gleichen Takt. Menschen und Dinge mit gemeinsamen Aufgaben streben nun einmal danach, sich in Einklang zu bringen, dieselbe Frequenz zu haben. Aus dem chaotischen Lärm der Dinge entsteht eine tiefere Harmonie, die versucht, dem energiezehrenden Widerstreit der Kräfte entgegenzuwirken. Deshalb kommt die Stringtheorie, so hypothetisch sie bislang auch erscheinen mag, dem Geheimnis des Lebens am nächsten. Sie ist ebenso hypothetisch wie poetisch.«

»Was hat das mit einem gebrochenen Herzen zu tun?«, fragt Caterina wie nebenbei.

»Ich möchte, dass ihr beim heutigen Appell erzählt, auf was euer Herz im lärmenden Chaos des Lebens abgestimmt ist. Die Klasse ist einer der Orte, an dem wir, ob es uns gefällt oder nicht, dazu angehalten sind, uns aufeinander einzustimmen. Bei jedem Appell gleichen sich unsere Herzen ein wenig mehr an, und am Ende des Schuljahres werden sie im Takt schlagen, allerdings nur, wenn es gemeinsame Aufgaben zu bewältigen gibt. Unsere Leben sind miteinander verbunden, und zwar nicht, weil wir uns von Gefühlen leiten lassen, sondern weil Physik so funktioniert: Wir alle stemmen uns gegen das durch Entropie verursachte Chaos, gegen die durch Schmerz und Tod, Niederlagen und Widrigkeiten ausgelöste Auflösung der stofflichen Fasern; das geschieht andauernd, ob wir wollen oder nicht. Doch wenn wir diesen Kampf zu einem gemeinsamen und bewussten machen, passieren unerwartete Dinge. Ich glaubte, ohne Augenlicht wäre mein Leben zu Ende, aber es war nicht das Ende der Welt, sondern nur das Ende *jener* Welt. Wie in diesen wunderbaren Videospielen aus den Achtzigern war ich aufgerufen, eine andere Ebene der Wirklichkeit zu betreten, eine neue Brücke zu Dingen und Menschen zu schlagen, einen neuen Pakt mit dem Leben einzugehen. Deshalb möchte ich, dass ihr mir heute von euren Momenten des ›Einklangs‹ erzählt.«

ELENA

Anwesend! Als ich abgetrieben habe, war ich allein. Es war ganz leicht, als würde man ein Antibiotikum schlucken. Aber ich nahm den kindlichen Herzschlag wahr, nicht mit den Ohren, sondern in mir drin. In der fünften Woche ist das Herz bereits ausgebildet, in der sechsten kann man es hören. Ich spürte es, und in dem Moment hat sich mein Herzschlag dem seinen angeglichen. Aber ich hatte beschlossen, ihm das Herz zu brechen. Meine Eltern wussten von nichts, ich bin allein dorthin, ein paar Tage vorher war ich achtzehn geworden. Und dieser Herzschlag war da. Morgens saß ich in der Schule und hörte den Lehrern zu, und nachmittags lauschte ich dem Herzschlag meines Kindes. Als sein Vater verschwand, hatte ich nicht den Mut, meinen Eltern etwas zu sagen: Meine Mutter hätte ein weiteres Unglück nicht ertragen, mein Vater musste sich bereits um meine Mutter kümmern, für noch eine Mutter war kein Platz.

Dann kam der Blutfluss, und mit ihm die Reste dessen, was mein Kind hätte werden sollen. Rund zehn Tage lang wohnte ich stumm der Tortur bei, die ich meinem Körper und dem meines Kindes angetan hatte. Kaum war ich volljährig geworden, hatte ich ein Leben auf dem Gewissen, und alle Verheißungen von Selbstständigkeit und Freiheit hatten sich verflüchtigt. Der erste Einklang meines Herzens gleicht einer gerissenen Saite. Volljährig zu werden, ist beschissen.

CESARE

Man muss erwachsen werden, auch wenn's klingt wie ein beschissener Fluch, wenn ich ein Kind krieg, schenk ich ihm ein Tagebuch, in dem steht, wie's geht. Ich erzähl ihm Geschichten, sag ihm, tu dir nicht weh. Ich geh mit ihm spielen, trockne seine Tränen, bring es ins Bett, sing ihm Raps, zeig ihm, was zuerst kommt im Leben und was zuletzt. Aber man könnte dauernd kotzen im Leben, niemand will einen Scheiß auf dich geben. Es packt dich und bricht dir das Herz, stiller Schmerz, ganz verletzlich, ganz plötzlich. Es gibt Tage, an denen das Böse mich bricht, dann nehme ich das Leben und schrei ihm ins Gesicht, bis alles raus ist, weil's sonst für mich aus ist. Es ist wie ein Monster, das mich verfolgt und jede Hoffnung frisst, deshalb mach ich Songs, verwandle Monster in eine Chance, aber viel zu oft ist mein Herz krepiert, mit lauter Narben tätowiert. Mein Herz groovt sich auf niemanden ein, schlägt allein, ist eine Kloake, ein Abwasserkanal, räudiger Abfall, schäme mich total. Luce hat mir ins Gesicht gesehen und gesagt *mach 'nen Song draus, sonst fault der Schmerz, wächst sich zum Tumor aus.* Ihr solltet sie sehen, sie ist wunderschön, Wahnsinnsaugen, groß und hell, wie ein Topmodel. Wenn ich mit ihr rede, sieht sie mich. Also hab ich an euch gedacht, wie ihr was draus macht, jeder mit seinen verschluckten Schreien, seinen Stacheln ohne Rosen, seiner Seelenpein, deshalb hab ich was gereimt, hart und schnell, hab's genannt: *Der Appell*. Und heute will ich, dass ihr es hört, dieses Lied, ihr gebt mir den Grundbeat, mit Verlaub, Professore, und den richtigen Ton, die richtige Intonation: 1… 2… 3… 4… 4… 3… 2… 1 kinderleicht, klappt voll, wie C-Moll. Fertig… 1… 2… 3… 4… 4… 3… 2… 1.

Jo jo jo jo
wir machen Ärger, Bro
weil wir eine Klasse
und eine Familie sind,
unterwegs in flachem Wasser,
immer hart am Wind.

Jo jo jo jo
wir tun unser Bestes, Bro
haben einen Kapitän
der kann zwar nicht mit den Augen sehn
aber mit der Hand und mit dem Ohr
trifft er besser als Rocky Balboa.

Jo jo jo jo
wir machen den Appell, Bro
jeder Name kommt dran
jeder erzählt seine Story
und jeder hört sie sich an
für deinen moment of glory.

Jo jo jo jo
hör einfach nur zu, Bro
auch Gott hat einen Appell gemacht
da herrschte hier noch finstere Nacht
er sagte: Licht und Meer … und alles war schön
wie ein lachendes Kind in der Krippe zu sehen.

Jo jo jo jo
sei dabei beim Appell, Bro
sag mir deinen Namen
zeig mir dein Gesicht
bist du tot oder lebendig
der Rest interessiert uns nicht.

Jo jo jo jo
sag mir deinen Namen, Bro
lass hören, wie's läuft für dich
und ist die Story mies
ist uns das nicht wichtig
wir sind deine Fans, feiern dich richtig.

Jo jo jo jo
das ist unser Appell, Bro
jo jo jo jo
das sind unsere Namen, Bro
jo jo jo jo
das ist unser Appell, Bro
jo jo jo jo
das sind unsere Namen, Bro

Es klopft an der Tür.

»Darf man fragen, was hier bei euch los ist? Kann man euch denn nicht mal fünf Minuten alleine lassen?« Es ist eine gereizte Stimme, mit der ich bereits Bekanntschaft gemacht habe, sie gehört meiner Italienischkollegin. Eine Lehrerin alter Schule, die es liebt, den Nachnamen der von ihr zitierten Autoren und Literaturkritikern den Artikel voranzustellen: der Verga, der Pascoli, der Tasso, der Contini, der Russo, der De Sanctis ... So, als würde ich sagen: der Einstein, der Newton, der Kepler. Ein absurder, rätselhafter Kampf zweier Kulturen.

»Entschuldige, Annamaria, wenn wir dich gestört haben, wir waren gerade bei der Anwesenheitskontrolle.«

»Ah, du bist da? Entschuldige ... Ich wusste nicht ... Ich dachte, dass ... Für mich klang das eher nach einer Orgie als nach einer Anwesenheitskontrolle.«

»Rost hat uns überrumpelt.«

»Was rostet denn?«

Die Klasse lacht.

»Nicht Rost, sondern der Rost: Das ist Cesares Pseudonym. Du weißt ja, wie es mit Künstlernamen ist. Stell dir vor, Farrokh Bulsara hätte sich nicht in Freddie Mercury umbenannt und Stefani Germanotta nicht in Lady Gaga.«

»Kollege Romeo, wollen Sie mich auf den Arm nehmen?«

»Nein, nein, auf keinen Fall ... ich wollte nur ein wenig entdramatisieren.«

»Da gibt es nicht viel zu entdramatisieren. Ich versuche gerade, der Achten den *Dolce Stil Novo* zu erklären, und ihr brüllt hier rum wie die Höhlenmenschen.«

»Du hast recht. Entschuldige.«

»Verzeihung, Professoressa.« Das ist Oscar, und ich weiß, dass das der Auftakt der Katastrophe ist.

»Was gibt's?«

Ich muss einschreiten, ehe es zu spät ist.

»Nich…«

»Wann haben Sie das letzte Mal gelacht?«

»Was hast du gesagt?«

»Ist doch nicht verboten«, lädt Oscar nach.

»Romeo, du würdest gut daran tun, Maßnahmen zu ergreifen. Ich habe den Eindruck, diese Schüler nehmen sich bei dir unverschämte Freiheiten heraus. Und du, Junge, kannst dankbar sein, dass ich euch nicht gerade unterrichte.«

Die Tür kracht heftig ins Schloss.

Die Klasse versinkt in Stille.

»Die isst mindestens fünf Zitronen zum Frühstück … lässt sie sich richtig auf der Zunge zergehen.«

Ich suche nach einer passenden Antwort, kann mir aber das Lachen nicht verkneifen. Unmöglich, mich zu verstellen, wenn jemand die Wahrheit sagt.

»Oscar! Jetzt reicht's!«, sage ich bemüht ernst.

»Professore, dass ihr erwachsen und Lehrer seid, schützt euch nicht vor einem Scheißcharakter. Irgendjemand muss euch sagen, dass ihr arme Würste seid.«

»Du solltest versuchen, nicht immer auszusprechen, was du denkst. Denk es, aber behalt es für dich.«

»Wo bleibt da der Spaß?«

Die Klasse lacht.

»Nach dieser Stunde suchst du die Lehrerin auf und bittest sie um Entschuldigung.«

»Warum?«

»Weil du frech zu ihr warst.«

»Aber ich habe doch nur die Wahrheit gesagt.«

»Du kannst nicht wissen, weshalb jemand sich so oder so verhält. Stell dir vor, was wir über das Leben der Professo-

ressa erfahren würden, wenn sie an unserem Appell teil-
nähme.«

»Das wäre der Horror.«

»Oscar!«

»Na schön, na schön, ich hab's kapiert. Aber Sie können
sicher sein, dass die nicht mal weiß, wie ich heiße, die nennt
mich nie beim Namen, so viel ist mal klar.«

»Gib ihr einen guten Grund, sich ihn zu merken. Jetzt machen wir weiter. Wer ist dran?«

»Ich.«

ACHILLE

Ich habe noch nie in der Klasse gesungen, mit den Füßen auf
den Boden gestampft und mit den Händen auf den Tisch geschlagen. Das werde ich mein Lebtag nicht vergessen. Im Reimen bist du echt krass, Cesare, wir waren alle im Gleichklang.
Ich kann gar nicht singen, aber das war mir egal. Wir sollten
diesen Song aufnehmen und ins Netz stellen, vielleicht wird
er zum Schlachtruf für eine neue Art von Schule. Wir nehmen
ihn auf, erstellen ein Profil und lassen ihn viral gehen. Ich
habe den Eindruck, seit wir den Appell machen, kriecht jeder
aus seinem Loch und stellt fest, dass es eine Welt gibt, in der
man sich nicht abstrampeln muss wie ein Blöder, damit was
aus einem wird, sondern in der man schon jemand ist.

Aber mein Herz ist auf niemanden abgestimmt, Professore,
ich bin total belanglos und habe keine Ahnung, wie man mit
Mädchen spricht, ohne rot zu werden oder zu stottern und
sich peinlich zu sein. Jemand, der das gut findet, was ich gut
finde, ist sowieso unten durch. Wer so einen Körper und so
ein Gesicht und obendrein Asthma hat, kann's mit dem Sich-

verlieben knicken. Wer sollte denn auf mich abfahren? Und warum? Was hab ich schon zu bieten? Nur peinliches Zeug, das ich niemandem zeige. Aber zumindest im Netz kann ich frei atmen, da sieht mich niemand, und durch meine »Künstlerprofile« kann ich mit jedem reden, ähnlich wie Rost. Sorry, wenn ich pathetisch bin, aber mein Leben ist pathetisch. Sorry, ich bin peinlich, vergesst, was ich gesagt habe. Aber seit wir den Appell machen, gibt es wenigstens ein paar Minuten am Tag, in denen ich durchatmen kann.

STELLA

Die Art, wie mein Vater *Stella* sagte, wird mir für immer fehlen, und vergeblich suche ich nach jemandem, der meinen Namen so aussprechen kann wie er. Sobald mir das bewusst wird, würde ich am liebsten verschwinden. Aber dann denke ich, dass es viel zu tun gibt, da ist das Buch meines Vaters, das fertig werden muss, da sind meine Mutter und meine Geschwister, da seid ihr. Also halte ich durch und versuche, mich dem Dunkel zu stellen. Ich würde gern etwas daraus hervorholen und ihm auf den Grund gehen wie ein Höhlenforscher. Die Geschichte meines Vaters handelt von einem Kind, das sein Lieblingsspielzeug verliert, einen Roboter, mit dem es all seine Abenteuer bestritt. Ohne seinen Roboter ist es untröstlich, bis sein Vater anfängt, ihm Briefe zu schreiben, in denen er sich als der Roboter ausgibt. Regelmäßig landen die Briefe vom Uranus, mit entsprechender Briefmarke versehen, im Briefkasten der Familie. Der Roboter erzählt dem Kind, er habe beschlossen seine Roboterfamilie auf dem Planeten zu besuchen. Er erzählt ihm von seiner wechselvollen Reise und vom Leben auf Uranus, und das Kind hört auf, ihn zu vermissen, weil ihm klar wird, dass der Roboter es nicht verlassen hat. Nach und nach lernt es, dass zu lieben nicht Kontrolle und Besitz um jeden Preis bedeutet, sondern Freiheit zu schenken und loszulassen.

Einen Brief des Roboters habe ich abgeschrieben und trage ihn immer bei mir, er lautet folgendermaßen: »Ich weiß, dass ich Dir wehgetan habe, weil ich ohne ein Wort verschwunden bin, aber ich habe Dich so lieb, dass ich nicht den Mut fand, Dir von meinen Plänen zu erzählen und zu gehen. Ich hätte es nicht geschafft. Abschiede sind nicht meine Stärke. Ich habe Schmieröltränen geweint. Aber der Schmerz, den ich empfinde, ist nichts Schlechtes, denn er bemisst, wie lieb ich Dich habe, und würde ich ihn nicht spüren, bedeutete das, dass Du mir nicht wichtig bist. Denk dran, mein Freund, der Schmerz ist wie ein Fieberthermometer: Er misst die Liebe. Wenn wir beschlossen haben, zu lieben, ist es unvermeidlich, dass unser Herz bricht. Dank Dir war ich ein glücklicher Roboter, mit einem Herzen anstelle von Zahnrädern. Und ich will, dass auch andere Roboter euer seltsames Glück auf Erden erfahren, welches Liebe mit Schmerz mischt, eben weil ihr euer Herz an ein Stück Blech zu hängen und es lebendig zu machen vermögt. Unserem Getriebe ist das völlig fremd. Und wenn ich mit meiner Unternehmung Erfolg habe, dann nur dank Dir. Vergiss mich nicht und schreib mir bald.«

Hier endet das Buch meines Vaters, und ich würde gern die Antwort des Kindes schreiben, aber ich schaffe es nicht. Ich heule nur die Tastatur oder das Papier voll. Könnte ich all diese Tränen in Worte verwandeln, hätte ich schon ein ganzes Lexikon geschrieben. Das ist also die Geschichte, wie ein Roboter und ein Kind ihre Herzen in Einklang bringen, besser gesagt, durch das Herz des Kindes stellt der Roboter fest, dass er eines besitzt. Ist das nicht wunderschön?

OSCAR

Ich weiß nicht, ob an dieser Sache mit den Herzen im Takt was dran ist. Ich weiß, dass es bei Gesichtern so ist, denn jedes Mal, wenn mein Vater meine Mutter schlug, spürte ich den Schmerz auf meinem Gesicht. Wenn es einem Bekannten mies geht, tut er einem leid, aber sein Schmerz erreicht einen nicht. Deshalb kann man im Ring gedankenlos zuschlagen, weil es nicht dein Fleisch ist, sondern das des Gegners. Den Schmerz eines geliebten Menschen empfindet man hingegen wie seinen eigenen. Das habe ich als Kind gelernt: Bei jedem Schlag meines Vaters öffnete sich bei mir eine Wunde dort, wo meine Mutter blutete oder einen blauen Fleck hatte. Aber jetzt kann er sie nicht mehr anfassen, und sollte er es wagen, wird er es sein Leben lang bereuen, sofern er überlebt.

Gestern nach dem Training bin ich spätabends nach Hause gegangen, meine Hände schmerzten und mein Herz auch. Das Viertel war k. o. wie ein Boxer. In den Wohnhäusern leuchteten die Fenster, und das Licht prügelte sich mit der Kälte und der Dunkelheit. Das Licht gewann, obwohl es schwächer war. Eines Tages will ich auch so eine Wohnung haben, mit einer Familie und einem erleuchteten Wohnzimmer, in dem ein Vater mit seinem Sohn Fußball guckt und ihm die komplizierten Abseitsregeln erklärt oder warum bei der Coppa Italia ein Auswärtstor doppelt zählt. Warum ist es im Leben so schwer, dieses Licht zu erzeugen? Auf der Straße wird man finster angestarrt und bekommt Lust, den Leuten ins Gesicht zu spucken, aber dann geht einem auf, dass man genauso ein Käfigtier ist wie alle anderen. Es muss doch einen Weg geben, Professore. Es muss doch zu etwas gut sein, all dieses Zeug zu wissen, das ihr uns in der Schule beibringt. Was bringt das Lernen, wenn wir am Ende doch nichts verändern können, nicht einmal uns selbst? Was bringt es, wenn wir trotzdem mies drauf sind und dem Nächstbesten die Nase brechen, um uns weniger mies zu fühlen?

CATERINA

Sollte ich jemals ein Kind haben, dann wünsche ich ihm eine Appellschule, in der sein Name jeden Tag von Menschen ausgesprochen wird, die es beschützen und herausfordern, bis es zu glänzen anfängt. Ein Name ist wie Kohlenstoff, nur unter bestimmten Bedingungen wird er zum Diamanten und nicht zu Kohle. Die Schule ist der Ort, an dem Namen zu Diamanten werden sollten, weil jeder Name nicht nur selten, sondern einzigartig ist. Ich werde meinem Kind sagen: »Die Schule, auf die du gehen wirst, haben sich deine Mutter und ihre Freunde im beschissenen Abijahr mit ihrem blinden Lehrer ausgedacht. Es wird einem dort viel abverlangt, aber jede Anstrengung wird von Freude aufgewogen, denn erwachsen zu werden, ist schön und keine Verarsche, sonst hätte ich dich diesem Wahnsinn niemals ausgesetzt.« Ich weiß, ich bin Idealistin, aber wie wir in Machiavellis *Der Fürst* gelesen haben, sind die guten Bogenschützen jene, die höher zielen als auf den anvisierten Punkt, um ins Schwarze zu treffen und nicht unausweichlich zu scheitern. Wir sind die Ersten, die aufhören sollten, niedrig zu zielen.

Vor ein paar Tagen habe ich mit Gott geredet. Haltet mich nicht für verrückt, das ist ganz normal, das Normalste von der Welt. Mit wem soll man sonst darüber reden, was man tut, wo man ist, wie man sich fühlt, wenn nicht mit dem, den man in sich trägt? Ich habe ihm gesagt, dass ich ihm nicht traue: Er hat eine Welt voller Löcher erschaffen, in der manche geboren werden, um glücklich zu sein, und andere dazu verdammt sind, zu überleben. Da spürte ich, dass er sagte, *hab keine Angst, Caterina, mach's, wie ich es gemacht habe.* Und mir ging auf, dass ich mein Möglichstes tun muss, statt es Gott in die Schuhe zu schieben, dass ich in meinem Bereich meinen Beitrag leisten muss und dass die Welt voller Löcher ist, weil es an uns ist, an jedem Einzelnen von uns, diese Löcher zu stopfen.

In dem Moment habe ich gespürt, dass mein Herz mit dem Herzen Gottes im Takt schlägt. Ich will ein Herz, das immer so schlägt. Aber wenn einem so etwas passiert, ist es anders gar nicht möglich. Ich weiß, das ist schwer zu verstehen, und ich kann es nicht erklären, doch genau so war es.

ETTORE

Du machst es dir zu einfach. Wenn du eine Mutter hast, die es nicht fertigbringt, deinen Namen zu sagen und ein *Wie geht es dir?* dranzuhängen, wenn sie dich sieht, und stattdessen als Erstes fragt, ob *dein Vater* dir wieder nur Fertigfraß vorgesetzt hat, gibt's nicht viel zu beten. Wenn du einen Vater hast, der an manchen Tagen nicht einmal den Rollladen hochzieht, weil das Licht ihn noch trauriger machen würde, gibt's nicht viel zu beten. Manche Löcher kann niemand stopfen. Dann lieber kein Gott. Ein Gott, der einen so miesen Job abliefert, gehört fertiggemacht.

Als ich neulich bei meinem Vater reingekommen bin, roch der Mief ganz komisch, ganz anders als sonst. Er lag im Bett in seiner eigenen Kotze und kriegte kaum Luft. Auf dem Boden lag eine Dose seiner Schlaftabletten. So riecht der Tod.

Ich versuchte, ihn wachzurütteln, aber er reagierte nicht, also habe ich ihn geohrfeigt. Ich wünsche niemandem, seinen eigenen Vater ohrfeigen zu müssen. Plötzlich hat er panisch die Augen aufgerissen wie ein Pferd beim Abdecker und auf mich draufgekotzt. Ich wusste nicht, was ich machen sollte, und musste heulen, und er umarmte mich, kraftlos wie ein nasser Sack. Ich habe ihm ins Ohr geflüstert: *Papa, was hast du getan?*

Er antwortete nicht. Er sagte nur *Ettore*, als wäre es das letzte Wort des Vokabulars, das ihm noch geblieben war, um die einzige Sache zu benennen, für die er sich nicht schuldig oder wie ein Versager fühlte. In dem Moment spürte ich, dass mein Herz sich dem seinen anglich und ich ihm meines leihen musste. So saßen wir da, zwischen Kotze und Barmherzigkeit. Dann zog ich ihn aus, ließ die Wanne ein und setzte ihn wie ein Kind hinein. Ich schrubbte ihm den Rücken. Wusch ihn. Und er schwieg und weinte.

Was habe ich hier verloren, Professore? Wollen wir dieses Affentheater nicht mal sein lassen? Gestern Abend, während Oscar durch die Stadt nach Hause ging und die Lichter in den Wohnungen sah, raste ich mit dem Fahrrad herum, um belegte Brötchen und Bier in diese Wohnungen zu liefern, und am liebsten wäre ich in irgendeiner geblieben und hätte mit einem Fremden gegessen, um bloß nicht allein zu sein und jemandem sagen zu können, dass ich meinen Vater nicht retten und mit meiner Mutter nicht reden kann.

ELISA

Wenn alles weiß ist, findet der Verstand endlich Ruhe. Man muss nur jeden Bezugspunkt, jede Grenze und jeden Schmerz über alles, was uns fehlt und wonach wir uns sehnen, ausblenden. Genauso ist es, wenn man durch die endlosen weißen Weiten der Antarktis wandert. Als ich dort war, wollte ich nicht wieder zurück, ich wollte in dieser Stille einschlafen, gestreichelt von eisigem Wind und gleißendem Licht. Keiner kann einem dort wehtun, weil man nichts anderes zu wünschen vermag, als sich darin zu verlieren, sich der reinen Stille des Eises hinzugeben und in ihr zu verschwinden. Man muss diesem Gefängnis entkommen, die Augenblicke auskosten, in denen man das eigene Leben nicht mehr spürt, das sich wie ein Echo in der Ferne verliert, ewig weit weg und ohne Schmerzen, bis es völlig verstummt. Und man selbst fühlt sich leicht, losgelöst, schwerelos … Das Herz schlägt nicht mehr, es sucht niemanden mehr, um sich mit ihm in Einklang zu bringen, sondern ertrinkt im weißen Nichts, und man muss sich zwingen, das Blut wieder pulsieren zu lassen. Es herausfließen zu lassen. Vor Schmerz zu zittern. Und sein Leben wiederzubekommen. Sein beschissenes früheres Leben. Aber immerhin Leben.

MATTIA

Mein Herz schlägt im Einklang mit den Dichtern, Professore. Vor allem mit Arthur Rimbaud. Als er herausfand, dass Dichtung allein ihn nicht zu retten vermochte, hörte er auf zu schreiben und brach auf, um in irgendwelchen entlegenen Winkeln der Welt mit Waffen zu handeln. Seine Verzweiflung war ebenso groß wie seine mit Worten genährte Hoffnung. Es gibt nichts, was uns retten kann. Entweder fällt man auf die Seite derer, die Hoffnung haben, oder auf die der Verzweifelten, oder man wechselt ständig hin und her und bleibt schließlich auf einer der beiden Seiten hängen, weil das Leben die Grenzen dichtmacht. Deshalb muss man abhauen, sich befreien, untertauchen, das Gesetz brechen, sich fremde Leben vom Hals halten und nach reiner Schönheit suchen wie Gauguin oder Rimbaud. Bis man daran krepiert. Deshalb sollten wir ein Appell-Manifest verfassen und eine Schule auf der Seite der Hoffnung bauen, auf der auch die Dichtung wohnt und die an die Schönheit grenzt. Die Worte und mit ihnen die Dinge verändern: Das ist unser einziger und vielleicht unser letzter Halt, um uns selbst zu beweisen, dass wir aus einem bestimmten Grund hier sind. Ich will etwas tun, auf das meine Eltern stolz sind, etwas, das meine Mutter voller Anerkennung von ihrem Sohn sprechen lässt, wie es sich alle Mütter wünschen, etwas, das meinen Vater wieder mit mir reden lässt, nachdem er gezwungen war, sämtliches Geld in der Wohnung zu verstecken, weil ich es sonst geklaut hätte, um mich zuzudröhnen.

AURORA

Statt es bei Absichtserklärungen zu belassen, sollten wir dieses Manifest wirklich schreiben. Sorgen wir dafür, dass die Schüler aller Schulen ihre Lehrer nach den Weihnachtsferien dazu zwingen, unseren Appell abzuhalten. Jedem Lehrer werden die Augen verbunden, er muss sich anhören, was jeder Schüler zu sagen hat, und seine Hände dann eine Minute lang auf dessen Gesicht legen. Alles andere kommt von selbst, und es gibt keinen Weg zurück. Aber wir müssen uns organisieren. Jeder kriegt eine Aufgabe: Achille könnte die Profile für den Appell in den sozialen Netzwerken erstellen, Elisa kann gut zeichnen und könnte ein Logo entwerfen, Mattia könnte unsere Kriegserklärung in Worte fassen. Cesares Song haben wir schon. Zum neuen Jahr müssen wir alles am Start haben: Fangen wir mit unserer Schule an, und wenn es funktioniert, weiten wir es auf andere Schulen und andere Städte aus! Das ist mein synchroner Moment. Spürt ihr nicht auch diesen Herzschlag im Klassenraum, der durch die Wände geht und Hunderte Herzen erreicht? Helfen Sie uns, Professore? Vielleicht verändern wir damit nichts, aber wir müssen es wenigstens versuchen. Und eines ist für mich sicher: Wir haben uns bereits verändert.

»Leute, ihr seid der Beweis, dass die Evolution ein geheimnisvolles Gleichgewicht aus Chaos und Vernunft ist. Evolutionssprünge sind unerklärliche Veränderungen, die nichts mit der Umwelt zu tun haben: Es sind schöpferische Momente, unerwartete Überraschungen. Klar helfe ich euch, und dann werden wir sehen, ob das, was in diesen vier Wänden passiert, dem Leben einen Schub geben und einer vom Aussterben bedrohten Spezies zu einem Evolutionssprung verhelfen kann: der Spezies Schule.«

Von Einstein habe ich gelernt, dass Wissenschaftler das Geheimnis lieben. Einerseits wissen sie zwar, dass die wissenschaftliche Methode dazu da ist, Daten und Fakten zu untersuchen, um im Chaos eine Ordnung zu finden, aber zugleich ist ihnen bewusst, dass sich die Wirklichkeit nicht in Daten und Fakten erschöpft, und ebenso wenig in der Ordnung, die sie darin finden. Es bleibt immer ein Mehr, das die Dinge umgibt, ein Geheimnis. Hört man jedem Einzelnen dieser

Schüler zu, könnte man verzweifeln: Für sich genommen würden diese Daten und Fakten keinerlei Hoffnung machen, und ich müsste dem Direktor recht geben, dass man nur schwerlich einen ähnlich zusammengewürfelten Haufen verkorkster Leben findet, der sich Schulklasse nennt. Doch das, was sich gerade ereignet hat, ist ein Beweis für das Geheimnis: Das Ergebnis der Daten und Fakten übersteigt ihre Summe bei Weitem. Damit es dazu kommt, muss man dem Rohstoff vertrauen: Würde man mir in einem Restaurant ein Steak servieren und sagen, das verwendete Fleisch sei widerlich, würde ich es bestimmt nicht essen. Bei jeder Arbeit muss man auf den zu verarbeitenden Rohstoff bauen. Ich weiß noch, wie meine Mathelehrerin am ersten Schultag der Oberstufe in die Klasse kam, uns einen nach dem anderen ansah und sagte, *ihr seid zu viele, wir müssen eure Zahl verkleinern.* Wenn ich darüber nachdenke, wird mir klar, dass ich an dem Tag beschloss, Lehrer zu werden. Um das Gegenteil zu tun, um zu vergrößern, statt zu verkleinern. In Arbeitslagern werden Leben kleingemacht, Schule lässt sie wachsen: *Ganz gleich, wie viele ihr seid, zusammen werden ihr und ich unser Möglichstes tun, um das Leben zu ergründen. Koste es, was es wolle.*

Annamaria sagte zu mir, die Jugend werde überschätzt, sie sei nur eine Phase, die man so schnell wie möglich hinter sich bringen sollte. Aber sie zu überschätzen ist für mich der einzige Weg, sie zu lieben. Ich weiß nicht, ob unser Vorhaben wirklich etwas verändern kann, aber ich weiß, dass es ihnen hilft: Nur, wer ein »Warum« hat, kann sich all den »Wies« des Lebens stellen. Meine Augen werden feucht. Allmählich glaube ich, dass diese schnellen Tränen weniger eine krankheitsbedingte Schwäche denn eine hervorragende Art sind, den anderen eine Wahrheit aufzuzeigen. Wenn ich früher jemanden in Tränen sah, versuchte ich sofort, ihn zu trösten und damit die Wahrheit dieser Tränen fortzuwischen. Jetzt, da ich die Heulsuse bin und die Leute wissen, dass die Tränen Teil meiner Blindheit sind, versuchen sie gar nicht erst, mich zu trösten, und konzentrieren sich auf das, was diese Tränen sagen.

»Und wenn schon, Prof, was bringte das schon?«

»Brächte, Oscar, nicht bringte. Achte auf den richtigen Konjunktiv.«

»Konjunktiv hin oder her, sagen wir's doch, wie's ist, Prof. Kein Lehrer interessiert sich auch nur einen Scheißdreck für das Leben seiner Schüler. Die haben ihre eigenen Probleme am Hacken, wieso sollten die sich noch mehr aufhalsen? Ist doch klar. Keiner von uns interessiert sich auch nur einen Scheißdreck für das Leben der anderen, wir haben schon genug mit unserem eigenen zu tun.«

»Deine Beobachtung ist zutreffend, Oscar. Aber man versteht dich auch, wenn du das Gleiche ohne die Verwendung des Wortes ›Scheißdreck‹ formulierst.«

Die Klasse wiehert los.

»Sie haben recht, Prof. Aber ich habe auch recht, Scheiße noch mal! Was juckt's denn die Italienischlehrerin, ob ich Ärger zu Hause habe und dass ich den Konjunktiv nicht richtig verwende, weil ich mit Leuten zusammenwohne, die nicht mal Italienisch sprechen? Bei meiner Geschichte sind die Gedichte von Guido Gozzano, diesem kläglichen Loser, das Letzte, was mich juckt!«

»Wir alle haben eine mehr oder weniger schwierige Geschichte, Oscar, aber sie darf nicht zum Alibi werden.«

»Was ist ein Alibi?«

»Eine Ausrede.«

»Professore, Sie haben ja recht, aber an Oscars Meinung ist

auch was dran: Ist die Laune richtig schlecht, spielt man gern mal toter Mann«, schaltet sich Cesare mit seinen lässigen Reimen ein.

»Fangen wir mit der Italienischlehrerin an!« Das ist Caterina. »Wir nehmen es als Experiment. Wir machen den Appell mit ihr und schauen, was passiert. Die ist ein echt harter Knochen, wenn es bei ihr funktioniert, funktioniert es überall.«

Ich sage nichts. Die freigesetzte Energie könnte aus dem Ruder laufen. Aber wenn sie dieses Risiko nicht eingehen, werden sie nie herausfinden, was es bedeutet, frei zu sein. Niemand hat ihnen je gesagt, dass Erschaffen und Erwachsenwerden das Gleiche ist. Auch ich muss etwas riskieren.

»Das klingt nach einer hervorragenden Idee. Der Moment ist gekommen, erwachsen zu werden. Es wird Zeit, dass ihr am eigenen Leib spürt, was es heißt zu reifen, sonst bleibt es nur bei leerem Geschwätz.«

»Das gefällt mir!«, ruft Oscar. »Auch für euch Bettnässer ist der Moment gekommen, erwachsen zu werden.«

»Dann fang mal an, Vati«, versetzt Elena. »Du weißt doch nur einen Bruchteil von dem, was du vom Leben zu wissen behauptest. Um das Leben zu kennen, reicht es nicht, in der Peripherie groß zu werden.«

»Halt die Klappe und pass lieber auf, dass du dich nicht noch mal schwängern lässt.«

»Hurensohn!«

»Hure ohne Sohn!«

»Es reicht!«, schreie ich. »Und ihr wollt diejenigen sein, die die Schule verändern und ein Manifest verfassen, das die Leute dazu bringt, einander zuzuhören? Vergesst es! Ihr seid Hosenscheißer, die recht haben wollen, um zwei Minuten lang zu existieren. Statt etwas aufzubauen, verbringt ihr die

Zeit damit, etwas kaputt zu machen und euch kaputtzumachen und euch einzureden, das wäre Lebenserfahrung. Ihr
seid lächerlich. Werdet endlich erwachsen!«

»Helfen Sie uns?«, geht Caterina dazwischen, um meine
Predigt zu bremsen.

»Ich werde an vorderster Front sein ... ich sehe sowieso
nichts ...«

»Wie sammelt man denn Ihrer Meinung nach Lebenserfahrung?«, fällt Elena mir ins Wort.

»Indem man sich in Gefahr begibt, um ein Leben größer zu
machen.«

»Und wie machen Sie das?«

»Indem ich mir jeden Tag eure Geschichten anhöre, als wären sie meine eigene, genauer gesagt, indem ich sie zu meiner
mache.«

»Was soll das bringen?«

»Dass wir nach Jahren des konspirativen Schweigens, in
denen jeder sich nur um seinen eigenen Mist kümmerte und
seine Wunden leckte, in der Klasse endlich dieses Gespräch
führen. Wenn das Leben durch unsere Gegenwart wachsen
kann, sollten wir keine Zeit verlieren.«

»Und wer sagt, dass wir das machen sollen?«

»Niemand. Genau davor habt ihr Angst: vor diesem ›niemand‹. Ihr seid frei. Es ist euer Leben, und wenn ihr endlich
spürt, dass ihr es in der Hand habt, fangt ihr an zu reifen. Ihr
habt fürs Scheitern keine Ausreden mehr, aber dafür könnt
ihr die Früchte eurer Entscheidungen wie nie zuvor genießen.
Vorausgesetzt, es sind gute Entscheidungen.«

»Woher sollen wir wissen, ob sie gut sind?«, fragt Stella.

»Sie potenzieren das Leben, befreien es, befruchten es ...«

»Ich habe ja schon immer gesagt, Vögeln ist die beste Entscheidung.«

Der unvermeidliche Oscar beendet die Diskussion, und das schallende Gelächter mischt sich mit der Schulglocke.

»Keiner rührt sich! Niemand verlässt diese Klasse, bevor ihr zwei euch nicht beieinander entschuldigt habt, und zwar so, wie ich es euch sage. Entweder wir gehen heute im Einklang auseinander, oder unsere Pläne sind nur theoretische Trostpflaster, die wie alle toten Theorien keine Woche lang halten.«

»Und was sollen wir machen?«, fragt Oscar.

»Kommt her.«

Elena und Oscar kommen näher. Ich stelle sie einander gegenüber. Nehme Elenas Hände und lege sie auf Oscars Gesicht. Das Gleiche mache ich mit Oscar. Elena weicht zurück.

»Wie gesagt, ihr kommt hier nicht raus.«

Die Klasse schweigt.

»Na schön. Ich mach's nur für euch«, seufzt Elena.

Ich lege Oscars Hände auf ihr Gesicht. Dann lasse ich sie eine endlose Minute lang so stehen.

Ich weiß nicht, was während dieser Minute passiert ist. Offenbar ein Wunder.

Je nachdem, wie eine Hand sich auf die Haut der Dinge legt, regieren Zärtlichkeit oder Gewalt, Barmherzigkeit oder Verlorenheit, Liebe oder Kontrolle, Freude oder Einsamkeit die Welt. Die Berührung einer Hand erlaubt es den Dingen, innezuhalten und nicht mehr woanders nach Leben suchen zu müssen. Sie verrät uns, wer wir sind und wer wir nicht sind, wo unser Anfang und wo unser Ende ist und dass wir gemeinsamen Fleisches sind. Das Leben ist eine Frage von Fingerspitzengefühl.

Wir sind zu einer dieser völlig sinnlosen Lehrerkonferenzen zusammengekommen, auf denen der Schulleiter dem versammelten Lehrkörper Anträge zur Abstimmung unterbreitet. Diese demokratische Scheinübung soll uns vorgaukeln, dass die Demokratie noch funktioniert, und da sie vollkommen inhaltsleer und rein mechanisch vonstattengeht, funktioniert sie tatsächlich blendend. Wir stimmen ab, um die neuen Bildungsangebote der Schule abzusegnen, zusammengefasst in einem fast hundert Seiten langen Schriftstück, das niemand je lesen wird und in dem nur hier und da ein paar Namen geändert wurden. Dann wird darüber abgestimmt, ob Kochkurse unter die in die Abiturnoten einfließenden außerschulischen Leistungen fallen sollen, da einige diesem Hobby frönenden Schüler eine entsprechende Anerkennung fordern. Die Diskussion darüber ist endlos und deckt das gesamte Meinungsspektrum ab, von verknöchert bis innovativ: Was hat es für einen Sinn, eine Fernsehmode, die Küchenchefs zu großen Denkern der Gegenwart erhebt, als bildungsrelevant zu erachten? Kann die Schule solche Abgeschmacktheiten zulassen? Aber wahr ist auch, dass sich die Welt geändert hat und praktisches, handwerkliches Wissen immer wichtiger wird, zumal für die Schüler eines naturwissenschaftlichen Gymnasiums! Man könnte einen schulinternen Kurs rund ums Thema Kochen organisieren, in dem es darum geht, was man im Altertum aß oder was in anderen Kulturen gegessen wird. Außerdem könnte man während des schülerorganisierten Unterrichts Köche einladen. Es hagelt Vorschläge, und das ebenso fragwürdige wie überflüssige Thema fördert Verwerfungen und Missgunst, Frustrationen und Energien zutage, die man weitaus besser einsetzen könnte. Mir bleibt nichts weiter übrig, als dem ritualisierten Gezänk über Nichtigkeiten zuzuhören und darüber in Trübsinn zu verfallen, weil es so sinnlos ist und Lehrer sich nicht zu schade sind, sich über Verfahrensweisen und Abiturpunkte in die Haare zu kriegen, als wären es Rabattmarken. Offenbar hat niemand mehr den Mut oder die Klarsicht, den Schleier der Maya zu lüften. Genervt und angespornt von meinem Versprechen, das ich meinen Schülern gegeben habe, beschließe ich – nachdem ich versucht habe, die zehn Elemente des Periodensystems mit dem Symbol C in die richtige Reihenfolge zu bringen: Kohlenstoff, Chlor, Calcium, Chrom, Cobalt … –, das Wort zu ergreifen. Man führt mich zum Mikrofon. Ich halte meinen zehnflächigen Würfel in der Faust, versuche, langsam zu atmen, um nicht in Panik zu verfallen, und beginne mit meiner vorbereiteten Ansprache.

»Ich bin Omero Romeo, der neue Naturwissenschaftslehrer in der 13d wie Durchhänger.«

Die Lehrer quittieren meine Bemerkung mit einem wohlwollenden Kichern.

»Ich bin hier, um ein Projekt vorzuschlagen, in das meine Schüler und ich die gesamte Schule miteinbeziehen möchten. Wie ihr wisst, kennen wir nur zehn Prozent der physischen Beschaffenheit der Dinge. Von den restlichen neunzig Prozent wissen wir nichts, weil unsere Sinne nicht in der Lage sind, sie wahrzunehmen. Diese neunzig Prozent bestehen aus Materie und Energie, die die Wissenschaft als ›dunkel‹ bezeichnet, weil wir zum einen nicht wissen, was sie sind, und weil sie zum anderen kein Licht oder sonstige Strahlungen aussenden. Sie lassen sich ausschließlich aus den Folgen der Einflüsse auf das für uns sichtbare Universum herleiten. Genauso ist es mit den Menschen: Der Großteil von ihnen ist unsichtbar, wir können ihn nur indirekt wahrnehmen. Wie kommen wir dazu, Menschen anhand des Wenigen zu beurteilen, das wir von ihnen wissen? Dennoch bilden wir uns ein, die zehn sichtbaren Prozent würden uns alles über sie verraten. Stattdessen sollten wir versuchen, die neunzig

Prozent durch ihre auf besagte zehn Prozent ausgeübte Wirkung kennenzulernen. Allerdings muss man dafür offen sein und sich Zeit nehmen. Zu viele Schüler haben das Gefühl, für uns Lehrer unsichtbar zu sein, obwohl wir die Aufgabe haben, auch jene Seiten ihrer Persönlichkeit zur Reife zu bringen, die sich noch nicht entfaltet haben, zumal sie, wie gesagt, die Seiten beeinflussen, über die wir die Kontrolle zu haben glauben.«

Ich mache eine Pause. Die Aula erlebt einen seltenen Moment der Stille. Niemand hat um 16:37 Uhr eines x-beliebigen, regnerischen Novembernachmittags, der gar nicht schnell genug enden kann, um endlich in die Heimeligkeit der eigenen vier Wände zurückzukehren, eine solche Rede erwartet.

»Deshalb haben wir eine neue Methode für die morgendliche Anwesenheitsüberprüfung entwickelt. Und wir würden uns wünschen, dass alle Lehrer diesen Appell im Dezember wenigstens einmal pro Woche ausprobierten.«

Ich lege die Einzelheiten des Experiments dar und höre, wie sich Getuschel erhebt, in dem Überraschung, Skepsis, Spott und sämtliche Gefühle mitschwingen, die das Leben hervorbringt.

»Wir könnten ihn vorführen, und alle können daran teilnehmen und dann entscheiden, ob sie ihn im Wochentakt weiterführen wollen. Die Teilnahme an dem Projekt ist freiwillig. Man muss Geduld haben, es braucht Zeit, bis es Früchte trägt: Die Schüler brauchen Zeit, um von sich zu erzählen, und wir brauchen Zeit, um ihnen zuzuhören und zuzulassen, dass ihre Geschichten unser Herz und unser Hirn erreichen, vor allem, wenn wir sie seit langer Zeit kennen und bereits eine feste Meinung über sie haben. Auch Einstein war bis zu seinem neunten Lebensjahr gezwungen zu flüstern, weil er große Schwierigkeiten hatte, sich auszudrücken. Die Lehrer stuften ihn als seltsam ein, dabei war er lediglich ein Genie. Ich wünsche mir, dass wir anfangen, uns um die neunzig Prozent dunkle Materie und Energie zu kümmern, die wir womöglich unbewusst vernachlässigen. Es liegt einzig und allein an uns ...«

»Welche wissenschaftlichen Belege gibt es für den pädagogischen Nutzen eines solchen Experiments?«, meldet sich eine Stimme, noch ehe ich meinen Satz beendet habe.

»Es reicht zu wissen, wie der menschliche Verstand funktioniert: Allzu lange haben wir geglaubt, die Schule sei die Summe von Bildung und Leistung. Ich sage dir etwas, und du speicherst es ab. Dann frage ich dich in einer Prüfung danach, und du rufst es aus deinem Gedächtnis ab. Fertig. Aber die Dynamik des Verstandes ist sehr viel komplexer, und der von uns vernachlässigte Teil ist der Wichtigste: Wie kann das, was ich, der Lehrer, in mir trage, von dir, Schüler, in etwas verwandelt werden, das dir gehört und für dich lebenswichtig und notwendig wird. Diesen Prozess nennt man Beziehung: Ohne ihn ist alles andere reine kurzlebige und langweilige Dressur. Weil ich blind bin und dies für mich der einzige Weg ist, meine Schüler schnell und eingehend kennenzulernen, bin ich zu diesem Prozess gezwungen. Allerdings habe ich dadurch in weniger als zwei Monaten herausgefunden, dass einer meiner Schüler häufig schwänzt, weil er ein ernstes Drogenproblem hat, dass ein Mädchen selbst im Hochsommer in Sweatshirts herumläuft, weil es sich für seinen Körper schämt, dass ein anderes Mädchen Schwindelanfälle hat, weil es an einer Essstörung leidet, dass einer während des Unterrichts einschläft, weil er arbeiten muss, um seinen Vater zu unterstützen, und so könnte ich fortfahren ... Jedenfalls bringt mich all das zu dem Schluss, dass die Methode funktioniert.«

»Das klingt ja alles sehr bewegend, aber wieso sollten wir das tun? Das ist nicht unsere Aufgabe.«

»Und ob es das ist. Man kann niemandem etwas beibringen, wenn man nicht den ganzen Menschen kennt. Kein Thema dringt bis ins Hirn, wenn es nicht vom Körper aufgenommen wird.«

»Ich verstehe Ihre Situation, und das, was Sie gerade geschildert haben, klingt hübsch, aber unter normalen Umständen ist das wohl nicht notwendig.«

»Normal? Wir reden hier nicht von mir, sondern von unseren Schülern. Habt ihr sie mal gefragt?«

Jetzt liegt in der Stille die leise Angst, die sich ins Bewusstsein schleicht, sobald eine Wahrheit offenkundig zu werden und uns in eine Krise zu stürzen droht, aber wer will das schon?

»Ich sehe mich gezwungen einzuschreiten.« Das ist die Stimme des Schulleiters mit ihrem typischen, durch jahrelange Bürokratie geschmiedeten Wortschatz der Leidenschaftslosigkeit. »Ein solcher Vorschlag kann nur in Betracht gezogen werden, nachdem gewährleistet ist, dass seine Umsetzung den normalen Schulbetrieb nicht gefährdet. Deshalb sollte man ihn zur eingehenderen Prüfung einstweilen zurückstellen. Zuerst muss ein Projektformular ausgefüllt werden, Professor Romeo.«

»Ich dachte, nachdem über Kochkurse diskutiert wurde, könnte man unter dem Sitzungspunkt ›Verschiedenes‹ auf wirkliche Inhalte zu sprechen kommen, stattdessen ist er nur ein Synonym dafür, dass die Versammlung beendet ist und man weitermacht wie bisher.«

»Sie haben von Ihrem Recht, das Wort zu ergreifen, Gebrauch gemacht, und das wissen wir zu schätzen, aber Ihr Vorschlag ist noch zu unausgegoren.«

»Wir könnten eine unverbindliche Abstimmung abhalten, um zu sehen, ob das Projekt auf Interesse stößt. Das kostet uns nichts. Danach werden wir es vertiefen, aber so wissen wir wenigstens, ob es sich lohnt weiterzumachen.«

Das Gemurmel wird lauter. Einen Moment lang scheint es, als wollte sich die Demokratie ihre verlorenen Privilegien zurückholen. Der Schulleiter schweigt verlegen, dann greift er ein, um die Gemüter zu besänftigen.

»Wir kommen nun zur völlig unverbindlichen Abstimmung darüber, ob das von Professor Romeo vorgeschlagene Appell-Projekt vertieft werden soll. Wer einverstanden ist, hebt die Hand.«

Ich nehme ein paar spärliche Bewegungen wahr, die mich schneller erreichen als das rasche Ergebnis der Auszählung.

»Die Anzahl der Ja-Stimmen ist in beträchtlicher Unterzahl. Das Projekt wird an die entsprechenden Zuständigkeiten weitergeleitet und auf einen geeigneteren Moment verschoben. Für heute haben wir unsere Arbeit beendet. Ich danke Ihnen allen.«

»Darf ich noch ein Wort sagen?«

Die Aula verfällt wieder in Stille.

»Ich war gar nicht auf die Mehrheit aus. Ich glaube schon seit geraumer Zeit nicht mehr daran, dass Wahrheit gleich Quantität ist, wie das Konformitätsexperiment bewiesen hat. Ich würde mir nur wünschen, dass die magere Minderheit, die mit Ja gestimmt hat, noch ein paar Minuten hierbliebt, damit wir uns kennenlernen und ein paar Ideen austauschen können.«

»Sie geben wohl nie Ruhe, Romeo, und es ist nicht nötig, dass Sie allen eine Unterrichtsstunde geben, sobald Sie den Mund aufmachen. Bescheidenheit ist eine Zier ...«, zischt mir der Schulleiter ins Ohr.

»Resignation ist ein Wort, das ich aus meinem Vokabular gestrichen habe, und ich glaube, Bescheidenheit kam nie darin vor.«

»Umso schlimmer für Sie, denn hier habe ich das Sagen.«

»Heute habe ich zwei Neuigkeiten für euch, eine schlechte und eine gute. Ich fange mit der guten an.«

Die Klasse harrt in gespanntem Schweigen.

»Angst war dem Lernen nie zuträglich, zumindest nicht auf lange Sicht. Sie mag den einen oder anderen zum Büffeln bewegen, aber nicht dazu, das Gebüffelte zu lieben. Aus diesem Grund werden mündliche Prüfungen von mir angekündigt. Ihr macht zwei auf einmal, dann leidet man weniger. Außer den Fragen, die ich euch stellen werde, muss jeder von euch ein selbst gewähltes Thema behandeln, das euch betrifft.«

»Was meinen Sie damit, das uns betrifft?«, fragt Achille bang.

»Ganz wörtlich: Es betrifft euch, heißt, es trifft bei euch ins Schwarze. Wenn euch etwas fasziniert, interessiert, neugierig macht, dann, weil es euch betrifft: Die Dinge sind von unserem Inneren nie gänzlich losgelöst, sondern warten darauf, den ihnen bereits zugedachten Raum einnehmen zu dürfen. Die Nacht, der Mond, die Gezeiten, der Schnee, der Wind … all das sind Wirklichkeiten, die wir in uns tragen und die nie aufhören werden, uns zu faszinieren oder uns umzutreiben. Nur Dinge, die eine Geschichte haben, können mit uns eins werden, genau wie Menschen. Nur so können wir sie wirklich ergründen und uns ihrer annehmen. Niels Bohr, der Physiker, der die Struktur des Atoms entdeckte und mit seinem Freund Heisenberg, dem Physiker der Unschärferelation, die kühnsten jungen Wissenschaftler in seinem Kopenhagener Haus zu

Gesprächen empfing, sagte, dass die Unterteilung der Welt in eine objektive und in eine subjektive Seite zu willkürlich sei. Dass sich andere Sprachen wie die der Dichtung oder der Religion zur Benennung der Dinge mit Bildern, Parabeln und Paradoxen behelfen, bedeutet nicht, dass diese Dinge nicht existieren, sondern dass dies die einzige Möglichkeit ist, sie zu erfassen oder sich ihnen zu nähern. Die Physik hat gezeigt, dass Begriffe wie ›objektiv‹ und ›subjektiv‹ problematisch sind, also hat sie das Denken aus seinem metaphysischen Gefängnis befreit. Um der Wirklichkeit zu begegnen, müssen wir einen Blick haben, der objektiv und subjektiv in Beziehung setzt, ohne beides miteinander zu verwechseln. Jeder von euch hat einen einzigartigen Blick, der verkümmert, wenn man ihn nicht trainiert. Das Bindeglied zwischen subjektiv und objektiv ist für jeden ein anderes, und deshalb werdet ihr etwas von der Welt dort draußen erzählen, das zu sehen wir anderen nicht imstande sind, weil wir es uns noch nicht zu eigen gemacht haben. Nur ihr könnt die Geschichte finden, die das möglich macht. So wird die Wirklichkeit zu etwas, das es zu entdecken gilt, um es den anderen zu schenken. Sucht nach diesem Punkt, der euch besonders begeistert und der anderen womöglich gleichgültig ist, weil sie sein Licht noch nicht zu erfassen vermochten. Erkenntnis, die nicht dazu dient, sich ihrer selbst und der Welt anzunehmen, ist keine Erkenntnis, sondern Gewalt. Bringt mich an einen Ort, an dem ich noch nie gewesen bin. Wie Einstein sagte: Die meisten Lehrer verlieren Zeit damit, Fragen zu stellen, um herauszufinden, was der Schüler nicht weiß, doch die wahre Kunst besteht darin, Fragen zu stellen, um herauszufinden, was der Schüler weiß oder zu wissen imstande ist. Mal sehen, wozu ihr imstande seid.«

»Und das ist die gute Nachricht?«, fragt Aurora.

»Ja, wo findet ihr schon einen Lehrer, der euch sagt, an welchem Tag ihr mündlich geprüft werdet?«

»Wo finden wir einen, der uns das Hirn mit Fragen weichkocht wie: Warum ist der Himmel nachts dunkel und warum ist das Meer salzig?«, schießt Caterina zurück.

»Wenn ihr keine Hypothesen zu dem anstellen könnt, was ihr vor der Nase habt, werdet ihr von Naturwissenschaft nicht den blassesten Schimmer kriegen.«

»Warum nicht?«

»Weil das bedeutet, dass ihr aufgehört habt zu staunen. Und sich über nichts zu wundern heißt nicht nur, die Dinge nie zu hinterfragen, sondern auch, nicht mehr aus sich herauszukommen. Man gibt sich mit einer Handvoll aufgeschnappter Überzeugungen zufrieden und begnügt sich mit den Schlüssen, die sich daraus ziehen lassen. Das ist tödlich langweilig. Wir lernen die Wirklichkeit nur zu lieben, wenn wir uns von ihr hervorlocken lassen, sie ruft uns beim Namen und nutzt den ihr in uns zustehenden Raum. Wenn ihr euch nicht von Allgemeinplätzen befreit, bleibt ihr Gefangene.«

»Inwiefern?«

»Ein Beispiel: Warum gibt es Jahreszeiten?«

»Ich weiß es! Weil die Erde mal näher und mal weiter weg von der Sonne ist!«, platzt Stella heraus.

»*Quod erat demonstrandum.* Nein, die Jahreszeiten gibt es, weil die Erdachse geneigt ist. Wenn ihr euch nicht nach dem Warum der Dinge fragt, wenn ihr euch nicht wundert, wenn ihr nicht nachforscht, werdet ihr zu Amöben.«

»Was ist eine Amöbe?«, fragt Oscar.

»Finde es heraus! Fangen wir damit an: Nehmt nie etwas für selbstverständlich, genau das wollen die da draußen, um euch auszunutzen.«

»Und wie lautet die schlechte Nachricht?«, fragt Caterina.

»Das Lehrerkollegium hat den Vorschlag, den Appell auf die anderen Lehrer und Klassen auszuweiten, abgelehnt.«

»Das heißt?«

»Das heißt, die Sache findet nicht statt.«

»Wollen Sie damit sagen, das war's?«

»Ich will damit sagen, dass der Schulleiter es nicht erlaubt und dass fast alle Lehrer dagegen sind.«

»Dann ist es also was Ernstes«, gibt Achille zurück.

»Das glaube ich auch. Aber solltet ihr irgendwann einmal an ihrer Stelle sein, könnten die Dinge anders laufen«, antworte ich.

»Und was machen wir jetzt? Abwarten, bis wir an ihrer Stelle sind?«, fragt Elena.

»Wir können nichts tun, sonst geht die Sache nach hinten los.«

»Und wenn schon! Ich bin es leid, so weiterzumachen. Wenn etwas richtig ist, muss es gemacht werden, wen juckt schon die schlechte Laune der Lehrer.«

»Finde ich auch. Es ist Zeit zu kämpfen«, sagt Mattia.

»Ein paar Lehrer haben mit Ja gestimmt und sind bereit, es zu versuchen. Ihr könntet mit ihnen anfangen.«

»Wer denn?«

»Von dieser Klasse nur der Sportlehrer.«

»Habe ich doch schon immer gesagt, dass der geil ist«, befindet Stella.

»Das reicht aber nicht. Ich find's blöd, dass das zu einem läppischen Experiment wird, wie dieses sinnlose ›Schüler machen Schule‹, mit dem ihr uns drei Tage im Jahr vorgaukelt, wir könnten die Schule verändern«, gibt Elena zurück.

»Was wollt ihr machen?«

»Ordentlich Rabatz«, antwortet Cesare.

»Und wie?«

»Indem wir die Lehrer zwingen.«

»Wisst ihr, was das bedeutet?«

»Dass wir unser Abi gefährden. Aber wenn wir alle einer Meinung sind und zusammenhalten, kriegen wir allenfalls eine miese Betragensnote. Kann uns doch am Arsch vorbeigehen … schlimmer kann's eh nicht mehr werden.« Das war Oscar.

»Was meinen Sie, Professore?«, fragt Ettore.

»Dass das Wahnsinn ist. Wir müssen das Experiment auf uns beschränken und versuchen, dieses Schuljahr zu Ende zu bringen. Ihr habt Abi!«

»Genau! Haben Sie nicht gesagt, man muss reifen, sich dem Leben stellen, etwas riskieren, abseits der eingefahrenen Muster denken?«, lädt Elena gewohnt kampflustig nach.

»Du hast recht, Elena: Wenn wir es sofort sein lassen, was haben uns die Schuljahre dann gebracht? Kriegen wir es etwa nicht hin, für die richtige Sache aufs Ganze zu gehen? Jetzt, wo wir in diesen fünf Jahren endlich eine gefunden haben.«

Ich schweige und spüre, wie sehr ich sie vor dem Massaker schützen möchte, auf das sie zusteuern. Wenn nur ich etwas riskieren würde, wäre mir das egal, aber sie riskieren, sich ernsthaft zu verletzen.

»Das wäre nicht gut.«

»Haben Sie wieder angefangen zu unterrichten, damit Schule genauso weiterläuft wie immer?«

»Wenn Sie nicht hofften, geheilt zu werden, würden Sie sich nicht zu dem Eingriff überwinden, von dem Sie uns erzählt haben. Sie wären ein Feigling, wenn Sie es nicht versuchen würden.«

Ich schweige noch immer, verblüfft über die unfehlbaren Treffer, die sie meiner Angst versetzen.

»Ihr habt recht.«

»Wir haben immer recht, Professore. Wenn man uns nur ein bisschen mehr zuhören würde.«

»Was habt ihr also vor?«

»Wir zwingen sie zum Appell. Wir fangen mit den Lehrern unserer Klasse an und warten ab, was passiert.«

»Seid ihr euch sicher?«

»Sie klingen, als wären Sie derjenige, der sich nicht mehr sicher ist.«

»Aber keine Gewalt.«

»Seit Jahren macht ihr uns fertig und geht uns auf den Sack, und jetzt sollen wir Samthandschuhe tragen?«, fragt Oscar spöttisch.

»Ihr wisst, was ich meine.«

»Stehen Sie zu Ihrer Verantwortung, Professore. Es ist alles Ihre Schuld.«

Ideen und Strategien werden erörtert. An einem festgelegten Dezembertag sollen sämtliche Lehrer der Klasse zum Appell aufgefordert werden: Ihnen werden die Augen verbunden, und sie werden sich die Geschichten der Schüler anhören, dann müssen sie deren Gesichter berühren, eines nach dem anderen. Nichts leichter als das.

»Was, wenn sie sich weigern?«, frage ich.

»Dann weigern wir uns, Unterricht zu machen. Wir leisten passiven Widerstand.«

»Keine Gewalt.«

»Nur, wenn es nicht anders geht«, schlägt Oscar bierernst vor.

Alle fangen an zu lachen, und Angst bricht sich in mir Bahn. Was habe ich da angerichtet?

Auf der Suche nach der vergeudeten Zeit
Tagebuch eines blinden Lehrers

Aurora, du wirkst so stark und sicher, aber Menschen wie dich, die ihre Schatten hinter Farben verstecken, kenne ich gut. Ich spüre, wie dein Gesicht mit jedem Tag hagerer wird, der Sehnsucht nach Kontrolle unterworfen, die sich eurer ausgerechnet dann bemächtigt, wenn ihr nichts kontrollieren könnt und der eigene Körper euer letzter Halt ist. Deine weichen Züge werden spitz, das verraten mir deine Wangenknochen. Warum übergibst du dich? Du hast langes Haar und leicht angespitzte Ohren wie Tolkiens Elfen. Deine Lippen sind rau und deine Augen groß wie die eines staunenden Kindes. Ich weiß nicht, welche Farbe sie haben, ich weiß nur, dass sie viele Tränen kennen. Ich wünschte, du könntest in meinen Händen Schutz finden und ich könnte dich vor dir selbst schützen. Ich will nicht, dass die Panik, nie zu genügen, über deinen Körper siegt, denn menschlich zu sein heißt, nicht zu genügen.

Als ich mich in meine zukünftige Frau verliebte, trat etwas Unerwartetes in mein Leben: Tags zuvor war alles unter Kontrolle. Tags darauf ging alles verlustig. Und es war tatsächlich ein Verlust, denn ich hatte die Kontrolle verloren und wollte sie zurückhaben. Mein inneres Gravitationszentrum hatte sich nach außen verlagert, wie es bei zwei einander beeinflussenden Körpern passiert. Ich wollte sie ständig sehen, berühren, spüren, um sicherzugehen, dass es mich gibt. Ich wollte mich vergewissern, die Liebe erobert zu haben, ich wollte das Leben beherrschen. Aber Lieben bedeutet, die Kontrolle zu verlieren, und das nicht, weil man sich dem anderen hingibt und seine eigene Identität hintanstellt, sondern weil man sich entschließt, den anderen noch mehr existieren zu lassen, indem man ihn nicht kontrollieren will und sich einzig an seiner Gegenwart erfreut. Es ist ein Paradox: Je mehr man den anderen liebt, desto mehr lässt man ihn frei. Vor fünf Jahren habe ich dann komplett die Kontrolle verloren. Als ich nichts mehr sehen konnte, stürzte ich in Verzweiflung: Das Einzige, dessen ich mir noch sicher sein konnte, war mein Körper, und es wäre ein Leichtes gewesen, ihn verschwinden zu lassen und nicht mehr zu leiden. Ich flüchtete mich in den Schlaf. Wenn ich mich der Lage nicht mehr gewachsen fühlte, schaltete mein Gehirn ab. Ich verkroch mich ins Schlafzimmer, versteckte mich unter der Bettdecke und wartete darauf, dass der Schmerz im schwarzen Schlaf zerging. Dann begannen die Panikattacken, sobald ich in neue oder unvorhergesehene Situationen geriet. Der Atem setzte aus, ich musste mich auf einen Gegenstand konzentrieren oder um Hilfe bitten, um mich aus der Lähmung zu befreien. Mein Zustand verschlechterte sich, und mit jedem Tag eroberte die Angst neue Bereiche meines Körpers, ähnlich den Flecken auf meiner Netzhaut.

Dann, an unserem Hochzeitstag vor drei Jahren, bat meine Frau mich, sie noch einmal zu heiraten. In ihrem Brautkleid tauchte sie beim Frühstück auf, drückte mir den Ring in die Hand und bat mich, das zu wiederholen, was ich gesagt hatte, als ich ihn ihr zum ersten Mal an den Finger steckte. Und ich hörte mich Dinge sagen, die ich vergessen zu haben glaubte:

»*Ich, Omero, nehme dich, Maddalena, vor Gottes Gnaden zu meiner Frau. Ich verspreche dir die Treue in guten wie in schlechten Zeiten, in Gesundheit und Krankheit, ich will dich lieben, achten und ehren alle Tage meines Lebens.*« *Dieser kühne Sprung, diese unerwartete Gnade hauten mich um. Und ich erkannte, dass noch mehr zu lieben und die Kontrolle abermals zu verlieren, der einzige Weg ist, um von der Verzweiflung zu genesen. An einem x-beliebigen Tag nach dem Frühstück heiratete ich meine Frau noch einmal.*

Tags zuvor war ich eingeschlafen und hatte gehofft, nicht mehr aufzuwachen. Ich weiß, was es bedeutet, den Tod herbeizusehnen, Aurora.

Auch du sollst wissen, dass das nur Trug ist.

Um das zu erkennen, gibt es nur einen Weg: jemanden noch mehr lieben, als du es für möglich hältst, und begreifen, dass du dadurch dich selbst mehr lieben kannst, als du es für möglich gehalten hättest, weil wir liebend uns selbst lieben.

Ich weiß, das klingt paradox, aber das Leben gründet auf Paradoxen, denen der Verstand sich verweigert, weil er die Kontrolle sucht und nicht ausreicht, um das Leben zu umarmen. Nur das Herz ist dazu fähig.

DEZEMBER

Il cielo in una stanza, Emozioni, Caro amico ti scrivo, Volare, Almeno tu nell'universo, Azzurro, La donna cannone, I giardini di marzo, Marinella ... Ich versuche, die zehn schönsten italienischen Lieder zusammenzukriegen, aber weiß nie, in welche Reihenfolge ich sie bringen soll, so hat mein Kopf etwas zu tun und verfällt nicht in Panik.

In einer Freistunde sitze ich in Patrizias Zimmerchen und durchlebe die Krise des nahenden Weihnachtsfestes. Für mich war das immer der schönste Moment des Jahres, der die Zeit stillstehen lässt und sie an ihrer Wurzel vertäut: an der Ewigkeit. Dezember ist der Monat des Lichtes, das seine Vorherrschaft zurückerobert, ein Fest der Lichter, aber ich sehe kein einziges davon. In die Kälte, die die Straßen mit nebligem Dämmer erfüllt, leuchten die Farben der Schaufenster wie Kaminfeuer, welche Ruhe verheißen, die alle in den Läden vergeblich zu kaufen versuchen. Mir fehlt die Wärme dieser Zeit, ich spüre nur die nach Kälte riechende Luft, die erfüllt ist von flüchtig aus den Geschäften dringenden Melodien. Wehmut vernebelt mein Hirn, am liebsten würde ich schlafen und erst wieder aufwachen, wenn alles vorbei ist: Je intensiver die Erinnerungen sind, desto mehr tun sie weh. Weihnachten mit seinen Vorbereitungen ist eines der von meinem sehenden Ich am erbittertsten verteidigten Bollwerke der Erinnerungen, einer der letzten Bereiche, den ich weder loslassen noch auf anderem Weg zurückerobern kann. Ich habe einfach nur Sehnsucht danach. Nur eines kann mich aus dieser Schwermut reißen: die Furcht vor dem, was in der Schule passieren wird.

Patrizia gießt Kaffee ein. Ich weiß nicht, wie sie das macht, jederzeit eine Kanne mit frisch durchgelaufenem Espresso parat zu haben.

»Dafür werden sie teuer bezahlen«, sage ich zu ihr und versuche, mich aus meiner Traurigkeit zu reißen.

»Schon möglich. Aber ihr Aufstand ist richtig. Wenigstens wird er ein Zeichen setzen.«

»So viel Entschlossenheit hätte ich nicht von ihnen erwartet.«

»Endlich hat ihnen jemand etwas gegeben, woran sie glauben können.«

»Woran denn?«

»An sich selbst, Professore. Niemand wertschätzt sie. Kinder sind wie Pflanzen. Wenn man sie nicht ins Licht stellt, können sie nicht wachsen. Wie schon das russische Sprichwort besagt: Der Teufel redet dir nicht ein, dass Scheiße stinkt, sondern dass die Rose nicht duftet.«

»So lautet es?«

»Wortwörtlich«, antwortet Patrizia lachend.

»Ich habe Angst um sie, ich habe Angst, dass sie das teuer zu stehen kommen wird.«

»Sie sind ein bisschen zu Ihren Kindern geworden. Und jetzt wollen Sie sie schützen.«

»Ich glaube schon, ja.«

»Sie schützen sie nur, wenn Sie sie machen lassen.«

»Meinen Sie?«

»Wir wollen sie vor allen Mühen und Leiden bewahren, weil wir Angst haben, selbst zu leiden, aber damit sie erwachsen werden können, muss man sie verlieren.«

Patrizia verstummt, dann beginnt sie zu schluchzen.

»Was ist los?«

»Ach, nichts. Ich bin die übliche sentimentale Kuh.«

Ich nehme ihr Gesicht in die Hände und will ihre Tränen trocknen, doch sie fängt haltlos an zu weinen.

»Patrizia, was ist los?«

»Ich gebe immer Ratschläge, aber eigentlich bin ich die Erste, die aus Angst zu leiden nicht den Mumm hatte zu leben. Ich habe meine Jugend verplempert und auf die große Liebe verzichtet, weil ich zu viel Angst hatte, mich an jemanden zu binden, den ich verlieren könnte. Also habe ich aus Angst und aus Scham wegen dieser Angst auf alle Herausforderungen des Lebens verzichtet. Ich habe mir ein sicheres Plätzchen gesucht, wo ich Kaffee kochen, Bücher lesen, Musik hören und Menschen gernhaben kann, ohne mich allzu sehr an sie zu binden, denn so leide ich nur bis zu einem gewissen, von mir selbst bestimmten Punkt.«

»Und dafür schämen Sie sich so furchtbar, Patrizia?«

»Ich habe in allem versagt.«

»Aber Sie sind doch die Einzige hier, die in der Lage ist, sich um die Menschen zu kümmern! Wer weiß, wie viele Leben Sie mit Ihren stillen, aufmerksamen Gesten gerettet haben.«

»Das sagen Sie nur, um mich zu trösten, Professore.«

»Das sage ich, weil Sie es bei mir an meinem allererersten Tag genauso gemacht haben. Während ich mit dem Schulleiter sprach, hatte ich innerlich schon fast beschlossen, die Stelle abzulehnen. Ich verging vor Angst. Ich wollte nur verschwinden. Der Mut, der mich dazu gebracht hatte, wieder mit dem Unterrichten anzufangen, war verpufft. Mit einem Mal war mir alles klar: Ich war blind und würde niemals wieder unterrichten können. Ich hatte mir etwas vorgemacht.«

»Und dann?«

»Dann sind Sie hereingekommen, es war wie ein Fenster, das sich plötzlich in einem vergessenen Zimmer öffnet und die Gerüche der Natur hereinwehen lässt. Und Sie boten mir einen Kaffee an, ohne zu wissen, wer ich bin, ohne sich um meine Blindheit zu kümmern, als gäbe es sie nicht.«

»Da ist doch nichts dabei …«

»Es war genau das, was ich brauchte, um meinen Mut wiederzufinden. Um jemandem seinen Mut wiederzugeben, reicht ein Mensch, der etwas Gutes tut, sei es noch so klein. In dem Moment habe ich begriffen, dass ich nicht allein sein würde. Und dass ich es schaffen könnte.«

Signora Patrizia zieht die Nase hoch wie ein kleines Mädchen und umarmt mich. So trifft uns Oscar an.

»Was sind denn das für Ferkeleien, Tante Patri! Betrügst du mich etwa?«

»Blödmann!« Patrizia macht sich los und schnappt sich etwas, vielleicht einen Besen, mit dem sie Oscar den Flur hinunter verfolgt und ihm nachschreit, er sei ein Schwachkopf.

Ich trinke in aller Ruhe meinen ungezuckerten Kaffee aus: Er ähnelt überraschend dem Leben.

ELENA

Als ich mich mit dem Thema auseinandersetzte, habe ich versucht, eine Antwort auf folgende Frage zu finden: Wie funktioniert die Atmung eines Kindes im Mutterbauch?

Leben ist Atmen, aber genau das tun wir in den ersten neun Monaten nicht: Wir ernähren uns zwar von Sauerstoff, atmen ihn aber nicht, weil Atmen die erste Lektion des Lebens ist, die wir selbst lernen müssen. Der erste Atemzug ist der erste Schmerz. Vorher wird das Kind durch das mütterliche Blut mit Sauerstoff versorgt. Durch die Nabelschnur wird ihm das mit Sauerstoff angereicherte Blut von der Plazenta aus zugeführt, und zwei Arterien bringen es zum Reinigen zur Plazenta zurück: Die Plazenta ist Barriere und Filter und lässt nur rein und raus, was nötig ist. Wir atmen also, indem wir essen.

Aber wenn das Kind aus seinem Bau kommt, weitet die Luft seine Lungen, reißt sie auf wie eine vakuumierte Tüte. Das Kind weint und lernt, dass ans Licht zu kommen bedeutet zu leiden. Sich ernähren und atmen sind nicht mehr eins, sondern es sind jetzt zwei Dinge, die es sich erkämpfen muss: das erste weinend, das zweite ebenso. Luft und Nahrung bedeuten Tränen und Schweiß. Keine Plazenta kann das Kind mehr beschützen, das Leben ist ständiger Mangel: Nahrung und Luft sind nie genug. Es wird allein zurechtkommen müssen. Wenn es einem Kind die Lungen zerreißt, zerreißt es einer Mutter das Herz, weil sie begreift, dass sie weiteren Schmerz geboren hat. Statt das Leben zu vervielfältigen, hat sie die Tränen vermehrt. Trotzdem hätte ich lieber dieses Weinen gehört als dieses gewaltige, namenlose Schweigen.

CESARE

Woraus sind wir gemacht?

Wir glauben, Anfang und Ursprung sind dasselbe, aber das ist nicht wahr: Den Anfang entdeckt man, der Ursprung bleibt unsichtbar. In allen Dingen liegt ein Anfang, setzt sich ein Prozess in Gang, und man hangelt sich Stück für Stück bis zur Erklärung entlang. Aber der Ursprung? Er ist weder Vorher noch Nachher, ist jeden Moment präsent, er ist das Blut einer Geschichte, versorgt sie mit Leben, egal, wo du zustichst, es spritzt dir entgegen. Das Gleiche passiert bei einem Song, du hörst den Anfang und erkennst ihn schon, aber was ganz anderes ist die Inspiration, sie ist der Ursprung, und gefällt dir der Song, macht sie den Ton. Deshalb können Wörter und Noten sie nicht ausloten, denn das, was dich inspiriert, übersteigt immer das, was du komponierst. Deshalb will ich euch vom Anfang der Geschichte erzählen, die uns gemacht hat, wie wir sind, sie ist traurig, aber schön, ich erzähl sie gern, sie handelt vom Tod von einem Stern. Vor vielen Jahren starb ein Stern, wurde zu Staub, der rollte durch den Weltraum, und aus unbekannten Gründen wurde unser Planet draus, nutzte die Situation aus. Im Inneren eines jungen Sterns explodiert Wasserstoff, die Hitze macht's zu Helium, dann zu Kohlenstoff, zu Stickstoff, dann zu Sauerstoff und zu allen anderen Elementen, die wir kennen. Aus diesem Staub wurde Adam gemacht, aus den Resten eines toten Sterns, und tatsächlich lief die Sache schief. Von dort nahm alles seinen Anfang, und alles folgt dem gleichen Weg zurück zum Start, weil jedes Ding im Staub des Lebens seinen Ursprung hat. Alles zerfällt wie Seifenschaum, neigt zur Entropie, platzt wie Blasen, aus der Traum: zu wenig Lebensenergie, um die Dinge zu einen, alles geht kaputt, die Rose und der Stein. Aber in der Zeit, die uns bleibt, werden wir zu dem, was uns treibt, denn uns sind alle Elemente der Welt einverleibt, von Sauerstoff bis Blei. Du entscheidest, ob deine Atome gegen die Schläge des Lebens bestehen oder wie Rosenblätter zwischen den Fingern zergehen, oder ob du bist wie kalter Schnee, der in der Sonne taut, oder wie Wasser eines Bachs, das sich zu Seen staut, oder wie Luft, so klar wie ein Frühlingstag. Wir können alles sein auf dieser Welt, aus ihren Dingen gemacht, aus Materie und dem, was uns gefällt.

Aber der Ursprung bleibt ein Mysterium. Meine Atome hab ich von meinem Erzeuger, mag stimmen, doch beim Warum gerat ich ins Schwimmen. Die Inspiration ist genauso: Du rufst nicht, sie kommt, und dann machst du daraus einen Song. Wo unser Anfang liegt, können wir begreifen, aber vom Ursprung kein beschissenes Zeichen. Das Leben verlangt, dass man seinen Mann steht, ehe alles den Bach runtergeht. Keine Ahnung, warum ich zur Welt gekommen bin, denn viele Dinge ergeben keinen Sinn. Die Erde geht eh irgendwann unter, und dann liegen wir allesamt drunter. Das ist der Scheiß an dieser Situation, aber auch ihre Inspiration. Das Leben kann ziemlich finster sein, aber suche immer nach dem hellen Schein, weil's ein Stern war, und bevor er starb, war er wunderbar.

»Zuerst dachte ich, du wärst einfach nur seltsam«, sagt Virgilio, der Sportlehrer, zu mir. Er hat den Namen, die Stimme und den Körperbau eines antiken Helden, gepaart mit der Liebenswürdigkeit eines Menschen, der sich nie allzu ernst nimmt, auch weil er ein Fach unterrichtet, das nie allzu ernst genommen wird.

»Und dann?«

»Als ich dich bei der Lehrerkonferenz habe reden hören, dachte ich, du bist verrückt.«

»Wieso?«

»Weil du dich gegen alle gestellt hast, und das ist die schlechteste Idee, die man in einer Schule haben kann.«

»Was kümmert es mich, ich habe eine einjährige Vertretungsstelle. Ich setze alles auf eine Karte.«

»Warum?«

»Weil ich herausfinden will, ob ich noch unterrichten kann.«

»Vielleicht solltest du ein bisschen diplomatischer sein.«

»Ich sehe nichts, Virgilio. Ich kann es mir leisten, niemandem mehr ins Gesicht zu sehen, und zwar wortwörtlich. Ich bin es leid, so zu tun, als ob, und damit Zeit zu verplempern. Wir können von den Schülern nichts verlangen, was wir selbst nicht leben.«

»Nach der Versammlung wurde von nichts anderem geredet. Die haben kein gutes Haar an dir gelassen.«

»Ich kann meine Haare eh nicht im Spiegel sehen. Und außerdem brauche ich deren Zuspruch nicht.«

»Wonach suchst du eigentlich?«

»Nach der Wahrheit.«

»Die da wäre?«

»Das Richtige zu tun.«

»Suchst du nicht eher nach dem Zuspruch der Schüler?«

Virgilio gefällt mir, weil er nicht um den heißen Brei redet und den Finger gleich in die Wunden legt. Er weiß, dass sich dort die Antworten verstecken, wie bei Krankheitssymptomen eines menschlichen Körpers.

»Das mag so aussehen, aber in Wirklichkeit mache ich ihnen das Leben schwer, und deshalb werden sie mich früher oder später hassen. Zum ersten Mal sind diese zehn aufgewacht, statt waidwund dazuhocken und nach Ausreden und Schuldigen zu suchen.«

»Du hast recht, sie haben sich verändert. Auch bei mir legen sie sich mehr ins Zeug. Es ist, als hätten sie ihre Energie freigesetzt. Sie lassen sich nicht mehr so hängen.«

»Du bist in der Lage, sie zu sehen.«

»Zwangsläufig. Der Körper eines Heranwachsenden sagt mehr als tausend Worte. Ich kann dir anhand seiner Haltung sagen, ob ein Schüler glücklich ist und ein Ziel im Leben hat oder ob er schlecht drauf und perspektivlos ist. Aber mit dem Appell hast du dich gegen die Kollegen gestellt. Wenn wir etwas erreichen wollen, müssen wir sie ins Boot holen.«

»Es war die Idee der Schüler. Ich wollte ihnen keinen Dämpfer versetzen.«

»Du hättest es schlauer anstellen und erst die Kollegen einweihen sollen.«

»Und wie?«

»Du hättest ihnen sagen können, was die Schüler vorhaben, und um ihre Unterstützung bitten können. Wie dem auch sei, ich glaube, der Trick besteht darin, dafür zu sorgen, dass die Lehrer sich nicht noch mieser fühlen als ohnehin schon.«

»Was meinst du damit?«

»Dass du das schlechte Gewissen in Verantwortungsgefühl ummünzen musst. Der Großteil von uns hat voller Enthusiasmus angefangen, aber dann hat diese Welt aus Bürokratie und seelenlosen Lehrplänen uns ausgehöhlt. Wir sind die Ersten, die darunter leiden, aber bringen einfach nicht die Energie auf, das marode System zu ändern. Und wer immer uns das unter die Nase reibt, ist unser Feind.«

Ich sage nichts. Virgilios Worte haben die Klarsicht und Aufrichtigkeit, die ich gerade brauche.

»Es sieht aus, als wolltest du ihnen eine Lektion erteilen. So machst du dich zum Feind.«

»Und was soll ich tun?«

»Das, was du mit den Schülern tust.«

»Nämlich?«

»Den Appell. Sie haben es noch nötiger, dass ihnen jemand zuhört.«

»Aber sie sind erwachsen!«

»Eben drum. Ihre Wunden sind zahlreicher. Sie wieder aufzureißen, ist schmerzhafter als eine frische Verletzung, wie sie Schüler erleiden. Über Narben muss man sanft mit dem Finger fahren. Etwas anderes kann man nicht tun. Schüler hingegen haben offene Wunden, und sosehr ihre Behandlung auch brennen mag, sie sind dir dankbar dafür, wie man einem Arzt dankbar ist: Er tut einem weh, aber er macht einen gesund.«

»Du hast recht. Aber von Tennis hast du keine Ahnung.«

»Omero, ein bisschen Respekt! Du hast den Körperbau eines Champions in Wattebauschweitwurf, wenn ich wollte, könnte ich dich zusammenfalten und in den Papierkorb stopfen.«

»Und warum bist du nicht sauer geworden?«

»Weil ich endlich jemanden gefunden habe, der Eier hat. Allein wüsste ich nicht, wo ich anfangen sollte, Worte sind nicht meine große Stärke. Außerdem interessiert sich niemand für mein Fach. Hier gibt es nur körperlose Gehirne.«

»Was soll ich also deiner Meinung nach tun?«

»Rede mit jedem Einzelnen von ihnen. Und hör ihnen zu, wie du es bei deinen Schülern tust.«

»Muss das wirklich sein?«

»Du wolltest die Revolution, jetzt musst du auch in die Pedale treten.«

»Und wenn ich falle?«

»Dann bin ich da.«

ACHILLE

Was kann unser Auge sehen?

Unser Auge ist für Licht gemacht, genau wie unser Planet, dessen Leben von der Tag für Tag in elektromagnetischen Wellen ausgesendeten Sonnenenergie abhängt. Das Auge kann Wellenlängen zwischen 380 und 760 Milliardstel Metern wahrnehmen, und das von uns wahrgenommene Licht ist die Antwort unserer Netzhaut auf diese elektromagnetische Strahlung. Aber ein Großteil dieser Energie entgeht unserem Blick, und mit der Materie sieht es noch schlechter aus: Wir nehmen nur fünf Prozent von ihr war. Unterm Strich können unsere Augen nur ein Zehntel der Wirklichkeit sehen, die übrige Materie und Energie sind auf Frequenzen unterwegs, die außerhalb unserer Wahrnehmung liegen, wie die Entdeckung der Gravitationswellen beweist, das Echo des Urknalls, dessen Expansion sich noch immer fortsetzt und, angetrieben von einer unbekannten Kraft, sogar immer schneller wird.

All das bedeutet, dass das Sichtbare überschätzt wird. Wir sehen nur einen Bruchteil dessen, was wir Wirklichkeit nennen, das Dunkel ist also nicht nichts, sondern etwas, das sich unserem Blick entzieht. Trotzdem lassen wir zu, dass unser Leben von diesem Zehntel sichtbarer Wirklichkeit bestimmt wird: Um zu existieren, setzen wir alles auf dieses Zehntel, das die Menschen sehen können und wollen, aber in Wahrheit ist der größte Teil von uns unsichtbar. Wer sieht unser Dunkel? Und woraus ist es gemacht?

Seit ich geboren bin, wurde ich immer auf dieses sichtbare Zehntel reduziert: dick, verschwitzt, linkisch, asthmatisch ... Aber ich bin nicht ein Zehntel meiner selbst, ich möchte vollständig sein. Allerdings braucht es dazu Augen, die in der

Lage sind, die anderen Frequenzen zu sehen. Manche Menschen sind nun mal nicht dafür gemacht, das Licht dieser Welt zu erblicken.

STELLA

Was bestimmt die Gezeiten?

Unser Sonnensystem ist voller Monde. Allein Jupiter hat rund siebzig. Aber keiner ist so wie unser Mond, auch deshalb ist sein Name uns teuer wie der eines guten Freundes, oder wir besingen ihn wie Leopardis wandelnder Hirte.

Eine der einzigartigen Eigenschaften unseres Mondes ist seine synchrone Bewegung: Er dreht sich mit der gleichen Geschwindigkeit um sich selbst und um die Erde, Eigendrehung und Umlaufdrehung. Ein fehlerfreier Paartanz. Deshalb sehen wir immer dieselbe Seite des Mondes. Im Lauf der Geschichte unseres Planeten war seine ständige Gegenwart notwendig, um das wunderbare Phänomen der Gezeiten entstehen zu lassen: die Bewegung des Meeres, das sich abends den Strand einverleibt oder die Klippen verschluckt und sie morgens wieder freigibt. Ich weiß noch, wie ich mit meinen Eltern einmal den Mont Saint-Michel besuchte: Morgens ging ich über Sand und abends über die Brücke, unter der das Meer die Erde verschlungen hatte. Mein Vater ließ uns die Schuhe ausziehen und über den federnden, elastischen Grund laufen, der nach und nach unter Wasser verschwand. Es fasziniert mich, dass all das die Schuld oder das Verdienst des Mondes ist, der 385 000 Kilometer entfernt ist und gleichmütig zu uns herunterschaut.

Unsere Küsten mit ihren Stränden aus feinem Sand oder runden Kieseln, den schwindelerregend hohen oder kaum aus dem Wasser lugenden Klippen, den Dünenketten … all das ist der Wechselwirkung zwischen der Landschaft und der Gravitationskraft zu verdanken, die der Mond auf die Erde ausübt und mit der er das unablässige Auf und Ab der Gezeiten erzeugt. All die Schönheit am Berührungspunkt von Meer und Land wäre kaum möglich ohne den Tanz von Erde und Mond, deren gemeinsames Gravitationszentrum nicht im Mittelpunkt der Erde liegt (wenn es so wäre, rührte sich das Meer nicht vom Fleck und hätte, von der Bewegung durch den Wind abgesehen, immer denselben Pegel), sondern Richtung Erdkruste verschoben ist. Das versetzt das jeden Tag vom Mond angezogene und zurückgestoßene Meer in Unruhe.

Es gibt Dinge, die uns immer dasselbe Gesicht zuwenden, uns in jedem Moment unseres Lebens begleiten, uns synchron beeinflussen, auch wenn es nicht so scheint. Sie erschüttern unser Gravitationszentrum, das nicht mehr in unserem Mittelpunkt liegt. So ist es mit Beziehungen, so ist es mit der Liebe: Sie verschiebt die Gravitation. Sie beeinflusst uns, unsere täglichen Gezeiten, unser Aussehen: Mal sind wir klüftige, steile Klippen, mal ruhelose Dünen, mal friedliche Strände.

Obwohl sich der Mond allmählich von der Erde entfernt, haben die Millionen gemeinsamen Jahre die Bewegungen so sehr in Einklang gebracht, dass sich der synchrone Tanz nicht ändert. Genauso ist es mit uns, wir tanzen weiter mit denen, die uns tief geliebt haben, auch wenn sie sich entfernen. Sie werden nie aufhören, uns dasselbe Gesicht zuzuwenden. Sie werden uns immer im Blick behalten, nicht aufhören, uns zu begleiten. Wie ein Vater seine Tochter.

»Was haben Sie sich dabei gedacht, Romeo?«
»Ich für meinen Teil gar nichts.«

»Wir hatten doch beschlossen, diese Sache gut sein zu lassen und auf Ihren Unterricht zu beschränken. Aber Sie haben drauf gepfiffen, und jetzt muss ich mich mit den stinkwütenden Lehrern dieser Klasse herumschlagen. Sie wurden gezwungen, Ihr dämliches Experiment auszuprobieren, sonst hätten sich die Schüler dem Unterricht verweigert.«

»Es ist eine Initiative der Schüler. Ich habe versucht, sie davon abzuhalten.«

»Spielen Sie nicht den Unschuldigen, Romeo. Ich leite diese Schule seit fünfzehn Jahren, und alles lief immer glatt.«

»Was meinen Sie mit ›glatt‹?«

»Dass hier immer stattfand, was an einer Schule stattzufinden hat.«

»Was hat denn an einer Schule stattzufinden?«

»Romeo, lassen Sie die Fragerei. Sie führt zu nichts.«

»Und wo wollen Sie mich hinführen?«

»Zu der Erkenntnis, dass Sie einen Anteil daran haben, weil sie es mit Kindern zu tun haben, die sich leicht beeinflussen lassen.«

»Wie soll ich sie denn beeinflusst haben?«

»Indem Sie ihnen in den Kopf gesetzt haben, diesen Appell mit den anderen Lehrern auszuprobieren.«

»Haben sie den Lehrern Gewalt angetan?«

»Nein.«

»Wo liegt dann das Problem?«

»Dass die Lehrer, insbesondere die Italienischlehrerin, sich gedemütigt fühlten und daraufhin eine Diskussion entbrannt ist.«

»Unglaublich, sie haben diskutiert! Gibt's denn so was … völlig verrückt!«

»Ersparen Sie mir Ihre Witzeleien, ich bin nicht in Stimmung.«

»Was haben die Schüler denn zu der Lehrerin gesagt?«

»Dass sie sich nicht um sie kümmere, sich nicht um ihre Leben schere, nicht einmal ihre Namen kenne. Und dann würde sie sich anmaßen, ein Fach zu unterrichten, das den Menschen in seinen tiefsten Gründen zu begreifen versucht.«

»Stimmt das alles etwa nicht?«

»Aber darum geht es doch gar nicht!«

»Ah, ich dachte, in der Schule geht es um Wahrheit.«

»Wahrheit … Was ist schon Wahrheit! In der Schule! In der Schule bringen wir den Schülern was bei. Wahrheit hat damit nichts zu tun.«

»Was bringen wir ihnen denn dann bei?«

»Fangen Sie schon wieder mit Ihren Fragen an!«

»Verzeihung, ist eine Berufskrankheit …«

»Fragen zu stellen?«

»Herausfinden zu wollen, wie die Dinge liegen.«

»Die Dinge liegen, wie sie liegen sollen: Es gibt Strukturen und Rollen, deren Gleichgewicht es einzuhalten gilt. Diese Lehrerin unterrichtet seit zwanzig Jahren an dieser Schule und hat vorher noch einmal so viele Jahre als Lehrerin gearbeitet. Sie sollte ihr Handwerk verstehen, meinen Sie nicht?«

»Nur, weil viel Zeit ins Land gegangen ist, würde ich das nicht für selbstverständlich halten. Die Schüler behaupten das Gegenteil.«

»Seit wann hören wir auf das, was die Schüler sagen? Sie sind voreingenommen. Glauben Sie etwa, man könnte sie beim Wort nehmen?«

»Also sollen wir sie wie Trottel und Lügner behandeln?«

»Das habe ich nicht gesagt. Ich habe gesagt, es gibt ein Gleichgewicht.«

»Und was soll dieses Gleichgewicht bewirken?«

»Dass die Dinge so bleiben, wie sie sind.«

»Ich glaube, das nennt man nicht Gleichgewicht, sondern Stillstand. In der Natur bedeutet Gleichgewicht immer ein Spannungsverhältnis mit dem Leben, eine Vorwärtsbewegung. Stillstand bezeichnet dagegen den Tod.«

»Nennen Sie es, wie Sie wollen. Manchmal ist Stillstand das Beste. Und am Ende bin ich derjenige, der die Suppe auslöffeln muss, nicht Sie. Diese Lehrerin ist eine Art guter Geist unserer Schule: Sie kennt alles und jeden. Sie zur Feindin zu haben bedeutet, den Lehrkörper gegen sich zu haben.«

»Ich verstehe.«

»Was?«

»Was ich zu tun habe: Ich muss den Schülern sagen, sie sollen sich gewisse Ideen aus dem Kopf schlagen und sich nicht einbilden, ihr Leben sei wichtiger als der schulische Lehrplan, und niemals aussprechen, was sie denken.«

»Exakt! Also, gewissermaßen. Die Schüler dürfen sagen, was sie denken, aber rein hypothetisch und nicht jedem. Wir wissen doch ganz genau, dass manche ein offenes Ohr haben und andere nicht. Letztlich spielt es auch keine Rolle, was sie in dem Alter denken.«

»Bestens. Jetzt ist mir alles klar.«

»Schön. Ich wusste, dass Sie mich verstehen würden, Romeo. Beschränken wir diese didaktischen Experimente auf Ihre Unterrichtszeit.«

»Welche Experimente?«

»Diesen Appell, den Sie da veranstalten, die Geschichten der Schüler, die Hände auf dem Gesicht … Außerdem sollte man sich auf den Stoff konzentrieren. In diesem Jahr steht das Abitur an, und ich habe nicht den Eindruck, dass diese Klasse mit ihren Leistungen glänzt.«

»Sie werden in diesem Jahr mehr über Naturwissenschaften erfahren denn je.«

»Wie soll das gehen? Schließlich verplempern ... verwenden Sie die gesamte Unterrichtszeit auf diese Nebensächlichkeiten.«

»Sehen Sie, genau das ist der Punkt: Seit das Leben der Menschen nebensächlich geworden ist, haben wir aufgehört, Chemie, Latein, Geschichte und alles andere zu lehren.«

»Zu meiner Zeit kamen solche Dinge nicht vor. Man hatte kein Verhältnis zu seinen Lehrern. Man siezte sich und tat keinen Mucks. Man lernte, und basta.«

»Die Kälte ist geblieben. Mit dem Zusatz, dass die Schüler gar nichts mehr lernen, weil die Rolle des Lehrers ihre Autorität verloren hat.«

»Na und? Mit entsprechender Härte werden wir schon etwas erreichen.«

»Das ist Augenwischerei. Die einzige Autorität, die die Schüler anerkennen, ist jemand, der nicht nur die Materie kennt, sondern ihnen Zuwendung zeigt.«

»Aber nicht alle sind so, Romeo.«

»Dann sollten sie den Beruf wechseln!«

»Das Gleiche werde ich Ihnen raten, wenn Sie nicht damit aufhören. Ich erinnere Sie daran, dass Sie als Vertretung hier sind.«

»Also muss ich artig sein, weil ich sonst meine Stelle verliere?«

»Das liegt ganz bei Ihnen.«

»Ich sehe zwar nichts, aber eines weiß ich sicher.«

»Und das wäre?«

»Dass Sie ein gewaltiges Arschgesicht sind.«

Ich lasse ihn wie versteinert stehen und knalle die Tür hinter mir zu.

OSCAR

Warum sind Säuren ätzend?

Die Position der Elemente im Periodensystem ist ihr Schicksal: Alles hängt davon ab, was den Elektronen durch den Sinn geht. Manche Elemente heißen »edel«, weil sie sich ausschließlich um ihren eigenen Kram kümmern können: Sie sind so reich geboren, dass die anderen ihnen völlig wurst sind. Andere Elemente dagegen sind von Natur aus unstet und instabil, weil sie arm sind. Um nicht zu sterben, müssen sie sich das Leben jeden Tag hart erarbeiten.

Das Atom ist wie eine Zwiebel, es hat mehrere Schichten, eine über der anderen. In der Mitte ist der Kern aus Protonen und Neutronen. Die Anzahl der Protonen bestimmt die Ordnungszahl und somit die Identität des Elements: ein bisschen so, wie ob jemand Eier hat oder nicht. Vergrößert man das Atom auf die Maße eines Fußballplatzes, ist der Kern so klein wie ein Tennisball in der Feldmitte und die Elektronen sind Läuse, die ihn in konzentrischen Kreisen so schnell umrunden, dass sie undurchdringliche Mauern bilden. Aber manche Elektronen machen ständig Ärger, weil sie sich mit den Elektronen anderer Atome mischen wollen. Die Schichten nah am Kern sind stabiler, die weiter weg sind hungrig und suchen sich andere Elektronen. Das Helium beispielsweise hat nur eine Schicht aus zwei Elektronen, kümmert sich nur um seinen eigenen Scheiß und sucht keinen Ärger. Aber in anderen Elementen sind die äußeren Elektronen so stinkwütend, dass sie ständig hinter anderen Atomen her sind, um ihnen die Elektronen abzujagen, dazu ist ihnen jedes Mittel recht. Die Säuren klauen die meisten Elektronen, deshalb löst Säure alles auf, was sie berührt: Sie schnappt sich so viele Elektronen wie möglich. Nur so kriegt sie sich wieder ein: indem sie die Schwächsten beklaut.

Das ist ihr Schicksal. Sie ist nicht böse, sie ist einfach so. Nur so kann sie überleben. Wenn manche stark und andere schwach sind, kann niemand was dafür. So ist die Welt: Es gibt Reiche, und es gibt Arme, manche teilen aus, und manche stecken ein, manche gewinnen, und manche verlieren. Das habe nicht ich erfunden, das ist ein Gesetz.

CATERINA

Warum ist der Mars die Grenze der Weltraumforschung?

Ein Wissenschaftler hat einmal zwischen unvermeidlicher und gezielter Alterung unterschieden. Bei der ersten altert ein Gegenstand aufgrund des technologischen Fortschritts, weil er von einem anderen überholt wird, wie der Pflug vom Traktor, bei der zweiten wird unser Begehren auf einen Gegenstand gelenkt, weil man ihn an den Mann bringen will, und nicht, weil er besser ist als sein Vorgänger. So funktioniert Konsum: Man kann nicht ständig neue Dinge erfinden, aber man kann die Menschen dazu bringen, Dinge zu begehren, indem man sie neu erscheinen lässt. Je mehr Menschen diese Dinge begehren, desto realer wird die Fata Morgana. Ihr alle kennt dieses Experiment, bei dem fünf Personen vor zwei unterschiedlich lange Balken gestellt werden und sagen müssen, welcher der beiden kürzer ist. Vier von ihnen haben sich mit den Leitern des Experiments abgesprochen und behaupten das Gegenteil des Offensichtlichen, woraufhin auch der ahnungslose Fünfte verleugnet, was er sieht, um sich nicht ausgeschlossen zu fühlen. Begehren ist eine Menge Geld wert, es ist das Lebendigste, was wir haben, und wenn es jemandem gelingt, es zu manipulieren, schnappt er sich erst unser Hirn und dann unser Geld, weil er weiß, dass wir zu allem bereit sind, um ein intensiveres Leben zu führen und uns als Teil von etwas Größerem zu fühlen. Aber das sind nur Illusionen, denn das Begehren kann nie erfüllt werden, es ist grenzenlos. In diesem Sinne ist Mars der neue Mond. Es gibt nichts auf dem Mars, das wir nicht auf der Erde haben, es gibt dort sogar noch weniger, und trotzdem projizieren wir auf diesen Planeten all das Glück, das uns fehlt. Deshalb kommen die Außerirdischen von dort: Die »Marsmenschen« sind, ob Freund oder Feind, Boten unseres Begehrens. Mit seiner überwindbaren Distanz scheint der Mars etwas für uns bereitzuhalten, zumindest hat man uns das glauben lassen.

Aber tatsächlich gibt es dort oben etwas, das mir fehlt: siebenunddreißig Minuten. Ein Tag auf dem Mars ist siebenunddreißig Minuten länger als auf der Erde. Abends, wenn endlich alles schweigt, stelle ich mir vor, diesen siebenunddreißigminütigen Bonus zu bekommen. Was würde ich mit ihm anstellen? Was würde ich nachholen? Ich würde meinen wahrhaftigsten Wunsch suchen, also etwas, das das Leben wirklich lebendig macht und nicht nur so tut. Das Begehren ist ein Berg, von dessen Gipfel man das Panorama bewundert, aber allzu häufig verhökern wir es unten im Tal für ein belegtes Brötchen und ein Getränk. Ich würde diese siebenunddreißig Minuten nutzen, um zu beten, um all meine Armut anzunehmen und in Reichtum zu verwandeln. Ich würde mein Begehren schreien lassen wie ein hungriges Kind. Nur wenn ich Gott nicht in Ruhe lasse, werde ich in jedem Alter lebendig bleiben. Das ist das Geschenk, das Mars mir machen könnte, siebenunddreißig tägliche Bonusminuten, um sich des Geistes anzunehmen, das Leben lebendig werden zu lassen, sofern es uns denn gelänge, diese Minuten nicht auch mit Hast und Leere zu füllen. Deshalb muss Mars bleiben, wo er ist, genau wie das Begehren. Unerreichbarer Magnet für das, was uns fehlt. Er hält es am Leben und wirft es zurück. So sind wir lebendig, eben weil unsere Wunde nicht verheilt. Und nur Gott weiß, wie dringend wir gerade das heute brauchen, statt ständig herumzurennen und den in unserem Herzen klaffenden Abgrund mit nutzlosem Krempel zu füllen. Wenn wir nur aufhörten, von Glück zu reden und danach zu suchen, und mehr daran dächten zu leben.

Ich kenne einen Marsmenschen, er wohnt bei mir zu Hause. Mal rettet er mich, mal ist er mein ärgster Feind. Er ist gerade zehn geworden. Manchmal sehe ich ihm beim Spielen zu: Er stammt wirklich von einem anderen Planeten. Für ihn zählt einzig und allein der Augenblick, er lebt ihn voll aus und raubt einem den letzten Nerv, egal, ob er mit dem Knopf im Aufzug oder mit den Bläschen im Sprudelwasser beschäftigt ist. Für ihn gibt es weder Vergangenheit noch Zukunft, nur die Gegenwart: ein waschechter Marsmensch. Manchmal würde ich ihn gern verschwinden lassen, denn wenn er da ist, muss alles andere sich fügen und existiert nur, um für ihn da zu sein. Es ist mir ein Rätsel, wie man gleichzeitig so sehr lieben und so sehr hassen kann. Ich wünschte, mein Bruder wäre ein Erdenmensch und kein Marsmännchen.

»Siebenunddreißig Minuten mehr. Ich weiß nicht, ob die uns weiterbrächten, Caterina, vorher müssten wir unser Verhältnis zur Zeit ändern. Wer sehen kann, bevorzugt den Raum. Blind zu werden bedeutet, der Zeit den Vorrang zu geben. Lasst uns ein Spiel spielen. Wenn wir die Jahre seit der ersten Ausdehnung des Universums vor vierzehn Milliarden Jahren zählen und diese Zahl durch eine Milliarde teilen, um sie für uns fassbarer zu machen, ist der Mensch erst vor hundert Minuten aufgetaucht, das ist ungefähr die Länge eines Fußballspiels, und den Großteil davon hat er damit zugebracht, sich zu verteidigen. Wir waren langsam. Dann wurden wir allmählich schneller, um die Grenzen des Lebens auszuloten, und erfanden nach und nach Hilfsmittel, um zu dem Ort zu gelangen, der an den Tod grenzt. Wenn wir bedenken, dass die ersten landwirtschaftlichen Spuren fünf Minuten her sind, die ersten Städte erst seit zweieinhalb Minuten existieren und das Römische Reich vor einer Minute entstand ... Unser Instinkt drängte uns zu immer größerer Geschwindigkeit, und die Technik ist unsere einzige Methode, die zum Sterben zwingende Natur zu bändigen. So sind wir von den Kutschen zur Mondfahrt gekommen: Die Mondlandung fand vor anderthalb Sekunden statt, zwei Hundertstelsekunden zuvor waren wir noch zu Pferde unterwegs. Und wo werden wir in anderthalb Sekunden sein? Auf dem Mars? In einem anderen Sonnensystem? Werden wir, wie jede gehetzte Beute, immer schneller rennen, den Hauch des Todes im Nacken? Diese Geschwindigkeit erzeugt das ohrenbetäubende Geräusch des Endes. Ich kann es hören. Ihr nicht? Schließt die Augen, hört genau hin. Nach und nach werdet ihr im Raunen der Dinge ein feines Vibrieren wahrnehmen, zunächst nur ab und zu, dann als Dauergrundton, als Lärm, den nur Blinde kennen. Vor diesem Lärm laufen wir davon. Wir bewegen uns nicht auf etwas zu, wir rennen weg. Vielleicht sollten wir stehen bleiben und schweigend darauf warten, dass das Leben als Ganzes uns überrascht.«

Ich schweige, und in der Stille ringsum stelle ich mir betroffene Gesichter vor.

»Das ist die Aufgabe, die ihr habt«, sagte ich mit tränennassem Gesicht.

»Für zu Hause?«

»Fürs ganze Leben, Achille.«

»Und was genau?«

»Die Formel zu finden, um die Zeit anzuhalten und nicht mehr wegzulaufen.«

»Ich kapiere rein gar nichts«, bemerkt Ettore.

»Zeit und Zeitlichkeit sind zwei unterschiedliche Paar Stiefel. Zeitlichkeit ist eine Eigenschaft sämtlicher Dinge: Früher oder später nutzen sie sich ab, vergehen und enden. Die Zeit indes ist ihre Substanz, ihr Fleisch. Wir können den Dingen nicht die Zeit entziehen, und doch versuchen wir es andauernd und wollen sie kontrollieren, weil wir glauben, so könnten wir sie anhalten. Aber wir können uns noch so sehr bemühen, es ist vergeblich: Wir tun dem Leben nur Gewalt an. Ein anderer Versuch besteht darin, uns selbst der Zeit zu entziehen. Aber auch das ist unmöglich, genau das hat Einstein versucht und Gott den Blick auf die Dinge entrissen, denn er allein sieht von außerhalb der Zeit all das, was Teil von ihr ist.«

»Und was sieht er?«, fragt Mattia.

»Ich weiß es nicht. Vielleicht Kinder, die Laufen lernen. Wie dem auch sei, das ist es, was ihr jetzt wissen und wofür ihr kämpfen müsst, koste es, was es wolle.«

»Was?«

»Die Methode, um in der Zeit zu bleiben, indem man sie überwindet: sie anhalten, indem man sie laufen lässt wie Sand in einem Stundenglas, der so langsam rieselt, dass er reglos erscheint.«

»Und wie soll das gehen?«

»Indem ihr herausfindet, was ihr mit allen Dingen gemeinsam habt.«

»Was bedeutet das? Heute klingt alles eher nach Philosophie als nach Naturwissenschaften.«

»Philosophie und Naturwissenschaften sind aus derselben Frage geboren: Wie besiegt man den Tod? Wir können es einfach nicht lassen, uns die Dinge zu schnappen und sie zu öffnen wie ein Kind, das verstehen will, wie ein Spielzeug funktioniert. Und während wir versuchen, ihnen jedes Geheimnis zu entreißen, hören die Dinge auf zu funktionieren, sie bewegen sich nicht mehr, sprechen nicht mehr zu uns, antworten uns nicht mehr.«

»Und dann?«

»Dann sollten wir einen anderen Weg einschlagen. Es geht nicht darum, sterben zu lernen, darum kümmert sich die Natur. Stattdessen könnten wir lernen zu leben.«

»Wie denn?«

»Das hängt von der Freiheit ab: davon, wie sehr wir lieben und zu lieben beschließen. Ob wir begreifen, was wir mit einem Stern, einem Schmetterling, einem Mineral, einem anderen Menschen gemeinsam haben, und diese Bindung stärken. Nur so offenbart das Leben sein Geheimnis: Man durchschaut die Dinge nicht, indem man sie auseinandernimmt, sondern indem man mit ihnen lebt. Deshalb will ich, dass eure persönlichen Recherchen Aufschluss geben, inwiefern die Kenntnis einer Facette der Wirklichkeit eine Erkenntnis eurer selbst ist und umgekehrt, denn um das Leben neu zu erschaffen, muss man es erst einmal in sich einlassen.«

Es klopft an die Tür, und noch ehe ich »Herein« sagen kann, betritt jemand die Klasse.

»Guten Tag.« Es ist die trockene, tonlose Stimme des Direktors. Ich stehe auf und spüre, dass die Schüler es mir gleichtun. In abwartendem Schweigen stehen wir da.

»Ich bin gekommen, um euch mitzuteilen, dass das, was ihr mit den Lehrern veranstaltet habt, gegen die Schulregeln verstößt. Deshalb wird die Klasse einen Tadel erhalten. Ich habe beschlossen, euch einen Schulverweis zu ersparen, weil ihr in diesem Jahr das Abitur machen werdet.«

»Gegen welche Regel genau sollen wir denn verstoßen haben?«, fragt Caterina.

»Ich sehe, dass Manieren in dieser Klasse nicht mehr an der Tagesordnung sind. Ich bin noch nicht fertig, und ich wüsste nicht, dass ich Ihnen das Wort erteilt hätte. Wie ich gerade sagte, als Sie mich unterbrachen, werde ich dieses Mal ein Auge zudrücken, aber bis zum Ende des Schuljahres will ich von dieser Klasse nichts mehr hören: Konzentriert euch auf das Abitur und tut eure Pflicht.«

»Die da wäre?«, blafft Ettore.

»Ich sagte, ihr sollt eure Fragen für euch behalten und mich ausreden lassen.«

Stille senkt sich herab, und nach einigen Sekunden, in denen ich mir vorstelle, wie die Schüler den Direktor anstarren, der mehr Angst vor ihnen hat als sie vor ihm, folgt seine abschließende Bemerkung, deren unsicherer Ton seine Angst verrät: »Ich bin fertig.«

»Was haben wir denn Schlimmes getan?«

»Ihr habt euch geweigert, am Unterricht teilzunehmen.«

»Eigentlich haben wir darum gebeten, ihn besser zu machen«, versetzt Aurora.

»Besser? Indem ihr die Zeit eurer Lehrer mit sinnlosen Experimenten verplempert?«

»Indem wir sie bitten, sich eher mit uns zu befassen als mit dem Lehrplan. Was ist daran schlecht?«

»Sie befassen sich mit euch, indem sie euch unterrichten, und eure Aufgabe ist es, ihnen zuzuhören und zu lernen.«

»Ihre Aufgabe ist es, mit unserer Hilfe erwachsen zu werden«, schieße ich dazwischen.

»Nach Ihrer Meinung habe ich nicht gefragt, Professore.«

»Also ist es unsere Aufgabe, passiv zu sein und das zu wiederholen, was Sie uns vorbeten. Dadurch sollen wir uns verbessern. Ist das Ihrer Meinung nach der Sinn von Schule? Dadurch werden wir dressiert, aber nicht erwachsen. Ihr solltet uns das Warum der Dinge erklären, die ihr uns aufdrückt, aber dazu seid ihr nicht in der Lage. Wieso sollten wir nicht alles andere lieber tun, wenn man uns doch nur sagt, das Ziel von allem bestünde darin, zu gehorchen und sich zu langweilen?« Das ist Elisas unerwartete Stimme.

»In der Schule geht es nicht darum, Spaß zu haben«, gibt der Direktor zurück.

»In der Schule geht es auch nicht darum, sich zu langweilen.«

»Und ob, denn schwierige Aufgaben bringen auch Langeweile mit sich.«

»Ich würde es eher Mühe denn Langeweile nennen. Dinge zu begreifen, mag anstrengend sein, aber es macht Laune. Sie hingegen sind nicht in der Lage, irgendetwas anderes zu zeigen als Passivität und Engstirnigkeit, und wenn man versucht, das deutlich zu sagen, gibt es eine Strafe. Ihr Erwachsenen könnt einem leidtun.« Diesmal ist es Elena, die nachgeladen hat.

»Sie sollten lernen, Ihre Zunge im Zaum zu halten, Signorina, und Ihre Situation nicht noch schlimmer zu machen. Soweit ich weiß, haben Sie bereits ein Jahr verloren. Die Diskussion ist beendet. Ich hoffe, ich muss diese Klasse nicht noch einmal aus disziplinarischen Gründen betreten.«

Die Tür öffnet sich wieder, und der Direktor will gerade gehen.

»Direktor!« Das ist Cesare.

»Was ist noch?«

»1… 2… 3… 4… 4… 3… 2… 1.«

Es passiert das denkbar Schlimmste: Cesare stimmt die Beats seines Liedes an, und alle singen den Appell im Chor.

Zeternd versucht der Direktor, für Ruhe zu sorgen, aber sie übertönen ihn, und Cesare lässt seine Reime aus der Klasse auf den Flur hinausschallen.

»Das wird ein Nachspiel haben, das hat ein Nachspiel!«, ist das Letzte, was ich vom Direktor höre.

Dann tritt Stille ein, gefolgt von einstimmigem Gelächter.

»Ihr habt euch mächtigen Ärger eingehandelt«, sage ich mit Nachdruck.

»Wurde auch Zeit. Seit fünf Jahren langweilen wir uns«, entgegnet Mattia.

»Außerdem ist es für eine gute Sache. Wir machen ja nichts Schlimmes. Und wenn wir den Preis dafür zahlen müssen, bitte. Wenn's für uns teuer wird, heißt das nur, dass wir zu lange gelogen haben. Hauptsache, es hat einen Sinn.«

»Und was für einen?«, frage ich.

»Die Wahrheit.«

»Wenn das der Fall ist, wird euer Leben dadurch nicht einfacher werden. Intensiver zwar, aber schwerer ...«

»War ja auch alles zu schön ...«, fällt mir Oscar ins Wort.

»Es ist schön. Und es ist erst der Anfang. Ihr seid gerade aufgewacht.«

ETTORE

Was ist die Unschärferelation?

Erinnert ihr euch an dieses Kinderspiel? *Ochs am Berg?* Ihr fragt euch bestimmt, was das mit Werner Heisenberg zu tun hat, der 1927 das Prinzip formulierte, das im Mittelpunkt der Quantenmechanik steht: die Unschärferelation. Man kann den Ort und die exakte Geschwindigkeit eines Elektrons nicht feststellen, weil man damit unweigerlich seine

Bewegung beeinflusst. Wenn ich ein Elektron in eine Schachtel stecke und diese verkleinere, um seinen Ort zu bestimmen, wird es sich immer hektischer hin und her bewegen. Es ist klaustrophobisch: Je mehr man es einsperrt, desto wahnsinniger wird es.

Das Leben ist von dieser Unschärferelation beherrscht, die uns daran hindert, unseren Standpunkt in der Welt und die Bewegung unserer Wünsche zu erkennen, und je mehr wir versuchen, eines von beidem zu verstehen, desto mehr verlieren wir das andere: Identität und Begehren, Sein und Suchen scheinen einander zu bekriegen und sich nie im selben Körper zu begegnen: Wer ich bin und was ich will, scheint unvereinbar zu sein. Vielleicht, weil auch wir, wie die Materie, aus Wellen und Teilchen, aus Masse und Energie bestehen, und es uns unmöglich ist, uns durch eines von beidem zu definieren: Je mehr wir es versuchen, desto mehr Gewalt tun wir uns an. Das, was wir Wirklichkeit nennen, ist ein Provisorium, das Ergebnis einer gewissen Wahrscheinlichkeit, die auf makroskopischer Ebene fast immer eintritt und uns den Eindruck vermittelt, dass Dinge und Menschen sind, wie sie sind. Dabei ist das nur unserer Wahrnehmung geschuldet, die im Versuch, die Dinge zu erfassen, genau die Wahrscheinlichkeit festlegt, die uns am meisten beruhigt. Es ist wie bei diesem Kinderspiel, *Ochs am Berg*. Alles hinter unserem Rücken bewegt sich und erstarrt erst, wenn wir es betrachten, gerade so, als wollte es uns beschwichtigen, damit wir nicht in Panik verfallen. Wir wollen, dass die Dinge kurz innehalten, um Ruhe in ihnen zu finden. Das würde ich auch gern. Wenn ich bei meiner Mutter bin, würde ich gern bei meinem Vater sein, wenn ich bei meinem Vater bin, würde ich gerne draußen sein, wenn ich draußen bin, würde ich gern nach Hause zurück … Ich habe nie Ruhe, weil niemand sich umdreht, um mich anzusehen, wie in diesem blöden Spiel, das dem Leben gleicht. Ich renne ständig herum und muss in Bewegung bleiben, als hätte Gott im Spiel der Welt vergessen, dass es mich auch noch gibt: *Eins, zwei, drei, halt! Ettore, halt, du bist in Ordnung. Ruh dich ein bisschen aus ...*

ELISA

Welches sind die Merkmale des *Homo sapiens*?

Ich will euch die Geschichte einer Reise erzählen, wie ich sie mag. Die erste Reise, die Hinfahrt. Vor hunderttausend Jahren lebten mehrere menschliche Spezies auf der Erde, vor etwas mehr als zehntausend Jahren blieb nur noch eine übrig: der *Homo sapiens*. Er lebte in Ostafrika und begab sich auf die Reise, erreichte Australien und kam in Kontakt mit allen anderen Menschenarten: *Homo neanderthalensis, erectus, soloensis, floresiensis, denisova, rudolfensis, ergaster* ... Was unterschied den *Homo sapiens* von allen anderen? Seine Fähigkeit, etwas vorzutäuschen. Ja, ihr habt richtig gehört. Die Fähigkeit, Dinge mit seiner Fantasie zu erschaffen. Deshalb hat er sich gegen alle anderen durchgesetzt: Er war rastlos, gab sich nicht zufrieden, musste allem einen Sinn geben. Deshalb war er bereit, auf sein gemütliches sesshaftes Leben zu verzichten, um das Geheimnis zu ergründen und seinen Träumen und Ängsten Gestalt zu verleihen: ein Abenteurer. So schlug der stets rastlose Sapiens alle aus dem Feld und erfand die Schrift, die Geschichten, die Städte, das Geld, die Flugzeuge und die Reisen zum Mars ... Wir alle stammen von Menschen ab, die vor siebzigtausend Jahren eine Gegend in Afrika bewohnten und die Welt eroberten, Himmel und Meer, zuerst mit ihrer

Fantasie, dann mit Händen und Füßen. Weil ihm die Dinge so, wie sie waren, nicht passten, hat der Sapiens das Rennen gemacht. Er war unzufrieden und wagemutig, und absurderweise hat ihn gerade das stärker gemacht als die sesshaften Arten: sein Erfindungsgeist und seine Kraft, aber auch sein Wahnsinn. Noch heute träumt er davon, dem Leben einen immer neuen Sinn zu geben, weil er glaubt, es besäße noch keinen oder nicht genug davon. Aber diese Kraft ist auch sein Fluch: Er ist der Lüge fähig, er kann sich und andere belügen, bis er selbst an seine Schwindeleien, Fantasien und Erfindungen glaubt. Er kann mit der Wahrheit spielen, deshalb ist er mächtig und gefährlich. Er benutzt seine Vorstellungskraft, um zu begreifen, aber auch, um zu zerstören. Allzu oft gelingt es ihm nicht, zwischen beidem zu unterscheiden. Weil er das Leben, wie es ist, nicht erträgt. Deshalb ist seine Reise nur eine Hinreise. Ganz selten macht er halt und fragt sich, was ihm der ganze zurückgelegte Weg und all seine Erfindungen eigentlich gebracht haben: Hat er sich damit ein Haus oder einen Friedhof errichtet? Er hält nur an, wenn er stolpert und stürzt. Der Schmerz führt ihn nach Hause zurück, und statt ihm Leid zu bringen, tut er ihm gut. Auch ich würde gern nach Hause zurückkehren, in mein Zuhause, das ich als das annehmen kann, was es ist: als einen Abgrund voller Schmerz, den ich mir nicht schönreden muss. Aber allein schaffe ich das nicht.

»Kann ich mit dir reden?«, frage ich Annamaria.

»Wenn es schnell geht …«, antwortet sie mit gereizter Stimme.

»Ich wollte mit dir besprechen, was wir tun können, um den Schülern unserer Klasse zu helfen.«

»Ihnen helfen?«

»Sie haben diesen Tadel bekommen, dabei hatte das, was sie getan haben, vielleicht einen Sinn.«

»Sie haben bekommen, was sie verdienen, Kollege. Und du solltest aufhören, ihnen Flausen in den Kopf zu setzen. Zum Nichtstun ist ihnen jede Ausrede recht. Fehlt uns gerade noch, dass ein Lehrer ihre Verrücktheiten unterstützt.«

»Welche Verrücktheiten?«

»Glaubst du etwa, in meinem Alter lasse ich mir von diesen Wilden die Augen verbinden, um mir ihre pubertären Geschichten anzuhören?«

»Wovor hast du Angst?«

»Angst? Was hat das denn mit Angst zu tun? Ich bin die Lehrerin und sage, wo es langgeht.«

»Ich glaube, die Angst zeigt sich niemals nackt, sondern verkleidet sich immer als etwas anderes: Ehrgeiz, Starrheit, Genauigkeit, Kälte …«

»Was willst du damit sagen?«

»Nichts. Ich spreche nur aus Erfahrung. Könntest du nicht wenigstens einmal versuchen, ihnen zuzuhören?«

»Romeo, ich sehe hervorragend und habe solche Experimente nicht nötig, um zu wissen, wen ich vor mir habe.«

»Wenn du nur ihre Gesichter berühren könntest.«

»Also wirklich! Das ist doch der Gipfel! Distanz ist die Basis für Autorität.«

»Ich glaube, die Basis für Autorität ist Vertrauen.«

»Du bist verzogen, wie alle, die nach 1968 geboren sind. Ihr könnt nichts dafür. Lass mich meine Arbeit machen und versuch, die Gefühlsrevolutionen auf deinen Unterricht zu beschränken. Jetzt muss ich los.«

Ich schweige.

»Darf ich dich um einen Gefallen bitten?«

»Welchen?«

»Darf ich dein Gesicht berühren?«

»Kommt gar nicht in die Tüte. Außerdem bin ich schon spät dran.« Sie hastet davon.

Ich bleibe allein zurück und überlege, dass es nicht stimmt, dass zu Weihnachten alle freundlicher werden. Zu Weihnachten haben es alle nur noch eiliger. Aber die Eile verhält sich indirekt proportional zur Fähigkeit zu lieben, denn Lieben bedeutet, sich alle Zeit zu nehmen, die es braucht.

MATTIA

Warum sind alle Schneeflocken unterschiedlich?

Es war eine strahlend helle Nacht, dichter Schneefall machte die Luft durchscheinend, als wäre das bereits verschwundene Tageslicht darin hängen geblieben und tanzte zwischen den Flocken umher. Alles war mit einem Schleier aus Licht bedeckt, und wie hypnotisiert wagte ich mich hinein. Ich konnte nicht schlafen, und mir war, als versteckte sich zwischen diesen Schneeflocken das letzte Geheimnis der Schönheit, also tauchte ich ein, trotz der Kälte und dem Mangel an Bezugspunkten zur Orientierung. Die Flocken legten sich in allen Arten und Formen auf meine Hände, wie Silben eines verlorenen Alphabets. Schneeflocken sind das perfekte Zusammenspiel von Symmetrie und Zufall, Vernunft und Chaos: Temperatur, Höhe der Wolken, Luftströme schließen sich zusammen und lassen Milliarden von Kunstwerken entstehen, von denen keines dem anderen gleicht. Wenn die Wassermoleküle anfangen zu gefrieren, bilden sie Spitzen und Fialen, die vollkommen und zugleich völlig willkürlich sind. Jede Eisspitze sucht nach weiterem Wasserdampf, mit dem es die Fialen einer Miniaturkathedrale bauen kann. Ich hielt sie in der Hand, es waren immer sechs Spitzen, eine regelmäßige, auf der ganzen Welt gleiche Struktur, aber die Art, wie sich Flocken bilden, ist das Ergebnis der einzigartigen Geschichte jeder Einzelnen, sie hängt von den Bedingungen ab, denen sie ausgesetzt ist, von den kalkulierten Launen der Schönheit. Ihre Instabilität gehorcht den Gesetzen des Chaos, und genauso verhält es sich bei den Lebewesen: Auch der Zufall hat eine Richtung, auch das Unvorhersehbare hat einen Sinn, gerade im Chaos wohnt die Schönheit. Nicht nur in der Symmetrie, in den Konstanten, in harmonischer Ausgewogenheit. Schönheit ist die unvorhersehbare Synthese aus Harmonie und Chaos. Wie Schneeflocken fallen wir ins Leben, eine anders als die andere, einzigartig, mit einer Unsterblichkeit versehen, deren Regeln sich uns entziehen. Wir jagen dem Leben nach, nähren unsere Sehnsüchte. Inmitten der schwindelerregenden Strömung scheint das Chaos zu regieren, in dem wir uns zu verlieren drohen, aber gerade diese Unbilden bringen eine nie zuvor da gewesene Form hervor. Es braucht Mut, das Chaos auf sich zu nehmen und darauf zu vertrauen, dass es zu unerwarteter Schönheit führt. Aber ich glaube, es gibt keine andere Schönheit als die, die den täglichen Schmerz in Hoffnung verwandelt. Das Nichts ist nicht das letzte Wort, das letzte Wort haben die Schneeflocken, die Pfauenschwänze, die Galaxienwirbel, die Iris in den Augen der Frauen. Nur das kann die Welt heilen, sie retten. Es kann mich heilen und retten.

AURORA

Welches ist der kälteste Moment des Tages?

Manchmal kann das Licht täuschen und sogar die Wirklichkeit vor uns verschleiern. Das will ich euch jetzt darlegen. Wisst ihr, welches der kälteste Moment des Tages ist? Ihr werdet sagen: die Nacht! Weit gefehlt. Es ist der Tagesanbruch. Während die Sonne aufgeht, ist es kälter als in der Nacht. Die Erde ist wie ein Heizkörper, der ständig Wärme abgibt. Tagsüber wird diese Abstrahlung durch die Energie der wärmenden Sonne gedrosselt, je nachdem, wie ihre Strahlen auf die Erdoberfläche treffen. Die Wärmeabstrahlung der Erde ist also am höchsten, wenn die Sonne sie noch nicht wärmen kann: Noch ehe sie die Oberfläche zu wärmen und die Auskühlung der Erde seit dem Sonnenuntergang des Vortages zu dämpfen vermögen, erhellen die ersten Strahlen den Horizont. Dass der Tagesanbruch der kälteste Moment ist, ist vom physikalischen Standpunkt aus mehr als logisch. Aber die Augen trügen uns: Das Licht ist schneller als die Wärme und lässt uns glauben, die Dinge hätten sich bereits verändert. Sogar ein lichtvoller Name kann viel mehr Kälte bergen, als er vermuten lässt. Was wäre, wenn einer inmitten dieses Lichtes vor Kälte sterben würde? Man müsste den Körper dieses Menschen berühren, um das zu erkennen, es reicht nicht aus, ihn von Licht durchflutet zu sehen, auch weil er uns gerade mit diesem Licht auf Distanz halten möchte, um nicht aus der Nähe entdeckt zu werden. Es ist so viel Kälte in diesem Körper, aber niemand bemerkt es, weil jeder genau auf das schaut, was er nicht sieht.

Die mündlichen Prüfungen sind beendet. Das Trimester neigt sich dem Ende, und mit ihm das Kalenderjahr. Ich habe die

Bestätigung erhalten, dass man die Dinge in sich selbst finden muss, um sie zu begreifen. Objektives Wissen ist ein Anspruch der Lexika, die glauben, weil sie die Welt in eine alphabetische Reihenfolge gebracht haben, hätten sie sie durchschaut. Ich habe zehn Geheimnissen des Universums und ebenso vielen des menschlichen Herzens gelauscht. Aber sind sie nicht ein und dasselbe? Es genügt, zehn Menschen zuzuhören, um das ganze Universum zu begreifen. Nur, wenn sich die Leben der Schüler mit dem großen Ganzen verbinden, werden sie gut in der Schule sein; gut zu sein hat nichts mit Zensuren, sondern mit dem Leben zu tun.

»Während ich mir eure Rechercheergebnisse angehört habe, habe ich viel gelernt. Bei den Fragen habt ihr euch prima geschlagen. Langsam entwickelt ihr eine echte wissenschaftliche Methode, die nicht im Auswendiglernen von Schulbuchseiten besteht, sondern darin, Tatsachen, die sich vor unserer Nase ereignen, durch Experimente und Gesetzmäßigkeiten zu erklären. Ich bin stolz auf das, was ihr in nur drei Monaten erreicht habt.«

»Sie wecken nun mal unsere Entdeckerlust, Prof«, wirft Ettore ein.

»Ja, wir haben das Gefühl, uns bleibt nicht viel Zeit, und die müssen wir nutzen«, fügt Achille hinzu.

»Das ist nicht mein Verdienst, ihr Lieben, sondern das des Universums, diesem unerschöpflichen Quell der Wunder. Man muss nur das Licht anschalten und …« Ich lege eine Kunstpause ein, um den Satz von ihnen vervollständigen zu lassen.

»… das Geheimnis des Lebens entdecken?«, meldet sich Stella nach ein paar Sekunden.

»Ganz genau. Es gibt nichts Interessanteres. Nur so wird das Lernen spannend, auch wenn es anstrengend ist.«

»Aber warum versteckt sich das Leben, Professore?«, fragt Elisa.

»Genau, warum diese Geheimnistuerei?«, schiebt Aurora nach.

»Was glaubt ihr?«, antworte ich, wie immer, wenn ich keine Antwort habe und sie gemeinsam mit ihnen suchen möchte.

Das Klassenzimmer versinkt in Schweigen, das nachdenkliche Schweigen eines Puzzlespielers, der nach der passenden Lücke für das Teil zwischen seinen Fingern sucht.

»Weil wir dadurch frei bleiben«, flüstert Elena.

»Erklär das.«

»Wenn alles klar wäre, wären wir nicht wirklich in der Lage, Entscheidungen zu treffen, Lösungen zu suchen, zu lieben, Fehler zu machen, von vorn anzufangen, zu wachsen … Das Geheimnis ist gewissermaßen der Raum, der uns gegeben ist, um darin wachsen zu können.«

»Ich glaube, du hast recht, Elena. Ohne Geheimnis gäbe es keine Freiheit.«

»Das ist aber so anstrengend, Professore«, sagt Stella.

»Ja, manchmal hätte man es gern bequemer.«

»Es gibt mehr Dinge zwischen Himmel und Erde, Horatio, als eure Schulweisheit sich träumen lässt«, zitiert Caterina.

»Welcher Horatio?«, fragt Oscar.

»Der aus *Hamlet*, du Neandertaler.«

Die Klasse prustet los.

»Was gibt's da zu lachen?«, schießt Oscar zurück, der den Witz nicht verstanden hat.

»Nichts, nichts, vergiss es«, antwortet Caterina.

»Wie läuft es mit dem Appell?«, frage ich.

»Nach der erlittenen Schlappe mussten wir aufhören, sonst würden sie uns das Abi nicht machen lassen«, entgegnet Achille nervös.

»Alle Lehrer haben uns die kalte Schulter gezeigt, außer einem.«

»Was hat er gesagt?«

»Dass wir da was Schönes auf die Beine gestellt haben. Dass er seit Jahren keine so sinnvolle Initiative an der Schule erlebt hat.«

»Es war ein schönes Experiment. Auf der letzten Schulversammlung vor den Weihnachtsferien werden wir davon berichten, weil ein paar Schüler aus den anderen Kursen neugierig geworden sind und wissen wollen, worum es geht. Wenigstens die Genugtuung bekommen wir.«

»Wir lassen alle unser Lied singen, damit sie sehen, wie krass das ist«, fügt Cesare hinzu.

»Und dann kehren wir zur üblichen Langeweile zurück«, seufzt Caterina.

»Es ist normal, auf Widerstand zu stoßen, sobald etwas ein System gefährdet: In der Physik muss man erst die Reibung überwinden, ehe man etwas in Bewegung setzt, und wenn dieses Etwas die Schule ist, an der sich seit über hundert Jahren nichts geändert hat …«

Die Glocke ertönt, das letzte Mal in dieser Klasse vor den Weihnachtsferien.

»Professore, wir haben Ihnen etwas mitgebracht.«

Ich höre, wie Caterina aufsteht und einen Gegenstand aufs Pult legt. Ich ertaste ihn mit den Fingern. Es ist ein würfelförmiges Päckchen, kaum größer als eine Faust.

»Ein Weihnachtsgeschenk? Mein erstes dieses Jahr!«

Behutsam wickele ich es aus: Es ist eine hölzerne Schachtel, ihre Oberfläche ist mit Schnitzereien verziert. Ich öffne sie, und eine leise, metallische und dennoch süße Melodie ertönt. Eine Spieluhr, die *Tu scendi dalle stelle* spielt.

»Mit dem Wunsch, dass Sie im nächsten Jahr Ihr Augenlicht wiederbekommen«, sagt Elena leise.

Während die zarte Musik den stillen Klassenraum wie einen Konzertsaal erfüllt, rinnen mir die Tränen über die Wangen. Einer nach dem anderen kommen sie zu mir, um mich zu umarmen. Und ich habe weniger Angst vor dem Dunkel als vor der Zukunft. Diese Klänge erinnern mich daran, dass selbst Gott beschloss, in die Nacht der Menschen herabzusteigen, damit sie nicht die Hoffnung in einen liebenden Vater verlieren. Mir ist, als wäre durch mich ein Funke dieser Väterlichkeit auf diese jungen Leute übergegangen, für die nun selbst der Himmel ein wenig heller geworden ist.

Am Nachmittag mischen sich gute Wünsche und Zensuren. Es ist der Moment der Notenkonferenz für das Zeugnis zum ersten Schuljahrestrimester: unser Weihnachtsgeschenk an die Schüler. Gesteigert durch den Druck wegen der noch nicht besorgten Geschenke ist der ganze Ärger der letzten drei Monate kurz davor, sich zu entladen: Selbst die objektivsten Bewertungen sind nur ein Spiegel unseres Verhältnisses zu den Schülern, weshalb wir uns gern hinter der scheinbaren Gewissheit des mathematischen Notendurchschnitts verstecken. Das Schulgemäuer ist kälter als sonst; um Energie zu sparen, werden nachmittags die Heizungen abgeschaltet. Meine Kollegen ergehen sich in Beschreibungen ihrer Weihnachtsmenüs oder klagen einander ihr Leid.

»Dieses Jahr wird das reinste Gemetzel. Ich weiß nicht, wie diese Rinderherde es bis zum Abitur schaffen soll«, befindet Annamaria.

Es wird ein unerquicklicher Nachmittag.

»Stellt euch vor, neulich hat dieser ignorante Mehrfachsitzenbleiber zu mir gesagt, Leopardi könne in *Das Unendliche* nicht über die Hecke schauen, weil er buckelig war: Er sei einfach zu klein gewesen …«

Alle brechen in selbstgefälliges Gelächter aus.

»Zu mir hat Cesare gesagt, Nietzsche sei der Name eines Rappers, Nicce geschrieben, mit doppeltem C«, lädt der Kollege für Geschichte und Philosophie nach.

»Ich habe ein Problem mit Ettore. Ständig schläft er im Unterricht ein«, schaltet sich Kollege Kunst ein.

»Bei mir auch! Eine Katastrophe ...«, ereifert sich Kollege Mathematik.

»Er muss abends Essen ausliefern. Also lernt er nachts«, unterbreche ich den Angriff aus den eigenen Reihen.

Stille erfasst den Raum, in dem es noch kälter zu werden scheint.

»Ettore lebte bei seinem Großvater, der im September gestorben ist. Seine Eltern sind getrennt und bekriegen sich. Er verbringt die Hälfte der Woche beim Vater, der an einer Depression leidet, die ihn seinen Job gekostet und ihn fast in den Selbstmord getrieben hat. Sein Sohn hat ihn halb tot aufgefunden. Die Mutter weiß nichts davon. Ettore versucht, ein bisschen Geld zu verdienen, um dem Vater zu helfen, sonst sähe es übel für ihn aus. Es ist also keine leichte Zeit für ihn.«

»Davon hatte ich keine Ahnung. Das tut mir leid ...«, fällt Kollege Kunst mir ins Wort.

»Ich auch nicht. Das ist ja entsetzlich«, fügt Geschichte und Philosophie hinzu.

»Und woher weißt du das alles, Omero?«, fragt Mathematik.

»Er hat's mir erzählt.«

»Tatsächlich? Aber der kriegt doch nie den Mund auf ...«

»Man muss nur fragen oder zuhören, aber offenbar wollten wir das nicht und haben ihnen obendrein einen Tadel reingewürgt«, nutze ich den flüchtigen schuldbewussten Moment, in dem sie die Deckung haben fallen lassen.

Weil er fürchtet, dass ich mir mein eigenes Grab schaufele, übernimmt Virgilio das Wort. »Es gibt noch jemanden in der Klasse, der mir Sorgen macht und der meiner Ansicht nach das Eingreifen der Eltern erfordert.«

»Wen denn?«

»Elisa.«

»Sie ist tatsächlich immer abgelenkt, um nicht zu sagen abwesend. Wie losgelöst von der Wirklichkeit. In meinem Fach ist sie ein hoffnungsloser Fall. Ich weiß nicht, wie sie die Abiturprüfung schaffen soll«, schaltet sich Mathematik ein.

»Und dann diese dunkle Schminke um die Augen …«, meldet sich Religion zum ersten Mal zu Wort.

»Warum lässt sie sich eigentlich Virginia nennen?«

»Virginia Woolf ist ihre Lieblingsschriftstellerin. Elisa ist ganz verrückt nach *Orlando* und hat mir erzählt, die Verfasserin sei der Ansicht gewesen, man müsse Augenblicke des Seins im Leben suchen: Sie sind höchst selten, aber sie retten uns«, antworte ich einigermaßen gereizt.

»Sie mag Virginia Woolf?«, fragt Englisch. »Das wusste ich gar nicht.«

»Es gibt so einiges, das wir nicht von ihr wissen«, füge ich hinzu.

»Mir macht Sorgen, dass sie ihre riesigen Sweatshirts selbst im Sportunterricht nicht auszieht, fast so, als wollte sie etwas verstecken«, schaltet sich Virgilio ein, ehe ich nachladen kann.

»Sie versteckt ihr Bedürfnis nach Hilfe.«

»Viele schämen sich ihres Körpers. Das ist ein Geschenk dieser vom Schlankheitswahn besessenen Zeit«, bemerkt Kunst.

»Ich glaube, da steckt noch mehr dahinter. Ich fürchte, sie hat Probleme mit Selbstverletzung.«

»Du übertreibst mal wieder ... Wie kommst du denn darauf?«, wirft Annamaria ein.

»Während einer meiner Anwesenheitsüberprüfungen habe ich ihren Arm berührt.«

»Ich werde versuchen, genauer hinzuschauen, vielleicht fällt mir etwas auf«, schlägt Virgilio vor.

»Ich glaube nicht, dass solche Dinge in unseren Aufgabenbereich fallen. Wir sind weder Psychologen noch Detektive«, sagt Annamaria.

»Man muss nicht Freud oder Maigret sein, es genügt, sich dem Rest der Welt gegenüber ein bisschen weniger gleichgültig zu zeigen: Jugendlichen reicht es nicht, dass man es gut mit ihnen meint, sie müssen es spüren«, antworte ich ruhig.

»Ich wollte mit euch über das in den kommenden fünf Monaten anstehende Holocaust-Projekt sprechen«, schaltet sich Geschichte und Philosophie ein und wischt meine Worte beiseite. »Ich möchte mit den Schülern einen Film über die Schoah ansehen, der in Schulen gezeigt wird, und dann an einem Wettbewerb zu diesem Thema teilnehmen.«

»Sehr gute Idee. Wir könnten fächerübergreifende Projekte erarbeiten und sie vielleicht in die mündliche Abiturprüfung einfließen lassen. Ich werde mit ihnen ein paar Seiten von Primo Levi lesen. Sein wunderbares *Ist das ein Mensch?*, in dem er vom Gesang des Odysseus spricht und ihn mit seiner Situation vergleicht. Ich glaube, das wäre perfekt«, entgegnet Annamaria.

»Außerdem ist es in diesen Zeiten des grassierenden Faschismus wichtig, den Schülern klare Botschaften zu vermitteln. Wo kommen wir hin, wenn das so weitergeht?«

Ich lausche diesen Unterhaltungen, als kämen sie aus einer

Parallelwirklichkeit: Auf der einen Seite ist Mattia drogen-abhängig, Ettore von seiner familiären Situation überfordert, Achille Gefangener eines Bildschirms, Virginia-Elisa ritzt sich womöglich die Arme, Stella ist in ihrer Trauer gefangen, die sie wieder zum Kind gemacht hat, und wer weiß was sonst noch. Und auf der anderen Seite ist da eine Welt, in der man mit Worten und schönen Gedanken gegen Scheingegner kämpft. Auf der einen Seite Gemetzel, auf der anderen eine Kultur, die die Verwundungen ignoriert und sich in ihrer mit herzlicher Anteilnahme und Realitätssinn bemäntelten Kälte gefällt. Ich weiß nicht, was ich mit diesem verkopften, selbst-gerechten, hochtrabenden Humanismus anfangen soll, ein blutiger, schmutziger, harter Humanismus ist mir lieber. Wie schafft man es, das Leben so steril zu machen, dass man es nicht mehr spürt, nicht mehr sieht, sich nicht mehr davon be-rühren lässt? Tag für Tag stürzt man dann tiefer in die Gleich-gültigkeit und glaubt am Ende, Kultur sei nicht dazu da, uns menschlicher zu machen, sondern um sich von der Wirklich-keit zu distanzieren, und Erwachsensein hieße, eine Rüstung zu tragen und nichts mehr zu spüren. Um die Realität zu ver-ändern, reicht es nicht, feingeistige Gedanken zu spinnen. Früher oder später präsentiert die Wirklichkeit ihre Rech-nung.

»Wieso sind euch diese Schüler völlig egal?«

Das Geplauder über Projekte, Ideen und Schulausflüge ge-friert abrupt.

»Jetzt werden Sie mal nicht gefühlig, Omero. Wir sind schließlich nicht ihre Eltern. Wir müssen sie unterrichten, und basta«, versetzt Annamaria barsch.

»Und wie soll uns das gelingen, wenn wir sie nicht lie-ben?«

»Sie lieben?«

Ich stehe betont langsam auf.

»Ich wünsche euch ein herrliches Weihnachtsfest, auch wenn ihr das nicht nötig habt, so selbstherrlich, wie ihr alle seid.«

Und ich gehe.

Auf der Suche nach der vergeudeten Zeit
Tagebuch eines blinden Lehrers

Auf deinem Gesicht, Elisa oder Virginia, habe ich Pfade verleugneten Schmerzes erfühlt, deine ebenso wie meine. Die Proportionen, Symmetrien und Konturen deiner anmutigen Züge erzählen von einer trügerischen Zartheit, die Schmerz zu verbergen weiß. Lange Wimpern, weite Augenhöhlen, eine sanft in die Schläfen übergehende Stirn, unter der die Träume liegen, die du bewohnst, weil sie die Zeit nach Belieben verändern. Ich habe deine Hände ertastet, dann deine Arme, die zu verstecken du nicht den Mut hattest. Und ich spürte das, was ich befürchtet hatte: den Verrat des Lebens, heimliche Verletzungen, wie Schlösser, um den Körper zu öffnen und ihm den verbannten Schmerz, die letzte Verbindung zum Leben, zurückzugeben. Ich fühlte die narbigen Hieroglyphen von Qual und Einsamkeit. Ich habe sie übersetzt, weil ich diese stumme Sprache beherrsche, die stets ein neues Wort findet, um Schmerz zu definieren, und sich auf so viele Arten auszudrücken versteht, wie es Menschen gibt.

Diese Sprache hat mir meine Mutter beigebracht. Sie hatte schon immer ein Talent für Sprachen, die mit dem Tod zu tun haben. Es war einer dieser Tage, an denen ich mich am Ende glaubte, weil ich mich von der Welt ausgeschlossen fühlte. Pietro hatte mich gebeten, ihm bei den Hausaufgaben zu helfen, doch es ging um Grammatikübungen, in denen man aus verschiedenen Möglichkeiten die korrekte Form eines Wortes auswählen musste, und während ich sie mir im Geiste vorzustellen versuchte, geriet ich immer wieder durcheinander. Ich konnte ihm nicht helfen und fühlte mich mit jedem Versuch nutzloser.

»Ich frage später Mama«, sagte er zu mir.

Ich ging und verkroch mich heulend unter der Bettdecke, wie ich es immer tat, wenn ich im Schlaf vergessen wollte, was aus mir geworden war. Es war die einzige Möglichkeit, gegen die Zukunftsangst und das Gefühl der Sinnlosigkeit meines Lebens anzukommen. Ich schlief ein und hielt den Schmerz fern, dem ich, gerade wegen dieser Flucht, beim Erwachen verhundertfacht wiederbegegnen würde.

Doch als ich aufwachte, spürte ich jemanden neben mir. Der Duft war unverwechselbar: Es war meine Mutter. Sie hatte bei uns hereingeschaut, um eine Schachtel Mandelkekse vorbeizubringen, meine Lieblingskekse, die sie nach einem jahrhundertealten, streng gehüteten Familienrezept zubereitete. Dieses Geheimnis glich einem Staffelstab, weitergegeben von einer Generation zur nächsten, einer Art Familientestament. Es war meiner Mutter vorbehalten, zu entscheiden, wann sie das vollständige Rezept preisgäbe. Sie legte mir eine Hand aufs Gesicht.

»Du hast geweint, mein Junge.«

Ich schwieg. Die Worte waren in einem Niemandsland verloren gegangen, eingeklemmt zwischen Schmerz und Scham.

»Richtig so. Manchmal ist das die einzige Kraft, die uns bleibt, um nicht unterzugehen. Der Tag, an dem du nicht mehr weinst, sollte dir Sorgen bereiten, denn dann hast du aufgehört, lebendig zu sein. Jetzt aber hoch mit dir.«

»Und wie?«

»Indem du einen Fuß vor den anderen setzt und den Schmerz in die innerste Kammer deines Herzens einlässt, aus der du ihn auszusperren versuchst. Es ist mir völlig egal, wozu du in der Lage bist und wozu nicht, dafür habe ich dich nie geliebt.«

»Und aus welchem Grund dann?«

»Weil du ein Wunder bist. Ich weiß nicht, wie oft man einem Kind seinen Namen sagen muss, damit es lernt, dass es der seine ist, aber jedes Mal, wenn ich ihn aussprach, war ich glücklich, auch wenn du dich unter dem Bett verkrochst, um einer Spritze zu entkommen. Und so wird es immer bleiben, auch wenn ich nicht mehr da bin.«

»Was willst du damit sagen?«

»Dass es mir nicht gut geht und ich nicht weiß, wie viel Zeit ich noch habe.«

»Warum sagst du das?«

»Weil es so ist, mein Junge, aber ich habe keine Angst.«

»Und wie machst du das?«

»Ich habe Vertrauen. Eine Stelle in der Offenbarung habe ich immer besonders geliebt. Da heißt es, dass uns, wenn wir sterben, ein weißer Stein gegeben wird, als Symbol für die Wahrheit, auf dem unser wahrer Name geschrieben sein wird, unter dem man uns seit jeher kennt und liebt, weil es dem Herrgott nicht darum geht, wie gut wir gewesen sind, sondern wie sehr wir Kinder gewesen sind mit diesem Namen, den er für uns und niemanden sonst ausgewählt hat. Auf diese Weise ist man immer am Leben, Omero, ganz gleich, was passiert: Wenn es jemanden gibt, der nicht aufhört, voller Liebe deinen Namen zu sagen.«

Sie streichelte mir über Gesicht und Haar, wie damals, als ich klein war und meinen Kopf auf ihre Beine legte, während sie las.

»Omero … Omero … Omero …« Minutenlang wiederholte sie ihn im vorgegebenen Takt meiner Verletzungen und meiner

Einsamkeit, als spürte sie deren geheimnisvolle Sprache. Dann flüsterte sie mir die geheime Zutat ihrer Mandelkekse ins Ohr.

»Jetzt bist du dran, Omero.«

Das, wofür wir geliebt werden, liegt jenseits der Angst, der Scham, der Niederlagen und ist unantastbar. Denn es ist das Land, in dem Gott mit dem Menschen in der leichten Meeresbrise wandelt, wenn es Abend wird. Nur das kann uns Frieden geben: zu wissen, dass wir unter allen Umständen Kinder und in den Augen derer, die uns lieben, vollkommen sind. Jeder von uns braucht diesen Frieden, die Welt braucht diesen Frieden. Auch du brauchst ihn, Elisa.

Während des Silvesteressens bat meine Frau jeden von uns, einen Wunsch für das neue Jahr auszusprechen. Pietro sagte, er wolle ein Teleskop, um die Sterne zu sehen, von denen sein Vater ständig redet. Und ich fragte mich, ob nicht der Moment gekommen sei, das Teleskop wieder herauszuholen, das mein Vater mir schenkte und das seit allzu langer Zeit im Keller steht. Aber wie hätte ich meinem Sohn die Sterne zeigen sollen? Während mich dieser Gedanke umtrieb, fügte er hinzu, er wolle ein eigenes Teleskop. »Weil ich Papa erzählen will, was ich sehe.« Wieder einmal kam es auf den Perspektivwechsel an: Ich bilde mir immer ein, im Zentrum des Geschehens zu stehen, stattdessen ist der Moment gekommen, dass mein Sohn mir von den Sternen erzählt, und nicht umgekehrt. Und wer weiß, vielleicht kann ich wiedersehen nach der OP, die möglicherweise im Sommer durchgeführt wird, damit ich mich während der Ferienmonate erholen kann.

Penelope weiß noch nicht genau, was ein Wunsch ist, also fragte ich sie, was ihr das Allerliebste sei. Und sie sagte »Mama«, und dann, nach einer Pause: »Aber Papa auch.« Meine Frau sagte, sie würde gern eine Reise in ein Land machen, in dem sie noch nie gewesen ist. Und ich? Was wünsche ich mir? Dass alle meine Schüler durchs Abi kommen. Ich zählte sie nacheinander auf und versah jeden mit einem homerischen Beinamen: Starker Arm, Heiteres Herz, Rost, Vagabund, Querkopf, Matrix, Jeanne d'Arc, Harter Schlaf, Herz der Nacht und Leichte Träne. Und ich erläuterte ihnen den Grund für jeden Spitznamen.

»Ich wünsche mir, dass jeder sein Abitur schafft.«

»Du bist ganz besessen von diesen Schülern«, sagte meine Frau. »Für sie interessierst du dich mehr als für uns.«

»Du würdest dich auch in sie verlieben. Du solltest sie mal sehen.« Ja, genau das sagte ich: »Du solltest sie mal sehen.« Und Pietro fragte: »Wie kannst du sie denn sehen?« »Das sagt man eben so, Pietro.« »Aber wenn du groß bist, kannst du wieder sehen?«, fragte Penelope. »Ich weiß es nicht.« Und sie: »Dann kannst du sehen, wie wunderschön ich bin.« Sie umarmte mich und gab mir einen Kuss auf die Augen. »Damit sie schneller gesund werden.«

JANUAR

Die Stadt knirscht in der morgendlichen Kälte, und die gläserne Luft verstärkt die Geräusche wie ein Kristallkabinett. Hupen, Rollläden, Straßenbahnen, Gesprächsfetzen ... zu scharf und klar, um sie zu ertragen. Wer alles hört, muss auch mit allem fertigwerden. Also flüchte ich mich in Patrizias stilles Zimmerchen. Wie alle ersten Dinge des Lebens schmeckt der erste Kaffee des Jahres bei ihr besonders. Patrizia erzählt mir von ihren Ferien in Russland und dem Besuch in Bulgakows Haus, wo seine Leser jahrelang nach dem Teufel suchten, und währenddessen erfüllen die melancholischen Klänge einer Beethovensonate das nach Kaffee duftende Zimmer.

»Was erwarten Sie von diesem Jahr, Patrizia?«

»Ich erwarte nichts, Professore. Ich habe mein Gleichgewicht gefunden und muss nur versuchen, es nicht zu verlieren.«

»Dass Sie sich nichts erwarten, glaube ich nicht, sonst würden Sie nicht so viele Romane lesen.«

»Wieso?«

»Wer keine Hoffnung hat, liest nicht, weil ihm der Mut fehlt, den Blick auf etwas ruhen zu lassen. Nur Verzweifelte wollen keine Erfahrungen mehr machen, und Sie, Patrizia, scheinen mir alles andere als verzweifelt zu sein.«

»Vielleicht haben Sie recht, vielleicht habe ich nur Angst, meine Gewohnheiten zu ändern.«

»Gewohnheiten sind die beruhigende Version der Angst, sie sind der Pakt, den man schließt, um die Angst in Schach zu halten. Während der Ferien habe ich häufig an das gedacht, was Sie mir von sich erzählten, an die Tatsache, dass Sie immer auf Sicherheitsabstand bleiben. Aber wenn man mit den Schülern dieser Schule zu tun hat, ist es, als würde man Romane lesen oder die Geheimnisse des Kosmos erforschen. Ich brauche ihre Leben, um Erfahrungen zu sammeln. Und genau das ist der Weg, um nicht in Kompromissen zu ersticken, die wir mit der Angst eingehen und Gewohnheiten nennen.«

Patrizia schweigt, wägt die Worte ab, die sich mit den Akkorden des gehörlosen Bonner Komponisten mischen, hervorgeholt aus wer weiß welchen Randzonen der Stille.

»Zuerst hatte ich Angst vor der Leere und füllte sie mit Fernsehen, dann ist der Fernseher kaputtgegangen, und ich merkte, dass er mir nicht fehlte. Das geschriebene Wort der Bücher machte meine Fantasie freier. Bilder gaukeln uns dauernd vor, wie wir sein, was wir tun und denken sollten. Aber die Fantasie lässt sichtbar werden, was den Dingen zur Schönheit fehlt: Wenn ich meine kümmerlichen Balkonpflanzen sehe, stelle ich mir die Blumen vor, die nach einigen Wochen erblühen werden, und das gibt mir Hoffnung und Kraft. Genauso geht es mir mit den Schülern. Mir ist klar geworden, dass Bücher eine Art Training für diesen Blick auf die Dinge sind: Man sieht sie, wie sie sind, und zugleich, wie sie sein werden, und man bekommt Lust, sich ihrer anzunehmen.«

»Wissen Sie, was ein Geschenk der Blindheit ist, Patrizia? Dass das Handy wieder zum Telefon geworden ist. Ich habe mich vom Zwang befreit, andauernd meine Messages, die sozialen Netzwerke und die Nachrichten zu kontrollieren. Es klingt unglaublich, aber jetzt ist mein Blick freier, weil ich entscheide, worauf ich meine Aufmerksamkeit richte, und nicht ständig einer Bilderflut ausgesetzt bin.«

»Mir geht es mit Büchern genauso, vor allem mit den dicken Wälzern: Beim Lesen mischen sich die Worte mit dem alltäglichen Leben, und es ist, als würde man lernen, Dinge in den Fokus zu nehmen, die man vorher nicht einmal wahrgenommen hat. Wer zeitlose Bücher schreibt wie Dostojewski, schreibt im Grunde aus Notwendigkeit: wegen des Geldes, um durchs Leben zu kommen, und wegen der Worte, um dem Leben zu entkommen. Bücher zwingen dazu, dem eigenen Denken auf den Grund zu gehen, und manchmal lassen sie einen erkennen, dass man keine eigenen Gedanken hat. Bilder füllen den Kopf mit Illusionen, die sich als Gedanken ausgeben, aber in Wirklichkeit herrscht Wüste in dir, in der du verdurstest.«

»Patrizia, Sie sollten unsere Schüler in Literatur unterrichten. Anstelle dieser Hexe.«

»Kein schlechtes Wort über Anna, Professore. Ich kenne sie, seit sie hier angefangen hat, und damals war sie voll des heiligen Feuers, das in echten Lehrern lodert.«

»Und dann?«

»Dann hat das Leben es verlöschen lassen. Sie hat einen Sohn verloren.«

»Einen Sohn? Ich dachte, sie sei gar nicht verheiratet.«

»War sie. Ihr Kind hat sich das Leben genommen. Sie hat sich das nie verziehen. Seit dem Tag ist sie erloschen, zu Asche geworden, dabei brannte sie lichterloh!«

»Das wusste ich nicht.«

»Sie haben sie nie gefragt.«

Ich sage nichts, und mir wird klar, wie schwer ich mich damit tue zu lieben. Ich bin voller Vorurteile und stecke die Menschen in Schubladen, noch ehe ich ihnen zugehört habe. Ich bilde mir ein, ich könnte sie sehen, ohne sie je berührt zu haben.

»Und Sie, Professore? Was erwarten Sie von diesem Jahr?«

»Dass wir beide *Doktor Schiwago* zu Ende bringen.«

»Das ist alles?«

»Andernfalls hätte ich ihn nie gelesen.«

»Und sonst?«

»Ich würde gern wieder sehen können.«

»Haben Sie was wegen der OP gehört?«

»Angeblich soll sie Ende Juni oder Anfang Juli stattfinden. Ich hoffe nur, dass sie nicht mit dem Abi der Schüler zusammenfällt.«

Der Kaffee schenkt mir seine letzten lauwarmen Streicheleinheiten. Die Glocke ertönt. Mich erwartet ein Jahr voller Fragezeichen, aber eine Gewissheit habe ich: Patrizia.

Im Januar erschienen mir die Dinge immer neu, doch das war nur eine optische Täuschung. Die soeben vergangenen Feiertage, die erholsame Pause voller Geschenke und Kaminfeuer: Alles tat sich zusammen, um den Augen vorzugaukeln, auf den Dingen läge ein neues Licht und das Leben könnte tatsächlich von vorn beginnen. Seit ich nichts mehr sehe, bin ich von dieser Illusion befreit, und der Januar ist ein Monat wie jeder andere. Es stimmt, es gab die Feiertage, Geschenke und Kaminfeuer, aber ohne sich an Schaufenster und Weihnachtsbeleuchtung gütlich getan zu haben, kann jenes künstliche Licht nicht leuchten. Dafür habe ich ein anderes Licht gefunden, das sich nicht auf die Dinge legt, sondern ihnen entspringt. Mit jedem Tag scheint mir die Wirklichkeit der

Lampe aus *Tausendundeine Nacht* immer ähnlicher zu werden: Der Dschinn kommt nur hervor, wenn man an ihr reibt. Das verlangt Behutsamkeit, Geduld und sogar ein wenig Mühe, aber dann antworten die Dinge und erfüllen Wünsche: Langeweile und Monotonie besiegen, nicht im gewohnten und altbekannten Joch der Tage enden. Und so ist der Januar nichts weiter als eine neue Herausforderung. Das Leben ist dasselbe geblieben, neues Jahr, altes Leben, aber wer weiß, wie viele unentdeckt gebliebene Möglichkeiten es enthält, wie viele Lampen, an denen wir noch nicht gerieben haben, und Flaschengeister, die darauf warten, unsere Wünsche zu erhören.

Nach und nach sind die Schüler eingetrudelt und haben meine Gedanken mit einem überschwänglichen Hallo unterbrochen, das ich ebenso freudig erwidere, und jeden Einzelnen nenne ich beim Namen, als wären sie die Lampen, denen die diesjährigen Überraschungen entsteigen werden. Das Neue liegt gewiss nicht in Lehrplänen oder Versammlungen, sondern in ihren Leben, die die unsrigen zur Erneuerung zwingen.

»Wie ihr wisst, ist nun der Teil des letzten Oberstufenjahres angebrochen, in dem wir Lehrer vom Lehrplan besessen sind. Weil wir fürchten, vor euren Prüfern schlecht dazustehen, drücken wir auf die Tube, um die Vorurteile der auswärtigen Lehrer wenigstens durch die Menge an Themen zu zerstreuen und einen positiven Eindruck zu machen: Wir geben eine prima Figur ab, und wenn es schiefgeht, habt ihr nicht genug gelernt. Ob ihr tatsächlich etwas gelernt und begriffen habt, ist zweitrangig. Aus meiner Sicht – was aus dem Mund eines Blinden lächerlich klingt – ist es besser, man hat eine Sache wirklich durchdrungen, als so zu tun, als hätte man zwei begriffen.«

»Aber warum ändert niemand was daran?«, meldet sich Caterina zu Wort.

»Weil niemand an der Wahrheit interessiert ist, sondern nur daran, dass alles funktioniert.«

»Hier funktioniert heute nicht mal die Heizung«, beklagt sich Elena.

»Ich will leben, nicht funktionieren«, schiebt Caterina nach.

»Deshalb brauchen wir die Wahrheit, und was die Heizung anbelangt ... tut mir leid, ich glaube, die Wahrheit ist leichter zu kriegen«, antworte ich.

In der ersten Stunde herrscht im Klassenraum eisige Kälte: Der wohltuende Effekt der Verdichtung von Körpern, der ihn im Laufe der Stunden in einen Stall verwandeln wird, hat noch nicht eingesetzt. Das Jahr hat mit Problemen an der Heizungsanlage begonnen, und ehe eine durch die unvermeidliche Bürokratie genehmigte Reparatur erfolgen kann, werden wir alle gefrostet sein. Ich trage Mantel und Schal, meine Füße und Hände schmerzen trotzdem vor Kälte und fühlen sich an, als würden sie jeden Moment abfallen.

»Wir sollten uns auf etwas Warmes konzentrieren. Wie lange braucht es, bis etwas das Licht der Welt erblickt?«

»Kommt drauf an.«

»Auf was?«

»Ob es sich um eine Pflanze, ein Tier oder einen Menschen handelt.«

»Versucht, den Blickwinkel zu ändern und euch nicht auf das zu konzentrieren, was Licht braucht, sondern auf das Licht selbst.«

»Wie meinen Sie das?«

»Benutzt eure Fantasie. Schließt die Augen!«

Ich warte ein paar Sekunden.

»Jetzt öffnet sie! Wie lange braucht es, bis alles ans Licht kommt?«

»Einen winzigen Moment!«

»Ein bisschen länger. Dieser winzige Moment hat bereits eine acht Minuten lange Geschichte. Kommt mit mir zum Fenster.«

Ich öffne es und strecke die Hand hinaus. Ein Schwall vager Gerüche schlägt mir ins Gesicht.

»Hundertfünfzig Millionen Kilometer trennen die Sonne von meiner Hand. Ich kann meine Hand nicht sehen, aber wenn ich sie der Sonne aussetze, spüre ich die Wärme ihrer Strahlen und weiß, dass jede Sekunde eine Billiarde Photonen jeden Quadratzentimeter meiner Haut bombardieren. Jedes dieser Photonen ist achteinhalb Minuten zuvor aus dem Herzen eines gigantischen Balles aus Helium und Wasserstoff aufgebrochen, der 1/63 241 Lichtjahre entfernt ist. Jedes dieser Photonen ist mit unbändiger Energie hervorgeschleudert worden, welche die Erde vollkommen abhängig von der Sonne macht: Noch stärker als die Gravitation wirkt das Licht dieses Sterns auf unseren Planeten. Jedes Photon ist das Ergebnis von Milliarden sich überschlagender Atombomben, von Tausende Kilometer hohen Flammen, die den Tag und die Nacht gestalten, das Tun der Menschen erhellen oder verdunkeln. Dieses winzigste Fünkchen aus Materie und Energie, Chaos und Ordnung benetzt unsere Gesichter, um sie in Schönheit erstrahlen zu lassen.«

»Wir wollen mal nicht übertreiben, Prof … Schönheit … Ein paar haben halt Schwein gehabt«, sagt Oscar.

»Kannst du's nicht einfach mal lassen?«, raunzt Elena.

»Treffer, versenkt!«

»Leck mich doch.«

»Haben Sie das gehört, Prof?«

»Ja, und Elena hat recht«, erwidere ich wohlwollend, »hin und wieder hat ein gut gesagtes ›Leck mich doch‹ etwas Schönes. Es trifft einen mit Lichtgeschwindigkeit mitten ins Gesicht, wenn man am wenigsten damit rechnet.«

»Der übliche Frauenversteher. Wenn ich das gesagt hätte, hätte ich dafür einen Eintrag gekriegt«, meint Oskar.

»Elena braucht mich nicht, Rocky«, sage ich grinsend.

»Lassen Sie meinen Lieblingsfilm aus dem Spiel, Professore.«

»Isst du auch fünf rohe Eier um 4:00 Uhr morgens, bevor du trainierst?«

»Wir wollen mal nicht ü-ber-trei-ben ...«, sagt Oscar und macht die abgehackte Stimme von Ivan Drago nach.

»Aber Adriana hast du offenbar noch nicht gefunden«, foppe ich ihn.

»Was wissen Sie denn schon ...«

»Wer will schon einen wie dich?«

Die Klasse prustet los. Oscar ist auf den Brettern.

»Also ... Das Photon überwindet jedes Hindernis, die Abwesenheit der Gravitation schreckt es nicht, die Luftreibung kann es nicht aus der Ruhe bringen. Dieses Licht und diese Wärme erfassen uns wie eine urzeitliche Liebkosung, die allen Dingen zuteilwird, weil das Licht die erste aller weltlichen Urkräfte ist. Öffnet die Augen. Schließt sie. Öffnet sie. Schließt sie. Fangt wieder an, über das Licht zu staunen, über sämtliches Licht, das die Dinge berührt und uns damit zwingt, jedem Ding einen anderen Namen zu geben. Ich kann dieses Licht nicht mehr sehen, aber in Wirklichkeit wusste meine Netzhaut auch kaum etwas darüber, als sie es noch wahrnahm.«

»Warum?«, fragt Ettore.

»Weil sich die Energie, die die Sonne in den Weltraum schickt, nur zu einem winzigen Teil auf Wellenlängen zwischen 380 und 760 Nanometern konzentriert. Unsere Netzhaut ist nur für dieses extrem kleine Lichtspektrum empfänglich: für die elektromagnetische Strahlung, die wir Licht nennen. Aber das ist nur ein Teil der Geschichte. Es gibt sehr viel mehr Dinge, die wir nicht zu sehen imstande sind. Rund neunzig Prozent dessen, woraus das Universum besteht, wird Materie und dunkle Energie genannt, aber nicht, weil sie dunkel ist, sondern weil sie da ist und wir sie nicht wahrnehmen: Neunzig Prozent aller Dinge sehen wir nicht. Im Grunde habe ich also nur zehn Prozent des Lebens verloren. Aber der Verlust dieses Zehntels hat mir die Augen geöffnet.«

»Warum das?« Jetzt fragt Elisa.

»Weil ich nun die Hände habe, um die Dinge zu sehen: Meine Fingerspitzen setzen Photonen frei, die neunzig Prozent der für das Auge unsichtbaren Masse und Energie erhellen.«

»Was sind das für Photonen?«

»Sie aktivieren das versteckte Leben der Dinge und holen es ans Licht wie den Flaschengeist aus Aladins Lampe.«

»Ein bisschen wie Luce, die Erzieherin in meiner Wohngruppe«, sagt Cesare.

»Wie meinst du das, Cesare?«

»Wenn sie meine Hand berührt oder nett zu mir ist, kriegt meine Rüstung einen Riss, und der eingesperrte Atem entweicht, wird befreit.«

»Und mit der hast du noch immer nichts am Laufen?«, fragt Oscar.

Während Cesare und Oscar sich kabbeln, denke ich, wie schwach ich mich angesichts all dieser Schönheit fühle, und wie dankbar. Gott spricht mit jedem Ding des Lebens, aber seine Stimme, seine Berührung bleiben verborgen, wenn man nicht bereit ist, sie zu empfangen. Licht erfüllt das Klassenzimmer, aber kein reflektiertes Licht, sondern das innere Leuchten der Körper. All diese einzigartigen und beispiellosen Leben strahlen blendendes Licht aus. Und ich kann es sehen oder vielmehr spüren.

Es klopft an der Tür.

»Herein!«

»Probealarm! Probealarm! Folgt den ausgewiesenen Rettungswegen zu den entsprechenden Sammelpunkten.« Das ist Patrizias Stimme, die in Ermangelung anderer Verstärker als Megafon dient.

»Beknackte Feuerübungen!«, mault Oscar.

Die Schüler springen auf und drängen lachend zum Pult, um mich vor dem falschen Feuer zu retten. Sie heben mich hoch und tragen mich hinaus. Kichernd versuche ich, mich zu befreien: Ich war schon immer furchtbar kitzelig.

Auf einem Thron aus Armen werde ich wie ein König zu den Notausgängen transportiert. Als wir ins Freie kommen, erfüllt fröhliches Stimmengewirr die Luft, der Hof wimmelt vor Menschen, von der Wintersonne geküsst und aus den Mauern befreit, die sie fünf bis sechs Stunden täglich gefangen halten. »Romeo, Romeo, Romeo!« Während ich noch auf dem Thron aus Oscars und Ettores verschränkten Armen sitze, beginnt ein Chor, meinen Nachnamen zu skandieren.

Ich spüre die Blicke der gesamten Schule auf mir, lache wie ein Kind und meine Schüler ebenfalls. Einen Moment lang scheint es, als könnte man selbst auf dem Schulhof glücklich sein. Ich steige von meinem Thron und werde aufgefordert, wie ein römischer Kaiser zu ihnen zu sprechen.

»Der Probealarm ist perfekt geglückt. Selbst ein Blinder konnte sich retten. Und das ist euch zu verdanken«, sage ich und nehme mir mit theatralischer Geste die Sonnenbrille ab.

Applaus brandet auf.

Unter Gelächter kehren wir langsam in die Klasse zurück. Die Schüler verwandeln alles in ein Spiel, und vielleicht ist es das, woran sie uns erinnern müssen, während wir ihnen beibringen, die Dinge ernst zu nehmen.

»Romeo, dies ist eine Feuerübung. Die Schule ist kein Zirkus!« Das ist die Stimme des Direktors.

»Ach, nein? Ich habe den Eindruck, sie ist voller Käfigtiere, denen wir alberne Kunststücke beibringen wollen.«

»Die da wären?«

»So zu tun, als würde es brennen.«

»Was wollen Sie damit sagen?«

»Dass wir das Feuer hier drin schon vor langer Zeit gelöscht haben. Wir können nur so tun, als ob.«

Als wir wieder in der Klasse sind, bitte ich meine Schüler, das folgende Einstein-Zitat, das uns durch das neue Jahr führen soll, auf die erste Seite ihres Schulbuches zu schreiben: »›Wichtig ist, dass man nicht aufhört zu fragen. Man kann nicht anders, als die Geheimnisse von Ewigkeit, Leben oder die wunderbare Struktur der Wirklichkeit ehrfurchtsvoll zu bestaunen. Es genügt, wenn man versucht, an jedem Tag lediglich ein wenig von diesem Geheimnis zu erfassen. Diese heilige Neugier soll man nie verlieren.‹ Lasst niemals zu, dass jemand euch diese Neugier nimmt, euren Augen das Staunen über das Geheimnis entreißt. Genau hier wollen wir jetzt mit dem Appell anfangen. Erzählt mir, wonach ihr in diesen Ferien gesucht habt und in diesen letzten Schulmonaten suchen werdet.«

In den Ferien haben wir beschlossen, es mit dem Appell noch mal zu versuchen. Wir können das, was wir angefangen hatten, nicht einfach an den Nagel hängen. Bei der Schülerversammlung im Dezember haben wir erzählt, was wir gemacht haben, und von dem Tadel, den wir kassiert haben. Die anderen Klassen haben zugehört wie noch nie, dann hat Cesare unseren Appell-Song gesungen, und wir haben ihn begleitet. Mattia hat einen Artikel für die Schülerzeitung verfasst, die heute, am ersten Tag des Schuljahres, erscheint, in dem er darlegt, warum man den passiven Widerstand gegen die Schule, wie wir sie kennen, nicht aufgeben darf. Er hat ihn mit dem Pseudonym »Arthur« unterzeichnet und dem Beitrag die Überschrift *Wir wollen nicht zurück zur Anormalität!* gegeben. Du bist so ein Genie, Mattia! Es ist eine Aufforderung an alle Schüler, sich noch einmal für den Appell starkzumachen: eine Woche Anwesenheitsappell mit den Lehrern, denen man die Augen verbindet und sie die Gesichter ihrer Schüler berühren lässt, nachdem sie sich deren Geschichten angehört haben. Elisa hat ein Logo entworfen: Es sind zwei Hände, die auf einem Gesicht liegen. Dazu der Satz von Einstein, den Sie vor einiger Zeit in unserer Klasse zitiert haben: »Wer sein eigenes Leben und das seiner Mitmenschen als sinnlos empfindet, der ist nicht nur unglücklich, sondern kaum lebensfähig.« Den zugehörigen Flyer haben wir vor Unterrichtsbeginn in den Klassen verteilt. Und jetzt warten wir ab, was passiert.

Heute will ich euch die Geschichte eines Dichters erzählen, dem wir im Unterricht ganze drei Minuten gewidmet haben, weil *dazu keine Zeit ist, der Lehrplan drängt.* Also habe ich ihn für mich gelesen. Sein Leben hat mich neugierig gemacht, und ich fand heraus, dass er an Tuberkulose litt. So weit, so unspektakulär, werdet ihr sagen, Tuberkulose inbegriffen. Aber als er bereits wusste, welches Schicksal ihn erwartete, fing er an, Schmetterlinge zu züchten und ihre Verwandlung und Farben zu beobachten, um ein Gedicht darüber zu schreiben. Indem er die Schönheit von Geschöpfen hütete und betrachtete, die sterben, um herrlich zu werden, kämpfte er gegen seine Angst vor dem Tod. Kurz vor seinem Ende schenkte er seinen Freunden und Freundinnen in Baumwolle gebettete Schmetterlingspuppen, damit sie staunend zusehen konnten, wie sie sich in die Lüfte erhoben. Der Frau, in die er unglücklich verliebt war, schrieb er: »Ich möchte Euch ein paar Puppen schicken: Lacht nicht, ich bitte Euch. Mich verlockt der Gedanke, dass sie sich in Eurem Zimmer öffnen. Holt sie, ohne sie zu berühren, aus der Schachtel, in der ich sie Euch schicken werde, indem Ihr sie bei den Zipfeln der Baumwolle nehmt, auf der sie liegen, und sie, ohne sie zu verrücken, in eine größere Schachtel bettet, die dem schlüpfenden Schmetterling genug Platz bietet, um seine Flügel auszubreiten. Lasst sie in Ruhe, wie schlafende Kinder: In zwei Wochen werden sie schlüpfen.« Dichter sind einsam, weil die Schönheit sie haltlos und unaufhaltsam durchdringt. Sie ist ein unerwarteter Gast in einem Ein-Sterne-Hotel. Ich glaube, wir tun das Gleiche: Wir lassen in den Klassenzimmern Schmetterlinge schlüpfen und geben ihren Flügeln Raum zur Entfaltung. Das habe ich auch in dem Artikel über den Appell geschrieben.

Es ist das erste Mal, dass die Dinge, die ich liebe, mir nicht absurd erscheinen und ich mich durch sie nicht noch einsamer fühle.

CESARE

Mir ist genau das Gleiche passiert. Zum ersten Mal hat Rost sich nicht blamiert. Was wir brauchen, ist das, was ich draufhab, muss mich nicht schämen, häng nicht auf der Ersatzbank ab, bin nicht der blöde Idiot, sondern zum Torschuss bereit, mit meinem Namen auf dem Trikot. Die Leute haben meinen Song gehört, hab ihn nach allen Regeln der Kunst arrangiert, mit Aufnahme, Mix und allen Tricks. Manchen gefällt er und manchen nicht, aber das ist egal, darum geht's mir nicht, sondern nur um den Appell, hoffentlich macht er 'ne Riesenwelle, ein gutes Chaos mit viel Diskussion, kein dummes Geschwätz von Revolution, sondern echte Veränderungen, die sich im Stillen vollziehen, in den Köpfen und Herzen, Schritt für Schritt, wie sich's gehört, und alle machen mit. Und stell ich das Video erst ins Netz, nimmt mir den Ruhm niemand mehr weg, alle klicken es an, von Trapani bis Meran. Aus dem Appell mache ich ein Album, krass schöne Songs, die jeder mitsingt, ohne Warum, wieder und wieder, weil sie wahr sind und beim Leben helfen.

ELENA

Je mehr leere Tage es gibt, desto stärker empfinde ich die Leere meiner Fragen. Und wenn es ein Mädchen geworden wäre? Wie hätte ich es genannt? Wie hätte sie sich beim Appell gemeldet? Gioia? Costanza? Eva? Giulia? Federica? Aurora? Beatrice? Ich fühle einen Friedhof in mir, und auf dem Grabstein steht nicht einmal ein Name.

STELLA

In diesen Ferien war ich auf dem Friedhof und habe mich auf sein Grab gesetzt. Während ich seinen Namen anstarrte, habe ich mir meinen auf dem Buchcover neben seinem vorgestellt. Ich weiß, das hätte er gewollt: dass ich sein Werk vollende und sein Name durch mich wieder lebendig wird. Also habe ich diesen steinernen Namen geküsst.

ACHILLE

Leute, ich habe was gemacht, das ich euch nicht gesagt habe: Ich habe Profile für den Appell erstellt. Twitter ist für Dinosaurier, Facebook für Neandertaler, Instagram für Sapiens, und mit den entsprechenden Kniffen, auf die der Algorithmus abfährt, habe ich dafür gesorgt, dass sie bei der Suche ganz oben auftauchen. Wenn ihr mir das Okay gebt, stelle ich sie online, mit dem Manifest und Cesares Song. Dann ist all das, was ich gelernt habe und im Netz zustande bringe, endlich zu etwas nütze.

OSCAR

Ich will ehrlich sein, ich glaube nicht an diese Sache mit dem Appell. Das heißt, ich glaube dran, solange wir sie in der Klasse mit dem Professore machen. Hier ist sie wahr, eine Notwendigkeit. Aber welchen Sinn hat sie außerhalb dieses Klassenraums? Sie wird ein Fake, genau wie der Feueralarm. Ihr wisst doch sowieso, dass sich dadurch nichts ändern wird. Was jucken die Lehrer schon die Gesichter der Schüler, ihre Namen, ihre Leben ... Jeder kümmert sich um seinen eigenen Scheiß, und die anderen existieren nur, wenn sie ihm nützlich sind. Der Typ, der behauptet, der Mensch sei ein Wolf, hat recht. So läuft's in der Welt. Wir versuchen, dieses Leben irgendwie cool zu finden, dabei ist es echt verkackt. Es ist ein Traum, aus dem man jedes Mal enttäuscht aufwacht.

CATERINA

Nein, Oscar, das stimmt nicht. Altruismus gibt es zwar nicht, und du hast recht, wenn du sagst, wir alle sind Egoisten. Aber genau deshalb waren wir Kinder, sogar du ... Wir haben selbst die egoistischsten Eltern dazu gezwungen, sich um uns zu kümmern, uns achtmal am Tag die Windeln zu wechseln, uns jeden Abend ein Wiegenlied vorzusingen, uns Gute-Nacht-Geschichten zu erzählen, uns zu trösten, wenn uns etwas wehtat und wir nicht wussten, warum, und unsere sinnlosen Launen zu ertragen. Das hat sie verändert, weil wir lernen, andere zu lieben, indem wir uns ihrer annehmen. Selbst wenn der Appell nur in einer einzigen Klasse von zehn Leuten ein paar Hände und Ohren veränderte, hätte er funktioniert. Wir müssen nicht die Welt verändern, ein paar Menschen genügen. Von meinem Bruder hatte ich euch schon erzählt: Jahrelang habe ich ihn gehasst, weil er die Aufmerksamkeit meiner Eltern stahl, die nie für mich da waren. Aber eines Tages haben sie ihn mir zum ersten Mal anvertraut, mir allein. Er spürte, dass ich ihm gegenüber distanziert und wütend war. Da hat er mich umarmt und angefangen, mich zu streicheln. Dann hat er seine Bauklötze geholt und wollte ein Flugzeug bauen, doch es gelang ihm nicht. Er ist zu mir gekommen und hat mich gefragt: *Soll ich dir helfen?* Er kriegt es nicht hin, sich richtig auszudrücken, er meinte »Hilfst du mir?«, stattdessen kam das Gegenteil heraus. Aber an dem Tag ist mir klar geworden, dass er recht hatte und dieser Satz völlig korrekt war. Er half mir. Ich habe gelernt, mich meiner selbst anzunehmen, indem ich meinem Bruder half. Im Grunde fragt uns jeder, der uns braucht: »Soll ich dir helfen?« Wenn wir nur aufhörten, uns vor den Mühen der Liebe zu verschließen, würden wir viel weniger Zeit verschwenden und hätten keine Angst, selbst ein bisschen zu verzichten, um doppelt so viel zurückzubekommen. Im Grunde fordern wir mit dem Appell jeden Schüler dazu auf, seinem Lehrer zu sagen: »Soll ich dir helfen?«

ETTORE

Vielleicht haben sich meine Eltern deshalb getrennt: Ich habe ihnen nicht genug geholfen ... Ich bin nur hier, weil sie eines schönen Tages Lust hatten, miteinander zu vögeln. Die Folgen einer Vögelei sind übertrieben. Erst einmal sollte man lernen, einander zu lieben, das ist viel schwieriger. Liebe kommt nicht einfach so, man muss sie lernen. Jedes Mal, wenn ich zwischen der Wohnung meines Vaters und der meiner Mutter

in der U-Bahn sitze, muss ich mich konzentrieren und beschließen, sie zu lieben. Oft gelingt es mir nicht, noch mehr
Liebe aus mir rauszuholen. Ich tue, was ich kann. Was würde
aus meinem Vater, wenn ich ihm nicht unter die Arme griffe?
Und meine Mutter, wie schafft sie es, so lange von Wut zu
leben? Beide machen sich kaputt. Das Leben hat sie betrogen, die Liebe hat sie betrogen, sie wollen nichts mehr, außer
das zu zerstören, was sie aufgebaut haben. Deshalb müssen
wir den Appell machen und die halbe Welt dazu bringen:
Denn zu wissen, dass man nicht allein ist, ist für manche eine
Frage von Leben und Tod. Und wenn wir nur einen einzigen
retten, hat es sich gelohnt, selbst wenn es uns hundert Tadel
kostet.

ELISA

Schon lange habe ich mich nicht mehr so präsent gefühlt.
Weihnachten war wunderschön, und das nicht, weil ich im
Central Park unter einem tiefblauen Himmel Schlittschuh gelaufen wäre. Sondern weil wir uns bei Aurora getroffen haben,
um zu entscheiden, wie wir mit dem Appell weitermachen.
Alle waren da: nicht, weil der Zufall uns in einem Raum zu-
sammengepfercht hatte, sondern weil wir uns dazu entschlossen hatten, etwas Schönes mit der realen Welt zu teilen. Es hat
Spaß gemacht, jedem ein Geschenk zu kaufen. Es war schön,
durch die Geschäfte zu bummeln und zu überlegen, wem was
gefallen könnte: ein Buch, ein T-Shirt, ein Taschenkalen-
der … Mein Blick hat sich vervielfacht, denn wenn man jemanden mag, muss man seine Perspektive einnehmen. Also
habe ich mich verneunfacht und Dinge wahrgenommen, die
ich nie zuvor gesehen hatte. Ich fühlte mich realer. Es stimmt,

Professore, die Liebe öffnet die Augen. Und weil heute mein Geburtstag ist, würde ich ihn gern mit euch feiern.

Elisa blies ihre achtzehn Kerzen in der Klasse aus. Jeder Schüler sollte seinen Geburtstag mit der Klasse in der ersten Unterrichtsstunde feiern, im Beisein aller Lehrer, um gemeinsam den Umstand zu würdigen, dass es ihn gibt. Wir begehen die Geburtstage von Schriftstellern, Wissenschaftlern, Philosophen und ihren Werken, weil es Geburtstage der Menschheit sind. Aber es wäre schön, die schlichte Tatsache zu feiern, dass es jemanden gibt, auch wenn er nichts Spektakuläres geleistet hat. Im Grunde bemisst sich eine Kultur an ihrer Fähigkeit, die Geburt eines Menschen und seine Neuheit zu würdigen, ganz gleich, was dabei herauskommt. Wir sangen gerade *Happy Birthday*, als der Direktor hereinplatzte, ohne anzuklopfen.

»Was ist hier los?«

»Wir feiern einen Achtzehnten, Sie können sich uns gerne anschließen«, antworte ich, um mich für die Schläge zu wappnen, die kommen werden.

»Wer hat Geburtstag?«

»Eine unserer besten Schülerinnen: vagabundierende Reisende und unersättliche Leserin.«

»Romeo, Sie sollten wissen, dass die Schulordnung es verbietet, in den Klassenzimmern zu feiern und Speisen zu verzehren.«

»Tatsächlich ist das Teil des Unterrichtsplans: Es handelt sich um ein wissenschaftliches Experiment.«

»Und was für ein Experiment soll das sein?«

»Wir wollten die Wahrscheinlichkeit berechnen, dass jemand die Party verdirbt«, antworte ich ernst und lächele dann gutherzig in seine Richtung.

Der Direktor schweigt verdattert. Die Schüler füllen das Schweigen mit zustimmenden Kommentaren und bestehen darauf, dass er bleibt und ein Stück Kuchen isst.

»Derartiges Benehmen dulde ich in meiner Schule nicht. Wir sind nicht in der Bar! Hier wird Kultur gemacht! Und ihr steht unter besonderer Beobachtung.«

»Ich glaube, das hier ist auch Kultur. Schließlich ist Wissen dazu da, sich der Menschen anzunehmen, oder nicht?«

»Romeo, ich bin derjenige, der Philosophie studiert hat, nicht Sie. Halten Sie sich an Ihr Fachgebiet: Sie werden dafür bezahlt, Naturwissenschaften zu unterrichten und für Disziplin zu sorgen! Es gibt Regeln, an die man sich zu halten hat. Übrigens, ich will wissen, wer diesen Artikel in der Schulzeitung verfasst und wer dieses Flugblatt gedruckt hat, das mehrere Lehrer mir gebracht haben!«

Wir schweigen. Das Flügelschlagen des im Klassenraum eingesperrten Schmetterlings beginnt in den Schulfluren einen Hurrikan zu entfachen. Das ist das Schöne am Chaos: Es macht deutlich, dass die Leere nicht existiert, und mit einer winzigen, punktuellen Geste setzt sich auf unvorhersehbare Weise jedes Ding in Bewegung.

»Wenn Sie mit Ihrem Unterricht oder Ihrem Zirkus fertig sind – denn inzwischen scheint es bei Ihnen zwischen Schule und Affentheater keinen Unterschied mehr zu geben –, kommen Sie zu mir! Ich dachte, mit dem Tadel hätten wir diese Sache beendet. Ich will wissen, was hier vor sich geht.«

»Verstößt das Schreiben von Artikeln jetzt auch gegen die Regeln?«

»Ohne die ordnungsgemäße Billigung des Projektes ist es nicht gestattet, schulische Eigeninitiativen zu ergreifen oder anzuregen, vor allem, wenn die anderen Klassen in Mitleidenschaft gezogen werden. Wir sind hier an einer staatlichen

Schule, Romeo, nicht in einem Feriendorf. Glauben Sie nicht, ich würde wegen Ihres Zustandes ein Auge zudrücken.«

»Ich habe beide zugedrückt.«

Die Schüler kichern.

»Ruhe!«

»Wenn Sie hierbleiben, erklären wir Ihnen alles. Ich habe kein Unterrichtsprojekt in die Wege geleitet. Die Schüler wollten etwas teilen, an das sie glauben.«

»Vielleicht habe ich mich nicht klar ausgedrückt. Diese Party ist vorbei!«

Der Direktor geht zum Pult, schnappt sich den Kuchen und wirft ihn mit Schwung und einem dumpfen Aufprall in den Papierkorb.

»Ich erwarte Sie im Direktorat!«

Die Tür knallt mit scheppernder Klinke ins Schloss.

Als hätten sie sich abgesprochen, brüllen die Schüler nach ein paar Sekunden im Chor: »Jaaa!«

Ich falle in ihr Gelächter ein.

»Jetzt gehen wir alle zum Feiern ins Direktorat und verzocken das Abi«, sage ich, als die Klingel ertönt.

Mit dieser Invasion hatte der Direktor nicht gerechnet. Ehe er reagieren kann, haben sich die Schüler vor seinem Schreibtisch aufgebaut. Ich bleibe hinter ihnen stehen und fühle mich wie der Anführer eines Trupps unbeugsamer Kämpfer.

»Was wollt ihr? Ich habe euren Lehrer einbestellt, nicht euch.«

»Sie müssen mit uns reden. Schließlich ist alles auf unserem Mist gewachsen«, sagt Achille unerwartet entschlossen, auch wenn seine Stimme leicht zittert.

»Ihr wollt dieses Abitur wohl einfach nicht machen … Dabei hatte ich euch gewarnt!«

»Das ist unser Abitur«, antwortet Elena.

»Was soll das heißen?«

»Was passiert, wenn ich mich in den Flur stelle und eine Zigarette rauche?«, fragt Caterina.

»Dann werde ich dafür sorgen, dass Sie sie ausmachen, und Sie dafür maßregeln, ich gebe Ihnen einen Tadel und schließe Sie vom Unterricht aus«, erwidert der Direktor.

»Und warum?«

»Weil es Vorschriften gibt, die einzuhalten sind. Es gibt eine Regel!«

»Und warum gibt es diese Regel?«

»Weil sie richtig ist.«

»Inwiefern?«

»Weil sie die Menschen schützt.«

»Genau. Deshalb wollen wir den Appell.«

»Was hat das damit zu tun?«

»Es gibt nicht nur Dinge, die dem Körper schaden, sondern auch welche, die der Seele schaden, und die sind viel schlimmer. Aber weil die Seele der Schule vollkommen schnuppe ist, ist es mit Regeln und Verordnungen dazu nicht weit her. Gleichgültigkeit, psychische und verbale Gewalt, Ignoranz … das alles ist viel schädlicher als Zigaretten. Sie rufen einen viel schlimmeren Krebs hervor: Namenskrebs. Wann begreift ihr endlich, dass wir von seelenlosen Regeln die Nase voll haben!«

Der Direktor schweigt einen Moment.

»Diese Ideen haben Sie ihnen in den Kopf gesetzt, Romeo.« Ich antworte nicht.

»Hören Sie auf, uns wie manipulierte Kleinkinder zu behandeln: Wenn es nach euch geht, sollen wir uns einfach nur anpassen, und wenn wir protestieren, dann bitte so, dass es niemanden stört. Aber kaum legen wir den Finger in die Wunde, sagt ihr, wir seien manipuliert.« Caterinas Ton ist unverwechselbar.

»Sie sollten den Mund nicht zu voll nehmen.«

»Ich esse doch gar nix!«, versetzt sie prompt.

»Kennen Sie die Weiße Rose?«, frage ich den Direktor, um zu verhindern, dass die Situation eskaliert.

»Das ist nicht der geeignete Moment, um über Botanik zu reden, Professore.«

»Wer redet denn von Botanik … Die Weiße Rose war eine Gruppe Jugendlicher, die in Hitlerdeutschland von 1942 bis 1943 dieselbe Schule besuchten. Sie trafen sich nachts heimlich, um verbotene Literatur zu lesen und sich gegen die Lügen der Propaganda zu stemmen. Nach und nach verwandelte sich ihre kulturelle Opposition in Aktion. Von ihrem eigenen Geld kauften sie sich einen Hektographen, Papier, Umschläge, Briefmarken und fingen an, heimlich Flugblätter des Widerstandes zu drucken, sie in Briefkästen zu stecken, in den Unterrichtsräumen der Schule und der Universität zu verteilen. Die Gestapo begann zu ermitteln und spürte sie auf. Sie wurden ins Gefängnis gesteckt und gefoltert, damit sie die Namen aller Beteiligten preisgaben. Aber diese jungen Leute wichen nie von ihren Überzeugungen ab. Fünfzehn von ihnen wurden enthauptet. Am Tag der Todesstrafe sagte Sophie, eine der Gründerinnen der Gruppe, auf ihrem Weg zur Guillotine: ›So ein herrlicher Tag, und ich soll gehen. Aber was liegt an unserem Leben, wenn wir es damit schaffen, Tausende von Menschen aufzurütteln und wachzurütteln.‹ Aus englischen Flugzeugen regneten ihre Flugblätter auf die deutschen Städte nieder.«

»Und was hat das hiermit zu tun?«

»Die Ideen sind in ihren Köpfen, ich habe sie da nicht eingepflanzt. Wenn die Köpfe funktionieren, stürzen sie die kopfstehende Welt in die Krise. Und die Macht enthauptet sie. So läuft es immer.«

»Die kopfstehende Welt?«

»Ja, die Welt der Lügen, an die wir irgendwann glauben, weil es gefährlich ist, sie infrage zu stellen. Kaum wendet man sich von der Wahrheit ab, fasst die Lüge Fuß, weil der Mensch nicht ohne eine Wahrheit leben kann, er braucht einen Grund, also erschafft er sich einen und verteidigt ihn um jeden Preis. Macht dient dazu, die verkehrte Welt aufrechtzuerhalten, sie zieht all jene an, die unfähig sind, selbstständig zu denken: Mitläufer und Handlanger, die froh sind, ihrem Leben endlich einen Sinn zu geben. Doch zum Glück gibt es immer ein paar kluge Herzen, die noch am rechten Fleck sitzen, sich der Wahrheit nicht verweigern und gegen das Verkehrte aufbegehren. Wissen Sie, wie der Leitspruch der Weißen Rose lautete?«

Ehe er mich unterbrechen kann, fahre ich fort: »*Harter Geist, weiches Herz*. Genau das brauchen wir: Schüler mit einem starken Geist und sanftem Herzen. Stattdessen machen wir aus ihnen müde, verzweifelte und manipulierbare Marionetten mit schwachem Geist und hartem Herzen.«

»Sie übertreiben, Professore. Wir leben schließlich nicht in einer Diktatur!«

»Vielleicht nicht oder vielleicht doch, in einer sanften, kuscheligen Diktatur … Aber wie schon die jungen Leute der Weißen Rose schrieben: ›Jedes Volk verdient die Regierung, die es erträgt.‹«

»Was wollen Sie damit sagen? Ich habe die Nase voll von Ihnen, Romeo! Diese Situation ist ein unzumutbares Affentheater.« Sein Ton wird mit jeder Silbe barscher, ein Zeichen, dass er allmählich die Kontrolle verliert und jede Möglichkeit eines vernünftigen Gedankens aufgegeben hat. »Verdammt sei der Tag, an dem ich Ihnen die Stelle gab!«

»Aber es war doch unsere Idee!«, schaltet sich Mattia ein. »Und fürs Protokoll: Der verdammte Schreiberling bin ich!«

»Nun, Pech für Sie und Pech für euch alle! Es kostet mich nichts, euer Abitur platzen zu lassen! Habt ihr das endlich begriffen!«

»Vielleicht haben Sie nicht begriffen«, schaltet sich Achille ein. »Wir sind diejenigen, die die Schule platzen lassen.«

»Was erlauben Sie sich? Für wen halten Sie sich? Wie heißen Sie?«

Achille antwortet nicht.

»Ich habe gefragt, wie Sie heißen!«

Ich höre Tumult.

»Achille! Was ist los?«, ruft Ettore.

»Hilfe ... ich kriege keine Luft«, keucht Achille.

»Ein Asthmaanfall. Macht Platz.«

Wie gelähmt stehe ich hinten im Zimmer und kann nichts tun. Achilles Atem wird immer röchelnder und dumpfer. Ich werde einen Schüler auf dem Gewissen haben.

Jemand rennt hinaus, während die anderen sich hektisch im Raum bewegen.

»Hier, hier!« Das ist Stellas Stimme. »Ich hab ihn gefunden, er war im Rucksack.«

Achilles Atem beruhigt sich. Der Inhalator hat seine Bronchien geweitet.

Im Weltretten sind meine Schüler nicht besonders gut, aber immerhin wissen sie, sich gegenseitig zu retten. Ähnlich wie bei einer Rose, deren Blütenblätter einzeln genommen nicht viel hermachen, die zusammen aber vollkommen sind.

Wortlos verlassen sie das Büro des Direktors, während ich wie versteinert in der Ecke stehe.

»Ich hatte Sie angewiesen, allein zu kommen. Das passiert, wenn man seinen Kopf durchsetzt. Wenn Sie diese Schüler nicht in Frieden lassen, bin ich gezwungen, Sie von der Schule zu entfernen.«

»Ich kann sie nicht in Frieden lassen, sonst führen sie Krieg gegen sich selbst.«

»Romeo, ich habe genug von Ihrer Phrasendrescherei. Schluss mit diesem Geltungswahn: Bringen Sie die Schüler davon ab, noch mehr Zeit mit diesen pubertären Anwandlungen zu verplempern. Sie sollen sich auf ihr Abitur konzentrieren. Und jetzt gehen Sie zum Teufel.«

Auf der Suche nach der vergeudeten Zeit
Tagebuch eines blinden Lehrers

Es herrscht zu viel Chaos in deinem Gesicht, Oscar. In jedem jugendlichen Gesicht herrscht Chaos, und jeden Tag kommt es zu einer neuen Schlacht zwischen der Suche nach Ordnung und dem Wirrwarr aus Gefühlen, Gedanken, Ängsten, Groll, Täuschungen und Enttäuschungen ... Aber du, Oscar, setzt dein Gesicht echten Schlägen aus, um mit dem Leben gleichauf zu sein und ihm die Hiebe heimzuzahlen, die es dir verpasst. Als ich meine Finger auf dein Gesicht legte, war es geschwollen; eine Maske aus Haut, unter der die physischen Konturen der Wahrheit verschwinden. Wenn wir etwas zeichnen sollen, zeichnen wir seine Umrisse, als müssten wir, um einer Sache Form zu geben, ihre Grenzen beschreiben. Aber bei deinem Gesicht weiß man weder, wo es endet, noch, wo es beginnt. Deine unregelmäßigen Wangenknochen, der krumme Brauenbogen, der kantige Kiefer, die schiefe, mindestens zweimal gebrochene Nase mit den weichen Knorpeln und dem zerdellten Profil. Ich habe deinen Wunsch berührt, eher geschlagen zu werden, denn auszuteilen. Ich wünschte, du würdest diesem Gesicht und diesem Schmerz einen Moment Ruhe gönnen. Ich wünschte, du würdest das Leben suchen, statt darauf zu beharren, den Tod mit Fäusten zu traktieren.

Du erinnerst mich an den Tag, als ich aufs Dach stieg, auf dem das Teleskop stand, das mir mein Vater geschenkt hatte. Es war ein windstiller Tag, die Geräusche der Straße waren dort oben kaum zu hören. Die Stadt unter mir tat sich besonders schwer, zur abendlichen Ruhe zu kommen. Die Luft war bleiern und drückend, wie eine Matratze, auf der das Leben, der Himmel und der Schmerz ihre Orgie feierten. Seit zwei Jahren konnte ich nichts mehr sehen. Mir fehlten die Sterne, die ich vorher jede Woche betrachtet hatte, ich ertrug es nicht, meinen Sohn nicht aufwachsen zu sehen, der Kontakt mit meinem Vater war unmöglich geworden. Zu der nahezu unüberbrückbaren Distanz seiner Altersdemenz hatte sich meine Blindheit gesellt: Jetzt waren wir zwei einsame Inseln. Alles, was wir gewesen waren, schien verschwunden zu sein. Die Einsamkeit vergiftete meine Gedanken und Gefühle, ich konnte meine Frau nicht mehr erreichen, ich wollte ihr diese Einsamkeit nicht zeigen, glaubte, allein damit fertigwerden zu müssen, weil ich mich meiner Schwäche schämte. Ich hatte meine Entdeckerlust verloren, meine sprichwörtliche, unerträgliche Neugier, ich hatte aufgehört zu unterrichten, weil es mir unmöglich erschien, damit weiterzumachen. Das Dunkel hatte mir alles genommen, und nach und nach war das Leben in mir verloschen. Auf diesem Dach wollte ich meiner Einsamkeit Folge leisten. Ein Sprung, nein, ein einziger Schritt würde genügen. Also stieg ich auf die niedrige Mauer. Theoretisch ist es ganz einfach, einen Schlussstrich zu ziehen, doch der Geist pfeift auf die Theorie. Wie ein Schlafwandler balancierte ich mit ausgebreiteten Armen auf dieser Mauer entlang. Von unten schlug mir die zehn Stockwerke tiefe Leere ins Gesicht, aber ich zwang mich, mir einzubilden, es wäre nur eine kleine Stufe, die ich hinabsteigen müsste, um im Leben weiterzukommen, ein kurzer, blinder Flug, ohne die Angst vor dem Aufprall, denn ich würde den Boden nicht näher kommen sehen. Endgül-

tige Dunkelheit würde die vorläufige ersetzen. Ich hob das Gesicht zum Himmel, schrie zu Gott, dass er mich verlassen hätte und mir nichts mehr zu leben blieb. Ich bat ihn um Vergebung, aber meine Angst sei zu groß, so weiterzuleben und das, was ich liebte, wie bei einem rieselnden Stundenglas Sandkorn für Sandkorn zu verlieren. Ich war eine Last für alle und vor allem für mich selbst geworden. Ein Schritt würde genügen, um Lebewohl zu sagen und sich dem Nichts endgültig in die Arme zu werfen. Ich fing an, die zehn bedeutendsten Selbstmorde der Geschichte in eine Reihenfolge zu bringen: Sokrates, Judas, Monroe, Cato, Kleopatra, Seneca, Cobain ... Ich besaß nicht annähernd deren hehre Inbrunst. Durch die Blindheit war meine Bedeutungslosigkeit besiegelt worden. Unser Leben ist ein Spielball des Schmerzes, und die Liebe reicht nie aus, um ihn aufzuwiegen. Als ich zu diesem Schluss gekommen war, hob ich in aller Ruhe einen Fuß und stürzte mich in die Leere. Der Flug dauerte einen Wimpernschlag. Mein Knöchel war gebrochen. Doch ich war am Leben. Ich hatte einen zehn Stockwerke tiefen Sturz überlebt, mein Leben war offenbar doch noch zu etwas nutze. Hatte Gott einen anderen Plan für mich? So fand mich meine Frau.

»Warum liegst du hier auf dem Dach?«

Ich antwortete nicht.

»Was ist mit deinem Fuß passiert? Was hast du gemacht?«

Ich war auf die falsche Seite gefallen. Gedankenverloren hatte ich mich der Dachseite zugewandt. Es war wie ein Wunder: Die Blindheit hatte mich vor der Verzweiflung bewahrt.

Meine Frau nahm mich in die Arme und küsste mich auf die Augen, dann legte sie die Lippen an mein Ohr und sagte: »Ich bin schwanger.«

Und ich weinte, ich weiß nicht, ob wegen des schmerzenden Knöchels oder weil meine Grenze sich plötzlich über den Rand des Dunkels und der Einsamkeit hinaus verschob.

»Ich brauche dich. Komm zu mir zurück, so wie du bist«, sagte sie zu mir. Und ich fühlte mich geliebt für das, dessen ich mich am meisten schämte.

In dem Augenblick wurde ich wiedergeboren, weil ich das alte Leben, in dem ich die Dinge im Griff hatte, sterben ließ. Ein neues Leben begann, in dem ich lernen musste zu empfangen.

FEBRUAR

Die Stadt summt eintönig in der Ferne, emsig wie ein Bienenstock. Es gibt Monate, in denen die zusammengedrängten Leben ein recht monotones und langweiliges Geräusch von sich geben. Der hungrige Winter beginnt seinen Klammergriff zu lockern: Nachdem er einem das Mark aus den Knochen gesaugt hat, stiehlt er sich satt davon. »Der Lehrer Omero Romeo, Urheber des Protests, ist blind.« Patrizia beschreibt mir die Zeitungsseite mit meinem Foto und der Bildunterschrift. Eine ganze Seite der wichtigsten überregionalen Tageszeitung mit den Interviews der Schüler und einem Anreißer auf der Titelseite: »Ein Appell revolutioniert die Schule. Ein Blinder gab den Anstoß.«

Schweigend nippe ich an meinem ersten Februarkaffee und ignoriere die unerträgliche Ironie des Verfassers.

»Wussten Sie nichts davon?«

»Nein.«

Alles hat mit Mattias Artikel, Cesares Song und den Flugblättern mit Elisas Logo angefangen. Sie haben eine unaufhaltsame Bewegung in Gang gesetzt. Die Schüler der gesamten Schule haben den Tag des Appells ausgerufen: ein Überraschungstag, an dem sie von ihren Lehrern das verlangten, was meine Klasse zwei Monate zuvor auf recht dilettantische Weise versucht und sich dafür einen Tadel und die Untersagung jedweder derartiger Initiativen eingehandelt hatte. Diesmal konnte der Direktor nichts dagegen unternehmen: Die ganze Schule war schuldig. Die Schüler hatten mit ihrem passiven Widerstand begonnen und sich geweigert, am Unterricht teilzunehmen, sollten sich die Lehrer nicht die Augen verbinden lassen, ihnen zuhören und ihre Gesichter berühren. Es sollte ein Festtag werden, aber in einigen Klassen hatten sich die Lehrer geweigert, auf die Forderung der Schüler einzugehen. Es war zu heftigen verbalen Auseinandersetzungen und disziplinarischen Maßnahmen gekommen. Dann waren ein Schüler und der Mathematiklehrer handgreiflich geworden, ihr Gebrüll war durch die Flure gehallt, bis ein Krankenwagen eingetroffen war und den Lehrer mit gebrochener Nase abtransportiert hatte. Es war unmöglich, dass sich die Neuigkeit nicht verbreitete. Das Telefon der Schule war mit Anrufen von Journalisten und Eltern bombardiert worden, die der Direktor nach Kräften zu beruhigen versuchte und behauptete, es habe sich um ein schulisches Projekt gehandelt, das nichts mit dem pädagogischen Experiment des Appells zu tun hätte. Dumm nur, dass die beste Strategie, um Neugier zu schüren, in einer offenkundig falschen Behauptung besteht. Und so machte sich die Mutter eines der Schüler, eine Journalistin bei einer großen überregionalen Tageszeitung, daran, Informationen zu sammeln.

»Sie fing an, ganz wie nebenbei Fragen zu stellen, und so kamen meine Kollegen ins Plaudern«, sagte Patrizia zu mir und meinte die Mitarbeiter aus dem Erdgeschoss. »Dann hat sie die Schüler aufgesucht und sich erzählen lassen, wie das mit dem Appell angefangen hat. Und Sie wissen ja, wie die jungen Leute sind, Professore, endlich hatten sie das Gefühl, im Zentrum der Aufmerksamkeit zu stehen: von der Zeitung interviewt, sogar mit Foto. Also haben sie sich ordentlich Luft gemacht: Sie haben den Direktor kritisiert und ihn einen Lügner genannt und sich darüber beklagt, dass den Lehrern, von wenigen Ausnahmen abgesehen, nicht nur ihre Schüler egal seien, sondern auch das Abitur, auf das sie sie vorbereiten sollen. Das ist wohl die effektivste Methode, um alle gegen sich aufzubringen, mögen sie an der Schule auch als Helden der Revolution gelten.«

»Und wie alle Revolutionen wird sie blutig enden. Könnten Sie mir bitte den Anfang des Artikels vorlesen?«

»Der von Geburt an blinde Lehrer Romeo propagiert eine neue Vision von Schule, in der das Verhältnis zu den Schülern wichtiger ist als die Lehrpläne. Diese Idee haben sich die Schüler auf die Fahnen geschrieben und einen Widerstand organisiert, der mit unangemessener Härte erstickt wurde. Der Schulleiter gab die Initiative zunächst als seine eigene aus und behauptete, sie habe das übliche jährliche Projekt ›Schüler machen Schule‹ ersetzen sollen. Dem widersprachen die Schüler vehement. Es kam zu heftigen verbalen Auseinandersetzungen mit den Lehrern und in einem Fall sogar zu Handgreiflichkeiten. Eigentlicher Auslöser der Ereignisse ist jedoch die Sichtweise des – gemessen am mit vierundfünfzig Jahren weltweit höchsten Durchschnittsalter italienischer Lehrer – blutjungen Vertretungslehrers Omero Romeo. Der blinde Romeo hat eine revolutionäre Vergangenheit und neigt laut Auffassung einiger Kollegen zu übersteigertem Geltungsdrang. Seine Vorstellung von Schule scheint bei den Schülern weitaus mehr Anklang zu finden als bei seinen Kollegen.«

»So ein Schwachsinn … das hat gerade noch gefehlt.«

»Jedenfalls sind Sie ein echter Katastrophenkatalysator.«

»So läuft es seit der Expansion des Universums: Sobald sich das Leben befreit, explodiert es. Die Entstehungsgeschichte der Gestirne beginnt buchstäblich mit einer Katastrophe. Das Gleichgewicht steht oft im Widerspruch zum Leben, aber es beruhigt uns. Trotzdem ist das Leben wichtiger als das Gleichgewicht, auch wenn Veränderung unweigerlich Schmerz bedeutet.«

»Und Sie werden dafür bezahlen.«

»Erst mal werden die Schüler dafür bezahlen, weil ihnen die Dinge aus der Hand geglitten sind.«

»Freiheit hat immer ihren Preis.«

»Hoffen wir, dass er dieses Mal nicht allzu hoch ist. Aber jetzt muss ich zum Direktor: Er hat mich zu sich zitiert.«

Der Direktor empfängt mich ohne Vorreden. »Romeo, ich habe ein Disziplinarverfahren gegen Sie eingeleitet. Ich hatte mich klar ausgedrückt: Die Sache sollte enden, aber Sie haben nicht auf mich gehört. Wir sind in der Zeitung gelandet, und jetzt habe ich die gesamte Presse und die Lehrer gegen mich. Eine echte Meisterleistung.«

»Und Sie haben beschlossen zu lügen.«

»Ich habe versucht, den Schaden zu begrenzen, um die Situation wieder unter Kontrolle zu bringen, leider erfolglos. Sie und Ihre Geltungssucht.«

»Ich habe nichts getan.«

»Sie haben nie etwas getan. Die Dinge passieren von ganz allein. Glauben Sie mir, ich verfüge immerhin über ein Mindestmaß an naturwissenschaftlichen Kenntnissen und weiß, dass sich etwas nur in Bewegung setzt, wenn es eine Kraft gibt, die die Reibung überwindet. Und dieses Chaos hat sich bestimmt nicht von allein in Bewegung gesetzt.«

»Das stimmt, aber die Schüler haben alles allein gemacht.«

»Die werden ihre Quittung auch noch bekommen. Wir können nicht so tun, als wäre nichts.«

»Ich meinte die Schüler der gesamten Schule. Sie sind neugierig geworden auf das, was bei ihren Mitschülern vor sich ging, und wollten es ausprobieren.«

»Ohne irgendeine Genehmigung, abgesehen von der eines Lehrers, der über alles Bescheid wusste und nichts gesagt hat. Ein Lehrer, der obendrein vor weiteren Unternehmungen dieser Art gewarnt wurde.«

»Und jetzt?«

»Und jetzt werden Sie ein Interview geben, in dem Sie sagen, dass Sie unerlaubt versucht haben, ein schulisches Projekt an sich zu reißen und für Ihre Zwecke zu missbrauchen. Die Sache war im Rahmen des diesjährigen Projekts ›Schüler machen Schule‹ geplant und sollte kontrolliert und nicht konfrontativ ablaufen.«

»Sie sind ja verrückt! Das mache ich auf keinen Fall.«

»Dann werden Ihre Schüler dafür bezahlen.«

»Was wollen Sie damit sagen?«

»Ich werde sie wegen einer nicht genehmigten Aktivität, die zu Zerwürfnissen und Chaos geführt hat, der Schule verweisen. Und sie werden das Jahr verlieren.«

»Aber so war es doch gar nicht!«

»Sie irren sich, Romeo. Genau so war es. Und wenn Sie das nicht einsehen, dann umso schlimmer für Sie. Sie tun, was ich Ihnen gesagt habe, und retten das Jahr Ihrer Schüler.«

»Und was ist mit mir?«

»Sie werden für die Konsequenzen geradestehen. Mit Ihren Erklärungen liefern Sie einen triftigen Grund für die Entbindung von Ihrer Lehrtätigkeit, und dann gehen wir alle unserer Wege. Ich hatte Sie davor gewarnt, sich mit mir anzulegen. Sie haben die Wahl: entweder die Schüler oder Sie.«

»Oder die Wahrheit.«

»Versuchen Sie es ruhig. Sie haben sämtliche Kollegen und einen Großteil der Eltern gegen sich. Sie sind Wissenschaftler, Romeo. Der Moment ist gekommen, um die Daten auszuwerten und zu akzeptieren, dass Ihr Experiment gescheitert ist.«

»Also habt ihr nicht nur einen Haufen Mist verzapft, sondern selbst die Journalistin aufgesucht, und nicht umgekehrt, wie Patrizia mir erzählt hat?«

Das Schweigen ist geballter denn je, die Schüler halten den Atem an. Nachdem ich von ihnen erfahren habe, wie die Dinge tatsächlich gelaufen sind, hat niemand den Mut, noch etwas zu sagen.

»Ihr habt mich enttäuscht. Ihr habt euch von den Blitzlichtern verführen lassen und die Dinge so dargestellt, dass ihr im Rampenlicht steht. Ihr habt alles kaputt gemacht.«

»Warum sagen Sie das? Auf diese Weise ist die Geschichte ans Licht gekommen, und alle haben vom Appell erfahren. Es gab keinen besseren Weg, um ihn bekanntzumachen. Obendrein gratis«, antwortet Ettore kleinlaut.

»Auf diese Weise wird alles in Nullkommanichts verpuffen wie eine x-beliebige Zeitungsnotiz. Das, was ein langsamer und nachhaltiger Wandel hätte sein können, wird vom Sensationshunger verschluckt. Habt ihr gelesen, wie viel Blödsinn in dem Artikel steht? Er legt es darauf an, eine Art Superhelden zu erschaffen, den man in den Himmel loben oder in Stücke reißen kann. Für die Medien zählt nicht die Wahrheit, sondern die Viralität. Sie wollen eine Zielscheibe präsentieren, die Aufmerksamkeit der Leute dorthin lenken, die Quoten in die Höhe treiben und auf das nächste Opfer lauern. Und ehe ihr es euch verseht, haben sie euch vor den Karren gespannt.«

»Sie haben uns doch dazu gedrängt, was Gutes auf die Beine zu stellen, unsere Energien zu nutzen, um die Dinge zu ändern. Haben Sie mal daran gedacht?«, fragt Elena.

»Dabei bleibe ich auch, aber wir wollten etwas anderes erreichen als ein bisschen mediengepimpte Aufmerksamkeit.«

»Sie denken total oldschool, Professore. Wir hätten sonst nie so viel Aufmerksamkeit bekommen, und jetzt ist der Moment, um sie zu unserem Vorteil auszunutzen«, sagt Achille ungewohnt draufgängerisch.

»Ich mag oldschool sein, Achille, aber ihr seid naiv. Diese Neuigkeit hält sich ein paar Stunden und wird dann genauso schnell wieder verschwinden, wie sie ausgeschlachtet wurde. Eines von zahllosen Strohfeuern, dabei wollten wir einen ordentlichen Flächenbrand entfachen.«

»Auch ein Brand braucht einen zündenden Funken.«

»Wenn du die Scheite nicht richtig vorbereitest, verlischt er sofort. Der Strohhalm der Begeisterung genügt nicht. Die Lehrer sind für eine solche Veränderung nicht bereit, so etwas muss sich allmählich entwickeln, erst im Herzen, dann im Kopf und schließlich in den Ohren und Händen. Eine Provokation reicht nicht, um ein System zu verändern, so eine Idee zwingt man nicht von außen auf, sie muss von innen wachsen.«

»Wir schaffen das schon, vertrauen Sie uns.«

»Das tue ich.«

»Klingt aber nicht so.«

»Ist euch nicht klar, dass ihr riskiert, das Jahr zu verlieren?«

»Glauben Sie, das ist unser Problem?«

Ich schweige, und mir wird klar, dass ich sie vor etwas zu schützen versuche, vor dem sie, im Gegensatz zu mir, keine Angst haben. Ich will sie nicht noch mehr leiden sehen, auch wenn jede Erkenntnis mit einer Portion Leid einhergeht.

»Hört mir jetzt ganz genau zu.«

Ich erzähle ihnen, was mir der Direktor gesagt hat. Sie schweigen, und ihnen wird immer deutlicher bewusst, dass wir Schrammen davontragen werden, egal, wie die Dinge laufen. Doch statt sie zu verunsichern, scheint sie das noch mehr zu motivieren.

»Die Leute von der Weißen Rose haben ihr Leben verloren. Wir verlieren schlimmstenfalls ein Schuljahr«, sagt Aurora.

In meinen Augen stehen Tränen, und sie sind echt. Jetzt ist mir das klar, dank einer Frage in *Doktor Schiwago*, die mir seit einer der ersten Vorlesestunden mit Patrizia im Kopf geblieben ist: »Wie schön ist es auf der Erde! Aber warum tut einem das Herz davon weh?« Mit einer Träne gestehen wir unsere Unfähigkeit, Schönheit festzuhalten. Die Liebe kommt mit Lichtgeschwindigkeit, und das Auge wird Opfer dieser Schönheit und füllt sich mit Tränen, weil es sie nicht festzuhalten vermochte und allzu schnell verloren hat. Wenn es heißt, im ewigen Leben wird jede Träne getrocknet, kann das nur bedeuten, dass unsere Augen endlich zu Licht werden und sämtliche Schönheit empfangen können, ohne sie je wieder zu verlieren. Die Schönheit ist zu schnell, als dass wir sie in unserer Endlichkeit festhalten könnten, und um den Wert einer Sache zu spüren, müssen wir sie verlieren. Aber ich will nicht, dass die Schönheit dieser jungen Menschen verloren geht. Also bringe ich sie, nachdem ich mir die Augen getrocknet und mir überlegt habe, wie unsere nächsten Schritte aussehen werden, in den Alltag zurück. Immerhin könnte dies unsere letzte Unterrichtsstunde sein.

»Ihr müsst wissen, dass die physikalischen Entdeckungen des zwanzigsten Jahrhunderts uns von drei Illusionen befreit haben: Die Relativität hat uns vom Irrglauben befreit, dass Raum und Zeit absolut sind, die Quantenphysik hat die vermeintliche Tatsache infrage gestellt, dass sich die Dinge kontrollieren lassen, und die Chaostheorie, dass sie vorhersehbar sind. Die Physik hat uns gezeigt, dass wir nichts unter Kontrolle haben, und genau deshalb versteifen wir uns darauf, sie ausüben zu wollen. Wir sollten uns darauf konzentrieren, wie wir das Leben erneuern können, statt seine Entropie bremsen zu wollen. Können wir den Begriff ›erneut‹ wirklich verwenden? Wir verwenden ihn, um etwas zu beschreiben, das sich aus mehr oder weniger müder Gewohnheit wiederholt. Dabei meint ›erneut‹ sehr viel mehr: Es bedeutet, dass sich etwas in seiner Wiederholung erneuert hat. Kein Sonnenuntergang ist genauso wie die gewesenen oder kommenden. Es ist der x-te Sonnenuntergang, aber es ist ein ›erneuter‹ Sonnenuntergang: einzigartig und unwiederbringlich. Der Schöpfung wohnt ein Prinzip der ständigen Erneuerung inne, und wenn wir nicht in der Lage sind, dies anzuerkennen, werden wir aus lauter Gewohnheit blind für die Wirklichkeit. Die Dinge wiederholen sich nicht vollkommen gleich, sondern erneuern sich in der Wiederholung. Genau diese Neuerung suchen wir in dem, was wir tun: In der Arbeit, in der Liebe, in unseren Beziehungen. Wir wollen jeden Tag ›erneut‹ erleben und uns wiederholt erneuern.

Deshalb will ich jetzt von euch wissen, was euer Leben euch ›erneut‹ bringen wird, denn nur das kann euch die Neuerung eines jeden Tages erkennen lassen und von der Angst befreien, keinen Daseinsgrund zu haben. Was werdet ihr erschaffen? Beziehungsweise: Wie werdet ihr wachsen? Ich möchte, dass ihr euren Wunsch, der Wirklichkeit werden soll, auf einen Zettel schreibt. Die Zettel stecken wir in einen Umschlag, den ich wie einen Schatz hüten werde. Mit dem Versprechen, dass wir uns wiedersehen, holen wir sie in fünfzehn Jahren heraus und lesen sie laut vor, um zu sehen, was aus eurem Wunsch geworden ist und ob er sich verwirklicht hat. Ich will, dass der Inhalt dieses Umschlags eure Tage wie ein euch selbst und den anderen gegebenes Versprechen begleitet, ein Versprechen von Glück, dem ihr treu bleibt. Zu verraten, was ihr heute aufschreibt, bedeutet, euch selbst, die anderen und die ganze Welt zu verraten.«

»Ich mach's nur, wenn Sie's auch machen«, sagt Elisa mit der provokanten jugendlichen Schlagfertigkeit, die den Forderungen der Erwachsenen auf den Zahn fühlt.

»In Ordnung. Dann lasst uns entscheiden, wann und wo wir uns in fünfzehn Jahren wiedertreffen.«

»Wieso fünfzehn?«

»Weil es mich an ein Spiel aus meiner Kindheit erinnert, weil es in der Sprache der Träume ›der Junge‹ bedeutet, weil es die Summe dreier aufeinanderfolgender Primzahlen ist … Es gibt noch tausend andere Gründe, aber vor allem, weil meine Penelope in drei Jahrfünften in eurem Alter sein wird, ihr die Früchte eurer Ernte sammeln werdet und ich noch nicht zu tatterig bin.«

»Was den letzten Punkt betrifft, wäre ich mir nicht so sicher, Professore. Sie sind ja jetzt schon nicht gerade in Topform …«, witzelt Oscar.

»Ich wünsche dir, dass du mit fünfundvierzig noch so im Saft stehst wie ich!«

»Na schön, wo und wann treffen wir uns?«

»Wir haben uns am 14. September kennengelernt«, überlegt Elisa.

»Klingt gut.«

»Und wo?«, fragt sie zögernd.

»In der städtischen Sternwarte.«

»Sie bleiben sich wirklich immer treu. Mit den Sternen haben Sie es echt«, bemerkt Aurora.

»Ich habe es mit schönen Dingen. Und jetzt muss mir jemand bei meinem Zettel helfen, aber ohne zu lesen, was ich schreibe.«

»Das mache ich«, meldet sich Stella.

Ihre Hand legt sich auf meine. Ich bin das Schreiben nicht mehr gewohnt. Normalerweise mache ich eine Aufnahme von dem, was ich nicht vergessen will.

»Jetzt wieder an den Anfang«, sagt sie, sobald es nötig ist.

»Was treibt dich bloß dazu?«

Vor mir steht Annamaria, die mich nach dem Unterricht vor der Klassentür abgepasst hat.

»Zu was?«

»Zu dieser Schlacht. Was steckt dahinter?«

»Dahinter?« Ich drehe mich um und taste theatralisch suchend mit den Händen umher.

»Lass die Witze, Romeo. Ich unterrichte seit einer Ewigkeit und hatte den gleichen Enthusiasmus wie du. Ich war auch davon überzeugt, mit der Literatur eine Menge Leben retten zu können, doch hat sich das sehr bald als schöner Traum entpuppt. Den Schülern ist alles völlig egal. Also, wie stellst du das an?«

»Wie stelle ich was an?«

»Zu kämpfen. Was willst du damit erreichen?«

»Dass nichts verschwendet ist, nicht ein Leben.«

»Du bist ein Idealist.«

»Nein, gar nicht. Vor allem will ich, dass mein Leben nicht verschwendet ist. Außerdem bin ich ein Mann der Wissenschaft: Ich halte mich an die Fakten.«

»Die da wären?«

»Zehn verkorkste Schüler verändern die Welt.«

»Die Welt wird sich niemals ändern, Romeo, und das weißt

du. Auf diese Weise lässt du sie nur noch mehr leiden, weil ihre Enttäuschung umso heftiger ausfallen wird.«

»Die Welt ist nicht das da draußen, Anna. Jeder von ihnen ist eine ganze Welt. Mir reicht es, wenn auch nur einer von ihnen diese Welt Wirklichkeit werden lässt. Dann hat es sich gelohnt.«

»Und wie lautet dein Geheimnis?«

»Guten Unterricht zu machen und jeden Tag für den Appell zu sorgen.«

»Das ist alles?«

»Das ist alles.«

»Als würde das reichen.«

»Es reicht, um die Perspektive zu wechseln.«

»Was meinst du damit?«

»Der Erfinder der Perspektive wollte die Wirklichkeit mit dem Blick beherrschen und verwandelte alles in mathematisch definierte geometrische Formen. Alles erschien perfekt, doch es war eine Illusion.«

»Was hat denn die Kunstgeschichte damit zu tun?«

»Die Wirklichkeit ist die größte Verschwörung, die je angezettelt wurde: Sämtliche Dinge atmen gemeinsam, dieser Atem ist das Leben, das den Betrachter und das von ihm Betrachtete eint. Die Perspektive hat den alles einenden Atem erstickt und ihn durch eine Vorstellung ersetzt.«

»Und was war dieser Atem?«

»Etwas, das uns übersteigt, Anna. Etwas, das über uns hinausgeht und uns und den Dingen Leben einhaucht. Als ich blind wurde, musste ich auf den gierigen, illusionistischen Blick verzichten, den wir erschaffen haben, und die Geschichte der Perspektive neu überdenken. Ein banales Beispiel: Heute wird die Frau häufig zum visuellen Objekt der Begierde degradiert, das Auge will sie besitzen und raubt ihr damit das Leben. Das immer unersättlichere Auge übersteigert die Begierde und verwandelt die Frau in reine Illusion, um sich daran zu erregen. Solange das Auge nicht auf seine Deutungshoheit verzichtet, wird es uns nicht gelingen, die Dinge zu sehen und ihren Atem zu spüren. Wir werden die Welt nur wiedererlangen, wenn wir aufhören, sie beherrschen zu wollen.«

»Du stellst die größten Errungenschaften der Renaissance in Zweifel.«

»Wer weiß, ob sie das wirklich waren. Ich glaube, sie sind es nur zum Teil. Wir reden nicht von der Meisterschaft der Maler, Anna, sondern davon, dass wir uns anmaßen, das alleinige Maß aller Dinge zu sein, und während wir sie kontrollieren wollen, haben wir aufgehört, sie zu lieben. Zur Erkenntnis braucht es keine Kontrolle, allein die Liebe verbindet den Wissenden mit seinem Wissensgegenstand. Subjekt und Objekt sind nicht getrennt, es gibt keine Perspektive, keine Trennung, sondern eine Verbindung.«

»Das Gleiche sagen die Dichter, die ich stets geliebt habe, bis ich aufhörte, sie zu lesen.«

»Warum?«

»Weil das von ihnen verheißene Leben eine Lüge ist. Das Leben ist ein einziger Betrug.«

»Dein Sohn?«

»Woher weißt du das?«

»Ich weiß es.«

Ich schweige, um Anna entscheiden zu lassen, ob sie sich einer Schicht ihrer Rüstung entledigen will.

»Ich wäre gern noch so wie du, Romeo ... aber es ist zu spät, ich bin müde.«

»Ich muss dir die Wahrheit sagen. Weißt du, was mir den Rücken stärkt?«

»Na bitte, ich wusste es. Was?«

»Da ist dieses Band, das alles im selben Licht erscheinen lässt, weil es seine Quelle ist.«

»Das da wäre?«

»Die schöpferische Liebe Gottes.«

Ich schweige.

»Gott gibt es nicht, Romeo, und er ist ganz sicher nicht Liebe: Um das zu wissen, muss man nur die Zeitung lesen.«

»Wenn ich nur an das glauben wollte, was ich sehe, Annamaria, dann müsste ich glauben, dass es die Welt nicht gibt, dass sie keine Farben hat. Aber stattdessen …«

»Wie auch immer. Was hat Gott mit der ganzen Geschichte zu tun?«

Ich lege meine Hände an ihr Gesicht und spüre die leichten Falten. »Wenn du, so wie jetzt, in jedem Moment deines Lebens die Berührung zweier Hände auf deinem Gesicht spürtest, die nie aufhören, dich zu streicheln, dich zu begleiten, deine Tränen fortzuwischen, dich zu führen. Würdest du dann nicht das Gleiche für die anderen tun wollen? Das ist das Leben, das Licht, in dem alle Dinge einander liebend verstehen.«

Ich lächle und kann die Tränen nicht zurückhalten.

Ihr Gesicht entspannt sich. Was ich gerade tue, ist weder der Versuch, die Existenz Gottes mittels unanfechtbar logischer Schritte zu beweisen, noch eine Wette auf ihn, bei der Gläubige als kühne Spinner dastehen, sondern etwas, das ich nur zeigen kann: die Offensichtlichkeit der Liebe. Gott kann man nicht beweisen. Man kann ihn nur zeigen.

Ich spüre meine Finger nass werden. Es sind Annas Tränen, die wie ein Kind zu schluchzen anfängt, obwohl sie ein ganzes Leben hinter sich hat oder es mit einem vom Wundbrand des Schmerzes verhärteten Herzen wie eine Last auf den Schultern trägt. Hört man auf zu lieben, bleibt einem nur Härte, um sich vor dem Schmerz zu schützen.

Solange Gott dem ähnelt, was ihre Fantasie aus ihm macht, haben die Menschen Angst vor ihm, diesem mürrischen, abwesenden Greis, für den die Welt eine Baustelle ist, auf der er nicht viel ausrichten kann, und der sich allenfalls am Unglück anderer ergötzt. Doch Gott ist ein Mensch, der zusammen mit den Menschen auf dieser Baustelle gearbeitet hat und es weiterhin tut, Tag für Tag, um gemeinsam ein behagliches Haus zu bauen. Denn um die Welt zu lieben und neu zu erschaffen, muss man ihren Schmerz und ihre Verletzungen auf sich nehmen.

»Die Welt zu verändern bedeutet, die Wüste Quadratmeter für Quadratmeter zu einem Zuhause zu machen.«

»Leopardi hat das auch gesagt ... und ich würde es ebenfalls gern sagen können.«

»Dann hilf mir.«

Ich streichele ihr Gesicht, als wäre es das meiner Mutter. Aus meiner Sicht ist es das.

Auf der Suche nach der vergeudeten Zeit
Tagebuch eines blinden Lehrers

Dein Gesicht, Caterina, verströmt ein Licht, das meine Finger berühren können. Es entspringt weder seiner Symmetrie noch seinen Proportionen, sondern seiner großen Offenheit. Deine Haut ist straff, nicht vor Anspannung, sondern weil du auf der Suche bist: Leben, das nach Leben sucht und sich nicht mit dem zufriedengibt, was es hat, Wellen der Liebe für alles und alle, auf die Gefahr hin, sich zu verlieren; eine akzeptierte und gewollte Gefahr. Große, weit geöffnete, niemals satte Augen. Unruhe pocht unter deinen flatternden Lidern, ein Kampf zwischen Angst und Abenteuer, zwischen Rettung und Sicherheit. Es ist ein guter Kampf, den jede Frau aufnimmt, um zu entscheiden, ob sie ihr Leben auf Geben oder Nehmen, auf Liebe oder Besitz, auf das Unsichtbare oder das Sichtbare gründen will. Denn anders als der Mann spürt die Frau das Leben als innere und nicht als äußere Kraft. Du warst die Einzige, die eines Tages beschloss, die Hände auszustrecken und auf mein Gesicht zu legen, meine Augen zu berühren, während ich meine auf deines legte. Es stimmt tatsächlich: Zu lieben bedeutet, jemand anderem zu geben, was man selbst nicht besitzt. Das hast du bei mir getan, und dein Bruder bei dir. So geht es seit Jahrhunderten: Wer die Wunde des eigenen Schmerzes offenzuhalten weiß, lernt, die der anderen zu heilen.

Ich habe es von Penelope gelernt, als sie nur ein Anfang war und mir nichts zu geben hatte. Als meine Frau mir sagte, sie sei schwanger, war das der Tag meines mit einem halbmeterhohen Sprung und einem eingegipsten Knöchel kläglich gescheiterten Flugversuchs. Von diesem Sturz habe ich mich hochgerappelt wie jemand, der sein eigenes Gerippe zurücklässt und darauf wie auf etwas längst Vergangenes blickt. Die noch unsichtbare Penelope gab mir das Leben, das mir fehlte. Meine Frau bat mich, ihr die Welt zu schenken, die ich besaß, und nicht die, die ich verloren hatte. In jener Nacht träumte ich, ich wäre unter Wasser und würde verzweifelt versuchen, an die Oberfläche zu gelangen, um Luft zu holen, doch ich war nicht schnell genug. Ich war gefangen in dieser flüssigen Stille, die von meiner Wiege zu meiner Bahre wurde. Immer wieder versuchte ich emporzusteigen, um zu atmen, und immer wieder ertrank ich. Ich fand keinen rettenden Ausweg, denn es gab keinen, weil ich nicht atmen konnte und nicht wusste, wie es geht. Um diesen endlosen Kreislauf des Ertrinkens zu durchbrechen, überließ ich mich irgendwann der Stille und dem Frieden der See. Mit einem Ruck fingen meine Lungen an zu atmen, als wäre ich ein neues, fürs Wasser gemachtes Lebewesen. Ich konnte aufsteigen, wann immer mir danach war, und musste nicht sterben.

Weil ich den Bauch meiner Frau nicht wachsen sehen konnte, gewöhnte ich mir an, jeden Tag mein Ohr daranzulegen, um den Herzschlag der Zukunft pochen zu hören. Es wurde zu unserem abendlichen Ritual. Ich konnte dem wispernden Dialog zwischen Mutter und Kind lauschen, dessen Sprache ein Mann in den ersten neun Monaten nicht versteht. Als meine Frau mit Pietro schwanger war, redete ich mit meinem Kind, legte die Lippen an ihren Bauch und gab ihm seinen ersten Unterricht. Jetzt wollte ich vor allem zuhören, um mich mit dem Geräusch des im Werden begriffenen Lebens vertraut zu machen. Es ähnelt den Paarreimen eines Schlafliedes, dem sachten Schaukeln einer Wiege, dem Atem eines Menschen, der den wahren Frieden des Schlafes kennt. Dann, eines Abends, wurde dieses Geräusch unstet, rasselnd und keuchend. Ich sagte meiner Frau, dass wir am nächsten Tag zu einer Kontrolluntersuchung gehen sollten. Sie antwortete, es gehe ihr blendend, ich würde mir zu viele Sorgen machen. Doch ich bestand darauf. So fanden wir heraus, dass die Gefahr einer Plazentaablösung bestand und meine Frau womöglich den Rest der Schwangerschaft im Bett würde verbringen müssen. Zwei Monate lang habe ich ihrer beider Leben in meinem Herzen und in meinen Händen wachsen lassen und fürchtete jeden Tag um ihre Gesundheit. Dieser Liebesschmerz hat mich die Sprache ihres heimlichen Dialogs gelehrt. Nachdem ich versucht hatte, sie im Stich zu lassen, machte Penelope mich in diesen zwei Monaten zu dem Ehemann, den meine Frau brauchte. Schmerz ohne Liebe macht uns egoistisch, wir wollen nichts mehr riskieren, weil uns das Spiel des Lebens zu groß erscheint. Dabei ist genau das sein Geheimnis: Schmerz bringt uns an die Schwelle des Lebens, wie Vögel, die ihren ersten Flug wagen müssen. Der Sturz ins Leere erscheint grausam, doch nur, wenn sie sich fallen lassen und der Luft anvertrauen, werden sie gerettet. Nicht, wenn sie sich im Nest verkriechen oder auf ihre dürren Beinchen vertrauen, die nicht zum Laufen, sondern zum Abstoßen gemacht sind.

Es war Penelope, die mich in die Leere gestoßen hat. Sie, die nichts vom Leben gesehen hatte. Für sie war ich kein Blinder, sondern nur ein Vater.

MÄRZ

Es beginnt der Monat, der einst den Anfang des Jahres markierte, wenn die Natur aus ihrem lähmenden Schlummer erwacht. Alle Dinge fiebern einer neuen Runde ihres Kreislaufes von Wiedergeburt und Tod entgegen. Der Lauf der Natur ist kreisförmig: Ring auf Ring, Zyklus auf Zyklus wiederholt sich seine Notwendigkeit. Der Lauf des Menschen hingegen ist spiralförmig. Seinem Schicksal folgend vollführt er seine Kreise jedes Mal auf einer anderen Ebene, in anderer Tiefe oder anderer Höhe. Sein Schicksal ist die Freiheit, nichts Vorhergesehenes oder Vorhersehbares kann sich auf die gleiche Weise wiederholen, und das Unmögliche ist möglich.

Ich habe der Journalistin des Artikels ein Interview zum Appell gegeben, allerdings auf meine Weise. Damit habe ich mein Urteil unterschrieben. Es ist nur eine Frage von Tagen, doch inzwischen ist der Appell zu einem landesweiten Phänomen geworden. Er verbreitet sich unvorhersehbar über einzelne Klassen oder ganze Schulen und ist der Beweis, dass die Schule ihre Berufung verraten und sich den profanen Bedürfnissen unserer Zeit unterworfen hat: Statt ein Ort zu sein, an dem man freier wird, lässt sie sich von bürokratischen und politischen Apparaten ausbremsen, die vor allem auf ihre

Selbsterhaltung aus sind; statt ein Ort zu sein, an dem man sich selbst und die Welt kennenlernt, um sich seiner selbst und der Welt anzunehmen, bringt sie einen dazu, ein Wissen zu hassen, das das Leben nicht besser macht; statt ein Ort zu sein, an dem man lernt, zwischen Nützlichem und Nutzlosem zu unterscheiden, ist sie zu einem Mischmasch aus Schnelllebigkeit und Konformismus verkommen, der nichts mit dem täglichen Leben der Schüler zu tun hat. Wenn Schule sich nicht mehr aus Beziehungen speist, kann sie nicht mehr sie selbst sein und wird zu einem Spiel ausgeübter oder erlittener Macht.

Das Medieninteresse für den Appell hält an, und prompt versucht die Politik, ein Phänomen, das sich ihrer Kontrolle entzogen hat, für sich zu reklamieren, ähnlich wie bei der Einweihung eines öffentlichen Bauwerks, das andere gefordert haben. In unserem Fall wird sich der Minister höchstpersönlich mit den Schülern treffen, ausgerechnet dort, wo alles angefangen hat. Die Krise seiner Partei und ihrer Führung haben ihn dazu veranlasst, den Appell als Chance für einen Popularitätsgewinn zu nutzen.

Er hat angekündigt, die Schüler während des normalen Unterrichts treffen zu wollen, um ihnen zuzuhören und sich ein Bild von ihren Erwartungen zu machen. So zumindest wird das Ereignis vom ministerialen Pressebüro dargestellt. Tatsächlich handelt es sich um den üblichen politischen Winkelzug, um mit dem Elan und den noch unverbrauchten Gesichtern der Schüler auf Stimmenfang zu gehen. Zu dem Schmarotzertum der Politik gesellt sich stets das der Medien, die es gar nicht abwarten können, alles in leicht verdauliche Gefühle umzuwandeln: Je viraler etwas geht, desto wahrer ist es. Inzwischen hat die Wahrheit nichts mehr mit der Wirklichkeit zu tun, sondern einzig mit Publikum. Alles wird zur hypnotisierenden Show. Das war mit das Erste, wovon mich die Blindheit befreite: Die Hypnose der Bilder und die Manipulation des Blickes durch Algorithmen, die jeden etwas anderes sehen lassen und uns weismachen, dies sei die Welt. Dabei sehen wir nur unseren eigenen Stamm samt seinen Götzen. Nach und nach hat sich mein Verstand von einer Droge entgiftet, der er ungewollt verfallen war.

Also haben wir einen Plan ausgearbeitet, der einer Erzählung von Philip Dick oder der ersten Folge von *Black Mirror* würdig ist.

Mit mustergültiger institutioneller Raffinesse nahm der Minister meinen Platz am Pult ein. Ich zog mich in eine Ecke zurück, um das Spektakel (zumindest akustisch) zu genießen. Die Sache sollte wie eine normale Unterrichtsstunde aussehen: Da der Klassenraum recht klein ist, musste der Direktor in der Tür stehen bleiben, der Kameramann hatte in der gegenüberliegenden Ecke Stellung bezogen. Alle anderen drängten sich hinter dem Direktor im Flur, um von dort aus zuzusehen. Dann schnappte die Falle zu, die niemand von diesen zehn als publikumsheischende Verweigerer abgestempelten Schulversagern erwartet hätte. Oscar stand auf, schob den Direktor blitzschnell aus dem Klassenzimmer und drückte die Tür zu, die Cesare mit dem vom Schlüsselbund des Hausmeisters geklauten und duplizierten Schlüssel verriegelte. Der Minister in Liveübertragung, der bereits mit seiner selbstbeweihräuchernden Rede begonnen hatte, begriff nicht, was vor sich ging, und fuhr fort, als wäre nichts: »... schon immer war es uns wichtig, den Schülern die bestmögliche Bildung zukommen zu lassen. Deshalb haben wir die an dieser Schule als wegweisendes pädagogisches Projekt gestartete Initiative mit großer Aufmerksamkeit verfolgt. Der Appell, der in dieser Klasse begann, ist ein bedeutsamer Impuls für unser gesamtes Schulsystem, das sich nun bereitmacht ...«

Der in die Aufnahme vertiefte Kameramann merkte erst auf, als die Schüler die kleine Ansprache unterbrachen.

»Entschuldigen Sie, Herr Minister, aber könnten Sie aufhören, ständig das Gleiche zu sagen? Wir sind diese Phrasendrescherei leid.« Das war Elenas Stimme.

Der Mann erstarrte auf seinem Stuhl, wohl wissend, dass er sich mit einer ungehaltenen oder heftigen Reaktion selbst schaden würde. Schließlich hatten die Schüler, die ein angemessen zahmes Verhalten an den Tag legten, nichts Schlimmes getan. Sie hatten lediglich seine Show unterbrochen.

»Wir wollen, dass Sie uns zuhören, und mit Ihnen alle, die diese Übertragung verfolgen.« Das war Achille.

Von der gütlichen Reaktion des Ministers beruhigt, fuhr der Kameramann mit seiner Arbeit fort.

»Ich höre euch zu, dazu ist Schule schließlich da.«

»Dafür *sollte* Schule da sein«, korrigiert Mattia. »Damit Schüler und Lehrer gemeinsam nach der Wahrheit suchen. Man kommt nicht hierher, um politische Propaganda zu machen oder eine Gruppe von Schülern mit dem üblichen billigen Paternalismus auf den Arm zu nehmen. Wir haben es bis ins letzte Oberstufenjahr geschafft, und seit fünf Jahren höre ich ständig dasselbe Zauberwort, mit dem ihr den Mund voll nehmt: kritischer Geist. Will heißen? Was ist das, Herr Minister?«

»Die Fähigkeit, etwas mit Klarsicht zu beurteilen, ohne sich beeinflussen zu lassen«, antwortet der Minister nach einer Pause.

»Prima. Genau das werden wir jetzt tun. Die Schule behandelt uns wie Zirkustiere. Wir werden darauf abgerichtet, wiederzukäuen, was uns die Erwachsenen eintrichtern – Bildung –, und wenn wir es brav wiederholen, sind wir gut und rücken weiter – Leistung. Wie Fließbandprodukte. Aber wir sind weder Tiere noch Produkte: Wir verbringen hier fünf oder sechs Stunden täglich, um freier zu werden, nicht folgsamer. Ihr schreibt uns vor, was wir tun sollen, ohne zu sagen, warum. Wir werden gestopft wie Gänse – je mehr man vom Lehrplan schafft, desto besser –, um dann von einer Welt verschlungen zu werden, die wir nicht verstehen. Wir wissen nicht mehr, was wir in dieser Schule für Hohlköpfe verloren haben. Dieses System nimmt Leben, statt es zu geben, es beruht auf Wiederholung statt Entdeckung, auf Abfragen statt Fragen, auf Leistung statt Präsenz.«

»Wie meinst du das?«

An diesem Punkt übernahm Caterina das Wort, um Öl in das von Mattia entfachte Feuer zu gießen.

»Von der heutigen Physik lernen wir, dass die Dinge nicht fraglos und ewig sind, sondern in dem Maß existieren, in dem Phänomene in Verbindung treten. Was die Quantenphysik uns zeigt, gilt auch für die Menschen. Sie existieren nur in dem Maß, in dem Beziehungen entstehen, und so gibt es uns immer mindestens zweimal. Es sind die Lehrer, die unser Leben und unseren Verstand auf Touren bringen, Lehrpläne reichen dazu nicht. Jeder Mensch ist die Summe eines Ist- und eines Soll-Zustandes. Der Soll-Zustand ist euch anvertraut, aber ihr hängt im Ist-Zustand fest: Unser Werden ist euch vollkommen egal. Deshalb fordern wir, dass ihr aufhört, uns auf den Arm zu nehmen, und anfangt, den Gesetzen der Physik zu folgen.«

»Wie soll das gehen?«

»Indem ihr euch jedes Einzelnen von uns annehmt. Das hier ist unser Abijahr, und keiner von uns wäre mit sich im Reinen, würde er die Abschlussprüfung wie ein dressierter Affe absolvieren. Wozu braucht man eine Prüfung, nach der an der Uni kein Hahn kräht? Wozu braucht man eine

Prüfung, die alle bestehen? Um ein leeres Ritual zu wiederholen? Wir sind nicht hier, um zu fordern, dass weniger gemacht wird, sondern um alles zu tun, was nötig ist, oder auch mehr, Hauptsache, es führt zu was!«

Der Minister blieb stumm. Die Schüler hatten ihn mit erstaunlicher Treffsicherheit demaskiert.

»Ein nationales Schulsystem ist nichts, das man aus dem Ärmel schüttelt, aber ich bin hier, um euch zuzuhören und zu begreifen, wie man …«

»Für das, was wir wollen, braucht es weder Geld noch Reformen, nur ein bisschen Aufmerksamkeit, jeden Tag oder zumindest einmal die Woche.« Das war Elisa. »Und deshalb werden wir genau heute mit Ihnen anfangen, Sie werden den Appell mit uns machen.«

Ich nahm wahr, wie Aurora und Stella behutsam von hinten an den Minister herantraten und ihm die Augenbinde zeigten.

»Ich?«

»Sie sind doch gekommen, um zu sehen, was es mit dem Appell auf sich hat? Schön. Dann lassen Sie sich die Augen verbinden, schweigen Sie und behalten Sie Ihre Worte für sich. Hören Sie zu. Jedem Einzelnen. In landesweiter Liveübertragung. Um Vorbild zu sein, wie man es von einem Minister erwartet.« Das war Auroras Stimme.

Der Minister antwortete nicht, inzwischen war er in dem von ihm selbst in Gang gesetzten Mechanismus gefangen: Sich zu wehren, hätte seinem Bild erheblich geschadet, denn die Schüler benahmen sich vorbildlich. Die Mädchen verbanden ihm die Augen, dann trat jeder nach vorn, ergriff die Hände des Ministers, legte sie sich aufs Gesicht und sagte einen Satz.

MATTIA

Wer die Dinge schlecht benennt, vermehrt das Unglück in der Welt, und so viel Unglück kann die Welt nicht ertragen. Die Schule ist der Ort, an dem man lernt, die Dinge zu benennen.

AURORA

Die Welt besteht aus Gattungsnamen und Eigennamen. Wer am Appell teilnehmen will, muss dafür sorgen, dass wenigstens ein Eigenname am Tag »gerettet« wird.

ACHILLE

Einen Namen zu retten bedeutet, ihm mehr Raum zu geben, und das kann täglich passieren, in der Schule, in der Familie, auf der Straße. Der Appell ist eine Übung für Augen und Herz.

ELISA

Jeder kann ihn durchführen, wie er möchte: Mit einem Passanten, einem Familienangehörigen, einem Freund, dem er erlaubt, in Ruhe und ohne ihn zu unterbrechen seine eigene Geschichte zu erzählen.

ETTORE

Alle sind aufgerufen, sich dieser Herausforderung zu stellen, junge Leute und Erwachsene, jeder mit den Menschen, die ihm anvertraut sind oder ihm zufällig begegnen. Aber in der Schule muss alles anfangen.

CATERINA

Nur hier kann eine Veränderung ihren Anfang nehmen: Veränderungen erfolgen im Geist. Alles andere ergibt sich. Wir glauben an einen fleischlichen Humanismus, der nicht nur im Kopf stattfindet.

ELENA

Jeder soll seinen Beitrag leisten, mit einem Namen, jeden Tag. Der Moment ist gekommen, eine Welt zu erschaffen, die mit der sie lenkenden Physik mithalten kann, wie es uns unser Lehrer beigebracht hat.

CESARE

Wir sind nicht Atome, sondern Moleküle, wir sind nicht Individuen, sondern Knoten, wir sind keine Inseln, sondern ein Archipel. Alle Dinge sind so gemacht, sind nicht getrennt voneinander, eines hier, eines dort, sondern durch unsichtbare Fäden verbunden: Hinter jeder Reaktion steckt ein polyphoner Ton.

STELLA

Wir existieren in dem Maß, in dem wir einander helfen zu existieren, deshalb können wir gleichzeitig lebendig und tot sein wie die berühmte Katze Schrödingers. Alles hängt davon ab, ob wir beim Appell aufgerufen werden oder nicht. Und ob wir antworten: Anwesend!

OSCAR

Du bist nur lebendig, wenn jemand dich bei deinem Namen ruft und dein Gesicht berührt, um dir zu sagen, dass du in Ordnung bist und das Leben ohne dich unmöglich ist. Du bist unverzichtbar, ganz egal, wie arm du dran bist!

Es wurde still. Der Minister rührte sich nicht. Sie nahmen ihm die Augenbinde ab. Wortlos lächelte er in die Kamera und brachte es lediglich fertig, ein Danke zu nuscheln. Ich habe schon immer an die instinktive Fähigkeit von Kindern und Jugendlichen geglaubt, uns bei den Forderungen, die wir an sie stellen, mit einem Warum in Bedrängnis zu bringen. Sie spüren genau, ob eine Wahrheit Hand und Fuß hat oder nur Ideologie ist.

Nach dem Ende der Übertragung öffneten die Schüler die Tür, und der Minister empfing den Schulleiter mit Schmähungen und Gebrüll, der seinerseits nur halb entrüstetes, halb kleinlautes Gestammel hervorbrachte.

»Wir sind noch nicht fertig!«, zischte der Direktor, als das Gezeter des Ministers sich auf den Flur verlagerte.

»Tatsächlich haben wir gerade erst angefangen«, entgegnete Elena kalt.

Der Appell ist der Aufmacher sämtlicher Fernsehnachrichten, er prangt auf den Titelseiten aller Zeitungen. Kein Netzwerk und keine Website, die nicht zu jeder Tageszeit das Video meiner Schüler mit dem Minister verbreiten. Cesares Lied ist zu einer Art Ohrwurm geworden, manche singen es sogar auf der Straße; Achilles soziale Profile werden gestürmt, Tausende Schüler schließen sich in Hunderten Klassen unserer friedlichen Revolution an. Sogar Grundschulkinder veröffentlichen ihre Appell-Videos. Tausende Geschichten überschwemmen das Land und brechen sich Bahn wie Gesänge, die man nicht mehr ignorieren kann: Sind sie einmal erzählt, lassen sich Geschichten nicht mehr unter den Teppich kehren. Die Alten sagten, das gesprochene Wort habe Flügel, das geschriebene Wort rühre sich nicht vom Fleck. Für sie war nur das mündliche Wort frei zu reisen, Grenzen zu überschreiten, Gedanken und Ideen zu verändern, wogegen das geschriebene Wort an die Oberfläche gekettet blieb, auf die man es gebannt hatte. Auch diese Geschichte bliebe auf dem Papier gefangen, wenn man sie nicht auf Reisen schickte. Nun aber verbreiten sich die Geschichten Hunderter junger Menschen und können nicht mehr aufgehalten werden, wie einst die Flugblätter der Weißen Rose, die zu Tausenden auf die Städte niederregneten wie Bomben, die statt Tod das Leben brachten.

Meine Schüler sind zu Helden geworden. Die Journalisten wollen sie interviewen, um ihre Geschichten zu hören: Das, was bisher übergangen wurde, ist nun Gegenstand krankhafter Neugier. Es gibt keinen Mittelweg: entweder, man existiert nicht, oder man existiert zu sehr. Das ist der unvermeidliche Effekt eines gleichermaßen kranken, gleichgültigen oder gierigen Auges, das den Tod der Dinge bestimmt.

Schließlich kommt der Anruf, auf den ich gewartet habe.

»Professor Romeo, hier spricht die Schulsekretärin, ich stelle Sie zum Direktor durch.«

»Danke, Signora, wie geht es Ihnen?«

»Mir geht es gut. Ihnen hoffentlich auch. Sie werden mir fehlen … Ich stelle Sie durch.«

Es folgen ein paar Sekunden Pause.

»Ihr Lehrauftrag wurde wegen disziplinarischer Unzulänglichkeit widerrufen. Kommen Sie nicht mehr in die Klasse.«

»Und worin besteht diese disziplinarische Unzulänglichkeit?«

»Sie werden einen Brief mit den Einzelheiten erhalten. Alles Gute.«

»Verzeihung …«

»Was gibt es noch?«

»Also, ich meinte, Verzeihung für das, was wir Sie haben durchmachen lassen. Es war nichts Persönliches, wir wollten nur die Wahrheit verteidigen.«

»Kommen Sie mir schon wieder mit der Wahrheit! Welche das sein soll, wissen Sie allein.«

»Die Menschen. Sie haben Vorrang vor jeder Idee oder Theorie, vor jedem Lehrplan und jeder Regel. Wenn es nicht so ist, kann es nur schiefgehen, weil das Leben immer Vorrang hat, wir aber haben schon lange auf das Leben verzichtet.«

Er legt auf.

Es klingelt an der Haustür.

»Omero! Da ist ein gewisser Virgilio!«, ruft meine Frau mir zu, und es klingt wie ein Witz.

»Entschuldige den Überfall.«

»Virgilio!«

Ich begrüße ihn mit einer Umarmung, ohne daran zu denken, dass sein kräftiger Griff mich fast zerquetscht. Seit ich blind bin, ist mein physisches Vokabular viel ungehemmter.

»Was machst du hier?«

»Ich habe erfahren … ich wollte hören, wie es dir geht.«

»Wie jemandem, der seinen gerade wieder aufgenommenen Job verloren hat. Ein neues Highlight, das ich in meinen Lebenslauf schreiben kann. Und die Schüler?«

»Die wissen nicht mehr, wo oben und unten ist: Manche lieben sie und manche stürzen sich auf sie. Der Direktor wird mit ihnen nicht weniger streng sein als mit dir.«

»Sie wussten, auf was sie sich einlassen.«

»Ja, aber jetzt wird es real, und sie haben Angst.«

»So muss es sein.«

»Der revolutionäre Vertretungslehrer! Übrigens, was hast du mit Annamaria angestellt?«

»Warum?«

»Sie ist zu mir gekommen und hat mich gefragt, ob ich etwas über Elisa in Erfahrung bringen konnte.«

»Was hast du gesagt?«

»Ich sagte, die Narben auf den Armen gebe es tatsächlich, aber ich hätte mit ihr noch nicht unter vier Augen geredet. Da fragte sie mich: *Worauf wartest du?* Mir fiel die Kinnlade runter. Und ehe ich den Mund wieder zukriegte, sagte sie, sie würde sich drum kümmern.«

»Wie ist es gelaufen?«

»Weiß ich noch nicht, aber ich lasse es dich wissen.«

»Du bist mein Spion.«

»Mach mal halblang! Sobald du die Finger im Spiel hast, gibt es nur Scherereien, und ich will meinen Job nicht verlieren.«

»Vertretungslehrer und Wahrsager bringen Unglück, das ist nun mal ihr Schicksal. Aber was können wir dafür? Wir sind lediglich diejenigen, die als Erste warnen. Wie Teiresias.«

»Wer ist das, ein Kollege?«

»Ach was! Das ist der Seher, den Odysseus fragt, ob es ihm je gelingen würde, nach Ithaka zurückzukehren. Er ist ebenfalls blind: Nichts sehen zu können, ist offenbar unerlässlich, um über die eigene Nasenspitze hinauszusehen.«

»Und was siehst du bei mir?«

»Dass dein Herz doppelt so groß ist wie normal, genau wie deine Muskeln.«

Virgilio muss lachen.

»Mein Geheimnis sind Hamburger. Übrigens, ich muss dich in die besten Burger-Restaurants der Stadt ausführen, dann legst du vielleicht ein paar Gramm zu und fliegst an windigen Tagen nicht weg«, frotzelt er, packt mich bei den Hüften und hebt mich hoch, ohne dass ich mich dagegen wehren könnte. Dann stellt er mich wieder ab. »Du bist echt ein Hänfling ...«

Ich boxe in die Luft und versuche, ihn zu treffen, allerdings ohne nennenswerte Ergebnisse.

»Für Hamburger bin ich jederzeit zu haben, schließlich muss ich nicht mehr zur Schule. Aber du lädst mich ein!«

»Der übliche Geizkragen.«

»Der übliche Hungerleider.«

Nach einer Pause fügt er hinzu: »Wie wirst du über die Runden kommen?«

»Ich werde mir was einfallen lassen. Vielleicht mache ich es so wie früher, ein bisschen Nachhilfe oder so, der Markt der Unwissenheit ist gegen Schwankungen immun.«

»Wenn ich dir irgendwie helfen kann ...«

»Wir könnten eine Bank überfallen!«

»Du hast recht: Wer würde schon einen Blinden verdächtigen?«

»Im Vergleich zu *Breaking Bad* bin ich Aschenputtel.«

Wir prusten los. Wenn man über die ernstesten Dinge miteinander lachen kann, hat man einen Freund gefunden.

»Ich habe mit Elisa gesprochen.« Annamaria hat mir vorgeschlagen, sich in einer Bar zu treffen, und nun ist sie diejenige, die mich auf den neuesten Stand bringt.

»Was hat sie gesagt?«

»Sie meinte, das gehe mich nichts an, ist aufgestanden und wollte gehen. Aber ich habe sie am Arm festgehalten und ihr gesagt, dass mich das sehr wohl etwas angehe, ich hätte einen Sohn verloren, der sich umgebracht habe. Ich sei nicht für ihn da gewesen, wie ich es hätte sein sollen. Da hat sie sich wieder hingesetzt und zugehört.«

Gerade weil Annamarias Verletzung niemals heilen wird, kann sie sich bei denen Gehör verschaffen, die die gleichen Narben tragen. Indem sie ihren Schmerz erneuert, lindert sie den vieler anderer, denn manche Wunden heilen nur, wenn jemand sie auf sich nimmt. Genau das will Anna bei Elisa tun.

»Und dann?«

»Dann hat sie sich weinend bedankt und ist gegangen. Am nächsten Tag steckte ein Brief in meinem Fach in der Schule. Er war von ihr. Ich will ihn dir vorlesen.

»Ich habe sämtliche Kontinente bereist, mich in Tausenden Figuren verkrochen, bin in Jahrhunderte geflüchtet, die mir vertrauter erschienen als die Gegenwart. Weil ich nie akzeptieren konnte, als kleines Mädchen ausgerechnet von den Händen, die mich hätten beschützen sollen, kaputt gemacht worden zu sein. Seitdem ist die Wirklichkeit für mich ein Gefängnis, aus dem ich ausbrechen muss. Meine Fantasie ist so mächtig geworden

wie die meiner Lieblingsschriftstellerin: Ich habe gelernt, die Wirklichkeit zu formen. Wenn es mir gelingt, ein Paralleluniversum zu erschaffen, verschwinden der Schmerz, die Erinnerung, die Kloake, und ich finde Frieden. Sobald ich zu lange in der Wirklichkeit bleibe, fängt alles an, mich an das zu erinnern, was passiert ist. Ich kann keine Nähe zu einem Jungen zulassen, selbst wenn ich wollte. Ich ertrage keine Umarmung, selbst wenn ich wollte. Ich kann mich nicht im Bikini in die Sonne legen, selbst wenn ich wollte. Ich muss alles verstecken, weil die Kloake alles verschluckt. Ich habe noch nie mit jemandem darüber geredet und brauchte eine ganze Nacht, um diese Zeilen zu schreiben. Ich bin so müde, als hätte ich stundenlang geschrien.«

»Wie deutest du das?«, frage ich.

»Dass sie begonnen hat zu genesen. Und ich auch.«

Auf den offiziellen Profilen des Appells ist ein Video aufgetaucht, das einen maskierten Schemen mit gewichtiger Stimme zeigt. Die Maske stammt von einem Kinderkarnevalskostüm, sie ist aus Pappe, mit weißem Stoff und Pailletten beklebt. In dem Video ist außer der Maske nicht viel zu sehen. Die Augen dahinter huschen hin und her, die Worte grollen wie Donner – so hat es meine Frau beschrieben. Den Wortlaut des Videos kenne ich inzwischen auswendig:

»Das Land, in dem wir leben, ist eine verkehrte Welt. Der Lehrer des Appells, Omero Romeo, ein blinder Mann, der, um seine Schüler kennenzulernen, eine neue Art der morgendlichen Routine zur Feststellung unserer körperlichen Anwesenheit ersonnen hat – unsere Seelen sind den Lehrern wurst –, ist von seiner Jahresvertretung suspendiert worden, obwohl er eine Klasse zum Abitur führen sollte, die er für ein Monatsgehalt von tausend Euro übernommen hat. Diesem

Lehrer wurde aus disziplinarischen Gründen gekündigt, doch der eigentliche Grund lautet, dass er verantwortlich gemacht wird für das, was seine Schüler mit dem unfähigen Minister veranstaltet haben, der den Appell für seine Medienpräsenz und Beliebtheit nutzen wollte. Wir fordern, dass der Minister zurücktritt und Professor Romeo wieder seine Rolle als Lehrer für Naturwissenschaften übernimmt, die er stets mit Leidenschaft, Präzision und Gewissenhaftigkeit erfüllte. Deshalb sind alle, die sich dem Appell angeschlossen haben, zu einem außerordentlichen Appell-Tag aufgerufen: Am 1. April um 10:00 Uhr stehen alle Schüler auf und sagen: ›Der Lehrer ans Pult, der Minister nach Hause!‹ Und nicht das Gegenteil. Wir haben die verkehrte Welt satt und wollen sie wieder auf die Füße stellen!«

Wegen der akustischen Verzerrung habe ich in diesem feurigen Vortrag keinen meiner Schüler erkannt, doch ist mir das leise Keuchen zwischen den Sätzen nicht entgangen, das Achilles Asthma verriet. Wer sonst sollte auf eine alte Karnevalsmaske aus der Grundschule zurückgreifen, um die Welt auf die Füße zu stellen? Wenn ein junger Mensch eine Chance sieht, dem eigenen Leben einen Sinn zu geben, ist er zu allem bereit. Die Alternative wäre, diese Energie gegen sich selbst zu richten, eine gleichwertige, entgegengesetzte Kraft; eine Kraft, die entweder erschafft oder zerstört. Der *Homo sapiens* hat nicht überlebt, weil er weiß, sondern weil er nicht weiß und deshalb riskiert: Er stürzt sich in eine Leerstelle und versucht, sie zu füllen. Seine animalische Seite kämpft ums Überleben, doch die spirituelle um ein Über-Leben.

Auf der Suche nach der vergeudeten Zeit
Tagebuch eines blinden Lehrers

Auf deinem Gesicht, Stella, habe ich jedes Mal deinen Vater gefunden. Es liegt Neugier darin, Wehmut in den Augen und Staunen in den Zügen. Du hast alles von ihm, und wenn du anfängst, ihn in dir zu lieben und als deinen Führer durch das Land der Ungewissheit zu akzeptieren, wirst du aufhören, ihn zu verlieren. Würdest du dich aus deinem Gefängnis der Vergangenheit befreien, hättest du eine größere Zukunft als andere, weil du bereits über den Tod hinaus in das Land der Wiedergeburt sehen kannst. Nur so bleiben die Menschen in uns lebendig, auch wenn wir den Preis dafür in Tränen zahlen. Schreib diese Geschichte, Stella, und du wirst anderen helfen zu begreifen, dass es immer einen Schmerz gibt, der sich in Schönheit verwandelt. Man muss nur den Mut finden, den Kelch auszutrinken, um den auf seinem Boden eingelassenen Diamanten zu entdecken. So machte man es einst mit heiligen Kelchen: Man versteckte einen Edelstein dort, wo nur Gott ihn sehen konnte. Dank dir habe ich gelernt, zu verstehen, was mit mir geschieht, wenn ich meinen Vater besuchen gehe.

Jede Begegnung mit ihm ist ein Rätsel. Als ich noch sehen konnte, hatte ich das Gefühl, etwas tun zu können. Auch wenn er mich nur hin und wieder erkannte, reichten mir diese kurzen Momente der Klarheit, um zu wissen, dass ich noch sein Sohn bin. Seit meiner vollkommenen Erblindung ist unsere Kommunikation etwas Unwägbarem, Unsichtbarem, Unkontrollierbarem gewichen, einer Sphäre echter Gemeinschaft womöglich, der Kommunikation häufig hinderlich ist.

Ich besuche ihn regelmäßig, doch neulich ging es mir schlecht, und ich brauchte ihn. Friedlich saß er in seinem Sessel und las. Ich ging zu ihm und legte ihm eine Hand aufs Knie.

»Wer bist du?«

»Ich bin's, Papa. Omero, dein Sohn.«

Ich spürte, dass er nickte.

»Wie geht es dir?«

»Wer kriegt mich schon klein!«, antwortete er.

Seine Schlagfertigkeit ist die alte geblieben.

Ich legte ihm die Hand ans runzelige Gesicht und fühlte die frisch rasierten Wangen. Er rasiert sich täglich, seit ich denken kann. Der Geruch seines Aftershaves stieg mir in die Nase. Es ist noch immer dasselbe, und die erste Geruchserinnerung, die ich von ihm habe.

Sein Gesicht ist friedlich, Falten durchziehen es wie Rebzeilen die Weinberge. Es liegt keine Anspannung darin, keine Zukunft bedrängt es, es weiß nur in der Gegenwart zu sein. Was die Vergangenheit betrifft, erinnert er sich lediglich an das, was sich mit der Zeit in Gutes verwandelt hat.

Von ihm habe ich die Strenge und Disziplin des Wissenschaftlers und einen gewissen Hang zum Perfektionismus erlernt. Er schenkte mir das erste kleine Teleskop mit Klappständer. Ich war erst sechs Jahre alt, und einmal die Woche setzten wir uns auf den Balkon, und er erklärte mir Sternbilder, Leitsterne, Planeten, die Sicheln des Mondes. Er hatte das Himmelszelt in kleine Quadrate unterteilt, die er mir Stück für Stück wie

Ländereien überließ. Von ihm habe ich das Firmament und das Schweigen geerbt. Er pflegte zu sagen, man könne die Sterne nur schweigend betrachten, denn jeder Stern habe sein eigenes Timbre, sein Echo bestehe nicht nur aus Licht.

»Papa, wusstest du, dass man auf der Venus Spuren von Gas gefunden hat, das auf der Erde von Lebensformen stammt? Also existiert dort entweder Leben, oder diese Gase werden von uns noch unbekannten Reaktionen hervorgerufen.« Unsere Unterhaltungen waren stets indirekt, wir sagten uns die wichtigsten Dinge mittels Venus, Mars, Jupiter, der Sternbilder des Schwans und der Andromeda oder des Mare Tranquillitatis.

»Ich habe mir immer vorgestellt, ich hätte ein Haus auf jedem Planeten, wie ein Ferienhäuschen am Meer oder in den Bergen, wo man die Wochenenden verbringt. Ein Haus auf der Venus ist bestimmt nicht übel.«

Noch immer erzähle ich ihm mithilfe des Kosmos von mir, wie er es mir beigebracht hat. Doch inzwischen erinnert er sich nicht mehr an unser vertrauliches, wiewohl indirektes Vokabular. Nach dem Tod meiner Mutter hat die Altersdemenz sich an die Arbeit gemacht, fast so, als wollte er vergessen, wie sehr sie ihm fehlt. Nach und nach hörte er auf, Gesichter zu erkennen und sich an das zu erinnern, was er stets gewusst hatte. Vorher besaß er ein phänomenales Gedächtnis, ähnlich den Wüstenvölkern, die statt einer wissenschaftlichen eine physische Kenntnis der Sterne haben. Er konnte sich an die Beschaffenheit des Firmaments zu jeder Jahreszeit erinnern, als wäre es ein Körper, und jedes Mal, wenn er zum Himmel aufblickte, sah er Dinge, die niemand sonst wahrzunehmen vermochte. Mir fehlen seine Augen, die zu strahlen anfingen, sobald er von den Sternen sprach, Klaviermusik von Beethoven oder Schubert hörte, sich mit meiner Mutter an Albernheiten aus ihrer Vergangenheit erinnerte und sie sich über Details kabbelten, die jeder glasklar vor Augen zu haben glaubte – was beweist, dass dasselbe Ereignis nur in der Summe seiner Wahrnehmungen wahr wird. Oder sobald wir gemeinsam Kreuzworträtsel lösten, in denen meine Mutter einsame Spitze war. Sie war bei ihren Schülern berüchtigt, weil sie kein Wischiwaschi duldete. Bei den Prüfungen ließ sie sie jeden Fehler schmerzhaft spüren, doch bei den Zensuren war sie großzügig. Ihre Strenge erlaubte es ihr nicht, bei der Wahrheit Nachsicht zu üben, doch bei Menschen war sie umso einfühlsamer.

»Wer bist du?«

»Ich hab's dir doch gesagt, Papa, dein Sohn.« Ich streichle ihm übers Gesicht und über sein noch dichtes, kräftiges Haar.

»Ich wüsste nicht …«

»Weißt du noch, wie du mir das große Teleskop geschenkt hast? Es war mein zehnter Geburtstag. Du hast mich aufs Dach unseres Wohnhauses geführt, in dem wir damals lebten. Und mitten drauf stand ein hoher Pappkarton, der dreimal so groß war wie ich. ›Das ist für dich‹, sagtest du. Es war ein Teleskop mit Hocker, ausgestattet mit einem Motor, um sich gemeinsam mit der Erde zu drehen und das, was man beobachtete, nie aus dem Blick zu verlieren. Du hast mich Platz nehmen lassen und es angeschaltet: Es gab ein herrliches Surren von sich, elektrisierend wie diese unvergessliche Nacht. Du hast das Okular auf Saturn gerichtet, und ich erblickte etwas Unerwartetes: ein am Himmel schwebendes Auge, der Ring als Umriss, und darin eine gelblich leuchtende Pupille. Nun konnte ich das, was ich immer in deinen Büchern bestaunt hatte, mit eigenen Augen sehen. Zu meinem zehnten Geburtstag bekam ich diesen Planeten und den ganzen Himmel geschenkt, in dem ich frei herumtollen konnte. Du fingst an, mir alles über den Saturn zu erzählen: von seinem grausigen Namen, der an die Zeit und seine verschlungenen Kinder gemahnt, von seinen zweiundachtzig Monden, bei deren Vorstellung sich mir der Kopf drehte, von seiner Größe, die die der Erde um ein Zehnfaches übertrifft, von seinen Oberflächenwinden, die mit zweitausend Kilometern pro Stunde die äußere Gasschicht durcheinanderwirbeln, von seinen kaum zehn Stunden langen Tagen und von den fast dreißig Erdenjahre langen Jahren, der einzigartigen hexagonalen Form seiner Wolken am Pol und seinem wunderschönen Ring aus Eissplittern, die ihn wie eine schwebende Schlittschuhbahn umkreisen.«

Mein Vater zuckte auf und legte seine Hände auf meine.

»Omero, was ist mit deinen Augen?«

»Ich sehe nichts, Papa. Ich bin blind geworden.«

»Wann denn?«

»Vor fünf Jahren, Papa.«

»So ein Jammer ... Wenn du willst, helfe ich dir.«

»Das wäre schön, Papa. Ich möchte, dass du mir eine deiner Himmelsgeschichten erzählst.«

»Dieses ewig alte und ewig neue Schauspiel.« Mit diesem Satz beginnt er jede seine Erzählungen, und er fängt an, mir zum hundertsten Mal seine Lieblingskonstellation und deren Sterne zu erklären, die er nie vergisst, ihre Pulsationen und Farbtöne, die ihre Größe und ihre Geschichte verraten. Dann kommt er zu seinem Glanzstück: der Erklärung der Spiralform der Galaxien, dem eklatantesten Beweis dafür, dass die Dinge in jedem Winkel dés Universums miteinander tanzen. Von meinem Vater habe ich gelernt, dass das Universum eine Choreografie ist, in der Tanz und Tänzer eins sind, und wir wurden erschaffen, um das Schauspiel zu genießen.

Er hielt inne, legte mir nach einem kurzen Schweigen die Hand auf die Schulter und fuhr dann fort.

»Es gibt ein Wüstenvolk, in dem sich die Frauen, die nachts ein Kind gebären, von der Gruppe entfernen und ihr

Neugeborenes unter den Sternenhimmel legen, der heller funkelt als die Sonne am Tag. Sie setzen es seinem Licht aus und bitten den hellsten Stern, das kleine Herz des Kindes durch das eigene zu ersetzen, ihm das Herz eines Jägers zu schenken, denn für sie sind die Sterne Jäger. Ich erinnere mich noch an die Monate, die ich in der Wüste verbrachte, um die Sterne zu erkunden. Dort wurde mir klar, dass sie ein einzigartiges Geräusch von sich geben, ein leises Pfeifen, als wollten Jäger ihren Hunden befehlen, nach der Beute zu suchen.«

Wieder einmal hat mein Vater mir durch die Himmelskörper etwas zu verstehen gegeben. Er wollte in meinem Herzen, das, wie die Sterne, alt und immer neu und aus Feuer ist, den Jagdtrieb für die Geheimnisse des Himmels neu entfachen.

So hat er mich, womöglich ungeahnt, von meiner Angst und Verzagtheit geheilt. Das genügt mir, um zu wissen, dass er mein Vater ist. Es spielt keine Rolle, dass er nichts mehr kann und mich nicht mehr erkennt, Hauptsache, ich erkenne mich in ihm und seinen Gaben. Und wie liebende Väter hört er nicht auf, mir all das zu geben, was er hat und nicht hat. Ich habe meine Arbeit und meine Schüler verloren und bin, ohne es zu wollen, zum Revoluzzer geworden. Aber das ist unwichtig. Sollte ich alles verlieren, weiß ich, dass es etwas gibt, das mir niemand wegnehmen kann und dessen ich niemals überdrüssig werde: Sohn zu sein.

APRIL

April ist der grausamste Monat, denn er ist der Monat der Hoffnung. Sogar die Stadt wird sich dessen gewahr, und die Grashalme zwängen sich durch die Risse im Asphalt. Trotz der Furcht, den Unbilden nicht gewachsen zu sein, gärt das zerbrechliche, von der Wärme frisch erwachte Leben. Es ist der Monat, in dem all unsere Zerstörungsfantasien mit brutaler Schwermut wieder hervorbrechen, und die immer deutlicheren Zeichen des Frühlings können nichts dagegen ausrichten, weil sie noch zögerlich und wie alle zögerlichen Hoffnungen schmerzlicher sind als verzweifelte Gewissheiten. Mir fehlen die Unterrichtsstunden, mir fehlen meine Schüler, mir fehlt Patrizia, mir fehlen der Geruch der sich im Klassenraum drängenden Körper und der Widerhall bedeutsamer Worte zwischen blätternden Wänden. Tatsächlich besteht eine Klasse nicht aus Wänden, sondern aus Körpern, nicht aus Ziegelsteinen, sondern aus Seelen.

Dieses Jahr hat der grausame Monat mit einem landesweiten Aprilscherz unseres maskierten Helden begonnen.

»Der Lehrer ans Pult, der Minister nach Hause!«

Um 10:00 Uhr haben sich die Straßen der Stadt mit Lärm gefüllt, der sich an Mauern und Fassaden brach. Die Fernsehnachrichten haben dem Ereignis Raum gegeben, und in der Mittagsausgabe hat der interviewte Minister sich um Schadensbegrenzung bemüht und erklärt, er wisse von nichts, und meine Rolle müsse noch einmal genauestens untersucht werden. Seine Rolle stehe derweil außer Diskussion: Die Regierung habe ihm ihr vollstes Vertrauen ausgesprochen. Dass er das betonen muss, signalisiert das Gegenteil. Dieser Mann, der tut, was er kann, wenn auch schlecht, tat mir leid.

Heute war ein lauer, windiger Tag. Am Nachmittag habe ich einen langen Spaziergang im Park um die Ecke gemacht. Ich war gerade wieder zu Hause, als es klingelte.

»Hier ist Achille.«

Die asthmatische Stimme des *demaskierten* Helden, mit dem es jetzt reinen Tisch zu machen gilt, ist unverkennbar.

»Komm rauf.«

Unter seinem verlegenen Gestammel führe ich ihn ins Wohnzimmer. Durch Virgilio habe ich ihm ausrichten lassen, er solle zu mir kommen.

»Wie geht es dem Asthma?«

»Wie immer … Was ist los?«

»Das weißt du.«

»Nein, weiß ich nicht …« Seine Stimme wird brüchig wie bei flunkernden Kindern.

»Was hast du dir dabei gedacht, dieses Video zu drehen, ohne mich vorher zu fragen?«

»Welches Video?«

»Das, was du am 25. März online gestellt hast, um zur Demo am 1. April aufzurufen.«

Er schweigt.

»Achille, ich habe dich am Atem erkannt, verkauf mich nicht für dumm.«

»Es war richtig, es zu tun, Professore«, haspelt er hervor.

»Du hättest meine Meinung einholen müssen, denn immerhin geht es um mich.«

»Ich habe allein entschieden, weil es richtig war, es zu tun.«

»Aber du hast die Konsequenzen für euch nicht bedacht. Bis heute hat euch meine Suspendierung geschützt: Die Schuld wurde vor allem mir zugeschrieben, und bei euch hat man dank der Fürsprache einiger Lehrer ein Auge zugedrückt. Aber die Situation bleibt wackelig, und euer Abi steht noch immer auf dem Spiel. Wenn sie herausfinden, dass du es warst, werdet ihr alle dafür bezahlen.«

»Und wenn schon. Sie haben doch gesagt, Veränderungen haben einen Preis, und Gerede reicht nicht.«

»Ihr habt mich zu wörtlich genommen.«

»Oder einfach ernst.«

Es klingelt an der Tür.

»Machst du auf, Pietro? Frag erst, wer es ist.«

Pietro flitzt neugierig zur Tür. Hinter ihm höre ich Penelopes kleine Schritte, die ihrem Bruder nacheifert.

»Papa, da sind welche. Sie sagen, sie sind deine Schüler.«

Das Wohnzimmer verwandelt sich in einen Klassenraum: Sie sind es tatsächlich. Sie sind gemeinsam mit Achille gekommen und haben mit ihrer friedlichen Invasion ein paar Minuten gewartet. Offenbar haben sie Geschmack an der Sache gefunden.

»Wer sind die großen Kinder?«, fragt Penelope, klammert sich schüchtern an mein Bein und versteckt ihr Gesicht.

»Meine Schüler.«

»Und wieso sind die nicht in der Schule?«

»Das musst du sie fragen.«

»Was für süße Kinder Sie haben, Prof!«, ruft Caterina. Ich höre, wie sie näher kommt und sich zu Penelope hinunterbeugt, die sich wieder an mir festhält und mich ängstlich umarmt. Mit zu vielen Fremden auf einmal kommt sie nicht zurecht.

»Und wer bist du?«, fragt Elena.

»Pietro.«

»Hast du auch einen Sternen-Fimmel wie dein Vater?«

»Ja, hab ich! Ich habe auch ein Teleskop und habe den Saturnring gesehen.«

»Echt? Und wie ist der so?«

»Wie ein Auge, das einen aus dem All anguckt. Echt gruselig …«

»Stimmt, klingt gruselig.«

»Ja, aber Papa hat mir erklärt, dass das Eisstücke sind, die ihn umkreisen. Und da hatte ich keine Angst mehr.«

Pietros stolz vorgetragener Satz wird mit allgemeinem Gelächter quittiert.

»Es ist wohl unmöglich, euch loszuwerden.«

»Sie müssen den Lehrplan zu Ende bringen. Und wir dachten, das hier könnte unser neues Klassenzimmer werden.«

»Die Vertretungslehrerin ist todlangweilig.«

»Außerdem wollen wir was übers Leben lernen, während Sie uns den Kosmos erklären.«

Ich muss lachen.

»Ihr seid ja noch dickköpfiger als ich.«

»Der Schüler übertrifft seinen Meister …«

»Und wo fangen wir an?«

»Wo Sie wollen, Professore. Heute wollten wir Sie nur besuchen kommen.«

»Das erscheint mir das Mindeste, nach dem, was Achille veranstaltet hat.«

Sie schweigen, und ich ahne, dass sie vielsagende Blicke wechseln.

»Er hat's durchschaut«, meldet sich Achille kleinlaut.

»Alle haben es durchschaut, Superheld«, gibt Caterina zurück.

Sie machen es sich im Wohnzimmer bequem, einige auf dem Boden, andere auf den Sofas und auf den aus der Küche geholten Stühlen.

»Darf ich ein bisschen bleiben?«, fragt Pietro.

»Wenn du lieb bist.«

»Ich auch, ich auch!«, ruft Penelope und hängt sich an meinen Arm.

»Heute haben wir zwei Schüler mehr«, sage ich.

»Tatsächlich fehlen zwei«, stellt Achille klar.

»Wer?«

»Aurora ist im Krankenhaus, und Mattia ist wieder verschwunden und geht nicht ans Telefon.«

»Im Krankenhaus?«

»Ja, zur künstlichen Ernährung.«

»Lasst uns Aurora anrufen, dann kann sie per Video oder wenigstens über Lautsprecher teilnehmen.«

»Wir wissen nicht, ob sie das schafft.«

»Versuchen wir's.«

Aurora antwortet mit matter Stimme.

»Aurora, du darfst diese denkwürdige Stunde nicht verpassen.«

»Aber Professore, ich bin …«

»Ich weiß. Das ist egal. *Ubi bene, ibi patria*, pflegten die Alten zu sagen: Wir sind dort zu Hause, wo es uns gut geht, egal, wo wir sind. Willst du bei uns mitmachen?«

»Ich versuch's.«

»Du hörst zu, und wenn du willst, meldest du dich, wenn nicht, ist es auch in Ordnung. Fangen wir an. Da ihr mir keine Zeit gegeben habt, mich vorzubereiten, läuft die heutige

Stunde ein bisschen anders. Es tut mir leid, dass Mattia nicht bei uns ist.«

Ich konzentriere mich ein paar Sekunden, versenke mich in die Stille, um das Beste aus ihr herauszuholen. Ich bin zu Hause mit meinen Schülern. Sie sind nicht wegen mir hier, sondern wegen meiner Wünsche für sie. Aus ihnen bestehen die wahren Mauern dessen, was wir Schule nennen, und sie sind überall dort, wo Menschen gemeinsam nach dem Sinn der Dinge suchen. Die Natur regt sich unter der Stadt vor den Fenstern, um sich ein wenig von dem Leben zurückzuholen, das ihr genommen wurde. Schönheit gärt unter dem Asphalt, und ich weiß, dass ich hier bin, um all ihren unvorhersehbaren Erscheinungen Namen zu geben und sie anderen zu schenken. Meine Schüler und meine Kinder, die nebeneinandersitzen, sind inzwischen eins für mich.

»Lernen ist die immer tiefere Einheit der in eine Sache verliebten Seele mit dieser Sache. Ohne diesen Liebesfunken ist Lernen unmöglich: Wir hören nicht auf, nach dem zu suchen, was wir bereits gefunden haben. Deshalb verwendet man den Begriff ›Recherche‹, was so viel heißt wie immer wieder um etwas zu kreisen, wie es Verliebte tun. Die Erkenntnis in einem Wissensgebiet lässt sich nur mehren, wenn man ihm mit wachsender Liebe begegnet. Und obwohl ich weiß, dass dies nicht Teil des Lehrplans ist, würde ich diese improvisierte Wohnzimmerstunde gern dem Ursprung der Recherchemethode widmen: dem Herzen. Vier Höhlen bilden seinen Raum, weil das Herz vier Dinge in sich trägt und in die Adern des Lebens pumpt: Schmerz, Freude, Angst und Sehnsucht.

Die erste Kammer enthält das, was uns am meisten leiden lässt, an die Vergangenheit kettet und daran hindert, die Gegenwart in Zukunft zu verwandeln.

Die zweite Kammer enthält das, was uns am glücklichsten macht: die Gewissheit, geliebt zu werden und zu lieben, einen Platz in der Welt zu haben und das Leben mit kreativem Elan zu leben. Das ist die Kammer für den Sinn der Dinge, in der das Leben friedvoll ist, ganz gleich, wie es draußen läuft. Diese Kammer ist uns immer ein Zuhause.

Die dritte Kammer ist die der Dunkelheit, die wir von Kindheit an mit dem füllen, was wir am meisten fürchten, auch wenn wir es nicht sehen oder vielmehr nicht sehen wollen. In dieser Kammer lauern all unsere realen und mentalen Gefängnisse, in ihr sind wir nie genug und werden es nie sein, weil dies unsere Vollkommenheit übersteigt. Es ist die Kammer der Scham, auf der Welt zu sein, und des Misstrauens uns selbst gegenüber.

Die vierte Kammer ist die der Sehnsucht, in der wir offen sind für die Zukunft, die uns nach vorn streben und nicht von allem anderen abhängig sein lässt. Streben ist das Gegenteil von Abhängigkeit. Sie ist der Ort des Risikos und der Rastlosigkeit, ohne die das Leben allzu schnell das Gleichgewicht des Todes fände.

Von diesen vier Herzkammern hängt das Blut des Lebens ab, und wir können auf keine von ihnen verzichten: Das wäre fatal. Das Herz ist ein hohles Organ aus Muskelfasern, die von jeder bewussten Kontrolle unabhängige Impulse aussenden, und das bereits in den ersten Wochen des Lebens, in denen sie aus nur wenigen Zellen bestehen. Es ist das Leben in Reinform, das Leben in seinem Nehmen und Geben. Ich würde gerne wissen, was sich in diesem Moment in den Kammern eures Herzens befindet und als Blut in jedem Zentimeter eures Körpers zirkuliert: Würde ich mit einer Nadel in eure Haut stechen, träten sogleich diese vier Dinge hervor.«

ELENA

In der Kammer des Schmerzes ist meine Tochter. In der Kammer der Angst ist meine Tochter. In der Kammer der Sehnsucht ist meine Tochter. In der Kammer der Freude ist meine Tochter nicht. Aber ich bin hier, weil ich nicht wahnsinnig werden will.

STELLA

Inzwischen habe ich eines begriffen, Professore, nämlich dass es beim Schreiben wie im Leben nicht darauf ankommt, etwas zu sagen, sondern etwas zu sagen zu haben, und das Einzige, was es zu sagen gibt, ist die Wahrheit. Vorher war ich auf den Schmerz fixiert, auf den Verlust meines Vaters, und konnte das Gegenstück nicht sehen, die Freude. Mein Schmerz ist so stark, weil die Freude, ihn als Vater zu haben, ebenso stark war: Das ist es, was ich sagen will und was das Kind seinem fernen Roboter zu sagen hat. Früher war ich in der panischen Angst gefangen, es allein nicht zu schaffen, nicht nur, das Buch zu beenden, sondern zu leben. Wieder vermochte ich die andere Hälfte nicht zu sehen: die Sehnsucht. Die Angst war so stark, weil die Sehnsucht, erwachsen zu werden, ebenso stark war. Genau das will ich sagen: Wie sehr ich mir wünsche zu wachsen. Das ist es, was das Kind seinem fernen Roboter zu sagen hat. Ich fing an zu schreiben und stellte fest, dass Schreiben nicht dazu dient, das uns zuteilgewordene Schicksal zu besiegeln und das Messer in der Wunde zu drehen, sondern es neu zu schreiben, ihm einen Sinn und eine Richtung zu geben, es zu einem Ziel werden zu lassen. »Ich freue mich, Neuigkeiten aus Deiner Welt zu erhalten, so kann ich zugleich in der meinen und der Deinen leben. Auch wenn die Ferne schmerzt und Du mir fehlst, weiß ich, dass dieser Mangel das Maß dafür ist, wie lieb ich Dich habe. Außerdem macht es mich froh, zu wissen, dass Dein Wohl darin liegt, Dich um Deinen Planeten und Deine Freunde zu kümmern. Wenn ich jede Nacht denselben Punkt am Himmel leuchten sehe, stelle ich mir Dich auf Deinem Planeten vor, und die Entfernung, die uns trennt, wird von Erinnerungen und Gedanken, Sehnsucht und Freundschaft gefüllt. All diese Dinge sind in meinem Herzen, und auch wenn einige wehtun, ist es ein wohltuender Schmerz, der mich mit Dir verbindet.« Das habe ich geschrieben, so beginnt der Brief des Kindes an den Roboter.

»Hallo, spreche ich mit Romeo?«

»Ja, wer ist da?«

»Ich bin Luce Cherubini, ich arbeite in der Wohngruppe, in der Ihr Schüler wohnt.«

»Cesare! Wie geht es ihm?«

»Das wissen wir nicht.«

»Was ist passiert?«

»Er ist seit zwei Tagen verschwunden, und wir können ihn nicht finden.«

»Ist irgendetwas vorgefallen?«

»Ja … Er hat versucht, mich zu küssen, und ich habe ihn abgewiesen. Dann ist er abgehauen.«

»Er spricht oft von Ihnen, Luce, anscheinend sind Sie der einzige Mensch, der ihm zuhört. Offenbar hat er sich in die erste Person verliebt, die ihm aufrichtige Zuneigung gezeigt hat.«

»Von Ihnen spricht er auch oft. Deshalb rufe ich Sie an, und bitte entschuldigen Sie, dass ich mir über die Schule Ihre

Telefonnummer besorgt habe. Vielleicht haben Sie eine Ahnung, wo er sein könnte.«

»Einmal hat er von einem Ort am Bahnhof gesprochen, wo er sich mit seiner Clique trifft. Wir könnten dort nach ihm suchen.«

»Gut, dann informiere ich die Carabinieri.«

»Nein, Luce, Moment. Damit würde ich sein Vertrauen verraten. Warum gehen wir ihn nicht suchen? Haben Sie ein Auto?«

»Ja … aber sind Sie nicht blind?«

»Es reicht, wenn Sie etwas sehen. Warum holen Sie mich nicht ab, und wir fahren zusammen?«

»Das ist nicht meine Aufgabe, außerdem bringen wir ihn damit vielleicht noch mehr durcheinander …«

»Und Sie glauben, wenn die Carabinieri ihn finden und gewaltsam zurückbringen, legt sich seine Verwirrung?«

»Ich weiß es nicht, aber so lauten die Vorschriften.«

»Dann suche ich ihn, und Sie wissen von nichts, Sie begleiten mich und basta.«

»Ich weiß nicht … aber für Cesare kann ich vielleicht eine Ausnahme machen. Sobald ich mit meiner Schicht fertig bin, komme ich bei Ihnen vorbei. Aber wenn wir ihn nicht finden, bin ich gezwungen, besagte Schritte einzuleiten.«

»Ich erwarte Sie, Luce.«

Wir begeben uns in die verlassene Gegend der Abstellgleise, auf denen ausrangierte Waggons vor sich hin rosten.

»Er hat mir von verlassenen Gleisen erzählt, wo sie sich für ihre Battles treffen.«

Zwischen dornigem Gestrüpp und Mauerresten, die, wie Luce mir beschreibt, mit Graffitis bedeckt sind, wagen wir uns vorsichtig voran.

»Hier ist ein Eisengitter. Ich glaube nicht, dass wir hier weiterkommen ...«

»Es sei denn, wir klettern drüber. Ein idealer Ort, um nicht gefunden zu werden.«

»Mir ist bei der Sache mulmig. Eine junge Frau und ein Blinder in einer Gegend voller Drogenabhängiger.«

»Genau deshalb müssen wir Cesare finden. Wir sind für diesen Jungen der letzte Halt. Wir müssen es wenigstens versuchen.«

»Ich habe Angst.«

»Ich etwa nicht? Ich sehe noch nicht mal was.«

»Cesare hatte mir gesagt, dass Sie ein Dickkopf sind, aber gutgläubig sind Sie wohl auch.«

»Sie offenbar nicht minder, sonst wären wir nicht hier. Gehen wir weiter.«

»Aber wie wollen Sie hier rüberkommen, Sie können doch nicht klettern!«

»Ich kann. Einmal bin ich aus dem zehnten Stock gesprungen und habe mir nur den Knöchel gebrochen. Ich bin praktisch unsterblich. Sie helfen mir, dann schaffen wir das schon.«

Das Unterfangen ist einfacher als gedacht, das Gitter ist niedrig, ein wenig Vorsicht genügt. Ich komme mir vor wie ein kleiner Junge, der sich auf ein Grundstück stiehlt, um Obst zu stibitzen, wie ich es früher auf dem Land immer tat. Eisig und ungerührt pfeift der Wind durch die klappernden Gitterstäbe.

Wir wandern über verwaiste Schienen. Luce hält meine Hand, wie am Ende dieses Chaplin-Films, an dessen Titel ich mich nicht erinnere. Ich nehme mir vor, eine Liste seiner zehn schönsten Filme aufzustellen, die ich immer mit meiner Mutter sah. Die Erinnerungen an sie mischen sich mit der kalten, leeren Abendluft, und mich trifft der Gedanke, dass Cesare niemals solche Erinnerungen haben wird. Wie kann man ohne Erinnerungen an einen Vater und eine Mutter leben, die einem Happen der Welt füttern, die noch zu groß sind, um sie zu kauen? Allmählich wird mir mulmig. Wo bin ich? Was mache ich hier? Was habe ich mir dabei gedacht, mich mit einer Unbekannten hierherzuwagen?

»Was zum Scheißdreck habt ihr hier zu suchen?« Eine Stimme mit eigenartig gedehnten Vokalen lässt uns zusammenfahren. Luces Hand klammert sich an meine.

»Wir suchen Cesare«, sagt sie mit erstickter Stimme.

»Hier gibt's keinen Cesare, zieht Leine, ehe wir euch einen Tritt in den Arsch verpassen.«

»Wir suchen Rost. Sag uns, wo er ist, statt uns auf den Sack zu gehen«, versetze ich gespielt unerschrocken.

»He, Hübscher, mach mal halblang, wenn du hier auf deinen eigenen Beinen wieder rauskommen willst. Rost ist in dem Waggon da drüben. Wer seid ihr eigentlich?«

»Seine Eltern«, antworte ich knapp.

»So ein Hosenscheißer, Vati und Mutti sind hier, um ihn abzuholen, weil er nicht nach Hause gekommen ist …«

Ich höre, wie der Junge sich nähert. Fluchend geht er an uns vorbei und entfernt sich in die Richtung, aus der wir gekommen sind.

Wir wagen uns zwischen die verwaisten Eisenbahnwagen. Ich lasse mich von Luce führen, und wir besteigen einen Waggon, in dem unsere Schritte widerhallen und es genauso kalt ist wie draußen.

»Luce! Professore! Was zum Scheißdreck macht ihr denn hier?«

»Zügle deine Ausdrucksweise, Cesare.«

»Das ist mein Zuhause, hier rede ich, wie ich will.«

»Was machst du hier, Cesare? Das ist nicht dein Zuhause«, sagt Luce behutsam.

»Und wo soll mein Zuhause sein? In dem verkackten Unterschlupf für verkrachte Existenzen etwa?«

Ich setze mich neben ihn und spüre, dass Luce sich vor ihn hinhockt.

Wir schweigen einen Moment, dann nehme ich Cesares Gesicht in meine Hände und ertaste die Züge eines Kindes, das gezwungen ist, ein Mann zu sein. Tränen rinnen ihm über die Wangen. Ich ziehe sein Gesicht an meine Brust.

»Die Wunde schließt sich nicht, Professore, sie schließt sich einfach nicht.«

»Ich weiß, Cesare, und das wird sie nie. Wie Luce gesagt hat: Es kommt darauf an, was du aus ihr herausholst.«

Wir schweigen, die herrschende Kälte umfängt Eisen und Fleisch, als gehörte beides zu einem Haufen Schrott. Der Wind pfeift durch die Gitter und verweht die fernen Geräusche der Stadt. Dennoch gibt es inmitten dieses dunklen, bitteren Niemandslandes etwas, das der Zärtlichkeit ähnelt und weder verschlungen noch vom Bösen berührt werden kann.

»Lass uns nach Hause gehen«, flüstert Luce.

ACHILLE

Ihr habt keine Ahnung von der Bewegung, die um die Appell-Profile entstanden ist. Tausende Kontakte täglich, mit Videos und Kommentaren. Es ist, als hätten die Schüler nur darauf gewartet. Ich verbringe die Tage damit, den Verkehr zu regeln und sicherzustellen, dass alles seine Ordnung hat. Ich habe auch verschiedene Sponsoring-Angebote erhalten, aber zu allen Nein gesagt, denn wenn wir uns zum Aushängeschild machen lassen, würden wir unsere Glaubwürdigkeit verlieren. Der maskierte Held ist das Krasseste und Klügste, was ich je getan habe: Tausende junger Leute begehren gemeinsam auf, mit der gleichen lächerlichen Maske. Ich, der in der realen Welt nie etwas Nennenswertes zustande gebracht hat, habe mit einem Schlag ein Stück Welt auf den Kopf gestellt. Das sind die Sehnsucht und die Freude, die ich im Herzen habe, ich habe keine Zeit mehr, an Schmerz und Angst zu denken. Endlich ist mein Computer zu einem Fenster zur Welt geworden, nicht eine Mattscheibe, auf der ich nur mich selbst sehe. Wir müssen dafür sorgen, dass der Appell über unsere Grenzen hinauswächst und eine internationale Protestbewegung wird. Alle müssen Bescheid wissen und kämpfen, damit die alte Schule zusammenbricht und eine neue entsteht. Ein Ort, an dem das Leben gedeiht, statt zu verlöschen. Ich weiß, das klingt wie ein Griff nach den Sternen, aber wir dürfen unsere geballten Energien nicht vergeuden, sondern müssen sie explodieren lassen wie eine Atombombe.

CESARE

534346 Klicks auf meinen Song, wann war ich schon in so einer Situation? Man hat mich interviewt, um zu wissen, wie das geht, und ich hab's erzählt, mein Leben hat sich krass gedreht. Alle haben gefragt, warum keiner weiß, dass ich rappe, und ich meinte, *weil ihr nicht fragt, ihr Deppen!* Wenn du Erfolg hast, springen alle auf, man ist nicht mehr unsichtbar, nicht mehr die arme Sau, alle wollen was vom Licht, das auf dich gefallen ist, aber Musik ist das Wichtigste, alles andere ist Mist. Also habe ich weitergeschrieben und will ein Album machen, eins, das die Stimmung dreht, damit die Wut vergeht, sie aus dem Herzen verbannt wie aus dem Getriebe den Sand. Ich habe wie ein Hund gelitten, meinen Schmerz wie Getreide geschnitten, denn Schmerz muss man mahlen zu Mehl für Brot, das sattmacht und rettet vorm Hungertod. In meinem Herzen ist noch immer Angst vor Einsamkeit, aber auch ein Wunsch: Ich bin zum Solo bereit, meine Freude ist – wie ihr erratet – die Musik, die auf mich wartet, genau wie der Schmerz. Jetzt hilft er mir, die Dinge zu sehen, ihnen einen Namen zu geben, sie richtig zu nehmen. Die Rechnung geht sowieso nie auf. So heißt das Album: *Die Rechnung geht nicht auf.* Vorher blickte ich nur zurück, fiel auf die Fresse, bewegte mich kein Stück. Jetzt kann ich nach vorne schauen, mich anderen anvertrauen. Und all das wäre nicht passiert, hätte mich nicht jemand aus dem Loch manövriert, in das ich mich verkrochen hatte. Wenn jemand dich liebt, ist da immer ein Licht, das Leben heilt, wenn jemand deinen Namen spricht.

»Professor Romeo?«

»Ja, mit wem spreche ich?«

»Hier ist die Polizei, könnten Sie möglichst schnell aufs Revier kommen?«

»Das muss ein Irrtum sein.«

»Nein, nein: Sie sind doch der Lehrer Omero Romeo. Wir haben einen Ihrer Schüler hier, der sagte, wir sollen Sie anrufen.«

»Worum geht es?«

»Das erkläre ich Ihnen dann persönlich.«

»Ich komme.«

Ich lasse mir die Adresse geben und springe in ein Taxi. Während der Fahrt frage ich mich, um wen es wohl geht, ich war so verwirrt, dass ich nicht einmal nachgefragt habe. Die Stadt hinter dem Autofenster lärmt lauter denn je, im einundzwanzigsten Jahrhundert haben es alle eilig, und die gellenden Hupen markieren die ewige Verspätung, in der wir zu leben glauben.

»Ich bin Romeo, der Lehrer. Sie hatten mich vorhin angerufen.«

»Sie sind Omero Romeo, tatsächlich?« Die Stimme, die mich empfängt, hat den üblichen ungläubigen Ton.

»Ja, das bin ich. Ich verstehe, dass das vielleicht ein bisschen komisch ist ...«

»Es ist mir eine Ehre, Professore! Sie sind der Held meiner Kinder. Es bräuchte Hunderte, ach was, Tausende Lehrer wie Sie. Dann würde sich die Schule im Nullkommanichts ändern. Man sollte Sie zum Minister machen.«

»Das fehlte mir gerade noch ... Aber was ist denn passiert?«

»Ein Junge hat versucht, Ladendiebstahl zu begehen. Wir haben ihn erwischt. Als wir ihm anboten, jemanden zu kontaktieren, bat er darum, dass wir Sie anrufen.«

»Was habe ich damit zu tun?«

»Er sagt, er sei Ihr Schüler, und wenn jemand für ihn bürgen könnte, würde der Ladenbesitzer vielleicht von einer Anzeige absehen. Andernfalls wäre der Junge vorbestraft, und ab da geht es nur noch bergab, das können Sie mir glauben ...«

»Was hat er denn getan?«

»Er ist vermummt und mit einem Messer bewaffnet in den Laden eingedrungen. Als der Besitzer ihm die Sturmhaube herunterriss, hat der Junge ihm mit einem Faustschlag den Kiefer gebrochen. Dann ist er geflüchtet, aber dank der Überwachungskameras waren wir ihm schnell auf den Fersen.«

»Wo ist er? Geht es ihm gut?«

»Fast zu gut. Er redet in einem fort.«

Sie bringen mich in ein Zimmerchen.

»Professore!«

»Oscar! Was hat dich denn geritten?«

»Jetzt fangen Sie nicht auch noch an. Ich weiß, ich habe Scheiße gebaut. Aber ich brauche Geld, Prof.«

Ich lege meine Hände auf sein Gesicht, um sicherzugehen, dass er tatsächlich Oscar und unversehrt ist.

»Und da hast du die brillante Idee gehabt, einen Laden zu überfallen. Bist du noch ganz bei Trost?«

Er umarmt mich und bricht an meiner Schulter in Tränen aus.

»Meine Mutter kann so nicht weitermachen, Professore, sie kann einfach nicht.«

»Was soll das heißen?«

»Das, was ich nie gesagt habe. Dass sie gewisse Sachen machen muss, um über die Runden zu kommen. Und ich ertrage das nicht. Ich muss sie da rausholen, Professore. Aber die verlangen Geld, oder sie bringen sie um. Und ich weiß nicht, wo ich es hernehmen soll.«

»Warum hast du mir das nie gesagt?«

»Sollte ich Ihnen etwa vor versammelter Mannschaft sagen, dass meine Mutter eine Nutte ist und mein Vater nie existiert hat und ich mir die ganze Geschichte nur ausgedacht habe?«

Ich bleibe stumm. Nur in äußerst raren Momenten des Lebens sind wir völlig nackt und zeigen das, wofür wir geliebt werden wollen. Dieser ist einer davon.

»Ich will nicht, dass meine Mutter in die Sache mit reingezogen wird. Also habe ich Ihren Namen angegeben und gesagt, es sei eine Wette, eine Art Spiel. Sie haben mir nicht geglaubt. Ich habe nur Sie, Prof. Nur Sie können bei den Bullen und den Ladenbesitzern ein gutes Wort für mich einlegen.«

»Aber wieso ich?«

»Weil Sie Vertrauen haben.«

»In dich?«

»Ja.«

»Oscar, du hast dem Mann den Kiefer gebrochen und versucht, ihn auszurauben. Da kann man nicht so tun, als wäre nichts.«

»Lassen Sie mich nicht im Stich, Prof, sonst bin ich am Arsch. Ich war verzweifelt. Das Geld von den Fights reicht nicht, und ich muss die Schule fertig machen, dann kann ich mir mit dem Abschlusszeugnis einen Job suchen.«

»Und wer garantiert mir, dass du es nicht noch mal tust?«

»Niemand, Professore. Sie müssen mir vertrauen. Wie Sie mir die ganzen Monate über vertraut haben, auch wenn ich Mist verzapft habe. Wäre es nicht so gewesen, wären wir jetzt nicht hier. Ich habe niemanden, dem ich vertrauen kann. Niemanden.«

»Unter einer Bedingung, Oscar.«

»Welcher?«

»Dass du mit dem Boxen aufhörst. Das ist nicht deine Zukunft.«

»Wie bitte? Aber es ist das Einzige, was ich kann.«

»Nein, es ist das Einzige, von dem du glaubst, es tun zu müssen.«

»Das können Sie nicht von mir verlangen!«

»Dann sieh zu, wie du klarkommst. Willst du mir weismachen, diese Kämpfe seien legal? Du bist bei keinem nationalen Wettkampf eingeschrieben. Das ist der übliche Sumpf aus illegalen Wetten und heimlichen Fights. Habe ich recht?«

Schweigen.

»Woher wissen Sie das?«

»Wenn Menschen lügen, ändert sich ihr Tonfall, und sie schinden Zeit, machen Pausen, weil sie sich etwas ausdenken oder überlegen müssen, wie weit ihr Kartenhaus aus Lügen bereits gediehen ist. Die Wahrheit sagt sich dagegen leicht, sie tut weh, aber gibt Energie, um es mit ihren Konsequenzen aufzunehmen. Man kann sie auch stückweise herauslassen, mit langen Pausen, um Luft gegen die Angst zu holen, aber das sind völlig andere Pausen als die der Lüge.«

»Sie sind echt der arschigste Blinde, wo ich kenne, Professore.«

»Und du bist der blödeste Schüler, den ich je hatte. Gehst jahrelang zur Schule und beherrschst nicht mal die Grammatik.«

»Na schön, dann bleibt mir wohl keine Wahl ... Aber ich habe keine Ahnung, wie ich aus der Scheiße wieder rauskommen soll.«

»Wir finden eine Lösung.«

»Und mit der Grammatik müssen Sie sich abfinden, die habe ich noch nie richtig gekonnt und werde es auch nie.«

»Pech für dich. Dann lasse ich dich hier drin hocken.«

»Nein, nein, ich geb mir auch Mühe. Ich versprech's!«

Er umarmt mich. Er ist ein Riese. Er ist ein Kind.

Und so haben Oscar und ich ein großes Geheimnis.

Das Geheimnis eines Lebens, dem eine Chance auf Wiedergeburt gegeben wird, wenn es endlich den Mut findet, um Hilfe zu bitten.

CATERINA

»Wo dein Schatz ist, da ist auch dein Herz.« Das habe ich in der Bibel gelesen, und es stimmt. Das Herz ist bei dem, was uns anzieht, ganz egal, was es ist. Ich bin so froh, Sie wiederzusehen, Professore, und mein Herz ist glücklich, weil wir einen Schatz gefunden haben, den wir nun vielen anderen zeigen können. Unser Appell und unsere Geschichten haben mir gefehlt. Neulich erzählte ich meiner Großmutter, was wir machen, weil sie mich im Fernsehen gesehen hatte. Sie sagte: *Genieß diese Momente, du wirst dein ganzes Leben davon zehren.* Sie lebt von Erinnerungen, wie man so schön sagt, das heißt, sie holt sich das Leben dort, wo es sich abgesetzt hat. Ich kann nur an das denken, was noch kommt, für mich ist das Leben eine Linie, die von links nach rechts und von hinten nach vorn verläuft. Für meine Großmutter ist es genau umgekehrt: Die Linie verläuft rückwärts, sie ist reine Erinnerung. Sie hat nicht mehr die Kraft, sich vorzustellen, was noch kommt, und begnügt sich liebend gern mit dem Gewesenen. Ich frage mich, wie man auch in der Erinnerung ein erfülltes Leben haben kann. Und ich glaube, das Geheimnis liegt in der Aufmerksamkeit. Die Aufmerksamkeit ist die Gegenwärtigkeit der Gegenwart. Nur die Sehnsucht gibt uns den Mut, die Augen offen zu halten. Das ist es, was ich jetzt will, Freunde, ich will euch meine Sehnsucht verraten. Nach dem Abitur will ich mein ganzes Leben Gott widmen, weil ich ihn mehr ersehne als alles andere. In ihm werden Vergangenheit, Gegenwart und Zukunft eins. Das mag ein bisschen kompliziert klingen, aber wenn das der Sinn des Daseins ist und nach dem Tod das Leben mit Gott auf uns wartet, dann will ich sofort damit anfangen. Ich habe seinen Ruf vernommen. Er lautete: Du bist mein. Und ich antwortete: du auch.

Du bist echt schräg ... Aber du hast Eier. Na ja, du weißt schon, was ich meine. Ich muss mich bei euch entschuldigen, weil ich nicht an die Sache geglaubt habe. Als sie mich interviewen wollten, habe ich einen Schreck gekriegt, weil ich dachte, die würden was anderes von mir wollen. Mir ist dieses Auto gefolgt und dann vor mir stehen geblieben. Ich wollte schon wegrennen, da sagte der Journalist zu mir: *Es ist wegen des Appells!* Sie haben mir einen Haufen Fragen gestellt, und es war geil. Ich habe ein bisschen Blödsinn gelabert – entschuldigt, aber ich kam ins Fernsehen, und das durfte ich mir nicht entgehen lassen. Beim Training haben sie mich respektvoll gegrüßt. Denen ist Schule zwar völlig schnuppe, aber sie haben gecheckt, dass diese Sache richtig ist. Meine Mutter hörte gar nicht mehr auf, sich vor ihren Freundinnen zu brüsten. Oscar hier und Oscar da und Oscar vor der Kamera ... Was mein Herz und seine Räume betrifft, weiß ich nicht, was ich sagen soll. Ich finde, Sie sind zu pingelig, Professore. In meinem Herzen geht alles durcheinander, Freude und Schmerz, Angst und Sehnsucht, ich konnte das nie unterscheiden, auch weil alles von Wut überdeckt ist. Solange ich Nasen und Kiefer breche, habe ich keine Zeit, Freude und Schmerz, Sehnsucht und Angst auseinanderzuhalten. Und solang ich eh nicht machen kann, was ich machen muss, ist mir das auch wurst.

»Warum bist du nicht gekommen?«

»Sie geben echt nie auf, Professore, nie!«

»Und du ein bisschen zu schnell.«

»Das ist doch alles zwecklos. Niemand gibt dem, was für mich Bedeutung hat, Bedeutung. Der Vollmond, ein Mädchen im Frühlingswind, die Brandung auf einer Klippe, ein Kind, das ein Porträt seiner Mutter zeichnet … das reicht mir, um an das Leben zu glauben, aber dann bin ich allein mit diesen Dingen, die sonst niemand sieht, und weiß nicht, was ich mit ihnen anfangen soll. Alles verschwindet, und was vorher zu mir sprach, verstummt. Es gab da einen Moment, Prof, in dem Sie mir wieder Lust aufs Leben gemacht haben. Wir haben der Welt zugeschrien, dass die Schule von heute das Gegenteil von Schule ist.«

»Und dann?«

»Und dann, schauen Sie, was aus uns allen geworden ist … Sofort haben sie uns der Mattscheibe zum Fraß vorgeworfen. Und wir haben vergessen, was wir getan haben und warum. Sofort haben wir unseren Kampf für ein bisschen Berühmtheit verscherbelt, als hätten wir nichts anderes gewollt. Ich als Erster.«

»Was ist passiert?«

»Mich hat ein Journalist kontaktiert. Dieses Arschloch behauptete, er sei *beeindruckt von meiner idealistischen Schlagkraft und meinen rhetorischen Fähigkeiten.* Er bot mir an, unser Manifest in einer Fernsehsendung vorzustellen, damit es noch mehr Leute erreicht. Aber die Sendung war der reinste Zirkus, und der Moderator wollte mich und die anderen Teilnehmer zwingen, die bemitleidenswerten Figuren zu spielen, die er im Kopf hatte. Unser Projekt war ihm völlig egal, er brauchte nur jemanden, den er ausnutzen konnte. Das habe ich ihm ins Gesicht gesagt, während der Aufnahme. Die Sendung wurde unterbrochen, und ich bin aufgestanden und gegangen. Er schrie mir hinterher: *Für wen hältst du dich eigentlich?* Ich habe ihm gesagt, er kann mich mal.«

»Gut gemacht.«

»Aber es ist alles so sinnlos, Professore. Da sind nur hungrige Erwachsene, auf beiden Seiten des Bildschirms. Für die existiere ich nicht, ich tauge nur als Zuschauerköder.«

»Du hast keinen Mut, Mattia. Du bist ein Ausbund an Angst.«

»Wenn Sie hierhergekommen sind, um mich zu beleidigen, hätten Sie sich die Mühe sparen können.«

»Hör auf, das Opfer zu spielen. Was hast du erwartet? Dass die Welt sich ändern würde, weil wir ihr gesagt haben, dass sie zum Kotzen ist? Du bist wirklich ein Idealist.«

»Wozu haben wir es dann gemacht?«

»Weil man die Wahrheit säen muss, damit sie zu gegebener Zeit Früchte trägt. Wir sind keine Idealisten, Mattia.«

»Und was sind wir dann?«

»Bauern. Die Wahrheit ist ein winziger Samen, du musst ihn hegen und vor den Unbilden schützen und hoffen, dass er Früchte bringt. Was alles andere als sicher ist. Aber Hauptsache, du hast das Richtige getan: Darauf kannst du mit beiden Beinen stehen und die Last der anderen tragen. Du bist zu sehr auf deine eigenen Schwächen und die der anderen fixiert, und dir fehlt das Mitgefühl, um sie anzunehmen. Als ich blind wurde, bin ich auch darauf hereingefallen. Alles, an das ich geglaubt hatte, war wie weggefegt. Ich war verzweifelt. Zog mich vom Leben zurück. Und wollte es beenden.«

»Beenden, Sie?«

»Ich habe meine Kraft erst gefunden, als ich schwach war.«

»Wie wollten Sie es denn beenden?«

»Auf die einzig mögliche Weise. Ich fühlte mich im Recht: Ich hatte die perfekte Ausrede, um mich aus dem Staub zu machen.«

»Und was ist dann passiert?«

»Dann habe ich es versucht und bin einen halben statt dreißig Meter tief gefallen. Gott hat mich bei den Haaren gepackt und mir klargemacht, dass ich mich zu ernst nehme. Ich musste dieses Dunkel in Licht verwandeln, wie Wissenschaftler und Künstler.«

»Inwiefern?«

»Sie ringen mit dem Dunkel, um Licht hervorzuholen. Sie geben nicht auf, betreten die Finsternis und harren dort aus, weil sie wissen, dass sie im Dienst des Lebens und nicht ihrer selbst stehen.«

»Aber wer sagt denn, dass es dieses Licht gibt? Es ist eine Qual: Man sucht nach Wahrheit, und je mehr man findet, desto mehr stellt man fest, dass sie schrecklich ist: Das Leben reißt einem die Beine weg. Wofür leben wir eigentlich? Heute das Abi, morgen das Diplom, übermorgen die Arbeit, die Familie, die Kinder … Und all das für was?«

»Genau das ist der Punkt, Mattia. Beethoven wurde taub, er war kurz davor, sich umzubringen, aber seine Liebe für die Musik rettete ihn, und als Gehörloser komponierte er Musik, die zu der schönsten überhaupt gehört. Stell dir vor, darunter ist auch die *Ode an die Freude*. Verstehst du? *Die Ode an die Freude!* Komponiert und dirigiert von einem körperlich lädierten Gehörlosen, der versuchte, sämtliche Instrumente gleichzeitig zu spielen. Es war fast lächerlich. Und dennoch erlaubte ihm diese menschliche Schwäche, auf neuer Ebene in die Musik einzutauchen. Auf der Ebene des Heiligen, auf der das Leben von den Menschen nicht zerstört werden kann, sondern zu reiner Freude wird. Irgendjemand muss nun einmal die Drecksarbeit erledigen und sich bis dahin durchgraben. Du bist einen Schritt von der Wahrheit entfernt, auf der du mit beiden Beinen stehen kannst. Sofern du es dir nicht anders überlegst.«

»Aber warum ist es so schwer? Warum muss man all diese Last mit sich herumschleppen? So viel leiden?«

»Ich weiß es nicht, Mattia. Ich weiß nur, dass Gott von einigen verlangt, den Grund des Lebens zu berühren, um anderen zu helfen, ihn zu erkennen und keine Angst mehr zu haben. Wie aber sollen sie von ihm erzählen, wenn sie ihn nicht kennen?«

»Der Preis ist zu hoch.«

»Schönheit ist kostbar. Sie ist wie die Perle in der Muschel: Das, was für uns ein Schmuckstück ist, war für die Auster ein Kampf mit dem Tod. Deshalb bist du hier. Das ist dein Weg, Mattia. Hör auf, davonzulaufen, Angst zu haben, dich kaputtzumachen! Die Aufgabe des Künstlers und des Wissenschaftlers liegt darin, die Einsamkeit und Dunkelheit anzunehmen, um den anderen den Weg hinaus zu zeigen.«

»Dazu habe ich nicht die Kraft!«

»Lass mich etwas von dir lesen.«

»Was denn?«

»Irgendetwas. Ein sensibler Junge wie du dreht durch, wenn er nicht schreibt. Lies mir etwas vor. Lass mich hören, wie du dich bisher gerettet hast – außer durch Flucht.«

»Niemand hat mich je gebeten, etwas von mir vorzulesen.«

»Dann werde ich in deinen Büchern wohl als dein Entdecker gewürdigt werden.«

Stille.

Eine Schublade wird aufgezogen, dann ist ein dumpfer Aufprall zu hören.

Stille.

Ich strecke die Hand aus.

»Was ist das?« Ich ertaste die Seiten einiger Hefte, sie sind wellig, die Schrift hat sie gekerbt. Es sind mindestens zehn.

»Was steht da drin?«

»Meine Gedichte. Ich wollte immer ein Buch schreiben, das die Welt aus den Fugen reißt, aber dann sind immer nur Fragmente dabei herausgekommen.«

»Lies. Lies mir eines vor.«

Stille. Nichts rührt sich.

Ich nehme eines der Hefte, schlage es zufällig irgendwo auf. Aber den Zufall gibt es nicht.

»Das hier! Ich will das hier hören.«

Ich halte ihm das Heft hin und warte. Sekunden vergehen, vielleicht eine Minute.

»Ich hatte den Hunger der Kinder / und du hattest keine Milch für mich. / Ich wollte die Spiele der Kinder / und du hattest keinen Blick für mich. / Ich suchte die Liebkosungen der Kinder / und du hattest keine Hände für mich. / Diese Leere, deren Wächter ich bin / Nacht und Tag / Tag und Nacht / in Erwartung, dass dir mein Name über die Lippen kommt / Schweigen. / Aber ich warte / Nacht und Tag / Tag und Nacht / und schreie stumm deinen Namen / Mutter.«

Stille.

»Wie heißt es?«

»Tag und Nacht«.

Ich nehme Mattias Gesicht und trockne seine Tränen. Die ersten guten seit Monaten. Seit Jahren vielleicht.

»Das ist es, was du mit all deinem Gerede vor mir verheimlicht hast. Das ist es, wofür du dich geschämt hast.«

»Sie ist nach meiner Geburt gestorben. An einer unstillbaren Blutung, um mich zur Welt zu bringen«, sagt er mir unter Spucke und Tränen, die ich geduldig mit meinen Fingern auffange.

»Du musst es allen sagen.«

»Was denn?«

»Wie man solchen Schmerz in Schönheit verwandelt. Diese Verse sind das Geschenk, das du deiner Mutter für das Leben schuldest, das sie dir gegeben hat. Deine Verse sind die Worte, die sie dir hätte sagen wollen. Du musstest sie allein suchen.

Und wer weiß, wie vielen Menschen du helfen könntest zu genesen.«

»Wozu soll das gut sein?«

»Du lässt sie nicht zweimal sterben.«

»Warum tun Sie das, Professore?«

»Was denn?«

»All das.«

»Was sollte ich sonst tun? Jeder hat seine Meisterwerke zu erschaffen. Ich kann meine nicht unvollendet lassen.«

Wir schweigen. Wenn Worte die Wahrheit auf eine Weise berühren, dass Silben und Körper eins zu sein scheinen, gibt es nichts mehr zu sagen. Ich nehme seine Hand und lege sie an meine Wange.

»Ihr Dichter seid erstaunliche Bauern: Ihr versteht es, den magersten und härtesten Boden des Schmerzes fruchtbar zu machen. Du musst am Leben bleiben, und sei es nur dafür«, sage ich zu ihm.

»Um Dichter zu sein?«

»Um du selbst zu sein, zerbrechlich in der verkehrten Welt, unerschütterlicher Dichter in der richtigen. Wenn du eine der beiden Seiten verlierst, verlierst du dich, und wir dich auch. Wir alle verlieren.«

»Aber wozu ist das gut? Für *wen* ist das gut?«

»Als meine Mutter starb, war ich bereits blind. Ich legte die Finger auf ihr Gesicht, auf ihre Hände, ihren Körper und erschauderte: Es war nicht mehr meine Mutter. In dem Moment war meine Verbindung zum Leben gleichsam gekappt, weil sie es war, die mich dem Dunkel entrissen hat. Wo war dieses Leben hin, das mich ins Leben rief? Heute hast du mich daran erinnert, wie man es zurückbekommt.«

»Und wie?«

»Durch den Schmerz, der meine Liebe für sie bemisst. Und

also durch die Liebe. Aber es ist nicht leicht zu akzeptieren, dass der Schmerz auf dieser Welt die bleibende Form der Liebe ist: In der verkehrten Welt ist der Schmerz das, was in der richtigen die Liebe ist.«

»Und wann soll ich das alles gesagt haben?«

»Gerade eben, in deinem Gedicht. Du bist verletzlich, Mattia, wie alle kostbaren Dinge. Das ist der Preis, den es zu zahlen gilt.«

Er legt seine Stirn an meine Schulter und schweigt auf die vielsagendste Art, die ich kenne.

Es klingelt an der Tür.

Als Mattia öffnet, wird er von seinen Klassenkameraden überrannt, die Pizza gekauft haben.

Ich höre ihr Gelächter, ihre Witzeleien, ihre einvernehmlichen Reaktionen und Arglosigkeiten, und stelle fest, dass ich mich mehr und mehr als ihr Vater fühle.

»Für Sie haben wir eine Margherita genommen, Prof. Sie sind der typische Pizza-Margherita-Lehrer«, sagt Oscar.

»Wieso das?«

»Weil Sie ein bisschen arm dran sind.«

Ich versuche, ihn zu fassen zu kriegen, verfehle ihn, verliere das Gleichgewicht und lande mit den Händen in der Pizza.

Es wird schlagartig still. Ich stecke mir die Finger in den Mund.

»Prosciutto e funghi … Köstlich!«

Sie prusten los.

Das ist das Leben: dieses komische tägliche Wunder, in dem es niemand allein schafft.

ETTORE

Leopardi hat recht: Das Leben ähnelt einem späten Sonntagnachmittag, wenn die Schwermut des bevorstehenden Montags die wenigen verbliebenen Hoffnungen erstickt. Es gelingt uns nie, das Licht festzuhalten und das Glück zu berühren, das wir darin zu finden hofften. Mit jedem Tag wird das Herz müder, die Kammer der Freude wird vom Schmerz vereinnahmt, die Kammer der Angst erobert die der Sehnsucht. Mein Herz, Professore, besteht jetzt nur aus zwei Kammern, die doppelt so groß sind wie normal: Angst und Schmerz. Es ist, als hätte ich dem Kreislauf das sauerstoffreiche Blut entzogen. Ich weiß nicht, wie man es schafft, es von all dieser Traurigkeit zu reinigen. Ich weiß nicht, wie man es schafft zu hoffen, wenn man sich nicht geliebt fühlt. Aber das, was wir mit dem Appell erreicht haben, hat mich die Traurigkeit ein wenig vergessen lassen, und mir ist klar geworden, dass man aus der Traurigkeit herauskommt, wenn man nicht allein bleibt, wenn man Freunde hat, mit denen und für die es sich zu kämpfen lohnt. Als meine Mutter aus dem Fernsehen erfuhr, dass ich abends Essen ausliefere, um ein bisschen Geld zu verdienen, hat sie mich gefragt, warum ich sie nicht um Hilfe gebeten hätte. Und ich habe geantwortet, dass ich dieses Geld brauche, um zu verhindern, dass Papa sich umbringt. Meine Mutter hat mich weinend umarmt und mich um Verzeihung gebeten. Es war das erste Mal seit Jahren, dass ich mich als ihr Sohn fühlte.

ELISA

Ich muss euch was sagen. Ich bin nie irgendwo gewesen. Diese Reisen denke ich mir nur aus, das sind Geschichten, um mir die Wirklichkeit schönzureden: In meiner Kammer der Angst gibt es hingegen nur eine Geschichte, und die Tür ist seit jeher verrammelt. In der Kammer der Sehnsucht ist der Mut, das Nebenzimmer der Angst zu erobern. Mit euch habe ich nach und nach gelernt, mich für meinen Körper, mein Leben und all das, was in der Kammer des Schmerzes war, nicht mehr zu schämen. Zum ersten Mal will ich nicht weglaufen, sondern versuchen, mich zu öffnen. Und in der Kammer der Liebe ist das hier: ein Platz für jeden von euch. Bitte bleibt und fühlt euch zu Hause.

PATRIZIA

Jetzt bin ich dran. Ja, ich weiß, Sie haben es nicht gemerkt, Professore. Als die Kinder mir sagten, sie würden Sie besuchen gehen, bin ich mit ihnen mitgekommen und habe mich in ein stilles Eckchen verkrümelt. Ich wollte Sie wiedersehen. Wir sind mit *Doktor Schiwago* noch nicht durch, und ohne Sie kann ich nicht weiterlesen. Zur Feier des Tages habe ich einen Kuchen mitgebracht. Darauf habe ich ein hübsches A gemalt, verkehrt herum, wie eine Vase, aus der ein Gesicht erblüht. Mit diesem Symbol füllen sich die Mauern der Stadt und vor allem der Schulen. In all diesen Jahren habe ich nie an euch gezweifelt, ich wusste, dass ihr zu etwas Großem bestimmt wart. Und jetzt will ich auch meinen Beitrag leisten.

Mir tränen die Augen von all dem unerwarteten Licht.

»Aurora?«, fragt Patrizia, um mir aus der Verlegenheit zu helfen.

»Ich bin hier!« Jetzt klingt ihre Stimme heller.

»Du bist dran.«

AURORA

Von dem Kuchen hätte ich gern ein Stück … Und ich würde mich nicht schlecht fühlen, etwas zu essen, das in diesem Geist entstanden ist. Vielleicht würde ich mir sogar noch ein zweites nehmen.

Wir fangen alle an zu lachen. Dann flüstert mir eine Stimme ins Ohr: »Gehen wir!« Es ist Patrizia.

»Jetzt?«

»Jetzt.«

»Wir haben dir Kuchen mitgebracht!« Patrizias Stimme erfüllt das stille Krankenhauszimmer, in dem Aurora liegt, angeschlossen an einen Tropf, der sie zwangsernährt.

Sie braucht einen Moment, um zu begreifen, was los ist.

»Aber das war doch nur ein Witz …«

»Und wir haben dich ernst genommen«, antworte ich.

»Wie geht es dir?«, fragt Patrizia.

»Ich mache einfach nichts richtig. Mir ging es schon besser. Dann sind diese Videos gekommen, die Interviews. Ich fand mich dick und unansehnlich. Also habe ich wieder angefangen. Ich werde es nie schaffen, ich dachte, ich hätte es hinter mir, aber dann passiert immer irgendetwas, das mich packt und zurückwirft.«

»Ein Schritt nach dem anderen. Wenn du dich auf den nächsten Schritt konzentrierst, schaffst du es, weil er machbar ist.«

»Nein, ist er nicht, Professore. So einfach ist das nicht. Ich war schon mal im Krankenhaus, das war einer der traurigsten Momente meines Lebens. Und ausgerechnet jetzt, da ich glücklich war, hatte ich wieder einen Rückfall, als wäre die Freude ein zu großes Risiko und mich lebendig zu fühlen eine Sünde. Manchmal ist es leichter, sich an einen sicheren Schmerz zu klammern, als sich auf ein unbekanntes Glück einzulassen.«

»Du bist ein wunderschönes Mädchen, Aurora, du kannst noch so vieles schaffen.«

»Das stimmt nicht. Ich bin nichts wert. Die Magersucht begleitet mich seit Jahren. Sie ist mein Hilfeschrei, und ich werde nie von ihr loskommen, wegen der Liebe, die ich durch sie bekommen habe.«

»Was meinst du damit?«

»Um mich geliebt zu fühlen, musste ich mich fast bis zum Tod vorwagen. Um mich einzigartig zu fühlen, muss ich krank sein.«

»Jeder hat seinen Weg, Aurora. Und du hast recht: Um sich geliebt zu fühlen, muss man sich fast bis zum Tod vorwagen. Auch für mich war es so.«

»Wie das?«

»Mit einem hübschen, dreißig Meter tiefen Sturz.«

Wir schweigen.

»Und dann?«

»Dann hat Gott beschlossen, mich auf der falschen Seite des Mäuerchens hinunterzuschubsen. Als ich mit Staub im Mund am Boden lag, fühlte ich mich geliebt wie nie zuvor. Als hätte sich das Leben wie ein Wasserfall in meinen Körper ergossen. Und das war nicht nur Adrenalin. Es war Liebe. Die Wege, um am Leben zu bleiben, sind verdammt steinig, Aurora, aber hab keine Angst.«

»Ich ertrage es nicht, mich schwach zu fühlen. Und da kommt die Magersucht ins Spiel: Mit ihr gewinne ich die Kontrolle zurück.«

»Wie sollen wir den Appell ohne dich durchführen?«

»Ich bin zu nichts gut, Professore. Ich bin nichts wert.«

Wer weiß, ob es sie heilen würde, sich selbst nicht mehr zu sehen. Sogar der Blick, den wir auf uns selbst richten, kann so mächtig sein, dass wir nichts mehr erkennen. Wie gern würde ich ihr ein wenig von meiner Blindheit leihen. Ich schweige, habe keine Worte mehr. Ich schaffe es nicht, ihre Traurigkeit zu durchdringen. Also nehme ich ihre Hand und drücke sie fest. Dann beuge ich mich zu ihr, küsse sie auf den Kopf und bitte Gott, ihr das Leben zurückzugeben, denn ich weiß nicht, wie ich es tun soll.

Auf der Suche nach der vergeudeten Zeit
Tagebuch eines blinden Lehrers

Dein Gesicht, Ettore, ist ein Schlachtfeld. Es ist zweigeteilt wie die beiden Leben, die sich darauf den Sieg streitig machen, das deines Vaters und das deiner Mutter. Zwei sich bekämpfende Blutströme, die wie Meere aufeinanderprallen, ohne sich mischen zu können, es sei denn, ein Sturm bricht los. Deine großen Ohren, die Traurigkeit in deinen von der Mühsal des Einzelkämpfers hohlen Augen, die verkniffen herabgezogenen Mundwinkel erzählen von einem Jungen, der sich von der Zukunft nicht viel verspricht, weil er zu sehr damit beschäftigt ist zurückzublicken. Meine Finger spürten die Linien der Verbitterung, der Kränkung, des Verzichts. Aber auch die Anspannung des Kämpfers, der auf dem Schlachtfeld verharrt und nach Revanche verlangt, gerade weil er so bitter gelitten hat. Die Liebe hat bei dir versagt, Ettore, aber du willst nicht bei der Liebe versagen. Ich hoffe, du schaffst es und überlässt dich nicht dem Alkohol, dessen Geruch sich schon frühmorgens in deinem Atem versteckt. Manchmal sind es die Kinder, die die Eltern zur Welt bringen müssen. So war es bei mir.

Ich brauchte meinen Sohn Pietro mehr als er mich. Ich konnte ihm nicht mehr bei den Hausaufgaben helfen, ihm keine Ge-

schichten mehr vorlesen, nicht mehr mit ihm Fußball spielen gehen, ihm die Sternbilder nicht mehr zeigen … Es war, als verfügte ich nicht mehr über die Mittel, ihm die Welt anzuvertrauen, die jeder Vater an sein Kind weitergeben möchte. Eines Tages, wir gingen gerade Hand in Hand von der Schule nach Hause, fing es an zu regnen. Und ich erzählte ihm, wie alle Dinge, die bis eben noch stumm und einsam waren, eine Symphonie erklingen ließen: Die Tropfen prasselten auf die Autos, trommelten auf das Laub, pladderten auf den Asphalt, klirrten auf die Dachziegel, knatterten auf den Regenschirmen, klatschten auf den Rasen … Ich beschrieb ihm die Töne des Regens ringsum wie Orchesterinstrumente: Blechbläser, Holzbläser, Streicher. Mit einem imaginären Zauberstab isolierten wir eine Instrumentengruppe, lauschten dem Klang, den das Wasser offenbarte, und erschufen daraus eine Komposition. Ich erzählte ihm, dass der Donner ein Appell an die Erde sei, auf dass sie sich für den Regen öffne, der die unter dem Asphalt erstickte Stadt von ihrem Durst befreit.

Auf der Grenzlinie zwischen objektiv und subjektiv werden uns die Dinge geschenkt: Früher war der Regen für mich nur ein Hindernis in meiner Planung, eine Lästigkeit, die es möglichst zu vermeiden galt. Heute ist der Regen Wasser, das die Erde erneuert. Also haben Pietro und ich angefangen zu tanzen, verloren im Augenblick, mit unversehrten Herzen. Erst eine Stunde später kamen wir fröhlich und nass bis auf die Knochen nach Hause. Auch für ihn war der Regen zu einem Geschenk geworden. Einige Zeit später sagte er zu mir, seit dem Tag würde er jedes Mal, wenn es zu regnen beginne, die Augen schließen und zuhören.

»Alle rennen weg, sobald es regnet, für sie ist der Regen was Schlechtes. Aber für mich hat er deine Stimme«, sagte er.

Es gibt immer etwas, das ein Vater seinem Kind schenken

kann, und seien es seine leeren Hände. Dann ist da noch die unendliche Vielfalt an Dingen, die ein Vater von seinem Kind bekommen kann. Häufig sind es die, die er ihm schenken zu müssen glaubte.

MAI

Der Mai ist ein Monat, der den Blinden nicht verschont. Das Pulsieren sämtlicher Dinge, das den Blick betört, macht sich als entropisches Lärmen bemerkbar. Anfangs ist es nur ein feines, unterschwelliges Raunen in der Vielstimmigkeit der Welt, ein Hintergrundgeräusch, ein anhaltendes Sirren, dissonant und schwebend wie der Ausklang von Mahlers Symphonie Nr 9, die mein Vater so sehr liebte, ein Warnsignal der Dinge, um ihres Lebens nicht beraubt zu werden. Die Explosion der Lebenskraft birgt den Samen des Verfalls. Nach und nach schwillt der Klang an, erfüllt die Straßen, schlägt gegen die Häuserfassaden, schrammt über den Asphalt und hallt von den Dächern wider. Die Dinge, auf die wir vertrauen, weil sie uns unerschütterlich und verlässlich erscheinen, fangen an, sich zu zersetzen. Alles, was wir erschaffen haben, bekommt Risse. Die Arbeit, die Körper, die Stunden, die Häuser, die Zärtlichkeiten, das Geld, die Bücher, die Umarmungen, das Haar, die Zähne, der Liebesakt ... Alles fällt immer schneller in sich zusammen und offenbart, wie viel Wirklichkeit der Wirklichkeit fehlt. Jede Schicht des Lebens schreit, um fortzubestehen, verrät ihre Angst, noch nicht zu existieren, oder ihre Scham, nicht genug zu existieren, weil die Natur nur einen Weg des Widerstandes kennt: den Richtung Tod. Jede Schönheit birgt den Tod: Jede Knospe an einem Zweig ist ein weiterer Riss.

Im Mai spüre ich den vergeudeten Atem der Natur, mag er auch nach Rosen und Lavendel duften, ich spüre, dass es dem Tod an einer wirklichen Lösung mangelt und es für das Schicksal sämtlicher Dinge keinen Trost gibt. Deshalb sind mir die Monate des Wartens lieber als die Monate der Geburt.

Ich verliere mich in wortlosen Gedanken, während ich durch die gesättigte Luft im Park um die Ecke spaziere und auf Annamaria warte, die mich über die Situation der Klasse auf den neuesten Stand bringen will. Ich fange an, die zehn Bücher aufzulisten, von denen man behauptet, man hätte sie gelesen: *Auf der Suche nach der verlorenen Zeit, Krieg und Frieden, Ulysses, Infinite Jest …*

»Sie riskieren allesamt, nicht zur Abiturprüfung zugelassen zu werden.«

»Warum?«

»Ihre Betragensnote muss nur schlechter als ausreichend sein, und dazu braucht es womöglich nicht mehr als den Disziplinarverweis, den sie sich eingehandelt haben.«

»Jaja, ich weiß, wie das läuft. Aber was soll das bringen?«

»Der Direktor weiß, dass er einen Präzedenzfall schafft, wenn er einlenkt. Er will sein Gesicht nicht verlieren. Und bei verletztem Stolz setzt der Verstand bekanntlich sofort aus.«

»Aber das ist absurd! In zahlreichen Schulen gibt es immer mehr Lehrer, die einen Teil ihrer ersten Unterrichtsstunde dem Appell widmen. Sogar der Minister stellt Lehrern inzwischen Gehaltserhöhungen in Aussicht, die üblichen erbärmlichen Knochen, die man dem Köter hinwirft, um ihn ruhig zu halten.«

»Du bist ja ein richtiger Revoluzzer geworden!«

»Nicht freiwillig. Tatsächlich glaube ich nur an eine Art von Revolution.«

»Die da wäre?«

»Die der Planeten: ihre Bewegung um ein Gravitationszentrum. Die Revolution der Erde um die Sonne, die Revolution des Mondes um die Erde. Die Revolution des Appells richtet sich gegen niemanden, sie zerstört nicht, sondern erschafft, sie lässt die Schule um ihr Gravitationszentrum kreisen, ohne irgendeine Spannung beseitigen zu wollen. Es ist eine lebensvolle Bewegung: Sie weist das Leben nicht zurück, wie es die Schule bisher getan hat. Es gibt keine Unterrichtsausfälle, es kommt weder zu Streiks noch zu Besetzungen oder sonstigen postideologischen Aktionen: Selbstverwaltung, Mitbestimmung, alternativer Unterricht ... In der Klasse zu bleiben bedeutet, zu bestätigen, was man tut, es jedoch von innen heraus zu erneuern, und zwar *mit* den Beteiligten, nicht *gegen* sie. Unsere Revolution ist ein Erwachen, kein Krieg, sie ist für etwas, nicht gegen etwas. Es ist wie die Natur in dieser Jahreszeit: ein Erwachen, das jäh zu explodieren scheint, sich aber schon lange anbahnte.«

»Ich habe auch nie an schnelle Revolutionen geglaubt. Alles, was plötzlich revolutioniert wird, entspringt der Verdammung und dem Verrat an der Vergangenheit, dabei ist sie die einzige Gewissheit, die wir haben, im Guten wie im Schlechten.«

»Sogar der Mond entfernt sich jedes Jahr um 2,5 Zentimeter von der Erde, aber niemand merkt es. Wir haben den Prozess nur beschleunigt, weil die menschliche Freiheit in Gang zu setzen vermag, was in der Natur einer inneren Logik folgt.«

»Du hältst große Stücke auf die Freiheit. Vielleicht zu große.«

»Tatsächlich ist sie das größte Geschenk, das Gott uns gemacht hat, Anna. Sie ist das Äußerste seiner Allmacht.«

»Was meinst du damit?«

»Dass ich niemals an einen Gott glauben würde, der mich zu einer Marionette in einem Puppentheater namens Geschichte macht. Die Geschichte ist das Risiko, das Gott mit der Erschaffung des Menschen einzugehen beschloss. In der Schöpfungsgeschichte lautet die erste Aufgabe, die er Adam stellte, sämtlichen Dingen einen Namen zu geben.«

»Ja, ich erinnere mich, aber was hat das damit zu tun?«

»Das ist das Risiko, das Gott mit jedem von uns eingeht. Den Dingen Namen zu geben heißt, für sie verantwortlich zu sein. Gott vertraut unserer Kreativität, unserer Freiheit und lässt zu, dass wir die Geschichte nach unseren Entscheidungen gestalten. Er legt die Welt in unsere Hände.«

»Das scheint mir keine besonders tolle Idee gewesen zu sein, wenn man bedenkt, wie die Dinge laufen …«

»Das ist die Bestätigung, dass die Freiheit keine Fiktion ist, sondern Wirklichkeit: Das Leben liegt tatsächlich in unseren Händen.«

»Und was sollen wir mit all dieser Freiheit anfangen?«

»Ohne Freiheit kann man nicht lieben, Anna. Zu lieben ist die riskanteste Entscheidung, die es gibt.«

»Dann habe ich versagt.«

»Warum sagst du das?«

»Wegen meines Sohnes.«

»Hast du ihn nicht geliebt?«

»Doch.«

»Dann hast du getan, was du konntest.«

Anna verfällt in Schweigen, das ich nach ein paar Sekunden breche.

»Wie war er?«

»Als Kind war er nicht zu bändigen. Er liebte es, zu forschen, zu fragen, Geschichten zu hören …«

Sie bricht ab, sucht die Kraft, um sich zum hundertsten Mal an das zu erinnern, was sie an ihn bindet: den Schmerz.

»Dann hat er sich verändert. Ausgerechnet während der Pubertät, in dieser rätselhaften Welt, die einen doppelt leiden lässt, weil man den Grund nicht versteht. Er wurde schwermütig, verkroch sich immer häufiger in seinem Schweigen, das ich nicht zu durchdringen vermochte. Es gab keine traumatischen Erlebnisse … Es ist, als hätte er verlernt, mit seiner Begeisterung für das Leben umzugehen, als hätte ihn das, was er entdeckt hatte, enttäuscht. Ich weiß es nicht. Dieses Kreuz werde ich schleppen, solange ich lebe. Du hättest ihm gefallen. Er liebte Naturwissenschaften, als kleiner Junge sagte er ständig, er wolle Astronaut werden. Vielleicht hat ihm jemand wie du gefehlt: jemand, der ihn erkennen ließ, dass er für die Welt unverzichtbar war. Darin sollte unser Beruf bestehen: ihnen das Gefühl zu geben, unverzichtbar zu sein. Aber das ist ein völlig absurder Anspruch, das schaffen wir ja nicht einmal bei unseren eigenen Kindern.«

»Wir sind da, um zu lieben, nicht, um etwas zu schaffen. Ich bin sicher, bei deinem Sohn ist dir das gelungen.«

»Wer weiß …«

»Wie läuft es mit Elisa?«

»Dieses Mädchen ist eine ständige Überraschung.«

»Wieso?«

»Sie hat eine unglaubliche Menge an Büchern verschlungen und in der Klasse nie darüber geredet. Neulich haben wir nach dem Unterricht eine Stunde lang über *Sturmhöhe* gesprochen.«

»Und wie geht es ihr?«

»Besser.«

»Dank dir.«

»Ich habe gar nichts gemacht. Ich habe nur versucht zuzuhören.«

»Und du glaubst, das ist nichts? Heute jemandem zwischen Zeitdruck und Handys Aufmerksamkeit zu schenken, ist revolutionär geworden.«

»Einmal war ich mit meinem Sohn im Park, er flitzte auf dem Fahrrad herum. Er hatte gerade gelernt, ohne Stützräder zu fahren. Immer wieder rief er: *Schau, Mama, schau, wie schnell ich bin!*«

»Genauso funktioniert es: Wenn man ihnen zusieht, finden sie Mut.«

Wir schweigen, während zahllose Geräusche den Park erfüllen: johlende Kinder, wetzende Hunde, surrende Fahrräder, gedämpfte Unterhaltungen. Ein Splitter Schönheit genügt, um im steinernen Herzen der Stadt den Samen des Lebens keimen zu lassen.

»Du hast mich auf eine Idee gebracht«, sagt Annamaria plötzlich und reißt mich aus meinem Schweigen, als hätte sie die Wellen empfangen, die mein grübelndes Gehirn aussendet.

»Was für eine Idee?«

»Damit sie zum Abitur zugelassen werden.«

Panik tobt in meiner Brust, und ich reagiere mit einer Liste der zehn Schattierungen meiner ehemaligen Lieblingsfarbe, die jetzt nur noch eine Aneinanderreihung wehmütiger Namen ist: Himmelblau, Türkis, Lapislazuli, Marineblau … Achille richtet die Kamera auf mein Gesicht und das von Annamaria. Als ich seine Hand auf meiner spüre, beruhige ich mich endlich und lasse Kobalt und Königsblau sausen. Alles ist bereit, um das Video aufzunehmen, das auf den Appell-Profilen landen soll.

»*Wilde Gedanken!* Action! Wann immer ihr wollt …«

Es vergehen endlos lange Sekunden der Stille, während ich im Geist die wichtigsten Punkte meines Auftrittes rekapituliere.

Dann macht Annas feste, fokussierte Stimme dem Zaudern ein Ende.

»*Klasse: ein Wort, das wir für allzu selbstverständlich nehmen. Ursprünglich bezeichnete es den zum Appell einer Trompete namens* Classicum *angetretenen Trupp Soldaten und geht auf ein antikes Verb zurück, das ›rufen‹ bedeutet. Die Klasse ist kein zufällig zusammengewürfelter Haufen und auch kein Kubus, in den man ein paar Pechvögel hineinzwängt, sondern ein Heer, das zum Kampf gerufen wird. Die Infanten, also jene, die noch nicht sprechen können, sind aufgerufen, Infanteristen zu werden, die das Wort ergreifen und sich zum eigenhändigen Kampf bereitmachen. Genau das tun unsere Schüler: Sie sind dem Appell gefolgt, bereit, das Leben vieler anderer zu verteidigen.*«

Jetzt bin ich dran.

»›*Wir bitten Sie, dieses Blatt mit möglichst vielen Durchschlägen abzuschreiben und weiter zu verteilen!‹ Das schrieben die jungen Leute der Weißen Rose unter jedes ihrer Manifeste. Wenige Wochen nach ihrer Hinrichtung regneten diese Blätter aus englischen Flugzeugen auf die deutschen Städte nieder. Es war das Jahr 1943, und eine Gruppe Achtzehnjähriger hatte Tausende schlummernde und mitwissende Gewissen geweckt und dafür mit dem Leben bezahlt. Etwas Ähnliches passiert mit unseren Schülern. Die Schulen im Land sind in Aufruhr. Von Nord bis Süd verbreitet sich der Appell in den Klassen, aus dem einfachen Grund, weil er richtig ist. Die Schüler sagen uns, es sei unmöglich, den Kopf vom Körper zu trennen: Niemand kann ein Kapitel Geschichte lernen, wenn er* entsetzliches Zahnweh hat. Und wir können das Zahnweh nicht mehr ignorieren.«

Wieder Anna.

»Chronos verschlang seine Kinder aus Angst, seine Macht könnte sich gegen ihn wenden. Niemand hatte den Mut, sich ihm zu widersetzen. Und auch wir hören nicht auf, unseren Nachwuchs zu verschlingen. Jede Generation fürchtet, von der nachfolgenden verdrängt zu werden. Stattdessen sollten wir lernen, dass eine Generation die andere braucht, genau wie in einer Klasse: Vergangenheit und Zukunft bilden die Gegenwart und lassen sie durch die Beziehung zwischen uns und den Schülern wirklich werden. Das sagt euch eine Lehrerin, die ihr Leben lang unterrichtet und doch seit allzu langer Zeit damit aufgehört hat, obwohl sie sich vor die Klasse gestellt und ihre Stunden durchgezogen hat. Durch die mühevolle und unvorhersehbare Gegenwart, die wir Schule nennen, hält die Vergangenheit Einzug in die Zukunft. Diese Begegnung ist die unserer Körper mit den ihren, unserer Seelen mit den ihren, damit die Vergangenheit abermals Zukunft und die Zukunft Gegenwart wird.«

Jetzt ich.

»Nach dem, was mit dem Minister passiert ist, bin ich aus mir noch immer unbegreiflichen Gründen suspendiert worden, aber aus noch viel absurderen Gründen drohen meine Schüler jetzt vom Abitur ausgeschlossen zu werden. Zugleich wurden sie vom Fernsehen, von der Presse und dem Rundfunk aufgesucht, lang und breit interviewt und zu Stars gemacht, um sie auf dem Altar des Augenblicks zu opfern. Die Schule schließt sie aus, das Spektakel verschlingt sie. Wir haben ihnen eine verkehrte Welt gebaut. Die Welt der Erwachsenen stößt sie einerseits zurück und zerquetscht sie andererseits. Die grausigen Opfer junger Menschen, die einst in den Kulturen praktiziert wurden, sind noch immer lebendig. Seit jeher wurden junge Le-

ben hingegeben, um die verkehrte Welt ihrer Erzeuger zu be-
wahren: Das muss aufhören! Die kulturelle Euthanasie unserer
Zeit muss aufhören. Unsere Schüler kämpfen, um nicht ver-
schlungen zu werden. Sie haben nichts Schlimmes getan. Sie
verdienen es, wieder zur Schule gehen zu dürfen, die sie vertei-
digt haben.«

Anna.

»Deshalb fordern wir euch auf, Teil einer Veränderung der
Schule zu sein, die sich von innen heraus vollzieht. Widersetzt
euch gewaltfrei einem Status quo, der die Einzigartigkeit der
Menschen sowie die Tatsache ignoriert, dass jeder für eine neue
Welt unerlässlich ist. Fordert eine Schule, in der all das Wert-
volle, was euch beigebracht wird, mit eurem Leben und dem eu-
rer Lehrer zu tun hat: Wissen muss zu einem besseren Leben
verhelfen, sonst ist es kein Wissen. Wir können keine hässlichen,
baufälligen Schulen mehr hinnehmen. Wir können Gleichgül-
tigkeit und Ignoranz nicht mehr hinnehmen. Wir können nicht
mehr hinnehmen, dass in einer menschlichen Beziehung, die je-
den Morgen mit einem Anwesenheitsappell beginnt, Namen
nichts wert sind. Wir können nicht mehr hinnehmen, dass auch
nur ein einziger dieser Schüler verloren geht oder zu dem
Schluss kommt, sein Leben sei so nutzlos, dass er es besser been-
det. Wie schon Euripides schrieb: ›Wie kann ein Staat die Kraft
und Sicherheit bewahren, wenn man, gleich Ähren auf dem
Feld zur Frühlingszeit, die Mutigen hinwegrafft und die Blüten
knickt?‹«

Das Finale gehört mir.

»Die Verantwortung für das, was passiert ist, liegt ganz allein
bei mir, und ich verstehe nicht, warum meine Schüler dafür be-
zahlen müssen. Ich bin blind und habe diese Methode der An-
wesenheitskontrolle gewählt, weil ich keine andere Möglichkeit
habe, sie zu sehen. Ich bitte euch, ihre Namen zum Anfang eures

Schultages vor eurem Appell zu wiederholen, damit alle wissen, dass man es meinen Schülern verwehrt, ihre Reife unter Beweis zu stellen. Lasst sie wieder zur Schule gehen.

Ruft ihre Namen: Achille, Elisa, Ettore, Aurora, Oscar, Mattia, Caterina, Cesare, Stella, Elena. Der Moment ist gekommen, Chronos mit Steinen statt mit Leben zu füttern. Es hängt von euch ab. Die Schule ist nicht nur dazu da, jungen Menschen Wissen zu vermitteln und sie auf Prüfungen vorzubereiten, sondern dafür zu sorgen, dass sie zu wahrhaft freien Männern und Frauen werden. Nur so kann der Staat Kraft und Sicherheit bewahren!«

Ich verstumme.

»Und ... stopp! Sehr gut! Hammer! Ihr habt flammend geredet. Sie waren ein anderer Mensch, Professoressa! Also, ich wollte sagen ... Also, na ja ... Ihr wisst schon ... Ich weiß nicht, wie ich es ausdrücken soll.«

Anna und ich müssen lachen.

Wir durften unsere Schüler einfach nicht alleinlassen. Ich muss daran denken, was meine Frau zu mir sagte: *Konzentriere dich nicht auf das, was du verloren hast, sondern auf das, was du gewinnen kannst.* Ich habe nur ein Leben, und ich wünsche mir, dass in meinen letzten Momenten eine Abfolge von Gesichtern an mir vorbeizieht: die, die ich geliebt habe, zusammen mit den Dingen, die wir gemeinsam erschaffen haben. Ich werde erst in Frieden gehen können, wenn ich sagen kann, dass nichts umsonst gewesen ist und ich nicht mehr zerstört habe, als ich aufgebaut habe.

»Du bist im Fernsehen!«, ruft Pietro. Es brauchte nur vierundzwanzig Stunden.

Wir werden in die Häuser von Millionen von Menschen katapultiert. Meine Stimme ist mir peinlich, aber ich glaube, auch für uns ist das ein Appell.

»Wer ist dieser umwerfende Mann?«, flüstert meine Frau mir ins Ohr und fasst mich um die Taille, als sie meine Verlegenheit bemerkt.

»Papa, Papa, was machst du im Fernseher?«, fragt Penelope.

»Revolution.«

»Was ist das?«

»Was Schönes.«

»Wie schön?«

»Wie ein Ringelreihen.«

»Ringel, Ringel, Reihe, sind der Kinder dreie, sitzen unterm Holderbusch, machen alle husch, husch, husch!«, legt Penelope mit ihrem lexikalischen und gesanglichen Automatismus los.

Dem Video folgen Interviews mit Schülern, Lehrern und Eltern. Manche sind begeistert, andere ratlos, wieder andere empört, wie immer in der falschen Fernsehdemokratie, in der die Show der Emotionen jeden vernünftigen Gedanken über die Wirklichkeit erstickt. Aber die Wirklichkeit weiß, wie sie sich Bahn bricht, und die Zeit ist ihre beste Verbündete.

»Ro-me-o! Ro-me-o! Ro-me-o!«, skandieren manche im Fernsehbeitrag.

Ich fange an zu lachen, weil ich nur ein Blinder bin, der sich tastend vorwärtsbewegt und einen Stock braucht, um nicht über alles zu stolpern.

»Er sollte Minister werden!«

Ich lache schallend.

»Kannst du dir die Interviews vorstellen? Und Sie, Minister Romeo, wie sehen Sie dieses Problem? Können Sie uns Ihre Sichtweise darlegen? Welche Aussichten haben Sie?«, foppt mich Maddalena.

Wir lachen zusammen, doch innerlich habe ich Angst. Ich beginne zu zittern, und ehe ich zehn Dinge finden kann, die sich in eine Reihenfolge bringen lassen, drückt mich meine Frau noch fester, und ich weiß, dass, egal was passiert, alles gut gehen wird, weil sich das, worauf es ankommt, keinen Millimeter vom Fleck gerührt, sondern noch tiefere Wurzeln geschlagen hat.

Die Tage vergehen, und die Menschen weben ihre Lebensfäden. Um nicht noch mehr Zustimmung zu verlieren, musste sich der Minister dafür einsetzen, dass die Disziplinarstrafe der Schüler noch einmal überdacht wird. Der Direktor wiederum hat sich die x-te denkwürdige Peinlichkeit erlaubt und seine vorherige Entscheidung wieder zurückgenommen. Er traute sich nicht, sich gegen Annamaria zu stellen, die sämtliche Lehrer der Schule verblüfft hat. Die Schüler sind zum Abitur zugelassen. Das Video hat dem Appell zusätzlichen Aufwind gegeben, und die Namen meiner zehn Champions schallen landesweit durch die Klassenzimmer. Viele fordern, dass ich meine Stelle zurückbekomme. Unterdessen machen wir mit unserem heimlichen Unterricht weiter, der die ursprüngliche wöchentliche Stundenzahl inzwischen übersteigt: Die Wahrheit ist, dass in der Schule nicht zu viel Schule stattfindet, sondern zu wenig.

Wir müssen uns auf den letzten Teil des Lehrplanes konzentrieren.

»›Es ist wirklich etwas Großes, zu der zahlreichen Menge von Fixsternen, die mit unserem natürlichen Vermögen bis zum heutigen Tag wahrgenommen werden konnten, unzählige andere hinzuzufügen und offen vor Augen zu stellen, die vorher niemals gesehen worden sind und die die alten und bekannten um mehr als die zehnfache Menge übersteigen.‹ Von wem ist das?«

»Vom üblichen Einstein?«, fragt Cesare.

»Nein. Diese Worte stammen von Galilei. In seinem Werk *Sidereus Nuncius* beschreibt er das Ergebnis seiner Beobachtungen von 1610 unter Verwendung des neuen Teleskops. Der Himmel schien bereits vor Sternen zu wimmeln, doch es genügte, unsere Sehfähigkeit mittels Linsen zu vervielfachen, und plötzlich bevölkerte ein zehnmal so helles Licht das Himmelszelt. An diesem Punkt möchte ich heute beginnen, um euch zu sagen, dass von Nahem betrachtet jedes Leben Angst macht, doch nur so lässt sich die Wirklichkeit erfassen und feststellen, dass das, was dunkel erschien, weiteres Licht enthält. Es war für uns unsichtbar, weil wir uns zufriedengaben oder oberflächlich waren oder nicht die richtige Linse besaßen. Galileo hat das Teleskop und die Linsen nicht erfunden, aber er stellte sie in den Dienst seiner Neugier für den Himmel und alles, was ihn bevölkert, vor allem für den Mond. Es gibt kaum schönere Prosa als die Seiten, auf denen er ihn beschreibt wie ein Verliebter das Antlitz seiner Geliebten. Wie immer ist es die Liebe, die das Bewusstsein führt und weitet, weil es einen mit dem, was man liebt, verschmelzen lässt. Deshalb möchte ich, dass ihr mir heute erzählt, wie es um euer Licht steht, welche Form es angenommen hat, wo es festhängt, wo es strahlt. Richtet das Teleskop auf die Seele, und ihr werdet – wie Galileo sagt – feststellen, dass ihr zehnmal heller leuchtet, als ihr glaubt, vor allem dort, wo ihr euer Dunkel wähnt.«

Als ich zur Zwangsernährung im Krankenhaus war, habe ich gefunden, was ich nicht zu sehen vermochte. Eines Tages streifte ich durch die Krankenhausflure; durch den Krankenkittel hatte ich überall Zutritt, und ehe ich mich versah, hatte ich, vielleicht angezogen von den leuchtend bunt gestrichenen Wänden, die Kinderkrebsabteilung betreten. Ich sah vom Schmerz gequälte kleine Jungen und Mädchen, einige ruhten aus, andere spielten, als wäre nichts. Viele von ihnen hatten keine Haare, Kindergreise. Schweigend stand ich da und schaute ihnen zu, als plötzlich ein vollkommen glatzköpfiges siebenjähriges Mädchen, das wie ein Waldelf zu einer fröhlichen Melodie vor sich hin tanzte, vor mir stehen blieb und sagte: *Ich heiße Irene. Wer bist du, eine Fee?* Ich erzählte ihr, wer ich bin und warum ich dort war. Sie fragte mich: *Warum isst du nichts?* Ich versuchte, es ihr zu erklären. Sie sagte zu mir: *Ich esse total gern, aber manchmal muss ich mich übergeben und schmecke nichts, wegen der Medikamente.* Ich wusste nicht, was ich darauf antworten sollte. Sie lächelte mich an und fragte, wie ich es anstellte, dass meine Haare so schön und lang und blond seien. Ich antwortete, die Haare hätte ich von meiner Mutter geerbt. *Wenn ich groß bin, will ich auch solche Haare haben,* sagte sie, *wenn ich es schaffe, groß zu werden.* Ich streichelte ihr über den Kopf. *Das wirst du,* versicherte ich ihr. *Versprichst du mir das? Ich verspreche es dir.* Irene ging lächelnd davon und fing wieder an zu tanzen, mit der Freude eines Menschen, dem ein unverhoffter Zauber zuteilgeworden ist.

Da habe ich begriffen, was ich machen will: Ich will Kinder zum Lachen bringen. Ich habe als Kind zu wenig gelacht, weil ich ständig Angst hatte, etwas falsch zu machen. Ich muss für

Irene essen, genau wie früher, wenn man uns zu einem weiteren Bissen überreden wollte: Ein Löffel für … Irene und für all den Schmerz, den ich durch meinen heilen kann. Wäre ich nicht im Krankenhaus gelandet, hätte ich sie nicht gesehen und nicht begriffen. Ich hätte nie geglaubt, dass der Schmerz mir helfen könnte, das Leben in den Blick zu bekommen. In der Finsternis dieser Abteilung habe ich das Licht gefunden, das ich brauchte.

CESARE

Du hast recht, Aurora, man muss glauben ans Leben, auch wenn's dich verletzt, und nach dem Gipfel streben. Ich hatte Luce verloren, denn ich wollte sie nur für mich haben, aber wir haben uns vertragen, und sie erklärt mir dann, dass man auf viele Arten lieben kann. Schon seltsam, das Leben, erst wenn man einen Haufen Knoten löst, kann man was davon verstehen. Ihr gefällt unsere Revolution, ohne Gewalt, ohne Streit, auch bei der Arbeit mit Leuten wie mir kommt man mit Gewalt nicht weit, sie sagt, es braucht Zeit, nichts geht fix, eine gute Sache ist wie ein Samen, sie wird erst nach Jahren Früchte tragen. Wenn du sofort alles willst, gebrauchst du Gewalt, machst die Sache kalt, alles geht kaputt, nichts wird mehr gut. Ich höre ihr zu wie Ihrem Unterricht, Prof, mit dem Herzen und mit offenem Blick. Es ist wie ein Teleskop, mit ihren Augen zu sehen, man sieht viel mehr, kann viel mehr verstehen. Ich will euch einen Song widmen, den ich gerade schreib und in dem es heißt: *… vor dir versteck ich nicht, was mir peinlich ist …* Und wenn ich daran denke, ist da ganz viel Licht, auch in mir, wo die Seele bricht, und damit ich den Schmerz ertragen kann, singe ich dagegen an. Aber vielleicht

kann ich jetzt mal ein bisschen verschnaufen, ich bin's leid,
vor all dem Irrsinn wegzulaufen. Es ist Zeit, erwachsen zu
werden, mich nicht mehr wie ein Kind zu gebärden.

ELENA

Als ich klein war, konnte ich ohne Licht nicht einschlafen. Ich
hielt die Augen offen, bis ich einschlummerte, und kaum erwachte ich wieder, riss ich sie auf, um mich zu vergewissern,
dass ich noch am Leben und niemand hereingekommen war.
Dieses Licht half mir beim Einschlafen, weil es die Angst lin-
derte. Angst, so habe ich mit der Zeit begriffen, ist etwas anderes als Furcht. Man fürchtet sich vor etwas, aber die Angst
ist eine Furcht ohne Feind, es ist Angst vor allem. Mit der Zeit
habe ich gelernt, mich nur vor der Dunkelheit zu fürchten
und mich ihr zu stellen. Aber seit ich abgetrieben habe, ist die
Angst zurückgekehrt, seit dem Tag muss ich das Licht zum
Einschlafen wieder brennen lassen. Mir hat Licht immer geholfen, die Angst im Zaum zu halten. Es gibt Nächte, in denen
ich über eine Stunde brauche, um einzuschlafen, und ich beginne, die Details zu hassen, an denen sich meine Aufmerksamkeit festklammert, oder die Gedanken, die sich wie die
Gänge eines Labyrinths ineinander verflechten. Ich weiß
nicht, wann ich wieder anfangen werde, mich nur zu fürchten. Nie finde ich Frieden. Dieser Dichter, den wir durch-
genommen haben, hat recht: Den Tod büßt man lebend ab …
und das Leben gewährt einem keinen Nachlass.

Das Kind in der Geschichte, die ich gerade schreibe, hat sich von seinen Eltern ein Teleskop gewünscht, weil es den Planeten, auf den der Roboter zurückgekehrt ist, jeden Abend aus der Nähe sehen will. Und so entdeckt es den Sternenhimmel, die Bewegung der Himmelskörper, die durch die Drehung der Erde aus dem Okular verschwinden, die unterschiedlichen Farben der Sterne und ihr einzigartiges Flimmern. Vorher schienen sie alle gleich und reglos zu sein. Mein Kind will Sternenforscher werden. Also erzählt es seinem Roboter von all seinen Entdeckungen und verringert die Distanz zwischen sich und seinem Freund. Genauso geht es mir: Während ich die Linse auf die Abwesenheit meines Vaters richte, entdecke ich zahllose ungeahnte Dinge. Seine Liebesbriefe an meine Mutter, die sie in einer Schachtel aufgehoben hat. In einem schreibt er, durch sie sei ihm klar geworden, was es heißt, sich geliebt zu fühlen: »Wo Du bist, fühle ich mich zu Hause.« Und dann: »Alles, was ich ohne Dich sehe, bewahre ich auf, um es Dir zu erzählen, erst dann wird es wirklich mein Eigen.« Mein Vater sprach sehr wenig über sich, und vielleicht hatte er deshalb das Bedürfnis zu schreiben, doch jetzt erfahre ich viel mehr über ihn als damals, als er noch bei mir war. Das Erstaunliche ist, dass ich das Gefühl habe, er wäre noch da. Im Dunkel des Verlusts liegt ein seltsames Licht, so wie bei einem Kind, für das ein Besen zu einem stattlichen Ross wird, gerade weil es nichts anderes als diesen Stock zum Spielen hat. Die einzige Methode, mit etwas fertigzuwerden, ist, es zu durchleben, und in diesem Land, das mein Vater mich zu durchqueren zwingt, hat jeder Schatten sein eigenes Licht. Es gibt das eine nicht ohne das andere.

ACHILLE

Leute, wir vergessen, weshalb wir hier sind. Der Appell! Es kommen Anfragen aus der ganzen Welt. Es entstehen Profile in anderen Sprachen, und ich bekomme Appell-Videos von Tokio bis Paris, von Ottawa bis Buenos Aires. Mich hat eine Wahnsinnszeitschrift für Informatik und Technologie kontaktiert, die eigentlich nur Zukunftsvisionäre interviewt. Sie wollten wissen, wie die App funktioniert – AppEal (genial!) –, die ich entwickelt habe, um sämtliche Appelle der Welt zusammenzuführen und zu identifizieren: Auf der Landkarte ploppt ein Fähnchen auf, und man kann die Appell-Leute in seiner Nähe finden und treffen. Es gibt ein ganzseitiges Foto von mir, auf dem ich fast normal aussehe. Meine Eltern waren stolz auf mich. Zum ersten Mal habe ich mich wie Achille gefühlt. Zum ersten Mal wurde ich meinem Namen gerecht.

OSCAR

Scheiße, Achille, ich erkenne dich nicht wieder, du läufst ja auf Hochtouren. Dich hält keiner mehr auf. Mir ist auch was klar geworden: Ich will sein wie Rocky. Ich habe den Film noch mal gesehen, ich glaube, inzwischen habe ich die Hundert geknackt. Er will nicht Boxer sein, er will Adriana ein neues Leben geben, weil er sie liebt. Er will sie aus der Zoohandlung rausholen, in der sie arbeitet, er will ihr ein schönes Haus kaufen und sie zur Königin machen. Ohne sie brächte er nichts zuwege. Das sagt er am Ende auch dem Interviewer, der Kampf ist ihm völlig schnuppe, er sucht Adriana, denn nur für sie hat er bis zum Schluss durchgehalten. Nur durch die Liebe kannst du bis zur letzten Runde durchhalten, auch wenn du nichts mehr siehst, weil dein Gesicht zu Brei geschlagen ist. Deshalb werde ich auch ein großer Boxer. Das ist es, was ich will. Das ist es, was ich kann.

CATERINA

Einerseits sagen alle ständig, wir müssen unser Leben finden, unsere Einzigartigkeit, unsere Berufung, aber wenn es dann so weit ist, kriegen sie Schiss und wollen einen in die alten Schubladen zurückstecken. Ich will immer verliebt sein. Nur das. Mir ist klar geworden, dass darin der Sinn von allem liegt. Nicht im Glück, sondern in der Liebe, weil die Liebe einem hilft, auch mit dem Unglück fertigzuwerden. Die unglücklichen Momente sind unvermeidbar, nicht einmal Gott konnte sie ausmerzen, als er Mensch wurde. Doch er hatte die Liebe, die immer wieder auflebt. Genau das will ich. Wenn man sagt, dass man Gott liebt und mit ihm und für ihn leben will, antworten alle, man sei verrückt, das würde man sich nur einreden. Ich habe eine Welt satt, in der es mehr Geld als Gott gibt und sämtliche Grundpfeiler des Lebens auf ökonomische Fragen reduziert werden. Ständig wird Gottes strahlendes Licht von den Menschen erstickt, und dann werfen sie ihm vor, er hätte sie vergessen. Ich werde nicht zulassen, dass dieses Feuer verlischt, und niemandem erlauben, es mir wegzunehmen. Noch immer fangen wir beim Dach an, wenn wir unsere Häuser bauen, die unweigerlich zusammenbrechen, weil wir auf die Fundamente des Lebens verzichtet haben. Ich will auf ihn bauen, auf die Liebe. Ich will keine Zeit mehr verlieren. Gott ist nicht mehr eines der mehr oder weniger wichtigen Dinge meines Lebens, sondern das, was allen anderen einen

Sinn gibt, denn ohne die Liebe weiß ich nicht, was ich mit dem Rest anfangen soll.

ETTORE

Als meine Mutter meinen Vater in seinem erbärmlichen Zustand sah, sagte sie ganz leise seinen Namen, als wäre die Zärtlichkeit in ihr neu erwacht. Als mein Vater sie nach so langer Zeit erblickte, sagte er zu ihr: *Du siehst hübsch aus in diesem Blumenkleid. Das mochtest du schon immer. Ich auch.* Und er weinte. Einen Moment lang habe ich in diesem Zimmer wieder das Feuer gespürt. Ich fühlte mich lebendig und nicht schuldig. Das Licht dieses Feuers wird uns retten, aber niemand von uns weiß, wie man es am Leben hält. Genau wie in diesem Lied: *Amore che vieni, amore che vai* – Liebe kommt, Liebe geht … Das ist das Grausame. Ich habe eine beschissene Angst, dass alles nur Trug ist, Augenwischerei, eine Fata Morgana. In der Dunkelheit habe ich dieses Licht gesehen, weil man es inmitten all dieser Finsternis unmöglich übersehen konnte.

ELISA

Wenn das Licht auf all das fällt, was man versteckt hat und nicht hat wachsen lassen, aus Angst, es wäre zu hässlich, wird der Schmerz unerträglich. Im Licht liegt ein unendlicher Schmerz, eine extreme Grausamkeit, die keine Gnade kennt bei all der Reue um jene Leben, die eine gemeinsame Überschrift tragen: *Wie es eigentlich hätte laufen sollen.* Genau wie in der Geschichte von Stellas Vater. Man hat nicht die Kraft, aus dem Bett aufzustehen: Die Fantasie, die einen vorher so gut vor der Wirklichkeit schützte, ist gelähmt. Ihr künstliches Licht kommt nicht mehr gegen das des Schmerzes an, es ist wie eine brennende Glühbirne in der Mittagssonne im August. Ich würde gern zurück in die Dunkelheit und kann es nicht mehr, weil ich geredet habe und meine Eltern, meine Psychologin und ihr mich nicht mehr loslassen. Es liegt zu viel Licht im Schmerz, es liegt zu viel Schmerz im Licht. Ich fühle mich wie ein Kind, das gerade laufen lernt und lieber krabbeln will, statt ständig hinzufallen und sich wehzutun. Ich will wieder umkehren, aber ich kann nicht, weil ich lieber unglücklich bin, als klein zu bleiben, lieber leide, als mich der Angst auszuliefern. Lasst mich nicht allein in diesem bitteren Licht.

Auf der Suche nach der vergeudeten Zeit
Tagebuch eines blinden Lehrers

Achille, bei deinem Gesicht klingt dein Name wie Hohn. Es ist nicht das harte Gesicht eines Kriegers, sondern das eines verängstigten Kindes, das sich hinter noch bartlosen Zügen versteckt. Die Brille versinkt im Babyspeck unter den Augen, das Haar ist energisch an den Kopf gekämmt, die Ohren sind klein, die Linie des Kiefers verliert sich in den fleischigen Wangen. Als ich dein Gesicht berührte, zittertest du vor Schüchternheit und zucktest zurück wie vor dem jähen Kontakt mit etwas Kaltem. Die ganze Zeit hieltest du die Augen geschlossen, weil du dich der Wirklichkeit nicht schutzlos stellen kannst. Ich würde dir gern ein Geheimnis zuflüstern, damit du die Augen offen hältst und die Angst verlierst, die Wirklichkeit würde dich verletzen, denn das ist unvermeidlich. Ich habe es am eigenen Leib erfahren. Wer sehen kann, glaubt, um sich wie ein Blinder zu fühlen, müsste man nur die Augen schließen und umhertasten, stattdessen müsste man die Hände hinter dem Rücken verschränken und Gesicht und Brust der Willkür ausliefern. Ich musste wieder wie ein Kind werden, das die ersten Schritte tut, ohne zu wissen, wie viele Kanten das Leben hat und wie real sein Körper ist, und das voller Kratzer und blauer Flecke in die Arme von Mutter oder Vater zurückkehrt. Das ist eine Phase des Lebens.

Mit der Zeit wird man umsichtiger, aber das Leben verletzt einen weiterhin, mag es auch keine sichtbaren Blessuren hinterlassen. Und das ist gut so, weil Leben bedeutet, sich in ihm bewegen zu lernen, und wir beginnen erst zu leben, wenn wir das zu lieben lernen, was wir aus Scham beharrlich hinter einer Maske verstecken, weil es uns dann erträglicher erscheint. Wer uns liebt, reißt uns die Maske weg. Aber wie viel Liebe brauchen wir, um ein Gesicht zu haben?

Um zu wissen, wer ich bin, betrachtete ich mich früher im Spiegel und verbrachte frustrierende Stunden vor diesem Bild, von dem ich sagen musste: Das bin leider ich. Es kommt ein Alter – bei mir war es um das vierzehnte Lebensjahr –, in dem man nicht nur hässlich ist, sondern sich hässlich fühlt. Und es gibt keinen Trost. Der Spiegel wird zum gnadenlosesten Mittel der Wahrheit, jeden Tag verändert sich etwas ganz unerwartet, und das, was noch vierundzwanzig Stunden zuvor symmetrisch wirkte, hat jede Ordnung verloren. Ich wollte die Hände in den Spiegel stecken und mein Gesicht und meinen Körper umformen, doch das ging nicht. Ich fing an, mich an Dinge zu klammern, die mich liebenswert machen könnten: das Hemd aus der Hose, das bunte T-Shirt unter dem offenen Hemd, die knöchelhohen Tennisschuhe, das zurückgegelte Haar ... Ich, der bis tags zuvor ein blasser, hagerer Teenager mit Augenringen gewesen war, versuchte, mich hinter dem glänzenden Harnisch zu verstecken, der der Welt und den Mädchen so gut gefällt. Zumindest glaubte ich das. Im ersten Jahr der Oberstufe verliebte ich mich haltlos in ein Mädchen, dessen Namen ich wiederholte, als wäre er ein Rettungsanker. Ihre Gegenwart war für mich die Verkündigung des Engels an Maria, das Erscheinen Gottes auf Erden, die Hoffnung, dass es auch für mich ein wenig Licht gäbe. Wir wohnten nicht weit voneinander entfernt und

machten den Heimweg gemeinsam. Irgendwann hörten wir auf,
den Bus zu nehmen, der sowieso nie kam, um zu Fuß zu gehen
und die Zeit für unsere Unterhaltungen in die Länge zu ziehen.
Das war mir auch deshalb lieber, weil wir uns im Bus in die Au-
gen sehen mussten: Mir verschlug es jedes Mal die Sprache, und
ich verstummte, knetete meine Hände und zermarterte mir das
Hirn, um irgendetwas Schlaues zu sagen. Zu Fuß konnte ich
den direkten Blickkontakt meiden. Sie lachte viel und besaß eine
Fröhlichkeit, die ich nicht kannte, weil der Spiegel sie sich ein-
verleibt hatte. Jedes Mal, wenn ich aufs Klo ging, erwartete er
mich, um mich an die Wahrheit über mich zu erinnern, denn
das Schrecklichste in diesem Alter ist, festzustellen, nicht nur
diesen linkischen Körper zu haben, sondern selbst so zu sein.

»Ich muss dir etwas sagen.« Die Worte kamen mir über die
Lippen, als stammten sie nicht von mir. Wir gingen nebeneinan-
der, und ich schaute zu Boden. Ich hörte meine Stimme wie von
weit her, als gehörte sie mir nicht, ein Echo des Mutes, den ich
nie besessen hatte, ich hörte meine Stimme zu ihr sagen, dass
ich in sie verliebt sei. Sie fing an zu lachen, und ich zitterte vor
Angst, doch dann setzte sie hinzu: »Dazu hast du aber ver-
dammt lange gebraucht!« Ich rannte weg vor Glück, und ich
glaube, an jenem Tag enttäuschte ich sie zum ersten Mal mit
dieser Flucht, denn es stand viel mehr auf dem Spiel als eine
mögliche wunderbare, unvergessliche Liebesgeschichte. Der
Spieleinsatz war meine Existenz, die Möglichkeit, mit diesem
Gesicht und diesem Körper einen Platz in der Welt zu haben.
Kaum zu Hause, betrachtete ich mich im Spiegel, und das, was
ich sah, war vollkommen anders, obwohl es immer noch das-
selbe Gesicht, derselbe hagere Körper war. Jetzt sah ich ein wun-
derbares Gesicht voller Möglichkeiten, die Zukunft pochte in
meiner Brust, ich wurde geliebt. Ich wurde geliebt! Oder zumin-
dest fühlte ich mich so. An dem Tag wurde mir klar, dass das

*Objektive und das Subjektive sich auf der Höhe der Liebe tref-
fen.*

*Etwas Ähnliches passierte, als ich blind wurde. Mein Bild
verschwand, mein Gesicht verschwand. Ich konnte mich nicht
wiedererkennen und die Veränderungen feststellen, die die Zeit
Gesicht und Körper auferlegt. Ich würde mich nicht altern sehen. Dann wurde mir klar, dass ich meinen Körper annehmen
musste, und dafür brauchte es andere Hände. Die Hände, die
ihn mir zurückgaben und dies jeden Morgen und jeden Abend
tun, gehören meiner Frau. Nur sie versteht es, mein Gesicht zu
streicheln und es mir zu erzählen. Maddalena hat meine Züge
geduldig nachgezeichnet wie neues, unerforschtes Land: Ihr ist
der unablässige Lauf der Zeit anvertraut, der über mich hin-
wegfließt, nur durch ihre Hände kann ich in die Jahre kommen.
Durch das Gesicht habe ich wieder einen Körper bekommen.
Ihre Liebkosungen und ihre Worte haben mich neu erschaffen.
So habe ich erfahren, dass mein Bart weniger kratzig ist, als ich
glaubte, weil sie gern mit den Fingern darüberfährt. So habe ich
erfahren, dass meine Nase nicht so spitz ist wie gedacht, weil sie
sie gerne streichelt. So habe ich erfahren, dass meine Ohren
nicht so klein sind wie angenommen, weil sie gern mit ihnen
spielt. So habe ich erfahren, schönere Augen zu haben als vermutet, weil sie sie gern küsst. Wieder einmal ist mir klar geworden, dass geliebt zu werden der einzige Weg ist, ein Gesicht und
einen Körper zu haben, die einzige Art, sich selbst anzunehmen.*

*Wie sehr würde ich mir wünschen, Achille, dass du dein Gesicht
durch solche Hände empfängst. Wie sehr würde ich mir wünschen, dass die Liebe dich berührt und dich so sein lässt, wie du
bist.*

JUNI

Wenn ich morgens die Augen aufschlage, ist es da, aber ich kann es nicht sehen. Ich spüre nur das Triebmittel des Daseins, das in diesem Monat gärt. Jedes Mal, wenn ich beim Erwachen die Augen aufschlage, bekomme ich einen Schreck. Da ist dieser winzige Moment, in dem ich das Licht suche wie früher, als ich noch sehen konnte, erst recht in diesem Monat, der den endgültigen Sieg des Lichtes über die Dunkelheit und den längsten Tag des Jahres bringt. Jeden Morgen muss mein Lichtinstinkt die Nacht akzeptieren, doch im Grunde müssen wir das alle angesichts der wenigen Tage, die uns auf dieser kleinen Welt gegeben sind. Licht ist ein Instinkt, und im Instinkt liegt Leben, weil alles aufgerufen ist, ohne Scham und Lügen ans Licht zu kommen. Seit Jahrtausenden haben die Dinge ein einziges Ziel: So schön zu sein wie die Menge an Licht, die sie zu durchdringen vermag. Und da ans Licht der Welt zu kommen Leben ist, ist Schönheit die Menge an Leben, das wir zu leben vermögen. Dieselben Kohlenstoffatome können zu einem Stück Kohle oder zu einem Diamanten werden, auch wenn beides nichts gemeinsam zu haben scheint. Das Kohlestück schluckt alles Licht, der Diamant wirft alles zurück. Das Erste würden wir nicht als schön bezeichnen, doch es gibt uns Wärme, am Zweiten bewundern wir die Schönheit, die reines Licht und selten ist. Wärme, Druck und Zeit haben den Kohlenstoff in einen seltenen Stein aus Licht verwandelt: Der Kohlenstoff hat sein Höchstmaß an möglichem Leben erreicht. Wir sind dazu berufen, das Gleiche zu tun und ganz Licht zu werden. Nicht das vergängliche Licht, das sich auf Oberflächen spiegelt und das wir mit Steinen, Pflanzen und Tieren teilen, sondern jenes, das wir in uns tragen und das jedes Atom in altersloses Leben verwandelt. In Liebe.

»Signor Romeo, setzen Sie sich.«

Die Stimme der Krankenschwester reißt mich aus meinen Gedanken und führt mich in das Sprechzimmer des Arztes, der mich wegen meines Augenleidens seit Jahren betreut. Er erklärt mir, ich könnte den durch neue medizinische Versuchsprotokolle bestätigten Eingriff Ende Juli vornehmen lassen, um die Arbeitspause optimal für meine Genesung zu nutzen.

Wer weiß, wie lange meine Arbeitspause dauern wird, denke ich bei mir, während der Arzt mir erklärt, dass die Erfolgswahrscheinlichkeit dank des Einsatzes von geweberegenerierenden Zellen sehr hoch sei. Man wisse nicht, inwieweit die Sehschärfe zurückkehren werde, aber Licht und Formen auf jeden Fall. Seine Worte machen mir Angst: Wieder ganz von vorn anfangen, ausgerechnet jetzt, da ich mich daran gewöhnt habe. Aber meine Frau und meinen Sohn wiederzusehen, meine Tochter und meine Schüler zu sehen, ist ein Gedanke, der mich tröstet und ermutigt, der modernsten Augenchirurgie zu vertrauen. Damit gibt es zwei Neuigkeiten, die ich meinen Schülern mitteilen muss.

»Wir dürfen Abitur machen!«

Kaum betreten sie die Wohnung, schlägt ihre Begeisterung mir entgegen.

»Das ist Ihrem Video zu verdanken!«

»Nein, das ist euch zu verdanken. Euch Nieten lassen sie eh durchrasseln!«

»Stimmt ...«, gibt Oscar zu.

Alle nehmen für eine weitere unserer heimlichen Unterrichtsstunden in meinem Wohnzimmer Platz. Ich schweige, um zu signalisieren, dass wir anfangen können.

»Ich werde mich der OP unterziehen, um wieder sehen zu können.«

Die Schüler nehmen die Neuigkeit mit einem Freudenschrei und unzähligen Fragen auf, auf die ich nur wenige Antworten habe.

»Das wäre ja wunderbar, wenn Sie wieder sehen könnten, Professore. Wer weiß, wie Sie sich jeden von uns vorstellen. Und wie enttäuscht Sie sein werden, vor allem von einigen von uns«, sagt Stella.

»Wer weiß, wie überrascht ich sein werde: Welche Entdeckungen ich machen werde, nachdem ich anhand eurer Stimmen, eurer Erzählungen und eurer Gesichter ein Bild von euch habe.«

»Sie haben uns nie gefragt, welche Augen- oder Haarfarbe wir haben«, schaltet sich Aurora ein, als würde sie laut denken.

»Diese Dinge sind überbewertet. Selbst in Romanen werden sie nicht mehr erwähnt. Das Geheimnis eines Menschen liegt woanders.«

»Deshalb sehen Sie besser als viele andere, die uns ständig vor Augen hatten«, unterbricht mich Ettore.

»Ich musste euch lediglich in kürzester Zeit kennenlernen, um meinen Job besser machen zu können. Die Tatsache, dass etwas so Normales außergewöhnlich erscheint, bedeutet, dass wir seit allzu langer Zeit vergessen haben, wie Zusammensein funktioniert. Wie dem auch sei, es gibt noch etwas, das ich euch sagen will, und nach meiner Frau seid ihr die Ersten, die es erfahren.«

»Sind Sie schwanger?«, frotzelt Oscar.

»Du bist der übliche Blödmann! Nein, ich habe einen Anruf erhalten. Der Minister wird zurücktreten. Der Appell hatte einen verheerenden Effekt auf seine politische Beliebtheit. Die Partei will ihr Image erneuern und hat mich gefragt, ob ich interessiert wäre, gemeinsam mit ihnen die Schule zu revolutionieren.«

»Was haben Sie gesagt?«, fragt Achille.

»Ich habe geantwortet, dass ich nicht interessiert bin.«

Das Schweigen verrät ihre Enttäuschung.

»Warum? Das ist eine einmalige Gelegenheit! Sie dürfen sich davor nicht drücken.«

»Ich habe nichts getan, Leute. Ich bin nur ein blinder Naturwissenschaftslehrer, der seine Politik in der Klasse macht, indem er Unterricht gibt und sich um seine Schüler kümmert.«

»Aber Sie haben uns immer dazu angehalten, mutig zu sein, uns zu engagieren, etwas zu riskieren.«

»Genau das ist der Punkt: Das größte Risiko, das ich eingehe, ist zu versuchen, euch gernzuhaben. Das ist viel anspruchsvoller. Ganz abgesehen davon, dass es mir wie ein sehr banaler und nach Zustimmung heischender Schritt erscheint. Die Politik ist ganz wild darauf, zu erfahren, wie die Menschen ticken, weiß aber nicht, wie sie es anstellen soll. Deshalb versucht sie, die Leute zu ködern, die es wissen. Sie würden mich zu Wahlkampfzwecken missbrauchen, und alles wäre umsonst. Solange es die Revolution eines Einzelnen ist, wird sich nichts ändern. Wir müssen ihnen klarmachen, dass es die Revolution von zehn Abiturienten ist, sonst ist alles bald verdaut und vergessen.«

»Da ist was dran, aber einen Versuch wäre es wert, Professore. Solche Gelegenheiten bekommt man nicht alle Tage.«

»Ich weiß. Deshalb habe ich auch eine Alternative vorgeschlagen.«

»Welche?«

»Dass ihr ins Parlament geht und die Reform der Schule vorstellt, wie ihr sie euch erträumt.«

»Wir?«, gibt Stella unsicher zurück.

»Ihr. Ihr wart es, die euch in diesen Schlamassel manövriert habt, und jetzt bringt ihr es auch zu Ende.«

»Und was müssten wir tun?«

»Überlegt, tauscht euch aus und präsentiert die Eckpunkte der Schule der Zukunft. Zum ersten Mal könnte es Schülern gelingen, ihre Meinung zu sagen und ohne falschen TV-Paternalismus ernst genommen zu werden: Der Ball liegt bei euch.«

»Aber was wissen wir denn schon?«, fällt Elisa mir ins Wort.

»Nur eine verfaulte und verkehrte Welt glaubt, dass Achtzehnjährige zu dumm sind, um es mit der Wirklichkeit aufzunehmen. Es gibt zwei Möglichkeiten: Entweder, es stimmt, oder es stimmt nicht. Ihr habt die Gelegenheit, es zu zeigen. Und ich glaube, das ist eure Reifeprüfung, viel mehr als diese Farce, die am Ende des Schuljahres alle bestehen werden.«

»Ich bin dabei. Zeigen wir denen, was wir draufhaben!«, platzt Caterina heraus.

»Ihr seid irre … Ganz Italien wird uns auslachen«, antwortet Achille.

»Zumindest haben wir sie dann zum Lachen gebracht. Auch wenn es an Komikern in unserer Politik wahrlich nicht mangelt«, schaltet sich Mattia ein.

»Ihr könnt ihnen zeigen, dass nicht die Politik euch ankotzt, sondern die Politiker, die unfähig sind, für das Allgemeinwohl, für die Menschen und ihre Leben zu kämpfen. Im Grunde gilt der Appell in allen Bereichen. Wenn die Menschen den anderen wieder zuhören und sich zu einem größeren Wohl zusammentun würden, das über ihren eigenen Bauch hinausgeht ...«

»Das übersteigt unsere Fähigkeiten, Professore«, sagt Ettore.

»Sie haben auf eure Seele geschossen, eure Träume zerschlagen, eure Freiheit vergiftet. Erinnert euch an die Leute der Weißen Rose: Sie waren in eurem Alter, als sie anfingen, sich nachts zu treffen, um zu lesen, zu denken und frei zu bleiben. Ihr seid eine kleine Weiße Rose. Habt ihr nicht gesehen, wie viele junge Menschen dank euch aufgewacht sind?«

»Aber wir haben keine genialen Ideen!«, versetzt Elena.

»Die Welt wird nicht durch Genies verändert, sondern durch freie Menschen.«

»Wir können uns höchstens um unsere Abiprüfung kümmern, und darum, was wir morgens anziehen.«

»Das hat man euch jahrelang glauben lassen: Man behandelt euch wie Wunschautomaten, die man plündern kann. Zuerst hat man euch vorgemacht, um glücklich zu sein, genügte Spaß, dann hat man euch eingeredet, Freiheit sei dazu da, um sich diesen Spaß zu holen, und so hat man euch abhängig gemacht und euch mit acht Jahren ein Handy in die Hand gedrückt. Aber die Freiheit ist dazu da zu lieben! Sich um die Welt und die anderen zu kümmern! Nur das macht das Leben schön, weil es einen Sinn erhält. Ist es nicht Zeit, frei zu sein und andere zu befreien? Dante, Magellan, Galileo, Einstein haben sich nicht damit zufriedengegeben, sich um ihren eigenen Kram zu kümmern, und genau deshalb haben sie Unvergessliches vollbracht, und das trotz zahlloser Schwierigkeiten: Sie setzten ihr Leben aufs Spiel, und ich bin sicher, auch sie fühlten sich der Sache nicht gewachsen. Alles ist bereit. Dies ist euer Moment.«

»Sie sind wirklich clever, Professore, zuerst bringen Sie uns in Schwierigkeiten, und dann hauen Sie ab.«

»Ich halte euch den Rücken frei, wie immer. Egal, was passiert, ihr wisst, wo ihr mich findet. Ich unterziehe mich dem Eingriff, auch wenn ich eine Wahnsinnsangst davor habe, und ihr bereitet eure Reform vor, um sie allen zu erzählen. Der Appell war nur Phase eins, jetzt muss man zu Phase zwei übergehen.«

»Und dann war's das?«, fragt Elena spöttisch.

»Das hängt von euch ab. Auf jeden Fall wird es ein unvergessliches Abitur.«

»Aber Sie kommen, um uns zuzuhören«, versichert sich Achille.

»Mit Sonnenbrille, dann erkennt mich niemand.«

Die Schüler prusten los.

»Und jetzt machen wir uns an die Arbeit und befassen uns mit ernsten Dingen: Warum dreht sich das Wasser im Abfluss im Uhrzeigersinn?«

»Och nee, Professore, wen juckt's?«, schnaubt Oscar.

»Wenn du auf diese Frage nicht antworten kannst und die Methode nicht kennst, wie du die Antwort findest, dann brauchst du es mit der Revolution gar nicht erst zu versuchen: Dann wäre alles nur Geschwätz. Ich glaube, in den kommenden Tagen werdet ihr einiges mit Recherchieren und der Vorbereitung eures denkwürdigsten Appells zu tun haben.«

Unser letzter Schultag findet im Parlament statt. Auch Anna, Virgilio und Patrizia sind gekommen. Ich habe Angst, und meine Knie zittern, als müsste ich mich meiner OP unterziehen. Inzwischen liebe ich diese Schüler so sehr, dass ihre

Stürze und Erfolge auch meine sind. Ich sitze in einer Ecke und höre zu: Virgilio schützt mich vor den Übergriffigkeiten der Journalisten und Neugierigen, Patrizia hat während der Zugfahrt jedem einzelnen Schüler Mut zugesprochen, Anna hat sie bis zum letzten Augenblick angehalten, ihre Rede noch einmal durchzugehen, um sich mit dem Lampenfieber vor einem solchen Publikum vertraut zu machen. Ich wäre lieber nicht mitgekommen, um ihnen mehr Freiheit zu geben, aber sie meinten, sie wären beruhigter, wenn ich dabei wäre. Der Saal ist brechend voll wie bei den wichtigsten Abstimmungen. Mit ihrer Anwesenheit wollen alle politischen Vertreter vor den Fernsehkameras demonstrieren, dass sie beim Thema Schule ganz vorne dabei sind, auch wenn der Lebenslauf einiger verrät, dass Schule bei ihnen nie an erster Stelle stand oder stehen wird.

»Wir eröffnen die außerordentliche Parlamentssitzung mit dem Antrag der Gründer des Appells.«

Beifall rauscht auf die Schüler nieder. Es folgt ein langes Schweigen, in dem ich anfange, die zehn Wolkenformen nach der Höhe, in der sie sich bilden, aufzulisten: Zirren, Schäfchenwolken, Schleierwolken, Altokumuli, Stratokumuli, Regenwolken ... Ich bin kurz davor, in Panik zu verfallen, aber ich muss mich zusammenreißen. Daher liste ich anschließend die Lavaarten bei Vulkanausbrüchen auf, von der basischsten bis zur sauersten. Dann wird die allgemeine Aufmerksamkeit von der ersten ihrer Stimmen gebannt, und mir wird klar, dass ich meine Listen beiseiteschieben muss, um diesen einzigartigen Moment wahrer Politik zu genießen.

MATTIA

Ich heiße Mattia. Unsere Reform verlangt nach einer ebenso einfachen wie missachteten Vorbemerkung: *Die Seele nährt sich nur von dem, was ihr Freude macht, und das Leben wächst nur durch gutes Miteinander.*

Für die Schule fordere ich:

1. Dass sie nicht mehr verpflichtend ist: Es soll nur zur Schule gehen, wer die Welt und ihr Vermächtnis kennenlernen will, damit der Kosmos und seine Geheimnisse zu einem Zuhause und die Menschen mit ihren Geschichten zu einer Familie werden.

2. Lehrkräfte, Dozenten und Professoren heißen Meister. Jeder Meister muss drei Voraussetzungen erfüllen: Er muss Wissen besitzen, das heißt, er muss das, was er unterrichtet, kennen und lieben; er braucht Mitgefühl, das heißt, er muss die Menschen, die er unterrichtet, kennen und lieben; er braucht Leidenschaft, das heißt, er muss in der Lage sein, sein Wissen denen zu vermitteln, die er unterrichtet.

CESARE

Ich heiße Cesare. Für die Schule fordere ich:

3. Die Schüler wählen ihre Meister. Die Meister unterrichten in ein und demselben Klassenraum, der über Außenfenster und ansprechende Einrichtung verfügen muss. Es muss mindestens eine Pflanze geben. Klassen bestehen aus zwölf Schülern.

4. Der Schultag geht von 8:00 Uhr bis 13:30 Uhr. Der Appell wird jeden Tag unter Anwesenheit sämtlicher Meister in der ersten halben Stunde abgehalten: Jeder Schüler hat rund eine Minute Zeit, um zu sagen, wie er heißt und was für ihn das Beste und das Schlimmste des Vortages war. Von 8:20 Uhr bis 8:30 Uhr

werden zwei Musikstücke gespielt, eines wird vom Meister, das
andere reihum von einem der Schüler ausgesucht. Nachmittags
von 15:00 bis 18:00 Uhr empfängt der Meister seine Schüler zu
Gesprächen, zur Nachhilfe und zu thematischen Vertiefungen.

ETTORE

Ich heiße Ettore. Für die Schule fordere ich:

5. Die Bildungsetappen (Grundschule, Sekundarstufe I,
Sekundarstufe II) dauern jeweils vier Jahre. An die letzten vier
Jahre schließt ein weiteres für die Studien- oder Berufswahl an.
Jedes Jahr besteht aus drei Trimestern, die abschließende Ge-
samtnote jedes Fachs ergibt sich aus dem Mittelwert der Tri-
mesternoten.

6. Um Meister zu werden, ist eine siebenjährige Ausbildung
im jeweiligen Fachgebiet erforderlich: vier Jahre Hochschule
und drei Jahre Spezialisierung. Die Zahl der Ausbildungsplätze
zur Spezialisierung richtet sich nach dem tatsächlichen Bedarf,
und sie werden durch jährliche Ausschreibungen vergeben. Die
drei bezahlten Spezialisierungsjahre beinhalten ein einjähriges
Praktikum an der Seite verschiedener Meister des Fachs. Ein
Teil des Praktikumsjahres ist der Unterstützung von Schülern
mit besonderem Förderbedarf gewidmet.

AURORA

Ich heiße Aurora. Für die Schule fordere ich:

7. Das Gehalt der Meister erlaubt es ihnen, gut davon zu le-
ben, ohne anderen Beschäftigungen nachgehen oder Nachhilfe
geben zu müssen.

*8. Es gibt keine unangekündigten Tests oder Arbeiten mehr.
Jede Leistungsprüfung wird sorgfältig geplant. Lernen bedient
sich nicht der Angst. Wissen braucht keine Macht.*

ACHILLE

Ich heiße Achille. Für die Schule fordere ich:

*9. Schulbänke werden abgeschafft. Jeder Klassenraum hat
einen ovalen Tisch mit 13 Plätzen (Aberglaube hin oder her):
Man sieht einander ins Gesicht. Der Lehrmeister hat kein Pult,
sondern sitzt mit am Tisch oder bewegt sich um ihn herum.
Technische Hilfsmittel sind: das gesprochene Wort, Bücher,
Hefte, Stifte (Handys sind abgeschaltet). In der Mitte des mit
holografischer Technologie ausgestatteten Tisches können die
unterrichtsspezifischen Bilder oder Texte gezeigt werden. Am
Geburtstag eines Schülers wird der Tisch festlich geschmückt
und der Appell durch eine Geburtstagsfeier ersetzt.*

*10. Die Hausaufgaben, deren Umfang sich zwischen 15:00
und 18:00 Uhr, also in der Arbeitszeit des Meisters bewältigen
lässt, sind vorausgreifend. Durch sie nähern sich die Schüler
dem bevorstehenden Thema an, um die Unterrichtsstunde zu
einer gemeinsamen Schatzsuche zu machen. Der Meister führt
die Schnitzeljagd an: Er enthüllt den Schatz nicht (die Aufmerksamkeit ist nur dann geweckt, wenn es etwas Neues zu entdecken gibt), sondern schafft die Voraussetzungen, um ihn zu finden (der Verstand speichert nur durch Entdeckung, nicht durch
Wiederholung ab). Deshalb werden Wiederholungsabfragun-
gen verboten – »Wie lauten die Phasen des leopardianischen
Pessimismus?« – und Entdeckungsfragen gefördert – »Welche
Lebensphilosophie können wir aus Leopardis Gesängen ableiten?« –, deren Beantwortung zu Erkenntnissen und Lösungen*

führt. Ein Fehler ist keine Schuld, sondern eine Hilfe zur Ent-
wicklung einer neuen Strategie. Die Schüler finden die Antwor-
ten in Paaren/Gruppen (bei zwölf Schülern ist beides möglich)
und teilen ihre Standpunkte und Erkenntnisse. Der individuelle
Wissensstand wird in geplanten persönlichen (schriftlichen/
mündlichen) Prüfungen festgestellt.

ELENA

Ich heiße Elena. Für die Schule fordere ich:

11. Die Klassenzimmer haben keine Türen: Jeder kann von
der Schwelle aus zusehen und zuhören.

12. Den Meistern ist es verboten, von ihrem Privatleben zu
sprechen, sofern es dem Unterricht nicht dienlich ist. Das Leben
des Meisters zeigt sich nur in dem, was er vermittelt, wie er
unterrichtet und in der Zuwendung für seine Schüler. Am Ende
jeder Woche bedanken sich die Schüler bei ihrem Meister für
das, was sie durch ihn gelernt haben. Meister, die schlecht über
andere Lehrmeister sprechen, werden mit einem Bußgeld belegt.

CATERINA

Ich heiße Caterina. Für die Schule fordere ich:

13. Einmal die Woche geben die Meister ihren Fachkollegen
reihum zu den zuvor beschriebenen Bedingungen eine Unter-
richtsstunde ihres Fachs. Einmal im Jahr bietet jeder Meister
eine Unterrichtsstunde für die Kollegen der anderen Fachberei-
che.

14. Festgelegt wird: a) ein Meister für Literatur mit Abschluss
in Dramaturgie. Vier Wochenstunden liest er aus gemeinsam

mit den anderen Meistern ausgewählten Büchern vor. In drei-
zehn Jahren Schule sind das 1485 Stunden. Bei mindestens drei-
ßig Seiten pro Stunde sind das 45000 Seiten (100 Bücher zu
450 Seiten). Die Schüler hören zu und werden nach und nach
in die Lektüre einbezogen. Es gibt weder Tests noch Abfragen:
Literatur dient nicht als fauler Trick. Ein Beispiel: Im ersten
Oberstufenjahr werden alle vierundzwanzig Gesänge der Odys-
see gelesen, von denen sich jeder in dreißig Minuten vorlesen
lässt. Es reichen also zwölf Stunden; b) eine Wochenstunde mit
einem Meister für Schrift, denn auf die mit dem Verstand ver-
bundene Hand kommt es an; c) zwei Wochenstunden mit einem
Meister für Latein (in der Mittelstufe), weil niemand mehr
weiß, was Syntax, Wortverständnis und Logik sind.

OSCAR

Ich heiße Oscar. Und wenn es unbedingt sein muss, fordere
ich für die Schule:

15. Es gibt drei Elterngespräche pro Jahr, die sich mit dem ge-
samten Leben des Schülers befassen und in dem die Zensuren
nur einen Teil ausmachen. Es sollen möglichst beide Elternteile
anwesend sein. Während der letzten fünf Jahre soll bei mindes-
tens zwei der drei Treffen auch der Schüler anwesend sein.

16. Der Meister führt ein Heft für jeden Schüler. Jede Seite ist
in zwei Spalten unterteilt: In der ersten werden die Stärken und
Talente aufgelistet, in der zweiten die Schwächen und Schwie-
rigkeiten. Er stützt sich auf Erstere, um Letztere zu verbessern:
Wenn man nur Letztere bemängelt, erreicht man so gut wie
nichts. Jeder Schüler wählt einen Meister als Tutor (ein lateini-
scher Begriff, der laut meinen Klassenkameraden »Beschützer«
bedeutet), mit dem er sich dreimal im Jahr zusammensetzt, um

seine Fortschritte und eventuellen Schwierigkeiten zu bespre-
chen. Die Meister kommen jedes Trimester zusammen, um den
Bildungsweg eines jeden Schülers anhand seiner Entwicklungen
der drei vorangegangenen Monate abzustimmen.

STELLA

Ich heiße Stella. Für die Schule fordere ich:

17. Die Meister weisen bei jedem Thema darauf hin, welcher
Aspekt des Lebens von Lüge und Allgemeinplätzen befreit wer-
den soll: Kultur ist kein Museum, sondern soll das Leben durch
die Lebendigkeit des Wahren, Schönen und Guten bereichern.
Indem sie das Wahre vom Falschen, das Schöne vom Hässli-
chen, das Gute vom Schlechten in allen Nuancen unterscheiden,
lernen die Schüler zu begreifen und eine Wahl zu treffen: Ziel
der Bildung ist eine Freiheit, die auf Erkenntnis und Erfahrung
gründet.

18. Am Ende des Schuljahres werden die Leistungen der
Meister durch die Schüler anonym bewertet, damit sie an
ihren Schwachpunkten arbeiten und sich auf ihre Stärken besin-
nen können. Die Beurteilungen werden ausschließlich dem
Betroffenen mitgeteilt. Der Meister darf sich niemals »fertig«
fühlen.

ELISA

Ich heiße Elisa. Für die Schule fordere ich:

19. Eine große Bibliothek mit Lesesaal, den Meister und Schü-
ler nutzen können (bis 18:00 Uhr), um ohne Ablenkungen
(Handys sind abgeschaltet) zu lesen und zu lernen, geschützt

*von der Stille, die der Nährboden für Auffassungskraft, Denken
und ein gutes Gedächtnis ist.*

*20. Der Schüler ist nie ein Problem, allenfalls hat er ein Pro-
blem, das er zusammen mit den anderen oder dem Meister löst.
Niemand wird alleingelassen.*

Ich merke, dass ich beim Zuhören den Atem angehalten habe.
Ich warte auf die Reaktion des Publikums, und die Spannung
will gerade ein wenig nachlassen, als Mattia erneut das Wort
ergreift: »Zum Schluss wollen wir unserem Meister Omero
Romeo danken, ohne den all das nicht passiert wäre, und es
erscheint uns absurd, dass ausgerechnet er vom Dienst suspendiert wurde. Er war es, der uns freier gemacht hat, denn
statt uns vorzuschreiben, was wir machen sollen, hat er uns
geholfen, durch sein Fach zu erkennen, wer wir bereits sind
und was aus uns werden kann. Bei Ihnen liegt die Verantwortung, die Namen aller zu vertreten: Vergessen Sie das nicht!
Wenn es einem einzelnen Mann gelungen ist, zehn Schüler zu
retten, indem er sich ihrer angenommen hat, sind Sie dazu
aufgerufen, das Gleiche mit einem ganzen Land zu tun. Danke
für Ihre Aufmerksamkeit.«

Nach ein paar Sekunden Stille erhebt sich allgemeiner Applaus. Er ist nicht nur eine höfliche Geste, sondern der Beifall
von Menschen, die spüren, dass etwas sich in ihnen befreit hat
oder befreien möchte. Welchen Sinn hätte es sonst, die Hände
wiederholt und mit variierender Stärke zusammenzuschla-
gen? Ich bin skeptisch, dass diese Herrschaften ihrem Applaus
konkrete Taten folgen lassen werden, aber eines ist sicher:
Heute haben meine Schüler ihre Reifeprüfung bestanden.
Das, was wir gehört haben, ist das inbrünstige Spiel eines Orchesters, dessen Harmonie mehr ist als die Summe seiner Mu-
siker. Ich applaudiere wie ein stolzer Vater, meine Augen sind

voller Tränen, und ich kann sehen: Ich sehe die Möglichkeit von etwas Neuem in der Welt, dank dieser jungen Menschen, die das Leben und die Blindheit mir geschenkt haben. Als sie zu mir kommen, mich umarmen und mein Gesicht berühren, spüre und weiß ich, dass sich dieser Tag für immer in die Netzhaut meiner blinden Augen eingebrannt hat.

Auf der Suche nach der vergeudeten Zeit
Tagebuch eines blinden Lehrers

Mehr als auf jedem anderen Gesicht habe ich auf deinem, Cesare, die Wehen einer Geburt gespürt. Hinter deinen nervösen, angespannten Zügen regt sich ein schlichtes, reines Leben, das sich in drängenden Versen, Reimen und Rhythmen gegen das Chaos stemmt. Das Piercing in deiner Augenbraue ist Teil einer Rüstung, mit der du dich vor anderen Körpern zu schützen versuchst, ein Stachel, um dich gegen die Angriffe der Raubtiere zu wehren, eine ständige Erinnerung an den Schmerz. Deine Wangen mit dem noch flaumigen Bart verraten eine wilde Unschuld, ein inneres Labyrinth, das sich jeder Landkarte und jeder Regel entzieht. Ebenso könnte man einen Wasserfall oder den Wind nach den Gründen ihrer Willkür fragen. In deinem Gesicht habe ich den Druck verspürt, etwas zur Welt bringen zu wollen, dich ans Licht der Welt zu bringen. Deine Verse sind der Schrei dieser Geburt: Wüsste man nicht, dass sie unerlässlich sind, um Leben zu schenken, wären sie kaum zu ertragen. Und wem sollte dieser Schrei sonst gelten, wenn nicht dem Leben selbst, von dem du Rechenschaft für all das forderst, was es dir genommen hat?

Wenn ich die Lieblingslieder meiner Jugend höre, kommt dieses Alter zu mir zurück. Musik ist der Beweis, dass die Zeit in dem

Rhythmus entsteht und vergeht, den wir ihr geben. Zu keiner anderen Zeit habe ich ein Lied so oft hintereinander gehört wie als Teenager, als bärge es ein Geheimnis, das es zu entschlüsseln gilt, oder als hätte es die Märchen ersetzt, von denen ich als Kind nicht genug kriegen konnte. Die Lieder, die wir mit achtzehn lieben, sind ein Orakel dessen, wer wir sind, sein werden und immer bleiben. Ich besaß eine Kassette, die mein bester Freund und Schulkamerad für mich aufgenommen hatte: Es war die Zeit, in der man Lieder auf Kassette überspielen konnte, wenn man einen dieser teuren, neuartigen CD-Spieler besaß. Er schenkte sie mir zum Geburtstag: Sie war mehr wert als die Original-CD, weil er sie für mich gemacht hatte, samt handgeschriebener Liedtitel. Beim Schulkonzert im letzten Oberstufenjahr spielten wir auf einer Bühne, die uns riesig vorkam: er an der Gitarre, ich an der Bassgitarre. Wir spielten und sangen ein Lied von der Kassette. Wir brauchten die Musik, um etwas zu sagen, das sich anders unmöglich ausdrücken ließ, obendrein fühlten wir uns wie die Rockstars, die an den Wänden unserer Zimmer prangten. Das Ergebnis war bescheiden und für uns dennoch grandios und unvergesslich. Diese Dutzende Male gehörte Kassette mit den per Hand in die engen Spalten geschriebenen Liedtiteln war ein unerschöpflicher Schatz, und als das Band irgendwann riss, machte ich mich sofort mit größter Hingabe daran, es zu flicken. Ich besitze die Kassette noch heute, und hin und wieder höre ich sie und finde diese unversehrte Welt in mir wieder, die aus Erinnerungen voller Angst und Mut besteht, den beiden stärksten Gefühlen meiner Jugend.

Wenn mein Freund und ich auf andere Gedanken kommen wollen, treffen wir uns, trinken ein Gläschen und hören uns mit einem alten Rekorder diese Kassette an. So halten wir die Schwermut, die Zeit und sogar den Tod in Schach, weil diese Kassette die Garantie dafür ist, dass unsere Freundschaft ewig *ist. Die Rockmusik der späten Achtziger half mir, meine Angst in Lebensmut zu verwandeln, und sie erinnert mich an diese Bühne, die keiner von uns beiden allein hätte betreten können und wollen. Alle Eltern und Lehrer sollten die drei Lieblingslieder eines Teenagers kennen, die ihnen die Partitur seiner Gegenwart und Zukunft verraten. Jedes Leben hat eine Tonlage, einen Rhythmus, eine Melodie, einen unverwechselbaren Klang, wie deines, Cesare, und wie das meiner Tochter.*

In der Nacht von Penelopes Geburt war ich im Kreißsaal. Von diesem Fest habe ich nur die Schreie gehört, zuerst die meiner Frau, die versuchte, das Kind ans Licht zu pressen, und dann Penelopes, die sich gerade ins Licht gestürzt hatte wie ein Nichtschwimmer in einen riesigen Ozean. Ich fühlte mich so nutzlos, dass ich am liebsten weggelaufen wäre. Sie legten Penelope auf Maddalenas Brust, und ich sagte zu ihr, unsere Tochter sei wunderschön. Mit mattem Flüstern fragte sie mich, woher ich das wisse.

»Sie ist genau wie du.«

»Wie meinst du das?«

»Hörst du nicht, wie sie herumjammert?«

»Ich schicke dich nur nicht zum Teufel, weil ich nicht die Kraft dazu habe.«

Ich streichelte ihr erschöpftes Gesicht mit dem von Müdigkeit gezeichneten Lächeln. Was für ein Kraftakt, der Natur den Körper eines Lebewesens zu entreißen. Wie viel Leben es kostet, Leben zu geben. Aber dann vervielfältigt sich diese vermeintlich verlorene Energie. Penelope war bereits eingeschlafen. Eines Tages würde sie den Dingen der Welt neue Namen geben und ihre Schönheit abermals erkennen, bewahren und vervielfachen.

JULI

Ich sitze ganz hinten im Klassenraum und lausche den mündlichen Abiturprüfungen meiner Schüler. Draußen ächzt die Stadt unter der Hitze wie eine Rostlaube auf einer Bergstraße. Seltene Böen lindern Glut und Schweiß, das Wedeln einiger Fächer begleitet die Fragen mit hypnotischem Klackern, während Lehrer und Schüler ihr Duell ausfechten. Am Ende stellt der Leiter der Prüfungskommission jedes Mal die schicksalhafte Frage: *Und was willst du nach dem Abitur tun?* Nach jahrelanger Schulzeit verkommt die wichtigste Frage zu einer Floskel aus dem Mund eines Fremden, der nichts vom Leben dieser Schüler weiß, abgesehen von ein paar Antworten zu Manzoni, den Auslösern des Ersten Weltkrieges und der Integralrechnung. Eine Frage, die jeden von ihnen wie Fließbandarbeiter auf das *Tun* reduziert, statt das *Sein* in den Blick zu nehmen: *Wer bist du? Was hast du uns mitgebracht, das vorher nicht da war?* Erst wenn wir einen Grund zu sein finden, können wir etwas Gutes bewirken. Entlang des Weges entdecken wir unseren Ursprung und glauben, wachsen zu müssen, dabei müssen wir geboren werden, um auch das Verschwinden aus dieser Welt zu einer Geburt werden zu lassen: Ist die Frucht reif, muss sie gepflückt werden. Unsere Geburt liegt vor uns, der Tod hinter uns. Und während jeder meiner zehn Champions auf seine Art und mit seinen Worten die einzige Frage beantwortet, die sich nach dreizehn Jahren endlich ihres Schicksals annimmt, meine ich ganz deutlich die Liebe zu spüren, die jeder ihrer Namen in sich trägt.

CATERINA

Ich bin die Liebe zu Gott, die sich versteckt und in ihrer Stille und scheinbaren Nutzlosigkeit die Hoffnung der Menschen aufrechterhält. Wenn jemand noch sagen kann, *Gott allein ist genug*, dann hält Gott in die Geschichte der Menschen Einzug.

MATTIA

Ich bin die Liebe zu den Worten, die die Welt in ein Zuhause verwandeln, denn selbst der unbehausteste Mensch kann in sich selbst eine Bleibe finden. Und die anderen daran erinnern.

STELLA

Ich bin die Liebe zu den Vätern, die sich das eigene Leben entreißen würden, um es uns zu geben. Aber das Leben gleitet ihnen stets durch die Finger, denn auch ihre Hände sind zu klein. Doch dieser Versuch genügt, um uns zu Kindern zu machen und es ebenfalls zu versuchen, von Vätern zu Kindern, bis in alle Ewigkeit.

ETTORE

Ich bin die Liebe zur Arbeit, die selbst den Schmerz in Schönheit verwandeln kann, denn mit sorgfältiger, für andere getaner Arbeit wird der Garten der Welt bestellt.

ELISA

Ich bin die Liebe zur Wirklichkeit, denn nur, wenn man die Wirklichkeit annimmt, kann man ihr begegnen und sie vielleicht Schritt für Schritt verändern.

CESARE

Ich bin die Liebe zur Liebe, denn nur ihretwegen pariert man die Hiebe des Lebens, rappelt sich hoch, nichts ist vergebens. Wenn man aufhört, an ihr Versprechen zu glauben, verlischt das Leben, hat nichts mehr zu geben.

ELENA

Ich bin die Liebe zu einem Kind, weil ein Kind im Leib einer Mutter fortlebt und keine Mutter es je wirklich verlieren kann. In einer Welt ohne Kinder gibt es keinen Frieden.

OSCAR

Ich bin die Liebe zu den Müttern, weil wir aus ihrem Fleisch gemacht sind, und sämtliche Schläge oder Zärtlichkeiten, die wir bekommen, werden auch ihnen zuteil. In einer Welt ohne Mütter gibt es keinen Frieden.

ACHILLE

Ich bin die Liebe zu den Freunden, denn das, was du wirklich liebst, ist dein Erbe, und wer an dich denkt, spürt, dass er niemand anderem so viel bedeutet. Das ist das Einzige, was wir zum Atmen brauchen.

AURORA

Ich bin die Liebe zu sich selbst, die einen glücklich macht, auf der Welt zu sein, genauso, wie man ist. Denn so, wie wir sind, sind wir mehr wert als sämtliche Galaxien, Planeten, Kometen, Gletscher, Strände, Meere und alle Schönheit, die das Universum fassen kann.

Mehr gibt es von diesem Abitur nicht zu erinnern: Ihre Namen sind wohlbewahrt, und jeder Name, den wir retten, ist ein gerettetes Stück Welt.

Wie an fast alle unsere völlig überschätzten Bemühungen wird sich außer unser Ego niemand mehr an die Zensuren erinnern.

Es ist mir nicht immer gelungen, doch ich habe versucht, euch zu lieben.

In euch habe ich eine neue Welt entdecken dürfen, die ebenso zerbrechlich wie strahlend ist.

Jetzt ist diese Welt reif.

Ein leichtes Surren erfüllt den OP. Ich bitte Gott, dass alles gut geht und ich die, die ich liebe, wieder oder zum ersten Mal sehen darf.

»Jetzt werden Sie ein leichtes Kribbeln im Arm verspüren, Professore. Zählen Sie laut bis zehn.« Inzwischen bin ich für alle der »Professore«.

Ich nicke. Für zehnstellige Listen bin ich Profi, aber die Vier ist die letzte Zahl, an die ich mich erinnere.

Ich öffne die Augen, die schwer sind von einem langen, ununterbrochenen Schlaf. Ich sehe! Das Morgenlicht strahlt, das gedämpfte Rauschen der Brandung ist hypnotisch. Ich folge dem Pfad, der zum Meer führt und sich zwischen Pinien entlangwindet, auf ihrer Rinde schimmern Perlen von Harz, die in der nächtlichen Kälte erstarrt sind und auf die ersten Sonnenstrahlen warten, um wieder weich zu werden und ihren intensiven Duft zu verströmen, der sich mit dem Geruch getrockneter Nadeln und zerzauster Trichternarzissen mischt. Der Pfad ist gelb, bröckelnder Tuffstein vermengt sich mit weißem Sand, der das Sonnenlicht zurückwirft wie feinste Glassplitter und Zuckerkristalle. Je mehr ich mich den Dünen nähere, hinter denen sich das Meer verbirgt, desto lauter wird das Geräusch der Wellen, die seit Jahrtausenden die Geheimnisse des Windes hüten. Die Schilfhalme biegen sich in der frischen Brise zu Boden, als verbeugten sie sich vor mir wie vor einem König. Die von den Unwettern rund geschliffenen Kiesel sind die einzigen Grenzsteine, die den Pfad beschreiben, daneben malen dorniges Gestrüpp, Agaven und wilder Wein grüne Flecken in den Sand. Der Geruch der Strandlilien ist herb und sanft zugleich, der Wind trägt ihn fort und bringt ihn zurück wie die Brandung, mischt Himmel, Sand, Meer und Glück. Es ist das Glück eines winzigen, der Mühsal der Zeit enthobenen Augenblicks: Gleich Kindheitserinnerungen scheint nichts hier vergänglich zu sein. Mit nackten, von der Kühle des Sandes prickelnden Füßen überwinde ich die sanften Hänge zweier Dünen. Dort ist es, das Mittelmeer, Wiege einer Religion aus Licht. Die Wellen falten sich auf wie die Seiten eines Buches, in dem Gott für die Menschen blättert. Niemand ist dort. Nur meine Mutter, die mit einem breitkrempigen, hocheleganten Strohhut und einer Sonnenbrille auf ihrem Handtuch sitzt. Sie sieht mich und breitet die Arme aus.

»Mama!«

»Omero.«

»Ich kann dich sehen!«

Sie lacht voll aufrichtiger Zärtlichkeit und sieht aus wie aus Licht geformt, als löste sich Licht aus Licht.

»Wie schön du bist, Mama!«

»Danke, mein kleiner Schatz.«

»Nun übertreib nicht, Mama …«

»Schau dich doch an! Du bist mein kleiner Schatz.«

Erst jetzt merke ich, dass ich ein Kleinkind bin, mit den Erinnerungen und Gedanken meines erwachsenen Ichs.

»Wo sind wir?«

»Wo du immer hinwolltest, Omero.«

»Und wo ist das?«

»Hier.«

»Hat es keinen Namen?«

»Deinen.«

»Und wie bin ich hierhergekommen?«

Sie fordert mich auf, mich neben sie zu setzen, und nimmt

die Sonnenbrille ab. Ihre dunklen Augen sind beruhigend wie die Brandung.

Sie streichelt mich.

»Du musst wählen, Omero. Du musst dich entscheiden, ob du hier bei mir bleiben und diesen Strand entlangwandern willst, wie wir es früher taten, oder ob du umkehren und den Weg zurück hinter diese Dünen nehmen willst.«

»Wo sind Maddalena, Pietro und Penelope? Wo sind meine Schüler?«

»Dort, wo du bis vor wenigen Augenblicken warst. In der Zeit.«

»Und wo sind wir hier?«

»Zwischen der Zeit und Gott. Und du hast die Wahl.«

»Ich will hier bei dir bleiben. Aber ich kann meine Schüler und meine Familie nicht verlassen.«

»So ist das, wenn man stirbt, Omero. Aber du verlässt sie nicht, du bist bei ihnen, in einer anderen Welt.«

»Welche Welt ist das?«

»Die Welt der Liebe.«

»Was bedeutet das?«

»Dass der eine im anderen ist, unabhängig von Raum und Zeit. Diese Gegenwart kann niemand verändern oder zerstören. Für sie fühlt sie sich wie Wehmut, Sehnsucht, Schmerz an. Für dich wie Fülle und Nähe. Raum und Zeit sind dieselben, nur anders gekrümmt. Du wirst nie aufhören, dich um sie zu kümmern, wie du es immer getan hast. Du musst entscheiden, ob du ihren Schmerz hinnehmen oder ihn lieber auf dich nehmen und zurückkehren willst.«

»Mama, ich habe Angst.«

»Ich weiß. Mach dir keine Sorgen. Das ist die Last des Lebens, früher oder später endet die Zeit. Der Riss fühlt sich schmerzhaft an, aber das ist nur die Gewohnheit. Der Tod ist keine Mauer, sondern ein Licht, das endlich zeigt, wie sehr du geliebt hast, es zeigt all die gegebene und bekommene Liebe.«

Ich betrachte das Meer, das die Erde wie eine durchsichtige Liebkosung streichelt. Die Wahl besteht zwischen einer Liebe voller Stürze, Mühsal und Verletzlichkeit und einer Liebe ohne Ende und ohne Tränen. Obendrein kann ich hier sehen. Ich sehe das Meer, ich sehe meine Mutter, ich sehe alles.

Schweigend betrachten wir den Horizont.

Dann nehme ich ihre Hand und bitte sie aufzustehen.

»Begleitest du mich bis zur Düne?«

»Sicher, mein Junge.«

»Wartest du auf mich, bis es so weit ist?«

»Das tue ich, seit ich in die Liebe übergegangen bin.«

Mit einer Hand hält sie den Strohhut fest, damit der Wind, der ungehindert über die Düne bläst, ihn nicht fortweht. Sie lässt meine Hand los. Ich steige den Pfad hinab, wie als Kind bei unserem Haus am Meer, hinter dem Pinienwald. Ich drehe mich um und blicke sie durch Tränen an. Sie lächelt mir zu.

»Auf Wiedersehen, mein Junge.«

»Wann?«

»Wenn alles vollbracht ist. Kümmere dich um die Kinder, sie brauchen dich.«

Sie wendet sich um und kehrt zum Meer zurück.

Mit geschlossenen Augen renne ich den Pfad entlang und stolpere.

Ich öffne sie, und alles ist dunkel wie immer.

»Papa!« Das ist Pietros Stimme.

»Er ist wieder da!«, sagt Penelope, als wäre es ein Spiel.

Maddalena legt ihr tränennasses Gesicht an meines.

»Was ist passiert?«

»Es war verdammt knapp.«

Jetzt erinnere ich mich: Ich bin im Krankenhaus.

»Tu das nie wieder«, flüstert sie mir ins Ohr.

»Was denn?«

»Du wärst fast gestorben.«

»Ich bin nicht tot!«

»Warst du aber. Dann bist du zurückgekommen.«

»Und meine Augen? Ich sehe nichts …«

Maddalena schweigt. Da begreife ich.

»Ich habe es so entschieden.«

»Was hast du entschieden?«

»Zu bleiben. Es gibt noch so viel zu tun.«

»Zum Beispiel?«

»Dich lieben, meine Geliebte. Dich lieben.«

Wir schweigen. Ich drücke sie an mich wie ein Schiffbrüchiger, der fast ertrunken wäre und sich ans Festland klammert. Als sie von einer Reise nach Ithaka zurückgekehrt war, erzählte mir meine Mutter, die Insel sei trostlos, was ihr bestätigt habe, dass die *Odyssee* vom ersten bis zum letzten Vers wahr sei: Odysseus war wegen seiner Frau, seines Sohnes und seines Vaters zurückgekehrt, gewiss nicht für diesen Felsbrocken im Meer.

Patrizia sitzt im Sessel meines Krankenhauszimmers und liest mir die letzten Seiten von *Doktor Schiwago* vor, dessen Nachname, so erklärt sie mir, »lebendig« bedeutet. Genauso fühle ich mich in diesem Augenblick. Patrizias Stimme, die einen unsterblichen Roman liest, gibt mir Kraft. Büchern, denen es gelingt, die Schönheit durchscheinend zu machen, weil ihr Verfasser eine Geschichte erschaffen hat, die durch Raum und Zeit getrennte Menschen eint, sind wie die Luft am Meer oder in den Bergen, die wir in vollen Zügen einatmen, um des Lebens habhaft zu werden. Patrizia liest:

»Später in meinem Leben habe ich oft versucht, jenes Leuchten der Beseligung, welches du damals schon in mich senktest, jenen allmählich dunkler werdenden Strahl und jenen sterbenden Ton näher zu bestimmen und mit Namen zu nennen, die seit jener Zeit durch mich hindurchgegangen sind und für mich der Schlüssel wurden zu allen Dingen dieser Welt.«

Sie hält inne und schweigt.

»Ich frage mich, wie es möglich ist, dass Bücher nicht nur von uns, sondern zu uns sprechen«, überlege ich laut.

»Nicht alle, Professore. Nur die, die wie der Appell funktionieren.«

»Was meinen Sie damit?«

»Die, die etwas einen Namen geben, das auch wir erahnten, aber nicht zu fassen bekamen; die Leben dorthin bringen, wo nur Schatten war; die uns daran hindern, die einfachsten Dinge zu leugnen; die die Menschen miteinander verbinden.«

»Wo nehmen Sie das alles bloß her, Patrizia?«

»Aus meiner Vergangenheit, Professore. Es gab eine Zeit, in der ich einen Abschluss in russischer Literatur gemacht habe: Ich wollte das Leben mit den Augen dieser Sprache lesen und hätte gern unterrichtet.«

»Deshalb Ihr Faible für russische Romane.«

»Ich habe meine Diplomarbeit über *Tagebuch eines Schriftstellers* von Dostojewski geschrieben.«

»Was ist dann passiert?«

»Ich traute mich nicht, an den Bewerbungsverfahren teilzunehmen, und habe es gelassen.«

»Ein Glück, Patrizia! Ein Glück!«

»Was soll das denn heißen, Professore?«

»In Ihrem Kämmerchen haben Sie bei Kaffee und Musik

viel mehr Literatur vermittelt, als Sie es an einem Lehrerpult je vermocht hätten. Man kann die gesamte *Göttliche Komödie* auswendig kennen, aber wenn die Liebe zur Welt dadurch nicht größer wird, ist es für die Katz.«

»Glauben Sie?«

»Ohne Sie hätte ich *Doktor Schiwago* nie gelesen. Mir wäre ein Stück Seele entgangen.«

»Sie haben immer einen besonderen Blick auf die Dinge.«

»Ich kann nicht anders.«

Wir lachen.

»Deine Schüler stehen draußen, aber sie dürfen nicht alle rein. Du sollst dich nicht anstrengen. Ich habe ihnen vorgeschlagen, einer könnte dir im Namen aller Hallo sagen. Fühlst du dich danach?«

»Klar.«

Wenige Minuten später nähern sich in diesem stummen Zimmer, in dem die Klimaanlage bei geschlossenen Fenstern die sommerliche Hitze lindern soll, sachte Schritte.

»Wie geht es Ihnen?« Das ist Elena.

»Ein bisschen wie Dante: Ich habe einen Blick ins Jenseits geworfen und bin zurückgekehrt.«

»Und wie war's?«

»Ist alles wahr.«

Elena nimmt meine Hände und legt sie auf ihr Gesicht. Ihres ist das Einzige, das ich noch nicht kenne, sie wollte nie, dass ich es berühre. Es ist ein wunderschönes, nassgeweintes Gesicht.

»Ich will, dass alles jetzt schon wahr ist, Professore. Nicht im Jenseits, sondern im Diesseits«, sagt sie schluchzend wie ein vor Schmerz und Schreck weinendes Kind.

»Warum weinst du?«

»Weil ich gelogen habe. Ich habe alle ständig angelogen, weil ich mir das, was ich getan habe, niemals verzeihen kann.«

»Dein Kind?«

»Mein kleines Mädchen.«

»Glaubst du, es war ein Mädchen?«

»Ich weiß es. Ich habe nicht abgetrieben, Professore. In Wahrheit habe ich das Kind ausgetragen, deshalb habe ich das Schuljahr verloren. Ich brachte ein wunderschönes Mädchen zur Welt, hatte aber beschlossen, es wegzugeben. Hätte ich bloß abgetrieben, dann hätte ich weniger gelitten.«

»Warum?«

»Weil ich jetzt weiß, dass meine Tochter irgendwo auf der Welt ist und Tag für Tag größer wird, und ich weiß nicht einmal, wie sie aussieht. Welche Augenfarbe sie hat. Ob sie Locken hat wie ihr Vater oder glattes Haar wie ich … Ich habe sie nur einmal gesehen, durch eine Glasscheibe, und mich für immer von ihr verabschiedet. Ich werde sie nie wiedersehen, aber sie ist meine Tochter.«

»Was bist du doch für eine Frau, Elena! Es braucht so viel Mut, um Dinge und Menschen nicht an sich zu reißen und sie so sehr zu lieben, dass man ihnen das Leben schenkt und sie freilässt. Genau das hast du getan. Du hast das Mutigste überhaupt getan. Sie wegmachen zu lassen, wäre bequemer gewesen, aber dann wäre dein Schmerz ohne Liebe geblieben. Jetzt ist dein Schmerz der Liebe, die du gezeigt hast, ebenbürtig.«

Elena weint haltlos, und ich nehme ihre Schluchzer und Tränen in mich auf. Irgendwann legt sie den Kopf an meine Brust und sucht Frieden.

»Du hast dir nichts vorzuwerfen, Elena. Hör auf, dich mit dieser Abtreibungsgeschichte zu bestrafen. Deine Tochter wird die Welt auch mit deinem Lächeln füllen, mit deiner Liebe, die sie beschützt hat, auch wenn sie es nicht weiß. Eine

Liebe, die man ohne Chance auf Erwiderung gibt, ist groß. Du hast geliebt wie Gott, Elena: stumm und ohne etwas zu erwarten.«

Ich streichle ihr übers Haar.

Plötzlich macht sie sich von meiner Brust los.

»Sie sind der Einzige, der mich angeschaut hat, Professore, der Einzige, der mich gesehen hat. Werden Sie wieder sehen können?«

»Nein, Elena. Ich werde mein Augenlicht nicht zurückbekommen«, sage ich mit einem winzigen Lächeln.

»Warum lächeln Sie?«

Ich streichle ihr übers Gesicht, das mir nun wahrhaftiger und strahlender erscheint.

»Weil ich sehen kann, Elena. Ich kann hervorragend sehen.«

Auf der Suche nach der vergeudeten Zeit
Tagebuch eines blinden Lehrers

Für alle kommt der Tag, an dem das Leben sich zeigt, wie es ist: als Betrug. Nicht, weil es einen tatsächlich betrügt, sondern weil es uns sämtlicher Illusionen beraubt, mit denen wir es betrogen haben. Die Liebe ist nicht so, wie wir sie erträumt hatten, die Natur pfeift auf die Verse der Dichtung, höchste Intelligenz zeigt sich oft nur im Bösen, und die Menschen lügen, um geliebt zu werden. Ständig betrügen wir das Leben und wollen es zwingen, unseren Träumen zu entsprechen, doch das, worauf es bei den Dingen und Menschen ankommt, ist nicht offensichtlich, sondern zeigt sich erst, wenn wir aufhören, das Leben zu betrügen, und es so zu lieben versuchen, wie es ist. Das geschieht nur in Momenten schmerzhafter Offenbarung, in denen das Leben sich wehrlos zeigen kann, weil wir ihm endlich unbewaffnet begegnen. In diesen Momenten begreifen wir unsere Berufung: uns seiner anzunehmen, es zu lieben und gesunden zu lassen. Wenn alles sich endlich enthüllt und aus der Deckung kommt, weil wir aufhören, unsere Zauberformeln gegen es zu schleudern, müssen wir die wehrlose Nacktheit des Lebens nicht mehr betrügen und können ihm treu werden. Im Dasein eines jeden gibt es nächtliche Finsternis, die jeden Zauber bricht, jede Illusion zerstört, jeden Ausweg verschließt, doch in diesem Ab-

grund finden wir unser Blut, und es zeigt sich der wahre Gott: Dann können wir, endlich frei, entscheiden, ob wir fallen oder zur Vollendung gelangen wollen. Wir alle sind Blinde, die ihr Augenlicht wiedererlangen müssen. Vielleicht war es deshalb das von Christus am häufigsten vollbrachte Wunder, einen Blinden wieder sehend zu machen. Dann werden wir die nackte, von Beiwörtern befreite Schönheit des Lebens sehen wie die staubigen Zeichen auf einer schwarzen Tafel: das Meer am Strand, das Laub im Wind, das Obst an den Zweigen, die Rufe der Tiere, die Umlaufbahnen der Planeten, die Schnellen der Bäche, die Stille der Nacht, den Duft der Blumen. Und die Gesichter der Menschen.

Eure Gesichter, Stimmen und Namen waren der Ort, an dem ich die Verflechtung von Schwere und Anmut berührte, aus denen das Leben gemacht ist. Ihr wart meine Religion, ihr habt mich gelehrt, dass der einzige Aussichtspunkt der Welt, die einzige Entscheidung, die uns das Augenlicht wiedergibt, die Treue zum Leben ist. Nur so vergeudet man keine Zeit, sondern mehrt sie. Einstein hatte recht: Die Zeit ist nicht absolut, sie ist nur im Verhältnis zur Bewegung des Beobachters messbar. Die Zeit, die ich gewonnen habe, ist jene, die ich aus mir herausgetreten und auf euch zugegangen bin; die ich nicht damit vergeudet habe, das Leben zu betrügen; die ich nicht aufs Sterben verwendet habe; in der ich euch geliebt habe.

AUGUST

Meine Frau hat mir eine Uhr geschenkt, von deren Existenz ich nichts wusste. Als ich noch sehen konnte, war die Zeit etwas, das ich verlor: das schwindende Licht, der Sand eines Stundenglases, der vorrückende Zeiger. All das misst die Zeit als reinen Verlust. Unsere Uhren sind Kinder unserer Angst vor dem Tod: Etwas rückt vor und läutet unweigerlich das Ende ein. Jetzt habe ich herausgefunden, dass die Zeit sich mit dem Geruchssinn messen lässt. Bis zum Ende des neunzehnten Jahrhunderts gab es in China Weihrauchuhren. Eine uralte Tradition, die die Zeit in Düften maß. Ihre Baumeister konstruierten elegante, perforierte Kästchen, in die man auf eine dünne Schicht Glut ein metallenes Siegel legte, das einen Abdruck in Form eines Musters oder Buchstabens darin hinterließ: In dieser Furche sammelte sich der Weihrauch, und es entstand ein Relief, das eine seiner Größe entsprechende Zeit brauchte, um zu verbrennen. Die raffiniertesten Uhren verwendeten verschiedene Essenzen, sodass sich die Zeitabschnitte durch unterschiedliche Düfte messen ließen. Sie begleiteten eine Unterhaltung, eine Lektüre, eine tägliche Arbeit und bemaßen nicht den Verlust, sondern die Vollendung. Man sorgte sich nicht um Vergänglichkeit und Leere, sondern um das Kommende, um die Überraschung eines neuen Duftes. Am Ende blieb eine Skulptur aus Weihrauch zurück, im Negativ des Siegels wie in einer Gussform zu Glas geworden. Häufig war das verwendete Zeichen *fu*, das so viel wie »Glück« bedeutet. Meine Frau hat mir eine solche Uhr geschenkt, weil ich die Roboterstimme, die mir die Uhrzeit ansagt, nicht mehr ertrage. Jetzt kann ich nicht das Vergehen der Zeit, sondern ihren Duft wahrnehmen. Zwar »verglüht« sie ebenso, hinterlässt aber die Spur des Erreichten. So hat die Liebe unsere Körper an einem frischen, unerwarteten und dufterfüllten Sommerabend überrascht, und in dieser Zeit waren wir lebendig. Dank dieses sanften, vielfältigen Duftes – Minze, Jasmin, Orangenblüte, Mandel – werde ich niemals vergessen, einen Körper zu besitzen, der sich einem anderen voller Vertrauen und reiner Freude rückhaltlos öffnet, ohne etwas zu fordern, und dem sehr viel mehr gegeben wird, als er geben kann. Vergeblich jagen wir einem Seinsgrund nach, der uns genügen könnte. Wir haben Angst, unser Dasein hätte keine Rechtfertigung, und um den Schmerz darüber nicht ertragen zu müssen, beschließen wir, nicht zu sein. Wie viel vergeudete Energie, um nicht zu sein, um nur so zu tun, um sich zu verstecken, um das Offenkundige nicht zu sehen, um durch ein Verkleinerungsglas zu spähen, statt wie die Dichter und Wissenschaftler ein Vergrößerungsglas zu benutzen, durch das nichts mehr unserem Blick entgeht. Zu sein erfordert viel Mut und allzu viel Freiheit. Nicht zu sein ist bequemer, ist doch der einzige Grund zu sein kein Grund, sondern eine Entscheidung: mehr zu lieben.

Die Schüler haben mich eingeladen, mit ihnen ans Meer zu fahren. Der Ort wird mir unvergesslich bleiben, weil ich ihn durch ihre Antworten kennenlerne: Ich stelle Fragen, und sie achten auf Dinge, die ihnen sonst entgangen wären. Sie sehen durch mich, und ich durch sie. Wie in allen wahren Beziehungen ist jeder Meister und Schüler zugleich. Es braucht immer eine Frage, um die Dinge zu sehen, weil wir nur das wirklich sehen, auf das wir unsere Aufmerksamkeit richten. Sich den Dingen zuzuwenden heißt, sie zu lieben, und so fordern wir sie auf, sich zu »präsentieren«, »präsent« zu sein. Am Ende kommt es nicht darauf an, ob man sehen kann, sondern was man betrachtet. Die Blindheit hat mich gezwungen, dem Raunen der Dinge zu lauschen, das ihre Geschichte erzählt. Ähnlich einer alten Spieluhr, die stumm bleibt, bis irgendjemand kühn genug ist, sie zu öffnen und von ihrem Schweigen zu heilen.

Ich höre die Rufe, das Lachen, die Albereien, den Zauber von zehn jungen Menschen, die das Leben mir geschickt hat, damit ich meine Angst mit dem einzigen Gegenmittel überwinde, das wir gegen den Tod besitzen: mit Liebe.

SEPTEMBER

Im September neigt das Leben dazu, unseren Sehnsüchten Gehör zu schenken, wodurch es leichter und geradezu natürlich wird, zu lieben. Es ist, als machte sich die Stadt die angestaute Leichtigkeit der Ferienzeit zu eigen und schlüge unerwartet mit den Flügeln. Sämtliche Dinge scheinen ihre geheimen Verbundenheiten zu offenbaren. Patrizia hat mich mit neuem Kaffee und einem neuen Roman in ihrem Zimmerchen empfangen: Sie hat sich für *Leben und Schicksal* von Wassili Grossman entschieden (dafür werden wir zwei Jahre brauchen, aber Zeit haben wir schließlich genug), und seine Anfangsworte klingen wie eine Weissagung für dieses neue Schuljahr: »Unter den Millionen russischer Bauernhütten gibt es nicht zwei Hütten, die einander völlig gleichen, es kann sie auch nicht geben. Alles Lebendige ist einmalig. Zwei Menschen, zwei Heckenrosenbüsche können nicht identisch sein. Das Leben verdorrt dort, wo man mit Gewalt versucht, seine Eigenarten und Besonderheiten auszulöschen.«

Deshalb braucht es einen Eigennamen. Kinder, die sprechen lernen, wissen das: Sie benennen jeden Gegenstand, um ihm Leben zu geben, weil der Name, den sie gelernt oder sich ausgedacht haben, das Leben dieses Gegenstandes birgt. Das weiß der Liebende, der den Namen der Geliebten wie eine Zauberformel wiederholt, als könnte er die für den Appell der Wirklichkeit taub gewordene Welt damit neu erschaffen. Dagegen vergessen die, die das Leben nicht lieben, ihre Eigennamen. Jede Form des Namensaufrufs ist ihnen feind: Sie ersetzen ihn durch Nummern oder Gattungsnamen.

Patrizia hat mich in meine neue Klasse begleitet. Jetzt sitze ich da, warte auf meine Schüler und rekapituliere noch einmal, womit ich anfangen möchte: mit der neuesten Forschung, der es dank hochleistungsfähiger Teleskope gelungen ist, fast vierzehn Milliarden Lichtjahre entfernte Himmelskörper zu entdecken. Genauso viele Jahre trennen uns vom Urknall. Dieses Licht hat fast vierzehn Milliarden Jahre gebraucht, um zu uns zu gelangen. Wie in einem Märchen erzählt es uns, wie alles angefangen hat. Das rekonstruierte Bild zeigt einen riesigen Ozean voller wellen- oder spiralförmiger Bewegungen und leichten Kräuselungen, Verdichtungen von Materie und Energie, aus denen schließlich Abermilliarden von Galaxien entstehen sollten, die sich noch immer im Universum ausbreiten und Gestalt annehmen. In diesem »fast« steckt jedoch all das, was wir noch nicht wissen. Was die Erkenntnis des Anfangs betrifft, sind wir bei 99,998 Prozent angelangt, uns fehlen nur 0,002 Prozent, die jedoch alles sind. Denn sieht man genau hin, schimmert in den scheinbar dunklen Bereichen dieses Bildes ein sachtes, diffuses Licht. Das, was vom absoluten Licht des Anfangs bleibt, ist der Schimmer, den unser Auge wahrzunehmen vermag. Ein Teilchengemisch aus Materie und Energie, in dem das Licht wie in einer Perle gefangen ist. Doch was liegt jenseits dieser schimmernden Nebelbank? Was war einen Sekundenbruchteil vor der Expansion dieses Plasmas da? Etwas, das die Lichtgeschwindigkeit übersteigt und deshalb für uns niemals sichtbar sein wird, dessen Natur wir jedoch kennen: Es ist eine dem Schall nicht unähnliche Druckwelle. Kein Schall im eigentlichen Sinne, denn es gibt dort keine Luft, sondern etwas, das auf dieses Licht Druck ausgeübt, es kontrahiert und gedehnt hat wie ein Herz, das zu schlagen beginnt. Schon die Alten ahnten, dass der Schall den Dingen und vor allem dem Licht Bewegung und Harmonie verleiht. Hinter ihnen steht eine Stimme, deren Wirkung überall sichtbar ist: in den Strudeln eines Wasserfalls, in den ordentlichen Reihen der Ameisen, in den Mondphasen und den Jahresringen der Bäume, die wie irdische Uhren die Jahreszeiten zählen. Eine Stimme, die jedes Ding in Bewegung gesetzt und es mit Sehnsucht erfüllt hat, die in jedem sichtbaren oder unsichtbaren Winkel des Universums wohnt, in jedem geborenen oder ungeborenen Wesen, bis in alle Ewigkeit. Eine Stimme, die das geheimnisvolle Gleichgewicht zwischen Gesetzmäßigkeit und Chaos, Harmonie und Unvorhersehbarkeit tariert. Diese Stimme gleicht einem »ich liebe dich«, das sich an die Milliarden Namen des Universums richtet. Ich kann diese urzeitliche und omnipräsente Stimme hören, die alle zum Appell ruft. Die Eigennamen sind ihr Gesang: Regen, Mond, Ameise, Feuer, Wind, Meer, Wolke, Mann, Frau ... Und all die anderen Dinge, die waren, sind und sein werden. So wird es heute ein Echo dieser Stimme geben, wenn in sämtlichen Schulen des Landes in der gleich beginnenden ersten Stunde der Appell ertönt. Nach und nach trudeln die Schüler ein, ihre Unterhaltungsfetzen mischen sich mit dem Geruch der Farbe an den abermals frisch gestrichenen Wänden, der Wind weht sacht zu den Fenstern herein, nachdem er Himmel, Erde und die Sehnsüchte der Menschen neu vermengt hat, die auf der Jagd nach einem Stückchen Glück oder Seele ihren Alltag bestreiten.

Die leise Panik eines neuen Abenteuers macht sich bemerkbar, das zu groß für meine Hände und mein Herz ist. Doch jetzt brauche ich meine Ranglisten nicht mehr, um mich dem gefürchteten Chaos zu stellen.

Jetzt genügt es, zehn Namen zu wiederholen, meine Elemente des Periodensystems der Welt. Denn jetzt weiß ich es: Sämtliche Fragen haben einen Namen, und jeder Name ist die Kreuzung von Zeit und Ewigkeit, von Geschichte und Liebe.

CATERINA

MATTIA

STELLA

ETTORE

ELISA

CESARE

ELENA

OSCAR

ACHILLE

AURORA

Die Schulglocke läutet. Stille senkt sich herab. Ich nehme meine Brille ab. Es geht wieder los.

EPILOG

Fünfzehn Jahre sind vergangen, und heute finden wir unter diesem Sternenhimmel zusammen, wie mein Vater es wollte. Ich weiß, es wäre euch lieber gewesen, er wäre hier, doch wie ihr wisst, ließ der Gehirntumor ihm keine Chance. Die Operation, der er sich in eurem Abijahr unterzog, war vergeblich, weil man herausfand, was seine Blindheit ausgelöst oder zu was sie sich ausgewachsen hatte. Doch er wollte es euch nicht sagen: Es war nicht der richtige Zeitpunkt. Kurz vor seinem Tod gab er mir den Umschlag mit den Zetteln, auf die ihr eure Wünsche notiert habt, und sagte, ich solle sie gemeinsam mit euch öffnen, weil dieser 14. September in das Jahr meines achtzehnten Geburtstags fallen würde und ich dann genauso alt wäre wie ihr in eurem gemeinsam verbrachten Jahr.

Aber fangen wir mit dem Wunsch meines Vaters an:

Ich hoffe, ihr habt in fünfzehn Jahren Lust, mich wieder-zusehen, und das nicht nur, um es mir heimzuzahlen.

*In fünfzehn Jahren möchte ich meinen ersten Gedichtband
veröffentlicht haben.*

MATTIA

Das bin ich, anwesend! Ich habe Literatur studiert und bin
Lehrer geworden. Vor ein paar Jahren habe ich meine erste
Gedichtsammlung veröffentlicht. Sie heißt *Mutter Erde*. Ein
Gedicht darin ist deinem Vater gewidmet, und ein Vers lautet
folgendermaßen: ›Dies ist deine Berufung: Dass die Erde
nicht an Einsamkeit leidet, / auch wenn der Preis dafür die
deine ist. / Nichts von Wert war je billig zu haben.‹ Jeden Morgen mache ich den Appell, wie ihn dein Vater abzuhalten
pflegte, und einige Dinge, von denen wir bei jenem irren Appell im Parlament träumten, sind Wirklichkeit geworden.

*In fünfzehn Jahren werde ich keine Angst mehr haben,
erwachsen zu werden.*

STELLA

Das bin ich, anwesend! Ich habe Astrophysik studiert und bin
Mitglied einer Forschungsgruppe, die sich mit Gravitationswellen beschäftigt. Ich habe das Buch meines Vaters nie zu
Ende geschrieben, weil es richtig war, dass der Roboter auf
seinem Planeten blieb. Eines Tages werde ich es meinem Kind
vorlesen, und vielleicht wird es die Geschichte seines Groß-
vaters fortspinnen. Oder vielleicht auch nicht.

In fünfzehn Jahren hätte ich gern ein anderes Leben.

ETTORE

Das bin ich, anwesend! Ich lebe in Brooklyn, wo ich ein kleines italienisches Restaurant eröffnet habe, es heißt *Pappa Buona*: Sollte es euch je nach New York verschlagen, seid ihr alle eingeladen! Ich habe eine Amerikanerin geheiratet, und wir erwarten ein Kind. Es wird im Dezember zur Welt kommen und soll wie mein Großvater heißen: Giulio.

In fünfzehn Jahren möchte ich es schaffen, mich von einem Mann lieben zu lassen.

ELISA

Das bin ich, anwesend! Ich bin mit Andrea hier, den ich in einer kleinen Buchhandlung kennengelernt habe. Er schaute sich gerade Kinderbücher an und hielt eines in der Hand, das ich geschrieben und illustriert habe: *Das blaue Mädchen*. Darin geht es um ein kleines Mädchen, das blau zur Welt kommt und einen Weg finden muss, um rosig zu werden wie alle anderen Kinder, und ihre Lehrerin Anna hilft ihr dabei, weil sie auch ein andersfarbiges Kind hat. Andrea blätterte es neugierig durch, und ich fragte ihn, ob es ihm gefalle. Er antwortete, ihm gefalle vor allem das Autorinnenfoto.

In fünfzehn Jahren will ich eine eigene Familie haben.

CESARE

Das bin ich, anwesend! Hört zu, Leute, die ihr mich kennt! Was das Leben mir genommen hat, hat es mir mit Zinsen zurückgezahlt. Ich habe Arbeit in einer Autowerkstatt gefunden und mir von meinem Lohn ein Taxi gekauft. Ich fahre von morgens bis abends und kann den ganzen Tag Musik hören. Ich bin auch verheiratet und habe zwei Kinder: Sie heißen Luce und Omero. Ich bringe ihnen einen Haufen Dinge bei: von den Sternen bis zu den Noten.

In fünfzehn Jahren hätte ich gern ein kleines Mädchen.

ELENA

Das bin ich, anwesend! Oder besser, das sind wir. Beatrice und ich. Ich konnte sie nicht bei meinem Mann lassen, weil ich sie noch stille. Ich bin Kinderärztin geworden, sehe Hunderte Kinder und habe all ihre Namen im Kopf.

In fünfzehn Jahren würde ich gern einen Oscar gewinnen.

OSCAR

Das bin ich, anwesend! So einen Schwachsinn konnte auch nur ich schreiben. Ich habe einen Boxclub aufgemacht, der großartig läuft. Ich habe ihn Oscar genannt. In meinem Leben gibt es drei Frauen: meine Mutter, die bei mir wohnt und mir bei der Buchhaltung hilft, meine Frau, die mir hilft, einen klaren Kopf zu behalten, und Tante Patri, die einmal in der Woche zu uns zum Essen kommt. Mein Sohn heißt Rocky 1.

In fünfzehn Jahren wäre ich gern mit Aurora zusammen.

ACHILLE

Das bin ich, anwesend. Ich war echt ein hoffnungsloser Fall …
Ich bin Informatiker geworden und forsche zu angewandter
Robotik im medizinischen Bereich am MIT. Wir arbeiten an
einem Mikroroboter, nicht größer als eine halbe Aspirin-Ta-
blette, der die bösartigen Zellen einiger Tumore erkennen
und beseitigen kann. Ich leide noch immer an Asthma.

In fünfzehn Jahren möchte ich meinen Körper lieben.

AURORA

Das bin ich, anwesend. Ich setze mir eine rote Nase auf und
bin therapeutischer Clown für Kinder. Ich arbeite als Krankenschwester in einer Kinderkrebsabteilung. Und ich habe
gerade beschlossen, dass ich morgen Abend mit Achille essen
gehe.

In fünfzehn Jahren möchte ich euch alle glücklich sehen.

CATERINA

Caterina ist nicht hier, aber sie ist anwesend. Sie hat mir einen
Brief geschrieben. Auch mit meinem Vater schrieb sie sich,
nachdem sie in Klausur gegangen war. Ich lese ihn euch vor:
»*Liebste Helden des Appells, ich habe nie aufgehört, Euch in
meinem Herzen zu bewahren. Jeden Tag bete ich für Euch, auf*

dass die Liebe des Herrn sich in Euer Leben ergießt und Ihr auf Seinen Appell antworten könnt. Es mag den Anschein haben, als wäre ich für die Dinge der Welt blind wie unser Professore, aber wie wir von ihm gelernt haben, sieht man nur mit der Liebe gut. Deshalb sehe ich Euch auch weiterhin und wiederhole Eure Namen wie die schönsten Geschenke, die das Leben mir neben dem meines Bruders gemacht hat. Kommt mich besuchen, wenn Ihr wollt, oder schreibt mir. Ihr kriegt auch ein Glas Marmelade aus Früchten der Saison, von mir eigenhändig gekocht: Sie vollbringt wahre Wunder. Immer Eure Caterina«

Und jetzt möchte ich euch die Zeilen meines Vaters vorlesen, die er mir diktiert hat, weil er bei diesem Appell dennoch anwesend sein wollte. Ich war oft eifersüchtig, da er in all den Jahren so häufig von euch sprach, dass es manchmal schien, als liebte er euch mehr als mich und meinen Bruder. Für ihn wart ihr wie seine Kinder. Deshalb habe ich beschlossen, seine aufgenommenen Erinnerungen und sein *Tagebuch* jenes außergewöhnlichen Jahres in einem Buch zusammenzufassen. Danach führte er das Tagebuch nicht mehr weiter. Er sagte, dieser Brief sollte die letzte Seite sein, und dass es richtig sei, wenn ich den Schlusspunkt setzte, sei ich doch gewissermaßen seine Rettung gewesen. Deshalb hatten meine Eltern beschlossen, mich Penelope zu nennen: Er sagte mir immer wieder, ich hätte ihn nach Hause gebracht, und in diesem Zuhause hätte er euch gefunden.

»Ihr Lieben, wenn Ihr diese Zeilen hört, werdet Ihr unter dem Septemberhimmel versammelt sein. Ich bitte Euch, Eure Aufmerksamkeit einem wunderbaren Himmelsphänomen zu widmen, das man just zu dieser Jahreszeit bestaunen kann: dem Helixnebel. Er wurde aus einem uralten, der Sonne ähnlichen

Stern geboren und wird das Auge Gottes genannt, wegen seiner Form und der glühenden Iris, in deren Mitte sich, wie eine Pupille, ein Weißer Zwerg bildet. Es machte mir immer Freude, diesen Nebel zu betrachten. Von dort sah Gott in den Spätsommernächten zu mir herunter, und ich empfand eine Mischung aus Angst und Staunen ob seiner Schönheit, seiner Größe und seines Alters. Als mein Vater ihn mir zeigte, erzählte er mir eine Geschichte, die ich nie mehr vergessen sollte. Und ich möchte, dass Penelopes Stimme sie euch erzählt, als wäre es meine letzte Unterrichtsstunde. Verzeiht, aber auch im Jenseits werde ich diese Angewohnheit nicht los.«

Es ist ein altes nordisches Märchen, das er mir oft erzählte: Es handelt davon, wie das Volk der Elfen entstand, die sich in Bäumen, Felsen und Wasserläufen verstecken und die Menschen, die sich in die Wälder wagen, erschrecken und verwirren.

Eines Tages ging Gott Adam und Eva besuchen, die in einem Haus im Wald lebten. Stolz präsentierten die beiden ihre Söhne und Töchter und stellten sie ihm einzeln mit Namen vor.

›Sind alle hier?‹, fragte Gott leicht verunsichert.

Adam und Eva schwiegen. Gott stellte die Frage erneut, und Eva gab zu, dass sie es nicht mehr rechtzeitig geschafft hätten, einige zu waschen und ordentlich anzuziehen.

›Und wo sind sie?‹

›Ich habe sie vor deinem Blick versteckt.‹

›Aber etwas vor dem Blick zu verstecken heißt, es vor dem Leben verstecken‹, antwortete Gott.

Was die Menschen aus Scham vor ihm verbergen, bleibt auch den Menschen verborgen. Von dem Tag an wurden die Kinder, die Adam und Eva versteckt hatten, unsichtbar. Sie lebten nun in den Wäldern und zeigen sich nur wann und wem sie wollten, sie sind unberechenbar und frech, weil sie in der Scham leben, von ihren Eltern versteckt worden zu sein.

Mein Vater fügte stets hinzu: »Denk dran, je perfekter du erscheinen willst, desto mehr Kinder versteckst du vor der Liebe.«

Der Brief meines Vaters geht folgendermaßen weiter.

»Ich möchte, dass Ihr dieses Märchen im Gedächtnis behaltet, weil es auf den Punkt bringt, was ich von Euch gelernt habe: Wir verstecken ausgerechnet das, für das wir geliebt werden wollen. Das Leben neu zu erschaffen bedeutet, es vollkommen anzunehmen, wie es die Pflanze mit der Erde, das Licht mit den Jahreszeiten tut. Stattdessen verstecken wir unsere ›Kinder‹, die uns nicht gut genug erscheinen, nämlich die Seiten an uns, die uns peinlich sind und die wir nicht zeigen wollen, aus Angst, verurteilt und verachtet zu werden. Doch genau dadurch werden diese Kinder vor allem für uns selbst unsichtbar und fangen an, uns zu quälen ... bis wir den Mut finden, sie denen zu zeigen, die sie endlich lieben wollen. Dann hört dieses Volk schmerz- und schamvoller Geheimnisse auf, uns zu quälen, kehrt in die Familie zurück und wird zum Kern unseres Lebens, zu seiner reinsten Frucht. Was vor der Liebe verborgen wird, bleibt für immer verborgen. Erst, wenn wir unsere Angst überwinden, dem Leben nicht gewachsen zu sein, können wir uns lieben lassen und wirklich lieben, und an dem Punkt ansetzen, wo wir uns besiegt glaubten. Ich habe Euch beigebracht, dass die Wissenschaft die Geheimnisse des Universums hinterfragt, die wir früher oder später entschlüsseln werden: Von der Sphinx bis zum Labyrinth wird der Knoten nach und nach gelöst. Aber das Leben ist mehr als nur ein Geheimnis: Es ist ein Mysterium, für das Wissenschaft nicht genügt. Das Geheimnis verlangt nach

einer Lösung, das Mysterium nach einem Kniefall. Wir müssen im Mysterium bleiben, und das können wir nur gemeinsam. Ich hoffe, ich konnte Euch zeigen, dass die Wissenschaft des Lebens die Liebe ist, denn nur die Liebe durchdringt das Mysterium dessen, für das wir geliebt werden wollen, und gibt ihm einen Namen, auf den wir ohne Scham und Tränen antworten können. Die Zeit, in der ich lebendig war und lebendig bleiben werde, ist die, in der ich die Menschen und Gott geliebt habe und mich von Gott und den Menschen geliebt fühlte.

Ich warte am Strand auf Euch.«

DANK

… spinne
jeder den leuchtenden
und schmerzlichen Faden
des großen Gespinstes,
Stoff einer Geschichte
in der Geschichte

M. LUZI, *Terrestrische und himmlische Reise
von Simone Martini*

Ein armer, junger Dichter hatte noch nie das Meer gesehen
und nur in den staunenden Versen und bewegten Zeilen anderer Schriftsteller darüber gelesen. Eines schönen Tages gelang es ihm, das Geld für eine lange Reise zusammenzube-
kommen, die ihn auf eine Mittelmeerinsel bringen sollte.
Kaum war er dort, setzte er sich ans Ufer und blickte stumm
in die Ferne. Abends kehrte er in seine bescheidene Herberge
zurück, und ein Gast, dem er den Grund seines Aufenthaltes
erzählt hatte, sah ihn vom Strand zurückkehren und fragte,
ob er zufrieden sei. Er antwortete: »Ich habe es nicht gesehen«, ohne seinem verdutzten Gegenüber weitere Erklärun-

gen zu geben. So ging es sechs Tage lang, bis der Dichter am siebten Abend unverhofft antwortete: »Ich habe es gesehen!« Der Gast, der inzwischen zum Freund geworden war, fragte ihn, warum erst jetzt. Der Dichter antwortete, er habe ein Boot zurückkehren sehen, Männer seien ausgestiegen, und »in den Augen der Seeleute, die das Meer machen und aus Meer gemacht sind«, habe er es endlich gesehen.

Ich glaube, genauso ist es mit dem Leben. Nachdem wir uns endlos viele Meinungen und Ideen darüber anhören mussten, sehen wir es in den Augen jener, die ihm am meisten ausgesetzt sind. So ging und geht es mir jeden Tag mit meinen Schülern. Ihre Augen sind wie die der Seeleute: In ihnen habe ich das Leben zu sehen gelernt, weil nichts lebensvoller ist als die Jugend. Ich glaubte, die Schule sei der Ort, an dem man »Frischlinge« unterrichtet, um ihre noch geschlossenen Augen für die Wirklichkeit zu öffnen. Stattdessen habe ich in diesen zwanzig Berufsjahren gelernt, meine Augen zu öffnen. Anfangs glaubte ich, meine Aufgabe bestünde darin, die besten Worte für mein Publikum zu finden, aber dann wurde mir mit jedem Tag und mit jedem Scheitern klarer, dass ich das Publikum war: der Zuschauer eines Mirakels – ein Wort, das nichts anderes bedeutet als »das, dem sich der Blick nicht entziehen kann«. Sie waren keine »Frischlinge«, die man zu »Erwachsenen« machen musste, sondern das Neue: das nie Gesehene, nie Dagewesene, Unerwartete. Um das Wunder anzunehmen, musste ich lernen, zuzuhören und auf das zu vertrauen, was ich mir nicht ausgesucht hatte: sie. Um das zu tun, musste ich »neu« werden, lernen, durch die Augen derer zu sehen, die »das Leben machen und aus Leben gemacht sind«. Ein Sprichwort besagt, wer mit den Jungen ist, wird jung. Für mich trifft das zu. In diesen Jahren sind sie es, die mich mitunter schmerzhaft gezwungen haben, dorthin zu sehen, wo ich nicht hinsehen konnte oder wollte, weil ich meine eigenen Vorstellungen, Überzeugungen und Scheinheiligkeiten hatte. Sie haben meinen Blick und damit mein Herz verändert, denn um den Blick zu ändern, muss man zuerst sein Herz ändern. Sie haben es gezwungen, sich zu weiten, damit alle hineinpassen, selbst die Schwierigsten und Unbequemsten, und mir klargemacht, dass genau das mich wachsen lässt, vor Langeweile schützt und von den Absurditäten des heutigen Schulsystems heilt. Nicht immer ist es mir gelungen, sie zu lieben, wie ich es hätte tun sollen, und mitunter habe ich kläglich versagt, aber auch das hat mich gezwungen, die Augen zu öffnen und meine Grenzen zu erkennen.

Deshalb gilt mein erster Dank allen Schülern, die ich unterrichtet habe, denn alle und jeder sind Teil meiner Geburt als Meister (wie ich Lehrer gerne nenne) und als Mensch. Die zehn Schüler des Romans sind ein Destillat der kleinen Vielfalt an »Meistern«, denen ich im Laufe der Jahre auf den Schulbänken begegnet bin.

An zweiter Stelle danke ich meinen Kollegen, vor allem denen, die zu Reisegefährten geworden sind, denn das Geheimnis, es an der Schule zu schaffen, liegt darin, beim Kaffee ebenso wie bei seinen eigenen Bestrebungen und Bemühungen in guter Gesellschaft zu sein. Sie helfen mir, die Augen offen zu halten, wenn ich müde bin oder den Hafen nicht mehr sehe: Barbara, Cristina, Andrea, Chiara, Matteo, Valentina, Claudio, Alberto, Massimo, Paolo, Marco ...

Danke meiner Schwester Marta, die sich, ohne eine Zeile des Buches zu kennen, wieder einmal auf die Suche gemacht und das Umschlagbild gestaltet hat: Abermals hat sie mich mit ihrem immer neuen und offenen Blick überrascht, denn was ist die Schule sonst, wenn nicht ein einzigartiger Strauß bunter Blumen, die, statt in einer Vase zu landen, in die Welt geworfen werden, um sie daran zu erinnern, worin ihr Schicksal, ihre Erneuerung und ihr Glück besteht.

Dank an Marilena Rossi, ohne die auch dieses Buch nicht das Licht der Welt erblickt hätte. An Francesco Anzelmo und Marco Bersanelli für die Unterhaltungen über das Universum aus der Sicht des Philosophen und des Astrophysikers. An Nadia Focile, Francesca Gariazzo, Giovanni Francesio, Rossana Frigeni, Jacopo Milesi und meine Schwester Paola für ihre stete Nähe.

Dank meinen engsten Freunden, ohne die ich für allzu viele Dinge blind wäre: Carlo, Federica, Gabriele, Simone, Marilena, Alessandro.

Dank meinen Eltern, meinen Brüdern und Schwestern, meinem Neffen und meiner Nichte (Giulio und Beatrice, denen das Buch gewidmet ist), die auf jeder Seite gegenwärtig sind. *Ubi bene, ibi patria.*

Liebe Leser und Leserinnen, wer erschafft, beschränkt sich nicht darauf, bestehende und dennoch irgendwann schwindende Kräfte zu bewegen, sondern er erschafft neue. Ich hoffe, dass die freudvolle Mühe, die Figuren dieses Romans ins Leben zu rufen, euch ein Vielfaches der Zeit zurückgeben kann, die ihr ihnen gewidmet habt; und dass diese Zeilen euch in die von Hast und Unaufmerksamkeit bedrohte fruchtbare Stille führen, die wir alle nötig haben, um die Momente des Seins und die Ewigkeit des Augenblicks zu leben. Euch gilt mein vorletzter Dank.

Der letzte gilt der Liebe, die meinen Namen jeden Tag dem Nichts entreißt und ans Licht bringt.

15. September 2020

LITERATURVERWEISE

Elias Canetti: *Die Provinz des Menschen.* Aufzeichnungen
1942–1972, Fischer TB, Frankfurt am Main 1986.

Wassili Grossman: *Leben und Schicksal,* übersetzt von Anne-
lore Nitschke, Ullstein, Berlin 2020.

Werner Heisenberg: *Der Teil und das Ganze. Gespräche im
Umkreis der Atomphysik,* Piper Verlag, München 2001.

Homer: *Odyssee,* Übersetzung nach Johann Heinrich Voß,
Erstdruck Hamburg 1781.

Boris Pasternak: *Doktor Schiwago,* aus dem Russischen von
Reinhold von Walter, S. Fischer Verlag, Frankfurt am Main
1958.

INHALT